62

新知
文库

XINZHI

The Fruit Hunters:
A Story of Nature,
Adventure, Commerce,
and Obsession

Copyright © 2008 by 9165-2610 Quebec, Inc.
This edition arranged with Tessler Literary Agency
through Andrew Nurnberg Associates International Limited

水果猎人

关于自然、冒险、商业
与痴迷的故事

［加］亚当·李斯·格尔纳 著
于是 译

生活·讀書·新知 三联书店

Simplified Chinese Copyright © 2016 by SDX Joint Publishing Company.
All Rights Reserved.
本作品中文简体版权由生活·读书·新知三联书店所有。
未经许可，不得翻印。

图书在版编目（CIP）数据

水果猎人：关于自然、冒险、商业与痴迷的故事／（加）格尔纳著；于是译．—北京：生活·读书·新知三联书店，2016.6（2018.12重印）
（新知文库）
ISBN 978-7-108-05608-5

Ⅰ．①水… Ⅱ．①格…②于… Ⅲ．①故事-作品集-加拿大-现代 Ⅳ．①I711.45

中国版本图书馆CIP数据核字（2015）第310988号

责任编辑	徐国强　孙　玮
装帧设计	陆智昌　康　健
责任印制	徐　方
出版发行	生活·讀書·新知 三联书店 （北京市东城区美术馆东街22号 100010）
网　　址	www.sdxjpc.com
图　　字	01-2009-0610
经　　销	新华书店
印　　刷	三河市天润建兴印务有限公司
版　　次	2016年6月北京第1版 2018年12月北京第3次印刷
开　　本	635毫米×965毫米　1/16　印张22.25
字　　数	240千字
印　　数	11,001-15,000册
定　　价	38.00元

（印装查询：01064002715；邮购查询：01084010542）

新知文库

出版说明

在今天三联书店的前身——生活书店、读书出版社和新知书店的出版史上，介绍新知识和新观念的图书曾占有很大比重。熟悉三联的读者也都会记得，20世纪80年代后期，我们曾以"新知文库"的名义，出版过一批译介西方现代人文社会科学知识的图书。今年是生活·读书·新知三联书店恢复独立建制20周年，我们再次推出"新知文库"，正是为了接续这一传统。

近半个世纪以来，无论在自然科学方面，还是在人文社会科学方面，知识都在以前所未有的速度更新。涉及自然环境、社会文化等领域的新发现、新探索和新成果层出不穷，并以同样前所未有的深度和广度影响人类的社会和生活。了解这种知识成果的内容，思考其与我们生活的关系，固然是明了社会变迁趋势的必需，但更为重要的，乃是通过知识演进的背景和过程，领悟和体会隐藏其中的理性精神和科学规律。

"新知文库"拟选编一些介绍人文社会科学和自然科学新知识及其如何被发现和传播的图书，陆续出版。希望读者能在愉悦的阅读中获取新知，开阔视野，启迪思维，激发好奇心和想象力。

生活·讀書·新知三联书店
2006年3月

献给莲妮

此处春常在，花果万千，各诉蜜意。
　　——但丁《神曲·炼狱》

目 录

序言　要怪就怪巴西　　　　　　　　　　　1
导言　不为人知的水果世界　　　　　　　　7

第一部　自　然　　　　　　　　　　　　23

第一章　野生、成熟、多汁：水果究竟是什么？　　25
第二章　夏威夷，顶级异国风味　　　　　　42
第三章　水果如何塑造我们　　　　　　　　60
第四章　珍稀水果全球联盟　　　　　　　　76

第二部　探　险　　　　　　　　　　　　97

第五章　深入婆罗洲　　　　　　　　　　　99
第六章　素果人　　　　　　　　　　　　117
第七章　女人果　　　　　　　　　　　　140
第八章　肮脏交易：水果走私　　　　　　159

第三部 贸 易　　　　　　　　　　　　　　　　181

第九章　市场秘闻：从葡萄苹果到枸杞　　　183
第十章　非洲奇果蛋白：奇迹果的故事　　　213
第十一章　海量大生产：关于甜蜜的地理政治学　　　230
第十二章　全球四季常夏　　　252

第四部 迷 狂　　　　　　　　　　　　　　　　271

第十三章　保护：水果激情　　　273
第十四章　水果侦探的典型案例　　　290
第十五章　异世界接触　　　307
第十六章　硕果累累，抑或，创造的热望　　　322

致　谢　　　335
延伸阅读　　　337

序　言
要怪就怪巴西

> 我们在此收获你们衷心渴求的珍奇水果；
> 来吧，沉醉于异域甜蜜。
> 　　　　——夏尔·波德莱尔（Charles Baudelaire），《航游》

里约热内卢植物园。我揉着眼里的沙子，跌跌撞撞下了公车，穿过园外的一排爱奥尼亚式大立柱，走向入口处。一条土路通向温室。王棕（royal palm）林立两旁，树荫遮天，仿佛天主教堂的伟岸穹顶。

一条荧光绿色的毛毛虫穿过前方小路，像根热狗似的扭动。百足虫里的巨人啊！它身躯起伏地挪向橙色塑料垃圾桶，那只桶早在酷热中变了形，我忍不住咔嚓咔嚓拍起照片来。走进植物园后，我看到了一尊被世人遗忘的植物学家的半身像，一滴树液从他的前额淌下来，像一滴错位的泪。

我坐到小湖边的长凳上休息，湖里满浮睡莲绿叶。科科瓦多山顶的基督像只剩了一尊模糊的剪影。本来，我以为里约热内卢是仙境，到处都有波萨诺瓦音乐、天堂般的海景，但事实并非如此。在南部的依帕内马，无家可归的小孩俯身睡在错落不平的马赛克人行道上。蓝烟缭绕在贫民区旁的污水河上。我拍到的唯一一张好照片是躺在暮色沙滩上的黑狗，白沙如雪，海如蓝玉，粉紫夕阳，围在中央的狗好似不祥的污点。

我尽力不去想家。祖父刚刚过世。父母的婚姻正在瓦解。至交好友的躁狂抑郁症反复加重，又染上毒瘾，犹如身陷恶战。最亲密的好友被确诊罹患妄想型精神分裂症后企图自杀，尚在康复之中。最糟糕的是，我谈了八年的女朋友正和新恋人在欧洲欢庆新年，那家伙是个法国大兵。

头顶上传来一阵咯咯声，在我听来犹如嘲讽，仔细一瞧，窥见一对巨嘴犀鸟在接吻，色彩艳丽的鸟喙彼此贴近。突然，旁边有棵树狂躁地晃动起来。两只翘尾巴、白胡子的猴子正忙着捉迷藏呢。有只猴子俯瞰了一眼，跳到半空，蹿上了另一棵树。照相机跟踪、放大，透过取景框，我发现有样东西很古怪：枝干上鼓胀的芽孢酷似马芬纸杯蛋糕。

我摘下一只"马芬"，像一块褐色的木头，好像在180 ℃的黄油盘上多烤了两个小时。说它烤过头，不只是因为它硬得像石头，也因为中间都空了，好像有人把它从里到外翻过来，把瓤都舀光了。果皮内侧有刮擦痕迹，还有两三条纤维质的茎脉。我很好奇，不知道这内里空空的甜点本来藏着什么馅儿。

根据树上挂的名牌，它的大名叫作大花正玉蕊木（sapucaia），俗称猴瓢树。季节一到，树上的纸杯蛋糕就胀大，里面裹着六七颗种子，形状像橘子瓣。果熟蒂落时，这些种子就从底部爆出去，散落在地面上。有些小猴子没耐心，常常等不及果熟就把拳头捣进没发育完的小"马芬"，抓了满满一手的小种子。可是，猴子的认知官能不够发达，它们不能理解必须先放开种子才能拔出爪子，所以它们只能拖着"马芬"晃荡好几英里，活像被"猴瓢牌"手铐铐住了。

在英语里，猴瓢果被称为"天堂果"（paradise nut）。这个美名能追溯到欧洲人发现新大陆的时代，因为他们自认为发现了天堂所在地。16世纪，法国探险家让·德勒瑞（Jean de Lery）宣称自己在巴西一片菠萝园里找到了伊甸园。1560年，葡萄牙探险家鲁·佩雷拉（Rui Pereira）向世人宣布：巴西就是地上的天堂。

假如我不能在巴西找到天堂，或许能找到天堂果吧。我走到公园外的一家杂货铺。有没有猴瓢果卖？店里的伙计摇摇头，又递给我一枚巴西坚果（Brazil nut），照他说，和猴瓢果差不多。一口咬下去我就惊呆了，软嫩香甜，带着椰奶味，可比小时候沉在圣诞节糖果碗底的那些奇形怪状、砸都砸不开的果子好吃多啦！

超大的菠萝、甜瓜和串串香蕉从天花板的网格上悬挂下来。我摘下一枚酪梨苹果（cashew apple），模样酷似一只愤怒的红椒，顶着一颗半月形的坚果。绿色的酸野果坎布希（cambuci）简直是B级片①里飞碟的缩小版。台球大小的番石榴（guava）香得不可思议，我买了些回去，直到我离开巴西时，酒店房间里还有余香飘荡。

一路走向海滩，我也一路吃，包里装满了杂货铺伙计推荐的宝贝，每个名字都找不到英文里的对应词。当牙齿深陷到深红色、梨子似的蒲桃（jambo）果肉里时，好像突然陷入了甜味泡沫塑料里，耳目一新啊！黄晶果（abiu）长得像柠檬，透明的果肉像

---

① B级片即拍摄时间短暂且低制作预算的影片，布景简陋，道具粗糙，经常是与牛仔、情欲、黑帮、恐怖、神怪、科幻有关的剧情题材。——译者注，全书同此，不另注明。

胶质，口感既像水果软糖，又像加拿大传统法国餐厅里的焦糖蛋奶。有个手提弯刀卖椰子的小贩看到我犹豫不定地小口啃着百香果（maracuja）的苦皮就过来帮忙，手起刀落将圆果一劈为二，露出薰衣草色的果籽和金黄色的果浆，再教我怎样把这碗天然鸡尾酒吸到嘴里去。

能让里约热内卢的残破街角鲜活一亮的果汁摊多得数不清，美其名曰"果汁吧"。我走进一间，心想：不知道能不能认出几种当地水果。菜单上的紫色阿萨伊巴西莓（acai berry）酷似我二年级时玩的玻璃弹珠，小伙伴们都管它们叫"噩梦"。柜台里面放着一只篓子，俨然装满了"眼球"。老板递给我一个圆溜溜的"眼球"，甚至有血丝，还有一条视神经一头悬空，另一头连着漆黑的虹膜和斜睨着我的白色巩膜。这叫瓜拉纳果（guarana），他说，一种天然兴奋剂，加在奶昔和软饮里就能让人振奋精神。我瞪着它看，它也瞪着我。

恍如被催眠的我照着街边果汁吧里的菜单，把那些水果名字抄在了笔记本上。

此刻，太阳正慢慢沉向色彩柔美的地平线。彩屑花纸漫天飞舞，仿佛要给大地铺上一层热带雪。我差点儿忘了，这天是除夕。海滩上聚满了痛饮狂欢的人，都穿着白色衣物。很多人都是从山边贫民区来海滩欢庆的，一路扛着马库姆巴①的雕塑。他们点燃蜡烛，用彩带装点花瓣，祭献形变莫测的海神。祷告声在海面起伏，大海也仿佛捧着供品在跳舞。

我低头看着"水果清单"，默默背诵那些名字，不经意间，跟

---

① 马库姆巴（Macumba）是一种巴西黑人的宗教仪式，源自非洲，结合巫术、歌唱和舞蹈。

上了近旁鼓乐的巴图卡达节奏。念念有词仿佛诵咒，我闭上眼睛，感受心田的平静。那一刻，我忘却了一切。我忘记了自己的名字，也忘记了自己为何到这里来。我仅仅知道——abacaxi、acai、ameixa、cupuacu、graviola、maracuja、taperebá、uva、umbu[①]。

[①] 都是巴西水果的原名，多为葡萄牙语，依次为：菠萝、巴西莓、李子、古朴阿苏果、牛心果、百香果、塔巴瑞巴果、葡萄、绿玛瑙果。

导　言
不为人知的水果世界

> 嘿，你知道亚当享了什么福，那是国王和王后永远得不到、没法得到，甚至不知道的好东西。
>
> ——啸狼乐队[①]，《慢慢下沉》

人类和水果神交已久，有一种理论恰能证明我们之间的共通点：生物自卫本能（biophilia），或曰"生之爱"。这个术语是由心理学家埃里希·弗罗姆（Erich Fromm）在1964年创建的，用以表述生物拥有生命和成长的天性。这一假说指出：面对死亡时，有机体可以通过接触生命系统来维护自己的生命力。后来，生物学家援引了这一术语，指代人类与大自然之间有精神性连通，并具有改变生命形式的倾向。"我们的存在依赖于这种习性。"哈佛大学昆虫学家爱德华·威尔逊（Edward O. Wilson）如是说。他举了个实例作为引证，让病人待在充满绿色形象的空间里，康复速度就会大大加

[①] Howlin' Wolf，原名 Chester Arthur Burnett（1910—1976），美国颇具影响力的布鲁斯音乐家。昵称"啸狼"的来由很有趣，小时候他的爷爷总是编些狼的故事讲给他听，并警告他：如果他不乖，狼就会把他叼走。

快，科学家们由此推论，生物自卫本能是一种确保互助的多种生命形态共同存活的进化机制。

在巴西，水果仿佛在呼唤我。我也作出了回应。从那时起，我就似乎无法抽身而出了。

水果看似尘俗之物，却也十分蛊惑人心。让我们先从不同寻常之处说起吧，它们的曝光率非常高。水果无处不在，在街头巷尾热得冒汗，在酒店大堂里冻得发抖，在老师们的讲台上战栗，在酸奶里凝冻着，在饮料里漂浮着，装点着笔记本电脑桌面以及博物馆的长廊。

尽管只有一小部分种类霸占了全球水果市场，其实，我们这个星球上充满了各种难以接近、被忽视，甚至被禁忌的果子。世上有口感逼近"菠萝椰奶朗姆"鸡尾酒的芒果（mango）、橙色的野生黄莓（cloudberry）、白色的蓝莓（blueberry）、蓝色的杏子（apricot）、红色的柠檬（lemon）、金色的覆盆子（raspberry）、粉色的番荔枝（cherimoya）。巧克力工厂的威力·旺卡①可没有染指大自然噢！

水果的多样化令人眼花缭乱：大多数北美人都没听说过巴西番石榴（araca），但亚马孙水果权威机构声称，巴西有多少海滩，就有多少种番石榴。千百万种可食植物还有千百万分支变种——新的变种仍在不停涌现，魔力豆、日落果、炮弹果、美味怪物、僵尸苹、姜饼梅、天鹅蛋梨、骷髅树瓦哈卡、刚果落花生、导火线果、蜡烛果、杂种莓、五味子、杨桃、木胡瓜、楼林果。要是哈姆雷特看到了，肯定会说："赫瑞修，天堂人间有太多水果，绝非你的全

---

① Willy Wonka，是电影《查理和巧克力工厂》中的一个角色，他开设了一家巧克力工厂。

能哲学所能梦想到的。"

水果世界里有许多悦耳的美名,澳洲番樱桃叫"丽裴丽"（clove lilly pilly）——尝起来和南瓜派没两样,配袋鼠肉吃最可口。存在主义者或许更中意卡缪李子（camu-camu）——串串紫色小果饱含酸酸的果汁。美味树（yum-yum tree）的果子发芽时就像蓬松的黄色掸尘帚。在某些太平洋小岛上有一种"阳阳树"（yang-yang tree）,显然得名于阴阳学说。还有很多水灵灵的叠名惹人喜欢：法法（far-far）、拉布拉布（lab-lab）、纳木纳木（num-num）、佳姆拉姆（jum-lum）、劳味劳味（lovi-lovi）。

许多正经记载于植物学文献资料的名字也很逗趣,譬如镜子树（looing-glass tree）,好像从路易斯·卡罗尔的酩酊幻想中逃出来的。针垫包果（pincushion fruit）仿佛披着浓雾般的白丝袍,就像定格在爆炸瞬间的小行星。在印度西北部的彭加贝,牙刷树（toothbrush tree）的果子是睡前吃的；但在美国弗吉尼亚州,牙医们用牙疼树（toothache tree）的果子缓解牙疼。刚果人民对雨伞树（umbrella fruit）汁水饱满的果子视若珍宝。埃塔果（eta fruit）晶莹闪亮,模样像布丁,吃的时候要仰起脖子用嘴巴吸,就像吃生牡蛎似的。蟾蜍树（toad tree）的果实长得像青蛙,吃起来却像胡萝卜。温州蜜橘（milk orange）属柑橘科,剥开皮时会有香甜汁液喷溅,像云雾一样在空中旋舞。发财树（money tree）的果子可以给孩子当橄榄球踢。爱木苹果（emu apple[①]）必须在土里埋数日才能吃。宝剑果（sword fruit）真的能让人想起月光下寒光四射的宝剑；它的别名还有"断骨树""午夜恐怖",就因为瓜熟蒂落时的闷响常被误以为是骷髅坠地。

[①] 正名为 Owenia acidula,楝科植物的果实,分布于热带雨林,从亚洲到大洋洲都有。

令孩子们废寝忘食的海盗故事偶尔也会提到，海盗们藏身于热带小岛时会饕餮某些不可思议的美味水果。《小飞侠》里的彼得·潘和失落的男孩们"用骷髅头盛放树上渗出的汁液和树叶"，把面包果、曼密苹果和嘭嘭炮弹果烤来吃。直到身在巴西，我才意识到这些水果是真实存在的。我们闻所未闻的水果多得不计其数——更不用说只有极少数人有幸品尝，我们得跋山涉水开始猎果大探险才能沾上点边儿。

在热带，小孩们吃稀罕的丛林果实就像北美的孩子吃糖果一样。就算我们学乖了，在超级市场里对某些水果退避三舍，到了原产地却会突然发现它们好吃得不得了。十几岁时我第一次去中美洲，也第一次被番木瓜（papaya）的滋味震惊了，浓香钻进口齿的每一丝缝隙，那感觉真是太棒了。可在我所生活的北美，这些果子怎么看、怎么吃都好像有点不卫生。

根据我的经验，要想吃到珍奇水果，就必须去旅行，必须去别的国度，必须带着逃亡的决心。我是在蒙特利尔城区长大的，那里的冬天几乎没有水果。13岁时，我们家搬到匈牙利布达佩斯住了几年。在住处的后院，甚至能称得上果园的那片地里，我们兄弟几个总算尝到了杏子、桃子和番茄，那之前真的从没吃过。所以，你就不难理解匈牙利语中的"天堂"（paradiscom）还有"番茄"的意思。

十年后，我在父亲的匈牙利葡萄园里吃了一颗葡萄，四五岁时的记忆顿时如潮水般回涌。那天，天蒙蒙亮，我和弟弟一起床就跑去街那头的黑猫糖果店，要去买葡萄口味的巴巴丽口香糖。父母把那家店列入"禁止入内"的黑名单——大多数糖果也是我们家里的违禁品。但我们实在难以抗拒紫色小方块的魔力以及馋嘴的渴望，于是，我俩想出一条妙计，在爸爸妈妈起床前动手就成啦。我们跑到黑猫糖果店时，太阳刚刚钻出地平线。不用说，人家还没开张。哥儿俩就贴在橱窗上往里看，看盒装小焰火、漫画书、投币游戏机，还有那些糖果，手心里攥满了分分角角的硬币。我们拖着脚步回了家，那时候，心急如焚的父母已经报警了，警察们也开始了搜寻。恍如英格玛·伯格曼的电影《野草莓》的柔光照进现实，就在那颗康科德黑葡萄（Concord grape）入口的一刹那，记忆中尘封已久的儿童出走事件蓦然重现。

巴勃罗·聂鲁达（Pablo Neruda）曾说，咬下苹果的一刹那，青春重现。我在巴黎时，有个阿尔及利亚出租车司机一边开车，一边形容他年轻时吃到的仙人掌果（prickly pear），整整一路他都在哀叹法国仙人掌果的味道不正，反而勾起他的乡愁，越发怀念故乡的仙人掌果有多甜。在纽约，有个批发商告诉我，他小时候在妈妈的大衣橱里发现了一枚熏衣服用的榅桲果（quince）。我问他："之后你干了什么？"他答："使劲闻呗。"

贝尔托·布莱希特（Bertolt Brecht）曾写过一首诗，说的是，望着窗外小树结果，瞬间将他带回更纯洁的岁月。诗中说，他花了好几分钟慎重斟酌：到底要不要戴上眼镜，"再次去看那些细嫩红茎上的黑莓"。诗的终结没有给出答案。布莱希特将其留在暧昧的意境里，但我不能。我戴上眼镜，像普鲁斯特一般钻进虫眼里，却发现身边还有好多近视的水果癖好者作陪。

世上有一群痴迷水果的人，他们远离公众视线，非常非主流，彻头彻尾地将人生奉献给探求水果的伟业。借助于北美水果探索者协会、珍稀水果全球联盟这些民间组织，不为人知的地下水果世界就跟他们始终追随的花果神一样特立独行。"forest"（森林）这个词来源于拉丁语中的floris，意为"外界"，却通常吸引着真正的外来者。自1910年始，"fruit"（水果）就被用来形容行为古怪、与众不同的异类。写这本书，也就意味着深入了解水果书呆子、水果走私贩、发掘水果的探险者、膜拜水果的信徒、创新水果的发明家、水果警察、水果强盗、素果人，甚至包括一位水果按摩师。这些别具一格的人物也在这个星球的多样化中占有一席之地——无论从植物学还是人类学立场，都一样精彩。

水果对我们的诱引能到何种程度？参见2002年罗伯特·珀尔特（Robert Palter）的《玛菲公爵夫人的杏及其他文学作品中的水果》即可窥知。这本专著洋洋洒洒872页，试图对历代小说、歌曲、电影、诗歌及其他文学样式中出现的水果加以分类讨论，其野心和痴狂都无法按捺，实有不吐不快之势。甚至专门有一个章节，钩沉某些书中明显漏掉或缺失了的水果。

珀尔特年届八旬，是位退休的教授，曾参与研究原子弹的"曼哈顿计划"。让他最快乐的事便是探讨语义暧昧的断章残诗所影射的水果——理应被冠以"蕴涵宇宙奥义"的水果——譬如大诗人安东尼·赫克特（Anthony Hecht）的《葡萄》充满了星球体和透明圆球的意象。

当他解读威廉·迪基（William Dickey）的《李子》时，几乎要把拳头解剖开来看，引用的诗句中提到李子的生长："艰涩地挺进，春天里的一只拳头／薄膜淤伤的紧握的拳头／痉挛……"珀尔特得出的结论是，这首诗"始终意图打破传统田园诗格式紧握不放的精妙感"。

我在黄页电话本里找到珀尔特的电话，打了过去。他对入嘴的水果倒不是特别感兴趣。"到手的果子，我会为其哀叹。"他叹了一口气，在康涅狄格州的寓所接听我的电话。但过了一会儿，谈到他直到最近才第一次尝到新鲜的无花果，情绪才高涨起来："我心想，'不可能有这样的有机体啊——实在太过分了！'"他兴奋的声音传过来，成了听筒里一连串短促而急切的短音。

我问他，何以对文学中的水果这么感兴趣。"水果和人类生活、爱、性和享受之间显然有关联，"他回答，"但水果会烂掉！所以，同时还有消极的潜台词。水果可以指代政治腐败。我可以给你找到很多文学中的实例，用水果来隐喻任何人类的情感，甚至是极其微妙难辨的情绪——无所不包。"

鲍勃·迪伦（Bob Dylan）在《重访61号公路》的光盘封套里写过这么一句话，讽刺某人"正在写一本讲述一只梨的真实意义的书"。珀尔特的书里没有摘引迪伦这句话，而是提到梨子意蕴无穷，无论是作为性物、希望落空的形象，还是熵的隐喻物，都能说得通。要说珀尔特的研究精髓何在，便是指明了水果的真正力量在于足以诱惑我们。

最初，他研读了一篇有关水果的散文，但一旦研究起来，资料迅速积累到令人瞠目结舌的数量。没多久，他就被铺天盖地的实例淹没了。"每一次我在某篇小说里找到一则水果的新例，我都会说：'哇哦！真是难以置信！'"图书馆里的员工也给他起了绰号，背地里叫他"水果家伙"。积累了汗牛充栋的水果逸事趣闻后，他联系了南卡罗来纳州大学出版社，打算出一本300页的书。等他交初稿时，篇幅已比预期值翻倍，膨胀到了600页。等到即将付梓印刷时，他仍在孜孜不倦地增添新内容，直到出版社下了"最后通牒"——够了，真的够了！

他在书的引言中写道，这个项目注定没有所谓的结局，毋宁说这本书只是"阶段性报告"。他决意，不在书的末尾加上标点符号，以示其永无终结。书出版后很久，他依然停不下来，有关水果的段落篇章继续累积。正如他在名为《我的水果巨作》的回忆录中所写："不知不觉间，不管看到印刷品还是照片，我都会寻觅水果的踪影，简直欲罢不能。"

挂上电话前，珀尔特说他正在考虑把手头所有的水果相关书籍都捐献给图书馆。"我得和水果一刀两断。"说着，他忍不住重叹一声。话是这么说，在我们交谈后数月间，他一直给我发电邮，全都是有关水果的奇闻逸事。其一便是他的"最新发现"：西班牙作家哈维尔·马里亚斯（Javier Marias）的长篇小说《一切魂灵》中的一景。他标注了页码，解说上下文是："一场大学教员的晚宴"，吃甜品时，学监"执意用一条橘瓣串成的项链装点约克系主任太太的胸脯"。这封电邮最后写道："这场面多带劲儿啊！祝福你。罗伯特。"

文学作品中的水果多姿多彩，可我还想知道水果背后的故事——能吃的、真实的水果。在超级市场里，我们可以从贴在水果上的标签追溯到特定的人或地。哈斯鳄梨（Hass avocado），其名来源于邮递员鲁道夫·哈斯（Rudolph Hass），他住在美国得克萨斯州帕萨迪纳市，孩子们央求他不要把一株怪异的秧苗砍掉，结果，他在1935年获得了这种鳄梨的专名权；时至今日，在全世界出售的所有鳄梨中，绝大多数都是哈斯鳄梨。美国槟樱（Bing cherry），其名来源于19世纪美国俄勒冈州的中国东北人阿槟（Ah Bing）。克莱门氏小柑橘（clementine），得名于克莱门·罗迪恩（Clément Rodier）神父，1902年，他在孤儿院为这种柑橘和酸柑的杂交品种施洗。柑橘变种之一丹吉尔柑橘（tangerine），来自摩洛哥城市丹吉尔。丁干（Dingaan）苹果得名于非洲酋长，他杀害亲兄弟后被人杀死。麦金托什（McIntosh）苹果的起源则是一颗破碎的心。

约翰·麦金托什（John McIntosh）出生于1777年的纽约，年轻时深深爱上多丽·欧文（Dolly Irwin），她的父母都是反对美国革命的"联合帝国忠臣"①,同样,也反对亲生女儿的婚姻。欧文夫妇带着女儿移居加拿大,18岁的麦金托什也尾随其后。不幸的是,等他赶到欧文家在康沃尔的露营地时,多丽已经香消玉殒。悲恸至极的麦金托什怎么也不相信这是真的,掘地三尺,挖出遗体,这才确定爱人真的不在人间了。尸体早没了人样,他伏在上头久久痛哭,好不容易才起身离去。最后,他在安大略省的易洛魁族人村落附近找到一片地,定居下来。地里野草丛生,荆棘疯长,灌木过盛。整顿田地时,他发现了20棵矮小的苹果树,但没多久几乎都死了,只有一棵存活——还结了异常多的果子。他把这棵树的枝条嫁接到别的树上,到了20世纪初期,麦金托什苹果就随处可见了。

如今,光是苹果就有两万多个品种拥有专名,不用说,还有数不清的野生怪苹果没福气享有名号。这么多苹果存在于世,我们简直无法统计。别说一天吃一个了,你完全可以每天吃一种,天天不重样,如此吃到老——至少,够你吃50年啦。最优质的苹果吃起来像红莓、茴香、菠萝、肉桂、西瓜、西兰花、香蕉、榛子或粉彩冰淇淋。有一种黄色的矩形苹果,吃的时候,会有蜜糖般的汁液从中空的果核里渗出来,好比天然的果汁夹心糖。还有深紫红皮的吉莉花苹果(gilliflower)、象牙白果肉的白透苹果(white transparents)、橙色果肉的杏果苹果(apricot apple),还有深红色果肉的呢。几年前的夏天,我在温哥华史达孔纳公园的古老品种苹果园里偶然看到一只泛着珠光色的苹果,标签上的名字是"粉色珍珠"。我把它切成小片分给朋友们,大伙儿全都不禁惊叹:果肉竟

---

① United Empire Loyalists,联合帝国忠臣是指效忠大英帝国的北美移民。《独立宣言》发表以后第5年的9月,英国军队主力在约克镇失利,被迫同美国讲和,并于1783年签订《巴黎和约》,正式承认13个殖民地脱离英国独立。美洲出现了第一个资产阶级共和国。联合帝国忠臣们也从美国移居加拿大。

然是亮丽的粉红色!

每有水果入口,我们都在咀嚼被遗忘的历史。帝王将相、皇后嫔妃都曾品赞奇果。12世纪的诗人伊本·沙拉(Ibn Sara)把橘子比喻成处女的脸颊、热火之炭、被爱情之苦催热的泪花、黄晶枝条上的红玉玛瑙珠。水果令我们诗兴大发、妙喻连连。菠萝最初被引进英国时,在贵族阶层引发了一阵疯狂追捧。香蕉在美国曾经意义非凡,以至于在《独立宣言》一百周年的庆典上被当作"抗争的证据"供奉起来。香蕉象征了自由,柏林墙倒下的时候,垃圾桶里里外外都是香蕉皮,好像那是东德人能买到的第一件宝物。

克什米尔战火未熄,但在印度和巴基斯坦两军之间曾有过短暂的休战,为的是"沙巴特"(sharbat),一种当地果汁。2000年,大约两万五千名印度人给巴基斯坦边境的守卫兵们送去沙巴特以示好意。以色列人和巴勒斯坦人都视仙人掌果(cactus pear)为本族人民的象征。对以色列人来说,这种果子代表了坚不可摧的外表、甜蜜的内心。巴勒斯坦人则视其为耐心的象征,削皮、处理果肉需要耐心,恰如需要耐心来处理尚未解决的种种争端。

水果为战争、独裁和开拓新世界提供了燃料。一匹木马或许能终止特洛伊战争,但战争的起因却是特洛伊王子帕里斯把象征争端的金苹果给了阿芙罗狄蒂。波斯的薛西斯王禁不住阿提卡岛的无花果(fig)的诱惑,与希腊人宣战。当卡图握着新鲜、成熟的无花果说道:"记住,这是两天前从迦太基摘来的;兵临城下,敌人就在我们城墙之外!"第三次布匿战争正式爆发。伦巴第军队侵入意大利时,阿尔伯因挥舞着橙子,仿佛给士气镀金,就此成为第一个意大利伦巴第王国的统治者。令人上瘾的罂粟果导致大英帝国对中国清朝发动鸦片战争。19世纪,毛利人已将查塔姆岛上的莫里奥里人赶尽杀绝,但毛利人去那里的初衷是听说那里是生长卡拉卡莓

(karaka berry）的胜地。在斯堪的纳维亚，芬兰人、瑞典人和挪威人在收获野生黄莓的时节里争端不断，逼得外交部不得不设立专门机构来处理"黄莓外务"。

水果，不像表面所见的那么简单。红心，黑眼，好像储满阳光蜜意的小胶囊，滴流出晶亮之血，就像伊甸园里的善恶智慧树一样诱惑人心——也很会骗人。自鸿蒙太始至今，这些甜蜜的蜃幻妄想充盈着我们的心田。

人类初民从一棵树走向另一棵树，饿了就吃果子。慢慢定居下来，栽培作物，发展农业，他们的后代崇拜果实。宗教对此加以神化，皇族招摇饕餮之欲，诗人琢磨象外之意——犹是种种避讳符征，神秘主义者则把水果用于催生幻景的仪式。水果激唤起我们最深层的基因本能，也把我们的灵性提升到愉悦迷狂的境界。

毕竟，亚当和夏娃在永恒的伊甸园里选择了最禁忌的果子。佛祖在菩提树下大彻大悟。穆罕默德提及升到天堂的往生者时说："对他们来说，有一项福祉是确定的：取之不尽的水果。"在阿兹特克神话中，上层世界，亦即天堂就是果树丰盛的园子。马来半岛的土著部落——诸如加坤族、塞芒族——相信死魂灵最终将到达"果岛"。埃及人信仰的承许之地叫作"雅"（Yaa），根据辛努海（Sinuhe）的象形文字故事书记载，那儿的树上累垂无花果、葡萄和其他水果。在北欧神话中的仙宫，也就是挪威人信仰的来世天堂里，苹果令众神青春不朽、永生常在。据英国诗人罗伯特·格雷乌斯（Robert Graves）所写，古希腊人口中的乐土是一片苹果园，只有英雄的灵魂得以进入。凯尔特族传说中的西方乐土岛阿瓦隆（Avalon），此名意为苹果地（Apple-land）、苹果岛（Isle of Apples），亚瑟王死后去那里，得到永生，并有吃不完的苹果。在犹太人看来，当你进入天堂，就会得到八颗番樱桃以及众灵起立久久鼓掌的款待。北非古国毛里塔尼亚的布莱卡纳游牧民族相信,天堂里都是葫芦大小的浆果。北美新英格兰的印第安瓦帕浓人能循着草莓的香味进入灵魂世界。17世纪的英国诗人托马斯·坎皮恩(Thomas Campion)把天堂描绘成宜人香果铺天盖地。印度灵性导师尤伽南达(Paramahansa Yogananda)指出:"印度人的天堂里要是没有芒果,那就无法想象!"

在中国神话里,吃了就能长生不老的蟠桃由西王母负责照料。西王母住在天庭顶峰瑶池之畔,金墙贝宫,气宇轩昂。蟠桃园里鲜花浓粉朵朵,琼树蓝绿汁液滴滴,枝叶花葩皆带玉。瑶池里仙乐飘飘,西王母和美丽的仙女们悉心照料蟠桃,这种仙果着地三千岁,出土三千岁,开花又三千岁,结子又至三千岁。吃一枚,寿与天齐;若是三枚,能超万劫。

近年来,学者们咬文嚼字,在伊斯兰经典细节上产生了意见分歧。德国语言学家克里斯托弗·拉克森博格(Christoph Luxenberg)宣称,今天的《可兰经》对原文有重大误译,在天堂等候烈士的"72个处女"(houris,又译天堂美女)实际上该是"白葡萄干"和"多汁的果实"。拉克森博格假说的主要理由在于:《可兰经》的原文不是阿拉伯语,而是接近西南亚通用语"亚拉姆语"(Aramaic)的一种古语。通过对亚拉姆语中一段对天堂的描写,他确定神秘的天堂处女应该变回水果——那才更符合天堂传说的普遍要素。

"天堂"这个词,来自波斯语种里的阿维斯陀语(Avestan),亦即古波斯琐罗亚斯德教经典《阿维斯陀》所用的一种古代波斯语。Paradise正是源自阿维斯陀语中的Pairidaeza,最早意为被灌溉的、果实累累的美好花园。在伊斯兰传统里,花园就是对天堂的复制。在古代中国也是如此,御花园无不模拟仙境而造。英国作家斯蒂芬·斯威策(Stephen Switzer)在1724年出版的《实用果园艺》中写道："一座优异的人工果园就好比天堂本身的缩影。"圣诞树上一闪一闪的彩灯能回溯到德国异教徒对硕果累枝的许愿树的信仰。提及水果的科学专用名，有关圣境圣物的备注屡见不鲜。分类学家们把可可豆（cacao fruit）命名为Theobroma，亦即希腊语中的"神之果"。拉丁语中对香蕉（banana）的命名是Musa paradisica，亦即"天堂里的水果"。1830年，柚子（grapefruit）被定名为Citrus paradisi，亦即"天堂柑橘"。柿子（persimmon）的大名则是Diospyros，意为"神吃的果"。

过去，水果是难以获得的珍奇异宝。我父亲在上世纪50年代的东欧小学里读书，校方对年度最佳学员的最高奖赏是半只橘子。马克·吐温（Mark Twain）觉得西瓜（watermelon）绝对是人间的奢侈品。亨利·梭罗（Henry Thoreau）眼中的苹果是"仙果，漂亮得让人舍不得吃"。到了中世纪早期，稀罕的水果被比作天使的喜悦之泪。如果你一辈子只能尝到一两次李子（plum），想必也会以为这种紫红色的小圆球不是凡间之物，就连果皮上的斑点也像是金色尘埃。

当今社会，水果已成了日常食品。到哪儿都能找到，终年不休地有售，很便宜，所以也常在我们的厨台上干缩成一团。它们是家常零食。许多人甚至不喜欢水果呢。或许是因为——普遍说来——我们吃到的都是采摘后两三周的水果。

全球经济一体化要求产品标准化：可靠，稳定，形态始终如一。改造自然之后，就好比在全球范围引爆同质化炸弹，我们所食用的就是榴霰弹片。我在婆罗洲、布达佩斯和波士顿买到过一模一样的苹果。我们吃的很多水果是经过改良的，令其更适合航运，并能在超市闪耀不断、催其凋萎的日光灯下存活十天。典型结果就是

"复制娇果"[①]：外表无懈可击，仿佛植入了硅芯片，感觉像机器制造，口感似网球或樟脑丸，甚至干涩的粉团。

真正的水果是娇嫩活物，需要小心伺候。尽管我们对水果肆意妄为，它们从骨子里却充满了反抗精神，难对付，难预料。就算是同一株树上结的苹果也会有不同口味。在清晨还是日落采摘，对水果的质量也有影响。一只橘子的每一瓣，含糖量也会有高低。下次你发现一只好桃子，要记得咬根部——更甜。水果朝生暮死，就等着在收获的时段里被享用。我们有许多智取美果的办法，克服了严格的时令性——铺设低温运输系统，发展精准农业，转基因——但巧取豪夺的同时，牺牲的是口味。今天的水果普遍味淡，也无处不在。

这种浮士德式的交易还有其他令人不悦的副作用。化学品残留，杀虫药残留。包蜡，染色。不可控的油性大量损失。香蕉共和国[②]。放射性仪器，熏蒸机。鲜果在冷冻储藏间里耽搁数月，最后锈斑点点。身价亿万的水果贵族用18轮大卡车从哥伦比亚非法进口水果。契约苦力在热带果园里倒毙。

但情况在慢慢好转。单一栽培也有多种选择，你要流淌蜜汁、天鹅绒般的梨子？还是忠于文艺复兴时期的传家宝级别的梨子？种出这些冲击味蕾的天赐之宝需要坚定不移、百折不挠的精神，而最需要的是——激情。幸运的是，小规模生产者的激情正在被消费者和厨师们追捧仿效，美食媒体也在推波助澜——对明星农夫的报道此起彼伏。下一步，或许会再次发现早已失落的热带作物，其中的很多品种能降低全球饥饿指数。威尔逊在《生之爱》中特别提到

---

① 这是作者仿效美国影片《复制娇妻》(*Stepford Wives*) 所取的名字。
② Banana Republic，这是作者的一语双关。在当今北美，人们普遍认为这是一个美国时尚品牌，其实这个名字背后有一段非同寻常的历史，详情请见后文。

三大"明星物种"——四棱豆（winged bean）、冬瓜（wax gourd）、巴布萨棕榈（Babussa palm），它们和所有果实一样，都能代言这种希望，让我们拭目以待吧！

目前，根据联合国提供的数据显示，全世界人民的水果碗里最常见的种类包括：香蕉（以及大蕉 [plantain]）、苹果、柑橘（citrus）、葡萄（grape）、芒果、瓜类（melon）、椰子（coconut）和梨（pear）。桃子（peach）、李子、椰枣（date）和菠萝（pineapple）退居二线。发达国家的水果碗要大一点，并且装满了草莓（strawberry）。发展中国家坐拥无穷尽的、未经开发利用的热带水果。

不管在自家后院还是国外，我们探索水果时也就是与大自然重新接驳的时刻，通往至高境界。要想体验"生之爱"，就要尽力去爱多姿多态的生物，没有界限，又很脆弱；多样化的正反两面既让我们魂牵梦萦，也能让我们满怀希望。这本书，有关水果，有关人类和水果之间的紧密联系。要预先提醒诸位的是：阅后可能魂不守舍，有口干舌燥之感。

"19世纪，近乎极端沉溺于古怪兴趣的人被视为——值得赞赏、善良有德。"科学史家罗林·达斯顿（Lorraine Daston）这样说，还特别提到，到了20世纪，一心追求自然常识却被世人认为"近乎病态，是一种高尚但危险的执迷"。愉悦总要付出代价。达斯顿举例说明，那些被奇妙大自然感化得心醉神迷的人——尤其是对某一主题不懈钻研的人——如何呈现出精神崩溃、离群索居的趋势，有趣的是，还会罹患任何瘾君子都会有的心理障碍。自上帝创世之后，求知欲就一直是危险欲望。

我也开始了，差不多夜夜梦到水果。我梦到自己在杂货店卖的桃子卜发现了隐藏已久、意义重人的卷轴。我在梦中学会了和芒果一起演奏，并和橘子一起合影。我在神秘岛的迷宫山洞里探宝，路遇可以吃的万花筒。我梦到自己在祭坛上献身，在神火深处，水果向我显形。

我打一开始就不明白，究竟是我在追猎水果，还是水果在追猎我？我第一次被水果塞壬的呼唤诱惑，就是在巴西，但我下决心要写一本诉说水果故事的书则是在几年后。牛顿定律来自苹果，而砸中我的那颗"苹果"出现在好莱坞高地花园大酒店，当时我正四肢摊开地躺在泳池边的躺椅里，读一本关于"童话如何成为当代故事的蓝本"的书。就在我读到魔法种子引导英雄走出险境时，一片金灿灿的颗粒落到那一页上。我抬头，看了看头顶的树枝。过了一会儿，又有一片金色落在打开的书页上，刚好是在"永远"这个词的末尾。手指压在金色上，我把它捡起来细细打量。比胡椒略小一点，椭圆形，覆满了微细的茸毛。我用铅笔尖去戳，一粒淡黄色的种子滚动而出。那时，我的生物学知识尚且粗浅，甚至不知道这可能是植物的哪个部分，但我的怀疑最终被证明是正确的。水果，如此普通，又如此非凡，正是它们在召唤我呢。

第一部 自然

第一章
野生、成熟、多汁：水果究竟是什么？

> 霍默：丽萨，想不想吃甜甜圈？
>
> 丽萨：不，谢谢。你想来点水果吗？
>
> 霍默：甜甜圈里有紫色。紫色就是水果。
>
> ——《辛普森家族》

"在壁炉前坐下，翻开一本书……眼前浮现这一画面时，我怎么也想象不出自己是在读一本有关水果的书。"这是我家的老朋友听说我正在研究水果后亲口招供的。但当话题转向我们小时候爱吃的水果时，他突然想起来，他的女朋友曾在几年前无缘无故地在家里藏了个番石榴。"我一走进门就闻到那味儿了。"他说。15岁离开以色列后，他足有几十年没吃过番石榴。当他循着香味找出了番石榴，竟带着凯旋的喜悦抱着它跳上床，蜷起身子包住它。深深嗅着番石榴的浓烈芳香，他忍不住亲吻它，抚摩它周身上下，好像怀抱一个失散已久的情人。

"我和那个番石榴亲热了一番。"他嘟囔了一句。

水果，天生就是性感尤物，可谓是渊源深远的助性佳品。中世纪有这样一种示爱的前戏：女人削完苹果就把它放在腋窝下，让体香渗透到苹果里，性兴奋的时机一到，她就会把这个苹果送到爱人的面前。在伊丽莎白时代的妓院里，该吃多少李子或李子干都是有严格规定的。查尔斯二世统治时期，"橘子妓女"在戏院里出售水果以及自己的肉体。不管在哪里，水果都有催情的联想，中国有枇杷（loquat），波斯有胡颓子（gumi fruit），突尼斯有石榴（pomegrante）。巴西土族用酷似阴茎、状如香蕉的阿宁佳果（aninga fruit）轻拍生殖器令其更壮大。印度《爱经》里有明确的口交指示——就用吮吸芒果的方法。R&B 摇滚明星"多米诺胖子"在 1940 年凭一曲《蓝莓山》雄踞排行榜，"你让我在蓝莓山上陶醉激动"传遍大街小巷。根据民间情色研究者葛雄·莱格曼（Gershon Legman）所言，"经验丰富的人经常插入'水果阴道'，诸如草莓或樱桃[①]"（他还特别加注：牙口不好或戴假牙人士尤需抵制诱惑）。

从巴比伦时代开始，无花果一直被视为具有"性爱魔力"。在今天的蒙特利尔果蔬市场里，小贩们的叫卖似乎变得更有科学依据：每个无花果含有五克伟哥！有天早上喝咖啡时，蒙特利尔的艺术家比利·马瑞斯（Billy Mavreas）刚结束希腊之旅，他告诉我和朋友们，当季第一批无花果成熟时，他目睹了一群老男人你推我搡地去抢果实。他自己也很能理解他们的狂热，"每当我切开一个无花果，我都想干它"。

有些人触摸水果时会吓得要死。当他们手拿奇异果、桃子或其他表面毛茸茸的水果时，会有异感，甚至是恐惧感，"不愉快的触觉"（haptodysphoria）这个术语就是用来指代这种现象的。生物学家将那些又短又细的茸毛定名为"软毛"（pubescence）。《牛

---

① 草莓在美国俚语里意为"红发女郎"，樱桃则意为"处女"。

津食物指南》中则指出:"在所有水果中,桃子和人类肌肤的质地最为接近。"

还有人很喜欢柔软、多孔的瓜类。巴西有一句俗语:"生育靠女人,生活靠山羊,逗乐靠小伙,狂喜靠甜瓜。"有个名为"猴子面具"的网友在博客里描述了一场"瓜灾"。因他觉得罗马甜瓜太凉了,就用微波炉转了转,想得到一个温热的瓜。结果,直到他的私处深深陷入甜浆,差点儿被烫伤时,他才意识到热过头了。

以水果为题的黄色闲聊最早始于丛林。非洲倭黑猩猩是人类的近亲,与我们98%的基因是相同的。在刚果共和国的日本灵长类动物学家发表了一篇文章,描述了一群游牧生活的倭黑猩猩路遇一片果实繁密的森林时狂欢群交。这种全体共享的性交显然是让黑猩猩们释放掉多余的精力,以便更加紧密团结地生活在一起。

农耕社会早期确有此类"水果狂欢群交"。就跟倭黑猩猩一样,水果成熟的季节是释放放荡激情的黄金时段——语出宗教史学家米尔恰·伊利亚德(Mircea Eliade)。这种激情含有混沌的、神圣的基础,伊利亚德称其为"无限的性狂能",在其推动下,任何事都可能发生,任何庄严、斯文、道义、伦理都被取消了。在秘鲁一年一度举行的"阿迦泰米塔"(Acatay mita)仪式中,男人和男孩都要浑身赤裸,在果园里横冲直撞,路遇女人就可以交媾。人类学家已积攒了充足资料,证实全世界各种土著部落里都有水果丰收、狂欢群交的现象,譬如印度奥浪人、孟加拉人、新几内亚西部岛屿上的乐提人和萨玛塔人、非洲的巴干达人、斐济岛民、巴西的卡纳人。在欧洲,丰收季节的纵酒狂欢一直延续到中世纪,哪怕天主教欧塞尔大公会议在公元590年予以强烈谴责也没用。

纵观西方美术史,希罗尼穆斯·博斯(Hieronymus Bosch)的《人间乐园》当属最神秘莫测的杰作之一。肉体裸裎的男女手捧巨大浆果在嬉戏,似乎在暗示:植物王国里的奇异色诱对植物繁衍颇有实效。毕竟,我们每每吃下水果,就融入了一轮再生行为。

一切果实都始于花朵。从最本质的层面说,花朵都是植物王国里的性机器。18世纪,植物学家发现花也分雌雄,公众和教会无不哗然,甚而愤慨。植物学家卡尔·林奈(Carl Linnaeu)形容花朵就像"无数女人和同一个男人在床上",因而被人辱骂为"恶心的淫妇"。

相应地,花的阴道被称为"花柱",阴茎变成了"花丝",阴户即为"柱头",精液则叫"花粉"。不管叫什么名字,花朵就是植物的生殖器。不管何时何季,只要花开盛极而衰,就会生长出果实。水果就是花的胚胎受精的结果。因而,水果都是爱的结晶,芳香家族联姻得到子孙后代。

如同在好莱坞掉落于我膝头的那片金色,任何包含有种子的植物部分就是果实。在植物学讲义里,果实是花朵子房发育后的产物,连同任何随之成熟的部分形成完整的果实形态。简而言之,果实就是植物的蛋。再换到人类的语境里,请试想一个怀孕的妇女:饱含羊水的胚胎裹在胎膜里——其植物版即为果实。胎儿就是一颗种子(或是多颗或五颗一组),胎儿漂浮在球形胎膜里——这一整套结构组织即为果实。植物怎样生子,看果实就知道了。

果实包着种子,种子携带基因密码,日后将发育出整株植物。果实肩负双重任务:既要保护、滋养种子,又要帮助种子传播。众所周知,唤起力比多高涨属于后者的功劳。

不知为何,我发现这番讲说比讨论"番茄和鳄梨到底是水果还是蔬菜"要更专业些——那可是经久不衰的餐桌热谈。在这些分歧中,甜——总是扮演了关键角色。有关甜的争议还当真登堂入室,成为 1893 年美国高级法院里的案例。法院裁定,番茄不甜,所以是蔬菜。食用大黄实际上是根茎,却在 1947 年合法升级为水果——因为人们常常用它来烤制甜的菜肴。

通俗地说,从农业税收的角度来看,水果必须是甜的,当甜品吃,至少看起来要像个瓜。然而,科学地来说,水果的定义范围要更宽泛。绿椒(green pepper)、鳄梨(avocado)、黄瓜(cucumber)、西葫芦(zucchini)、南瓜(pumpkin)、茄子(eggplant)和玉米(corn)都算水果,因为它们都包含种子。橄榄(olive)是水果。芝麻是芝麻果(sesame fruit)里的种子。洗澡用的丝瓜瓢是丝瓜(Luffa cylindrica)的果实。香草(vanilla)是一种兰花的果实。玫瑰会结出玫瑰果(rosehip)。百合花会变成珠子般的果子。罂粟果的豆荚里有罂粟籽(poppy seed),其汁液富含吗啡。嗑瓜子就是把没用的果壳吐掉,吃掉葵花籽(sunflower seed)。

花朵就是未来的水果。当我第一次郑重告诉我的女朋友莲妮时,她指着盛放天鹅绒般小花的花盆,满腹狐疑地问:"那我们家阳台上的灯笼海棠会怎样?"我煞有介事地做出预言:蜜蜂飞来飞去地播种,花朵一旦受精就会长成果实的心皮。果然,一两个月后,莲妮发现了一些深栗色的浆果,一串串挂在洋红色的花瓣中。小浆果里有汁液,很像蓝莓。我们犹犹豫豫地咬了一口。很平淡,说不出有什么味儿,如同成千上万不知名的野果,尽管如此,那显然是水果。

豌豆(pea)、扁豆(bean)……所有带豆荚的豆子(legume)都是果子。花生(peanut)是长在地底下的果子。授粉之后,花生花探入地下,就跟受惊吓的鸵鸟一样,任由果实在不见天日的暗地里成熟。理论上来说,全世界排名最前的六大作物都属于果实:小麦(wheat)、玉米、稻米(rice)、大麦(barley)、高粱

(sorghum)和大豆（soy）。就算谷物颗粒很小，同样包含种子。大约一千四百万年前，非洲的热带稀树大草原的草地里满是野生谷物。由是，远古人类才得以从树上下来，逐渐演变为两足动物。

坚果（nut），在植物学上称为单子果实。其实，很多归于坚果类的果子都名不副实。杏仁（almond）并非坚果，理论上说，它是在果实内部硬壳里的种子，而杏子是桃子和李子的亲戚。没错，杏子长在树上。吃杏仁就好比在吃桃核里面的东西。椰子（coconut）呢？虽然名字里就有"坚果"（nut），但根本不是坚果；它彻头彻尾就是水果。

任何企图给大自然分门别类的人都会遭遇不得已的例外，很多的例外。就拿草莓来说吧，种子全都排列在果皮外部，被称为"瘦果"；每一颗都是单独的果实。红色果肉只是用来分布种子的一种构造。无花果，好比是包含许多微小种子的大豆荚。菠萝是一组花序的组合，名为聚花果、复果或花序果，众多类似浆果的小果实聚集在带刺尖儿的果肉里。那么，蔬菜又是什么呢？任何可食用、不包含种子的植物部分都是蔬菜，可以是根部（胡萝卜）、块茎（土豆）、茎干（芦笋）、叶子（卷心菜）、叶柄（芹菜）、花茎和花苞（花椰菜）。

椰菜（broccoli）是一组密集组合的尚未发育的头状花序。如果让椰菜继续长，微小的绿色花头就会打开，露出漂亮的黄色小花，再结出包着种子的豆荚。刺山果（caper）是花蕾，会结出多籽的大浆果。菠菜（spinach）是叶子，但其花朵会结出非常小的果实，常常带刺。泡茶用的是茶叶，但茶树是靠果实繁殖的。抽的大麻（marijuana）是花，授粉后的果实才能发芽，长出新的植株。

世界上有24万到50万种能结出果实的植物物种。其中，有7万到8万种是可食用的；我们吃的大部分食物仅仅来自20种农作物。专门研究可供食用的果实的学科叫作"果蔬栽培学"（pomology）；"果实分类学"（carpology）则是研究所有开花植物所结的果实，无论是否可食用。储存植物果实的地方叫作"果种库"（carpotheque）（听起来像是分类学家可以为所欲为的地方）。

许多被我们称为"香料"的食物实际上是由干果组成的，或是由干果制成的：胡椒（pepper）、豆蔻（cardamom）、肉豆蔻（nutmeg）、红辣椒（paprika）、茴香（anise）、香菜（caraway）、多香粉（allspice）、孜然（cumin）、葫芦巴（fenugreek）、辣椒粉（cayenne）、葡萄干（currant）和杜松子（juniper）。肉豆蔻干皮（mace）是豆蔻果实外的假种皮。丁香（clove）实际上是干花，尽管授粉后它们真的能长出淡紫色的果实。

直到近代，香料才不再是顶级奢侈品。就因为香料丰盛，诸多产地被霸占，岛屿被掠夺，原住民被屠杀。在欧洲，肉豆蔻和胡椒子本来是盛在金托盘里被端上饭桌、作为甜点直接吃下肚的。就像现代人把百达翡丽名表和施华洛世奇水晶视为馈赠佳品一样，香料也曾是高级货。

东方的干浆果与金子等价，就是为了找到通往东方的捷径，欧洲人才有股子蛮力和冲劲发现了新大陆。胡椒曾经极其昂贵，几颗胡椒就能当作货币使用。打尖住店的游客可以用胡椒抵作房钱。罗马人曾每年给西哥特国王阿拉里克西和匈奴王阿提拉献上胡椒，两大强国收下这种赎金，这才答应推迟侵入罗马。

肉桂（cinnamon）是树皮，但当探险者发现南美洲时，只当它是种水果。历史学家加西拉索·德加维拉（Garcilaso de la Vega）曾写道："串串小果长在橡树果般的硬壳里。不论嗅闻还是品尝，这树的枝叶根皮都散发出肉桂奇香，尽管如此，硬壳才是真正的香料。"在西班牙将军贡萨洛·皮萨罗（Gonzalo Pizarro）的指挥下，两千士兵铤而走险，闯入厄瓜多尔的丛林，搜寻这种无价之果。他们迷失在丛林里整整两年，只剩下八十个浑身赤裸、歇斯底里的残兵败将回到了厄瓜多尔的首都基多城——却空手而归，连一枚"肉桂果"的影儿都没找到。

在孤立的环境里，物种更容易形成，新生命种类更容易出现。随着时光推移，在迥异地理环境中分群而居的物种最终走向异类化。千万年前，地球上只有两个超大陆，劳亚古大陆（板块学说中包括亚、欧、北美的古大陆）和冈瓦纳大陆。许多水果在超大陆解体、漂移之前就出现了，因此才可能在不同大陆发现同一种野生水果。比方说，有学者提出，苹果最先是在劳亚古大陆问世的。超大陆分裂，苹果随之挪移，随着终点的不同，进化成不同的新种类苹果。在北美，原初的苹果进化成了山楂（crab apple，又名海棠果）；在中亚，熊吃掉不断增大、不断变甜的苹果，如此数以千年的进化，便形成了我们今天享用的驯良的苹果。

1882年，瑞士植物地理学家阿方斯-皮拉姆·德·康多尔（Alphonse-Pyrame de Candolle）出版了《栽培植物起源》，第一次明确指出了诸多水果的发源地。通过跨领域的钻研，融汇语言学、历史比较语言学、古生物学、考古学和人种生物学，康多尔终能厘清头绪，探明已知物种最重大的变异是在何处发生的。

桃子、杏子、樱桃和李子都源自中亚，香蕉、芒果的源头指向印度，梨子最初产于外高加索地带，野生葡萄最初生长在黑海东岸，榅桲和桑葚（mulberry）最初活跃在里海，西瓜初现于热带的非洲。有时候，水果的出生地很容易指明：在中国南方，柑橘的品种比别处更多，寄生虫也更多，因此，其产地毋庸争议。但还有些果实的出生地似乎难以判断，比如椰子、椰枣。或许，主要原产地最初就地域广泛，或是被城市覆盖了，或是整片森林被砍伐殆尽。或许，数个世纪的气候变化也把寻根线索连根拔除了。

让追忆再深远些吧，专家们对化石加以探测，以此为据侦察水果的原型。生命的起源是数十亿年前的水底单细胞有机体。大约在4.5亿年前，出现了蕨类和苔藓等早期植物。1.3亿年前，第一批水果和花朵在水中和水域旁出现。有花植物突然涌现，以迅猛之势覆盖了地球，就连进化论之父达尔文也苦于诠释，称其为"可恶得令人发指的谜团"。美国剧作家爱德华·阿尔比（Edward Albee）妙笔生花，极尽荒诞嘲讽之能事，在荣获1975年普利策奖的剧作《海景》中如此描述："令人心碎的刹那啊，糖和酸和紫外线都到齐了，紧接着，你就看到了橘子，还有四重奏管弦乐。"

科学家相信，果实在水下生长的荷花（water lily），以及长有五星形木质果实的八角茴香（star anise）都属于地球上最古老的果实。又譬如：包括南美番荔枝（cherimoya）、刺果番荔枝（soursop）等多样品种的番荔枝科也是原始果实。最近又发现了一种名为"中华古果"（Archaefructus sinensis）的水生植物化石，已有1.25亿年历史，属于迄今最古老的被子植物新类群，为远古果实提供了新的线索。

植物结果，是为了广泛播撒种子。在被子植物（亦即开花结果的植物）出现前的一亿年，还有裸子植物。就像针叶松和铁树，裸子植物的果实不完全地藏于果实内。裸，顾名思义，种子是没有庇护的；子，就是种子。试想一颗松果（pinecone）：种子都在木苞里，但木苞是微微开启的。裸子植物的种子会落在母树的根基附近，但被子植物完全封闭在果皮、果肉里的种子却可以被运送到更远的地域。最早的植物甚至不会开花，种子四处散落，孢子流入泥洼。

6500万年前，恐龙灭绝，哺乳动物和鸟类成了新一代主力干将。果实能喂饱它们，反过来，它们也能帮果实广泛繁殖。很快，长满地表的植物生出了各色各样的果实——种子集装箱。被子植物繁荣昌盛，是因为它们发明了很多办法，让子女们远走高飞。到了4500万年前，地球表面的绝大部分都被雨林覆盖了。至今，从英国伦敦到阿拉斯加的安克雷齐，到处都能发现热带果实的化石。

种子很擅长行走天涯。有些果实把自己的命运付诸无形的风。它们随风飘摇，飞到距母树数公里之遥的新居；它们有的自带降落伞，有的背着直升机螺旋桨，有的生着轻盈羽绒，能飘然下降。我不禁想象一个夏日午后，清风中摇曳着蒲公英、棉白杨和马利筋的种子。婆罗洲有种藤蔓，其果实是天生的滑翔高手，利用上升气流和赤道西风腾飞，等它身怀种子安全落地时，母树已在千里之外。

还有的果实会游水。如同救生艇一般顺流逆流，在遥远的岸边搁浅时便生根发芽。椰子能在大海波浪里沉浮漂泊几个月之久，是最典型的走水路的果实。白沙细浪的照片在旅行广告里铺天盖地，画面上也必定有招摇的棕榈叶，显然，那是它们子孙满天下的力证。

钩在衣服上，搭你的车横穿乡镇的刺果也是果实。牛蒡（burdock）、苍耳（cocklebur）和鬼针果（sticktight，又名鹤虱）处心积虑地长成那种模样，一旦有动物在植株旁擦身而过，它们就蹭到人家皮毛上去，不打招呼就搭上顺风车，下车时，种子的千里之旅轻松告捷。南非的钩麻又名"魔鬼爪"，名副其实，险恶的钩爪生来就为了勾搭路过的哺乳动物踏下的蹄子。在搭车客中，最极端的例子当属苏门答腊捉鸟树，不仅有微细的倒钩将果实裹得严严实实，还自带胶水——黏性十足的树胶，牢牢地把自个儿粘上小鸟的羽毛。有些鸟能带着小果子飞到另一座小岛；还有些倒霉的鸟会被它们粘住翅膀，结局也就很悲惨，它们只能倒毙在树下，化身为养料。

还有的果实自力更生，用夸张的自爆来散播种子。凤仙花果（touch-me-knot）、弗吉尼亚节疤木果（Virginia knotwood）都像安装了弹簧装置，能把种子弹抛到空中。金缕梅（witch hazel fruit）的果子活像 AK-47，种子就像子弹一样被发射到数码之外。就像紫罗兰（violet）和凤仙花，许多装饰性花朵会长出果实飞弹。喷瓜（squirting cucumber）的模样就像一根大黄瓜，成熟后，果皮喷出浆液，种子就像受到喷气推进似的被猛力射出。芝麻的果实成熟后也会爆裂，所以才会有"芝麻开门"之说。大花克鲁西亚（Clusia grandiflora）的果子像下垂的爪子，成熟时会开启，活像游乐场里抓取毛绒玩具的铁手。开心果（pistachio）长到成熟，外壳就会自动迸开，果然像开心的笑容。

植物学家罗伦·埃塞利（Loren Eiseley）曾在夜里被一声奇怪的巨响惊醒。他写道："不是木头开裂或耗子疾跑这样的小动静，而是爆裂的脆响，好像谁不小心一脚踩碎了玻璃酒杯。我一下就醒了，警觉地坐起身，屏住呼吸。我等着，心想还会有别的动静吧。但再没声响了。"四下寻找之后，他发现地板上有一粒小小、圆圆的东西。那是他前几天带回家的紫藤果实里的种子。"紫藤果（wistaria pod）挑准半夜时分自爆，射出繁多的种子，房间有多长，它们就射到多远。"

在野生环境里，小麦和大麦会自动裂开，弹出种子。在新石器时代早期，人类选择栽种不会自爆的物种——至少果皮不会裂开。小豆蔻、豌豆、小扁豆和亚麻这类果实在较为原始的形态中需要动物辅助才能四处播种。人类的干预教会了它们笑口常开。裂口的石榴曾一度被画在古波斯盾上，人们就是从中获得灵感才发明了手榴弹（grenade，在法语中的本义即为石榴）。

明媚 6 月的一天，我走到阳台上，迎候我的是满天的木棉花絮,那是种子在旋舞。每团飘浮在空中的花絮都可能长成一棵树。楼梯角堆积着成千上万的花絮,仿佛一大团棉花糖。我站在阳光下,突然意识到,数以百万计的果实正盘旋在我身边。正想着,竟有一朵落在我的睫毛上,希望扎下根来。

被吃掉,也是许多果实播种的办法之一。为了快些钻入动物的口腹,它们动用颜色和糖分的手段就跟某些欧洲餐厅用油炸食物招揽不幸的游客一模一样。水果为了种子自我牺牲,只希望能远走高飞。就基因本能而言,植物和其他生物有着同等希冀:生存和繁殖。任何吃水果的人都在帮助它们实现多量繁衍的远大目标。

小鸟吃小果,同时也在吃种子。经过鸟类消化系统,种子从天而降(园艺学把空投鸟粪中长出的树木叫作"废料"),回到大地。松鼠埋藏橡果(acorn)时,总会落下好些,日后也能长成大树。螃蟹吃椰子和热带杏仁。鱼类也会吃果实。水虎鱼不在好莱坞恐怖片里生吞活人时,最喜欢番石榴、浆果以及皮兰大戟木果(fruit of the piranhea trifoliata tree)。甚至还有微型果实是靠蚂蚁和其他昆虫搬运、播种的。

有些植物非常狡猾,长出的果实酷似昆虫——唯一的目的就是吸引昆虫的天敌来吃。山蚂蟥果(scorpiurus subvillosa)的果子很像大蜈蚣。很多果实模拟了小虫、蜘蛛甚至天牛的形态。将它们"捕获"的鸟还以为自己搞定了当日荤菜呢。

所有物种都随别的物种一起进化。在特定情况下,植物在同样生存环境里的生物拍档可能灭绝,但它们的果实依然能代代相传。一万四千多年前,巨大的树懒、乳齿象、猛犸象、嵌齿象以及个头直逼悍马越野车的海狸都曾漫步在美洲大陆。这些巨型动物都吃果子,譬如桑橙(osage orange)——20 世纪餐桌上很难找到的绿色水果，表面疙疙瘩瘩的。中美洲、南美洲的新热带森林里充斥着一些球形水果，没办法挪移到其他地域。科学家丹尼尔·詹曾（Daniel Janzen）、保罗·马丁（Paul Martin）称其为"不合时宜的果"，他们提出的假说是：这些果子永远失去了更新世时期的战略伙伴。想当年，就连鳄梨、仙人掌果和番木瓜这样的大果子，也是被块头像冰箱的犰狳——学名"雕齿兽"——连皮带籽囫囵吞下的哦。

在尼泊尔南部，独角犀牛的主食是滑桃树果（Trewia nudilora）。犀牛吃下果子，在沼泽地里排泄出种子，日后就能发芽成株。目前，印度犀牛濒临灭绝，可以想见，这种植物也将成为"不合时宜"的孤独者。渡渡鸟在退出历史舞台前，专吃渡渡树果（tambalacoque，又名大颅榄树）。失去了渡渡鸟，毛里求斯的渡渡树在19世纪70年代难以为继，也面临灭族之危。若没有经过渡渡鸟消化、将硬壳消磨掉，渡渡树果显然不能自动发芽成株。关于这种现象，科学家们还在争论不休，但生物学家们似乎已经达成共识：火鸡可以视为渡渡鸟的接班人，它们的肠胃也能帮助种子冲破阻碍得以发芽，渡渡树或许能起死回生吧。

要是没有战略伙伴——大黄蜂，杏仁就什么用处也没有。杏仁是加利福尼亚的农作物中最挣钱的一种。平均每年6亿磅的杏仁能换来20亿美元，是该州葡萄酒出口收益的两倍。即便如此，杏仁还会缺货。种植园主跟不上市场需要，因为蜂群得了流行性传染病——蜂群崩溃失调症[①]。每年春天，400亿只蜜蜂被引入加利福尼亚，有些是搭乘波音747飞机从大洋洲远道而来的。来自外国的细菌、寄生虫和各种病原体鱼龙混杂地进入从贝克斯菲尔德延伸到

[①] 蜂群崩溃失调症（colony collapse disorder，简称CCD）在世界范围内流行，已造成巨大损失。CCD是指意蜂蜂群中大量的成年工蜂短时间内突然在巢外失踪，没有发现尸体，只剩下蜂王、卵、一些未成年的工蜂和大量蜜粉残留在巢脾内的症状。

红断崖的 53 万英亩杏仁树园。加上病毒、过度使用杀虫剂、一些奇特的新种蛆虫等新问题涌现，好比火上浇油，令增产的美好意愿落空。

无花果和黄蜂是大自然中最紧密的共生伴侣。某些黄蜂的大半辈子都在无花果内度过：出生在果子里，在果子里长大、交配，营养丰富的无花果就是黄蜂的小宇宙。等雌蜂和雄蜂交配并怀孕后，它才肯飞出来，身上载满花粉。之后，它会找上另一株无花果，钻进小小的花心孔——在这个过程中，它将牺牲自己的双翼，并完成授粉，生下虫卵，它的一生便结束了。

在古希腊"塔尔盖利昂"（Thargelia）丰收仪式上，男人女人都用野生无花果的枝条拍打外阴部，他们认为这样可以促成无花果树的旺盛生长。若是歉收，戴着无花果叶花环的人祭会被送上无花果柴堆活活烧死，以求丰收。要是他们知道只需要黄蜂就够了，那该多好啊！直到今天，很多人依然不知道的是：我们所食用的部分无花果——卡利亚纳无花果（calimyrna）或士麦纳无花果（smyrna）——中可能留有黄蜂的尸体，哪怕这类虫尸通常会被无花果蛋白酶消化掉。当然了，大多数无花果是人工栽培的自身授粉种类。也就是说，我们可以不需要黄蜂运送花粉，因为花朵无须授粉就能结果——用术语说叫单性果，用俗语说就是处女果。

但在过去，所有无花果都需要黄蜂帮忙。直到单性无花果培育完成，人类才正式接管了这一领域。早在公元前 11400 年，人类就开始栽培自身授粉无花果了，这一史实是这几年在约旦谷发现的。现在，考古生物学家开始将其视为最早的人类栽培作物的证据，比大麦和小麦的早期栽种还要早一千年。

有些果实名为"无籽"，其实是藏着微小的、不育的种子。如果你凑近了看无籽葡萄，就会发现一些没长开的小小颗粒，那就是种子，只是不影响口感罢了。无籽西瓜也一样，白白软软的瓜子幽魂依稀可见。诸如无籽芒果、无籽李子、无籽鳄梨这样的单性果实就相当罕见了。

说起来，单性果实本身就是一种特殊交易。植物说，"好吧，我不再生产种子，那样你们就能高高兴兴地吃掉我，但作为回报，你们得把我的DNA播撒得越远越好！最好多开几个果园，种满我的克隆后代！"因此，无籽水果并未丧失其生育权。过去，种子是植物复制自己、繁殖后代的唯一途径。现在，人类可以更快速有效地帮助它们大批量繁育。植物为了确保种族延续，进化出单性果实。要不然呢，就是我们选中它们走出这一步；你喜欢吃什么，那就是什么。

NASA（美国国家航空航天局）的冷冻桃干标志着植物冲出地球、走向宇宙。现在，宇航员们可以在飞往火星的航空飞船上种新鲜草莓。中国的航天育种卫星搭载植物种子围绕地球飞行，探测宇宙射线、微重力等环境能否改良物种，增加产量。加拿大有"西红柿半球"项目，教导学生种植、观察曾在宇宙飞船里待过几个月的西红柿。水果随时都能上路：嵌在轮胎缝里、浸在压载水舱里、集装箱里……不管我们去哪里，它们都能跟着。

我们享用水果的美味和营养时，水果也成功将人类招至麾下，助其延展疆域。从这个意义上说，我们是在被水果操纵。至于报酬，我们得到健康美食，它们收获数不清的果园，占有数不清公顷的土地，并有望遍布银河系。下一次你吃红莓时，要小心。浆果那么好看，那么好吃，以至于你或许根本没注意到：那些种子经过肠胃消化后还是完好无损的，正准备回归大地绽放新芽呢。

就像我那位和番石榴耳鬓厮磨的朋友所言，水果很能唤起性欲。很多名字都是赤裸裸的证据：索多玛苹果、维纳斯乳头桃、美人胸苹果、处女颜梨子。乳头果（nipple fruit，又名五指茄）长着标准乳房形状，鸡蛋大小，橙色，但长出了乳头状的小节。西班牙殖民者把香荚兰豆命名为vainilla，即拉丁语中的"阴道"。许多栽培植物的名字里都有屁股、乳头、胸部、大腿和手指等名词。"caltivar"（栽培品种）这个词是由"cultivated"（栽培）和"variety"（多样品种）拼成的词，每个栽培品种都有与众不同的特性，并且顺乎人意。

水果酷似我们的性感区域，人类总能从中得到欢愉。三千多年前的一张埃及纸草上，石榴等同于胸部。梨子、桃子、樱桃、杏子都有着酷似臀部的性感造型。人类期待拥有理想美臀，而瓜类就是完美代言人。法国诗人阿波利那（Apollinaire）把女性的臀部比作午夜月光下生长的瓜，詹姆斯·乔伊斯（James Joyce）在《尤利西斯》里的比喻则近乎饶舌歌词——利奥波德亲吻着"她丰满圆熟香甜金黄瓜果般的臀部，在饱满甜瓜似的两瓣臀上各亲一下，在金黄瓜果般的臀沟里，留下暧昧、拖延又煽情的带着甜瓜香氛的吻"。

当然，水果不尽然是女性化的，想想香蕉吧。20世纪50年代有道流行的名菜，即烛台沙拉，其招牌特色就在于一根笔直的香蕉，从灌以热熔生奶油的菠萝皇冠里挺立而起。在昔日贵族的词库里，"水果"是指代精液的暗语。举例如下：一首法语诗描写了一对姐妹去摘李子，"她带回来许多水果，但这些并不是李子"。阿兹特克人的鳄梨、北非柏柏游牧人的无花果、塞尔乌维斯的苹果——全都暗指睾丸。山竹（mangosteen，又名莽吉柿）酷似阴囊的内部构造。乔治·巴塔耶（Georges Bataille）说荔枝（lychee）是"裸果"。那不勒斯有种无花果叫作"教皇的睾丸"，果肉是近乎透明的草莓粉色。

水果刻意而招摇地发送信号，招蜂引蝶，也惹人注目。怪不得我们为其痴狂（英语词组 go bananas 便意为"发疯"），落入它们精心设计的陷阱。水果让我们渴望，从而投胎再生。

　　人类心甘情愿为水果付出辛劳，兴许压根儿没意识到自己在干什么。它们和我们一样，活生生的：一样会喘气，会流汗，会打开身体。水果甚至拥有一定程度的智慧，桥本健（Ken Hashimoto）和克里夫·巴克斯特（Cleve Backster）教授做了一项实验：把香蕉和橘子连在测谎仪的电极上，它们竟会对算术问题做出答复！教授们问：二加二等于几？果子们发射出的电波波动四次，被墨水带记录在案。近年来，分子基因学家不断加深对植物的探索，收获颇丰。通过解码植物发送的信号，我们了解到：花有感知能力，能估计气温、日照等一切环境变化，若遭遇危险、深陷水泽地带、受到毒素攻击时，连接植物的电子接收器就会发出脉冲信号。杰瑞米·纳比（Jeremy Narby）在《大自然的智慧》中详解了植物细胞是如何利用核糖核酸和蛋白质链与外界沟通的，"植物懂得学习、记忆、决策，哪怕没有大脑"。恰如日文中的"知性"所意味的：万物有灵，感知自然。

　　显然，双方都在进化影响对方的能力。我们和水果彼此彼此，都想借由对方继续生存。

第二章
夏威夷,顶级异国风味

给我个苹果,我就能震惊巴黎。

——保罗·塞尚(Paul Cézanne)

2月里,我家开鸡尾酒派对,朋友们踢掉靴子上的雪泥,拥入家门。蒙特利尔的冬天冷到零下40℃,或许能激发阴郁的地下音乐灵感,却绝对无助于水果文化的兴盛。不过,我要求每位来宾都要带来一种从未尝过的水果,非常好奇——大伙儿都会带什么来呢?结果,好像没人把我的邀请当回事儿,谁都没带。

派对渐入佳境,刚过半夜,门铃又响了。我打开门,冻得浑身发抖的卡尔颤颤巍巍递给我一只亮粉色的球,大如鸵鸟蛋,好像插着橙绿色的旗帜,球体上翘起些羽翼状的东西,顶上还盖着一片枯萎的花瓣,硬得像鬃毛。卡尔说,这叫火龙果(dragon fruit),越南货。他刚从唐人街挑来的。这果子,俨然像火星来客。

一大群兴奋的朋友围观我切开火龙果,柔弱的白色果肉惊艳亮相,点缀着黑色小籽,活像凝固的奥利奥奶昔。卡尔取了一瓣,那令人震惊的粉红色果皮、黑白组合的果肉,不知怎的让我觉得那是块斑马肉。口感像西瓜，不太容易感到籽的异物感，就像吃奇异果那样。微妙的滋味有点类似草莓和康科德葡萄。有人说味道太寡淡了，但这含蓄的口味和炫目的外表却形成了完美的平衡。

火龙果带来了十足的震撼，为了猎寻可与其媲美的水果，我开始频频造访唐人街。越离奇古怪，就越让我爱。我觅到了心形荔枝，轻轻一挤就能涌出蜜汁；也觅到了状如葡萄的桂圆（longan），剥开粗哑的米色果皮就能看到果冻般的果肉，酸酸甜甜，还有一点儿肉豆蔻、小豆蔻和丁香的辛辣味。我喜欢吃金橘（kumquat）——迷你版的柑橘，可以连皮带瓤一起咬。香瓜梨（pepino）和黄瓜同属茄瓜类，披着迷人的紫罗兰色调，可惜，中看不中吃。奇哇喏角瓜（kiwano）也一样，荧光橘色绝对能让你眼睛一亮，但浑身短刺突起，知道的人会去吃，不知道的人还以为是只有辐射性的、长角的癞蛤蟆呢！切开才知，里面没什么琼浆玉液，只有黏糊糊的绿色大籽。它长成这样，唯一的目的显然就是吸引眼球。

可以吃的果子很多，大概这就是魁北克人比其他省份的加拿大人吃更多水果的原因吧。我找到的最美味的水果当属山竹，其貌不扬。在东南亚，山竹被誉为"水果皇后"，硬硬的果皮略带紫色和土色，还有朵木质的硬花萼像皇冠一样盖在果实上，圆形果肉顺着纬度自然分片，能轻松地掰开。切开果皮，你会发现五六瓣果肉紧实、精巧地贴着内皮，象牙白色，外形有点像蒜瓣，味道却是沁人心脾，高贵得很。每一瓣果肉都张力十足，吹弹欲破，饱胀地储满果汁。要我说，那滋味有点像带薄荷味的蓝莓加杏子的果汁冰糕，但百闻不如一尝，你最好自己试。哲学家们早就有明智论断了：对从未尝过一种水果的人解释其美味是不可能实现的任务。18世纪的苏格兰哲学家大卫·休谟（David Hume）就曾说：没尝过菠萝，我们就没法公正地解释菠萝的滋味。

我时不时买些山竹带去朋友的派对。有些人和我一样被它震撼了。还有人开始思忖它的名字，mangosteen，是否意味着和芒果沾亲带故？词尾的 -steen 又或许暗示犹太人？我还注意到，有些人愣是对"水果皇后"无动于衷。有个恶心的家伙还说："去年我就摘除了一个这模样的玩意儿。"

有一次，我和莲妮去曼哈顿，买了一大堆唐人街的水果送给我们的好朋友柯特·奥森福特（Kurt Ossenfort），因为我们老是借住他家的客房。柯特是个前卫艺术家，曾把油画棒绑在树上，橡树便能随风作画，下笔如有神；他好像一直和那种时髦的"噱头"有关，诸如给《时尚·少女版》拍录像、拍摄有关泰国大象交响乐队的纪录片、为世贸中心大楼的律师们设计顶楼豪宅。我们来到他位于第五大街的公寓，把山竹、火龙果、人心果（sapodilla）[①]、度古果（duku）[②]和桂圆一一摊开。他乐得不行，再三感谢，还有点担忧地问：你们是怎样过境的呢？据他说，山竹和火龙果在美国属于非法植物。我一听就愣住了——为什么在蒙特利尔有卖，在纽约就成了违禁品了呢？奥森福特说，和它们可能携带细菌有关吧。我们不想犯法，无意走私，只能一边笑，一边吃。

奥森福特家里的水果碗里堆满了红洋李，带黄斑点的那种。商标上注明了，它们叫"李杏"（pluot）：李子和杏子的杂交种。你能

[①] Sapodilla，中国台湾地区又称赤铁果、牛心梨、吴凤柿、人参果；闽南语查某李仔、查某囡仔；马来文称 ciku，印尼文称 chiku。本书中提到各国昵称，均用"人心果"为译名。

[②] Duku，拉丁文学名为 Lansium，可直译为"兰撒"，英文中叫 langsat，西班牙文称其为 lanson，在印尼则被称为 langsat 或 duku、kokosan，在菲律宾则被叫为 lansones、boboa、buahan，在马来西亚则是 langsat、duku、duku-langsat，在泰国除了 langsat 和 duku 外，还有 longkong（龙宫果）之称，在越南被叫作 bon-bon，在中国香港则被叫成"卢菇"。这里取本书原文中的 duku 音译，其果实是直径在 2.5—6 厘米的小圆果，乳汁少，果皮厚，果肉香甜。下文还有译为兰撒果的。

想象出来的最多汁的李子也不及它多汁，还带着一丝淡淡的杏味。吃着吃着，我不禁想起有生以来拍摄的第一张照片，大概是在克罗地亚的某处吧，尘土漫浮的夏日午后，一棵果树。那果子的味道就和这李杏有点像。

我问奥森福特，他从哪里搞到这果子的？没想到，他说哪儿都能买到。但他刚好认识一个"水果侦探"，得到了"内部消息"，知道最好的货色在哪里出售。

"水果侦探？"我问。

"他的大名叫大卫·卡普（David Karp）。"奥森福特向我解释，"凡是有关水果的事儿，他无所不知。"接着，他为我放了一段自己拍的电影，屏幕上的水果侦探在菠萝叶、菠萝枝间蹿上蹿下。卡普戴着树皮头盔，眼神懒洋洋的。他随身携带十八般秘传兵器，看起来都很玄乎，譬如度量水果甜度的手持折光仪，又譬如那把水果刀——好像上海青帮打手刺杀仇人的锋利剃刀。

当我得知这位水果侦探的背景时就更惊诧了：他的父亲是个富甲一方的铜矿主，卡普本人在纽约上东区的小圈子里享有盛誉，二十多岁就出版了6世纪拉丁古诗的英译本，即便嗑了LSD迷幻药，还能在学术能力评估考试（SAT）中获得超高分，之后又成为段位极高的股票经纪人，但当他吸海洛因成瘾后，以往业绩烟消云散。后来，他定期搭乘协和式专机往来于纽约和巴黎，四处找毒品，甚至还贩过毒。经过戒毒疗程后，他洗心革面，摇身一变成了水果鉴赏家，只为了博得心爱姑娘的欢心。尽管他到底也没追到那个女孩，却完全沉迷进了水果世界，欲罢不能。他甚至管吃水果叫作"嗑水果"。

他的人生非同寻常。他对未知果实的好奇和激情令人惊叹，毋宁说，那是种近似强迫症的偏执。我敢说，他的传奇足够写本传世佳作了。

回到蒙特利尔后,我直奔唐人街,挑中本城最贵的火龙果,打算送给加拿大航空公司航机杂志的编辑。我向她描述了李杏的滋味、大卫·卡普的奇闻、盛产于巴西的珍奇异果,并吹嘘自己胸有成竹,要写一篇探寻水果的报道。果然,她成了火龙果的裙下之臣,还在编辑部会议中端给同事们享用。几天后,我就接到了电话。他们委任我撰写一篇有关水果侦探的特稿,跟踪一次"离经叛道的水果探险"。

于是,我给卡普打了电话,讲明意图,而他说《纽约客》杂志也要写一篇有关他的文章。有个撰稿人将奉命在夏末与他共度一周。他说,我得等那篇稿子出来后才能去采访他。

我想趁热打铁,便问道,如果杂志社出钱,他愿不愿意和我去逛一圈。形势一下就被扭转了。他说如果杂志社送我们去阿拉斯加找野生黄莓,他就愿意跟我走。接着又说,其实《17岁》杂志写过他,但至今还没有哪个黄毛丫头崇拜他。他还说,《洛丽塔》里最让他心仪的片段就是亨伯特和洛丽塔到了加利福尼亚边检站,警官问他俩是否携带蜂蜜。说着说着,我们兴奋地憧憬"猎寻黄莓之行",挂电话时都觉得很期待。他给我寄来了一些笔记,都是关于黄莓的:类似红莓,果色橙黄,带麝香味,生长在寒带乃至北极区。根据他的笔记,在昆虫栖息的沼泽里最容易找到黄莓,那些凶狠的虫子能咧开"可怕的下颚"把树皮啃掉。

不幸的是,我的编辑把"阿拉斯加黄莓梦"扼杀在摇篮里了。不过,我们好歹决定把文章聚焦在"水果观光旅"这个点上,其实连我都不确定——有人这样观光吗?我的任务是找到像水果侦探那样的真人,分析一下为水果而旅行的趋势。

我开始列清单,为了水果该奔赴哪些目的地呢?意大利博洛尼亚的"珍奇果园"、日本山梨县的"水果博物馆"——玻璃和钢打造的后现代建筑,还有尼罗河上名叫"加济莱特奥尔茅斯"的香蕉岛——游人将目睹数以万计的香蕉,吃也吃不完。我对编辑说,水果猎人的最佳去向似乎该是马来西亚。"我们才不会送你去马来西亚呢,太远啦……"她翻了个白眼。最后,他们把我送去了夏威夷……

一出大岛机场,出租车司机就跟着磁带唱起了"欢迎来到夏威夷",懒洋洋的吉他伴奏根本听不出调门儿。仪表板上站着一个穿草裙的呼啦圈玩偶,他的声音从旁边的扩音器里传出来,带着噼里啪啦的杂音。科娜海岸清风拂面,蓝天碧海成一色,我们悠闲地行驶着。经年凝固的黑色熔岩上迸发出旺盛的绿色植被。等一个红绿灯时,我看到一排喇叭形状的花树华丽绽放,花香熏染着空气。夏威夷火山至今还会喷发,红紫金黑汇成滚烫的岩浆徐徐流淌,而这些全都是从活火山口长出来的花草。我们在酒店稍事停留,我办理入住手续,又在自助餐吧里吃了些免费的番木瓜和芒果。免费的就是难吃。

20分钟后,我们在看似荒僻的夏威夷果(macadamia nut)处理工厂旁的一条土路上停下来。"玛哈罗玛哈罗①,"司机对着麦克风连哼带唱地告诉我,"就是这儿了:拿坡奥坡奥路。"

我环顾四周。除了树就是路,啥也没有。"市场在哪儿呢?"我问。"往那条路走。"司机说着,指了指一块路牌,上面写着"科娜太平洋农作社"。顺着那条小路往里走时,我注意到不少野餐桌上搭出了货摊。远远看去不像市集,倒像旧货清仓甩卖。有几个男人在木块上雕刻 Tiki 神像。我对他们说,我在找肯·洛夫(Ken

---

① 夏威夷语,意为"感谢你"。这是司机在唱的歌词。

Love)——"夏威夷热带水果种植者西部联盟"的主席。

"嘿，肯，有客上门啦。"有人喊了一嗓子。

一个男人把脑袋从野餐桌下探出来，还挥了挥手。我走过去，握了手。肯·洛夫是个大块头，没刮胡子，在热浪下汗流浃背。身上那件巨大的夏威夷衬衫在干农活时沾了尘土。他摘下软塌塌的绿帽子（绿色的，仅此而已），抹了抹额头，露出大半个光头，寥寥几根灰色鬓发把秃顶围在中间。戴着老奶奶款式的眼镜，镜片模糊得很，茂盛的胡须下面杵出一管木刻烟斗。他笑得毫无保留，但掩饰不住骨子里的顽皮和狡黠。我一下子就喜欢上他了。

他的小摊位里有几打不同种类的水果。每一种都附以照片和文字说明，详解其特性。肯·洛夫说，这才是顶级的异国风味，该让它们鹤立鸡群，和市场上随处可见、相对来说不那么"异国风味"的番木瓜、芒果和菠萝区分开来。我尝了一只金尾虎果（acerola），酸得很。肯说，这种红色小浆果的维生素C含量超过橘子四千倍！接着，又递给我一只拇指形状、绿油油的木胡瓜（bilimbi，又名三敛阳桃、三捻树果），这是常见的五敛阳桃的近亲，他太太玛吉常用它来做酸辣酱。我们又剥开一只灰蒙蒙的棕色人心果——味道真美妙，堪比枫糖布丁。他又拿起一串葡萄似的黄皮果（wampee），告诉我，这可以作为荔枝的中和解药，中国人相信，荔枝性暖，吃多了要流鼻血，而黄皮帮助消化，多吃点就能止血了。我又吃了五味子（bignay）、古卡果（gourka）、墨西哥人心果（sapote）、黄酸枣（mombin）、兰撒果（langsat）和嘉宝果（jaboticaba）①，大小、颜色、口味各不相同。太多闻所未闻的果子涌现在面前，我都快晕了，所有的大名小名在我的笔记本上越记越

---

① 又名树葡萄，其果树又名拟爱神木。

迷糊。不知怎的,我感觉自己到了梦幻岛。

这片土地盛产水果,也是最初令肯·洛夫移居过来的根本原因。"我曾在中西部当摄影师,来这儿是为了工作。看到那么多番木瓜和芒果在街边烂掉,实在想不通,为什么当地人不好好利用它们呢?"

一旦深究,珍奇水果就源源不断地出现在他面前。夏威夷是东方和西方的交界口,每一波移民浪潮都会带来种子,卡在裤脚翻边里和口袋里,甚至被缝进了衬衫里。"来自家乡的第一桶金都让他们爱不释手呢。"肯·洛夫解释道。

喜马拉雅莓(Himalayan berry)和香蕉刺(banana poke)——激情果的一种——就是这样来到夏威夷的,并迅速繁殖蔓延,把土生土长的植物排挤掉,还会毒死动物。夏威夷被认为是全球最大的入侵物种地域。查尔斯·艾尔顿(Charles Elton)在《入侵性动植物生态学》中把此地描绘成"物种交换的自由市集,来自全球各大陆、众岛屿的动植物毫无章法地混在一起"。

不止是人类会把种子带到夏威夷。很多种子随着季风飘摇至此,阿兰·布狄克(Alan Burdick)在《离开伊甸》中有所诠释。科学家们把长柄网伸出飞机窗口,获得了数以千类的"空投种子",它们都悬浮、飘荡在夏威夷上空呢。比人类捷足先登的种子中,空投部队占到1.4%。据生物学家舍文·卡尔奎斯特(Sherwin Carlquist)所言,大部分种子和果实是通过两条途径迁徙至此的:要么是裹在鸟类的消化道里,要么是粘连在它们的羽翅和鸟足上。其余的则是顺着洋流冲上岸,加上近年来航运递增,船只底舱的积水也会带来种子和微生物。

如今的夏威夷,野生水果移民俯拾皆是,长势惊人。肯·洛夫的使命就是分类、推广和销售它们。他说,大部分夏威夷住民甚至不曾意识到后花园里长了什么宝贝。他们情愿吃流水线上分装出售的水果,却想不到身边就有那么多新鲜的水果。我不禁想起酒店自助吧里寡淡无味的果片,它们产自南美或亚洲的果园,千里迢迢被运到这里。

肯·洛夫说,本地就有顶级美味,本地人反而不去吃,只因他们不知道它们存在。他在农夫市场里的目标不仅仅是销售水果,还要教会当地人认识家门口的繁多果类。有一家子来农作社了,他便一一介绍摊位上的水果。他们买了一大堆,热带杏、山苹果(mountain apple)和苏里南樱桃(Surinam cherry)。我问那两个孩子,觉得这市场怎么样?"爸妈说我们今天必须干点有教育意义的事儿,"说话的孩子手里一直捏着五味子玩儿,"这儿是挺长知识的,但不烦人。说实话,蛮好玩的。"

两个戴珍珠项链的美洲女人一边听肯·洛夫的解释,一边转来转去。"今儿我可学了不少。"穿着圣罗兰紫色高跟鞋的那位拎起了一串"天堂才有的"凤毛丹(rambutan)。这果子长满卷须,仿佛怒发冲冠,又像海胆,剥开后会露出荔枝般娇嫩的乳白果肉。肯·洛夫的图文说明上写得很明白:凤毛丹的词根"rambut"源自马来语里的"毛发"。两个女人捂嘴窃笑起来,似乎说到了长着毛发的睾丸和凤毛丹的相似之处。

肯·洛夫叼着烟斗,聊起水果能让人悲喜交加。"你有没有见过一个俄国人生平第一次吃嘉宝果的样子?"他问。那种果子"长得跟外星人胚胎似的,吃起来也不像是凡间有的东西"。几周后,又来了几个越南妇人,在他的摊位前一见西印度醋栗(otaheite gooseberry)就掉眼泪,"她们的妈妈在西贡的家里种过醋栗树,她们很小的时候,树就被砍掉了,之后她们就再也没见过这种果子"。

整整一天，我不停地尝鲜，惊叹于水果的多样化。吃到一半，肯·洛夫递给我一枚椭圆形的浆果，拇指尖的大小。二话不说，把它丢进嘴里，我就开始嚼。舌苔立刻被浓郁的果汁淹没。他教我吐籽。然后又递给我一只酸橙，让我尝。甜得不可思议啊！我问他这是不是新品种的甜橙。他一边摇头一边笑，不，不是那么回事。我只是在领教奇迹果（miracle fruit）的后劲儿罢了。经由某种古怪的生物化学反应，这种红色小莓能在上颚留下余味奇效：它能让所有酸性食物变成甜的！果汁覆盖味蕾，大约能持续一个小时，让我们的味觉停留在香甜中，不管入口的食物有多酸。吃了这么一枚奇果，酸腐味能变得像蜂蜜。腊肠芥菜三明治能变得像蛋糕。醋变成香草甜饮。天然甜味剂！

我坐在那里欣喜若狂地吃啊吃，奇果珍馐让我恍惚出神，时光飞也似的消逝。该打烊了，我帮肯收摊，把顶级异国美味装箱包好。他答应改天带我在岛上转转。

那天晚上，在酒店大堂里，奇迹果的威力还留在舌尖，苏打水喝来有微微甜意。我刚想浏览一下当日笔记，酒吧乐队里的歌手却在我身边落座。她刚唱完罗伯塔·弗拉克（Roberta Flack）的《意欲缱绻》，表演很炫。她叫普里西拉。她是个变性人。

"你来夏威夷干什么呀？"她问我，沙哑的男中音。

"我是个记者，"我答道，"我在写篇文章，关于异域水果。"

"我就是异域水果[①]，"她的喉音就像猫被挠舒坦时的呼噜声，"写我呀！"

她大摇大摆地走回舞台，我上楼回房间。走在过道上，我蓦地发现这里有绿色粗毛地毯、蕨类图案的绿色墙纸、漆成绿色的天花

---

① 水果（fruit）一词在美国俚语中还有怪人、同性恋的意思。

板，感觉自己正义无反顾、头也不回、健步如飞地穿过一条绿色隧道，尽头将是魔力花果仙境。

次日清晨，肯·洛夫开着皮卡车来接我。他带了一扁篮的黄色果子，很像杏子，是日本枇杷。"我是超级枇杷爱好者，"肯说他积累了超过5000页的笔记，都是关于枇杷的。这种忠贞不渝的爱始于日本，他的前女友从树上摘了一颗给他。"在中国，普通人是禁止吃枇杷的，因为有个传说：鲤鱼逆流而上，吃了枇杷后变成了龙。皇帝就说：'啊呀，我不想凡人吃完枇杷就如龙般强悍，那样我的王位就保不住啦'，便禁止老百姓吃枇杷。"

枇杷令他执迷，但只是个开始。肯对亚洲文化非常投入，曾多次赴远东探险。有一次在新加坡，他吃了狗脑生肉片就昏过去了。肯最近在为美国境内的1530家日式餐厅撰写互联网指南。（"我真正到访的只是其中300家店。"）他最喜欢拍摄几何形状的风景，就在我们行驶途中，他还把棕榈树间的欧几里得图形指给我看，与此同时，我们还在吃，他开车，我抱着果篮。在杂志上，他的署名下有这样一行简介："自从第一次清整前院种下豆子，并把成果献给幼儿园的新老师那时起，他已涉足种植业多年。"

第一站是他的果园。开上一条石子小道后，他先把一株矮矮的咖啡树展示给我看，鲜红的小果子点缀着绿叶。那之前我从没想过：咖啡，其实也来自水果。

下了车，肯向我说明：岩浆冷却后覆盖土地，导致在这片岛上种树很艰难。口说无凭，他怂恿我和他一起种棵荔枝树试试。黑色的火山质土壤太硬了，用铲子根本不行，我得用镐头才能凿出一个坑。尽管如此，种树的感觉仍然很美妙，况且，这也算是水果观光活动的高潮项目。这棵荔枝树以我命名——亚当——此时此刻正在夏威夷茁壮成长。

前往下一站的途中，肯谈起自己认识的几十个同道中人，全热衷于周游世界、寻觅水果。我立刻就被这主意攫住了，在地球表面穿越的业余爱好者社团为了得到珍奇异果挺进热带雨林！一路上，各种果树从我们身边掠过。"在这儿，你不会驻足留恋玫瑰香，只会停下来吃果子。"肯这么说时，我们正下车，往伽夫龙加油站后头走去，那儿有一种稀有的巴西樱桃（grumichama）长得正旺。带着淡淡的树脂香，这果子有种樱桃可乐的味儿。邻近这棵樱桃树的沟渠里，菠萝的皇冠头从长剑般的叶丛里伸出来。过去，我脑海中的菠萝树该是高高在上的，但在这儿，它们突然缩小了尺寸，只有齐膝高。

该吃午饭了，我们顺道去接肯 16 岁的女儿——戴眼镜的胖姑娘詹妮弗，然后一起去他们最心仪的中国餐馆。进了餐馆，我们的视线就被咖啡桌上的一本书吸引了，作者：威廉·惠特曼（William Whitman），来自迈阿密的水果猎人。插图照片很多，无不稀奇古怪，作者抱着猴子，或是捧着红灿灿的果子。肯不禁想起另一位行为乖张的水果前卫派，约翰·斯特默（John Stermer），他曾在夏威夷的自家果园里天体漫游——也就是一丝不挂。就在肯滔滔不绝盛赞亚洲水果时，詹妮弗瞅了我一眼说："欢迎来到我的痛苦现实世界。"

下一站是狮门——以水果为特色的家庭旅店，果园里种满了柚子、嘉宝果、苏里南樱桃和凤毛丹。店主聊起"热火朝天"的年轻时代，曾以中尉军衔驻扎亚洲。"日本民间传说里有狸猫，雕塑中的狸猫总是一手拿钱，一手提酒壶，兴致高昂地去村里找乐子。我在日本时，别人都叫我狸猫。"

随后我们又去了一片空地，肯言之凿凿地说，虽然尚在兴建中，但未来水果观光团应该到此一游。这片地属于加利福尼亚的律师卡蕾·林登鲍姆（Carey Lindenbaum），她身强力壮，搬到这儿来种水果。"这里会造起一栋家庭旅店，提供各种各样的有机热带水果，你可以自己摘自己吃。"林登鲍姆说着，指了指杂草纷纷、石块满地的未来果园。她的家就在近旁，小小的树屋栖于枝丫间。就在她描绘愿景中的未来果园时，她的宠物，一头驴，不停地用鼻子拱我。"她真的很善妒，又很有占有欲，"林登鲍姆说，"她就喜欢入侵别人的私人空间。"

下一站是乔治·沙陶尔（George Schattauer）的私家果园。矮树林里的罕见果树都由肯负责照管，作为回报，肯可以把多余的果子拿到自己的果摊上卖。这个果园美极了，处处都有惊喜，就拿鸡蛋果（eggfruit）来说吧，金灿灿的果子状如泪滴，大小和芒果差不多。进门处还有诺丽果（noni），看似地精怪的一大块，没啥形状可言，还有股臭袜子味。肯说，这果子也叫作"催吐果"，但有些人认为它能治愈癌症。这东西不能直接生食，因为劲道太大了；但打成果汁就身价倍增，在20世纪90年代占据西方人的减肥菜谱，美其名曰"轻食果汁"。

有条狗跟着我们进了果园，吃着掉在地上的芒果。走到屋前，沙陶尔指了指一棵高大的橘树，说，这是夏威夷的第一株橘树，是温哥华将军在18世纪时从西班牙巴伦西亚带来的。离开前，我们在菠萝蜜树（jackfruit）低垂的枝条下散了会儿步。走到卡车旁，看到一堆落叶，中间被拢出洞穴般的空洞。枝条底下，许许多多大颗菠萝蜜仿佛红玛瑙，在树荫下亮晶晶地闪烁。（沙陶尔曾种出世界上"最大的菠萝蜜"，重达26磅，雄踞吉尼斯世界纪录。）肯捏捏果实便知熟了几分，他拿来园艺剪，把那只菠萝蜜采了下来——个头足有小胖小子那么大！活像科幻电影《魔茧》中的外星人胚胎。他把它给了我。而它呢，正渗出黏黏的乳白色果汁。

我们在车道上就地而坐,把它剖开,黄色的汁液登时流淌出来,好臭。自然主义学者杰拉尔德·达雷尔(Gerald Durrell)曾这样描述它可怖的气味,"介于敞开的坟冢和下水道之间",虽有点儿言过其实,但朝那两个方向想倒是没错。琥珀色的瓣瓣果肉好像浸过蜂蜜。我仿佛被催眠了般晕晕乎乎的,也很害怕。菠萝蜜的恶臭是如此原始,令人极不舒服,这就是动物本能反应。肯边吃边发出幸福的呻吟,沾染果蜜的手直往裤子上抹。我胆怯地咬了一小口。肯又塞给我一把湿乎乎的果肉。我说,我吃不下了。他一耸肩,又往嘴里塞了一把。我很想像他那样大快朵颐,但臭味实在太有穿透力了,太吓人了。肯开始拾掇纤维质的果皮,把吃完的菠萝蜜包成一团,而这时,我对自己越来越失望。虽然身在水果王国,但我的嘴巴还没准备好享受异国风情的味觉欢愉。

日落时分,我们去比萨店等肯特·弗雷明(Kent Fleming)——在夏威夷大学任教的瘦高个儿教授,也是《夏威夷农业旅游业的兴盛》一书的作者。"各种主题旅游都有了。"他举例,比如"灾难观光"和"美食旅行"。照弗雷明的说法,水果游就包括我正在体验的农业观光——参观果园和农场。"农业旅游是猎奇,也是教育。"游客不仅能意识到我们能获得多到数不清的水果,寓教于乐,寓教于游,也融进了探险情趣,水果游就是这样一种生态游,尤其关注能在田园地带种植的新型果品。老农家创建新市场,这不失为好办法,就像我刚才见到的几位农夫一样,面向协作型耕种,欢迎新种类水果,开创具可行性的商业机遇。

他娓娓道来:希望能把大学附近的果园改造成水果游的示范景点。"对游客和农场主来说,那都会成为中心区。我们会开个商店,你可以买水果、买书,也可以获得水果游的相关资讯。你可以喝杯本地产的咖啡,尝尝白菠萝(white pineapple)。我们将提供上百种珍奇异果、上千种口味不同的鳄梨——绝不是你们在美国本土能买到的哈斯鳄梨。我们喂猪都不用那种货色。"他说,夏威夷堪称奇果乐园,你很容易就能飞到这里,无须到蛮荒或雨林铤而走险——就说热带昆虫吧,它们会在你背上产卵,直到孵出蠕虫——所有危机,一概豁免,直接享受最具异域神秘色彩的水果。几杯啤酒下肚,弗雷明开始讲黄色笑话。说着说着,他冷不丁问我,听说过"尼尔森神父"吗?然后,就把我的头夹在腋下,拳头假装砸向我的后背,"结结实实"地给了我一招"尼尔森神父"。原来,那是一种摔跤术。

告别肯·洛夫之后,我在次日清晨登上了飞往夏威夷岛东岸希洛市的航班。邻座女子滔滔不绝谈起"光明使者",还用手指比画"8"的造型。她说自己在想象中和所有地球人达成了协议,用红墨水写下"空虚",再把协议书缩小到邮票大小,然后投入紫罗兰色的火焰里,眼看着灰烬升腾,飘向高高在上的光芒。

下了飞机,我直奔满是热带水果的奥诺米亚果园,园主名叫理查德·约翰逊(Richard Johnson),是英特尔公司的退休经理,踌躇满志,井井有条,他广种凤毛丹、山竹和榴莲(durian),追求经济效应。他坚信,这些水果很快就能像奇异果一样普及。过去,美国海关不允许它们入境,但夏威夷海关投资了放射设备,这些顶级异域水果才得以出口到美国本土。

他带我去看雌雄同体的榴莲花。它们都需要人工授粉。凤毛丹树下还备有一台气雾过滤器,他说,因为"蝉的粪便往下掉"。我告诉他,为了水果云游四方的人让我很感兴趣。他和肯一样,也熟识一群水果猎人。他还告诉我,肯·洛夫和其他夏威夷水果狂热分子自称为"夏威夷黑手党"。

"你知道素果人吗？"约翰逊问。

"素果人？"

"就是只吃水果不吃别的东西的人。附近有个小镇叫普纳，那儿住着许多素果人。我们管他们叫——普纳派。"他建议我去找奥斯卡·杰特（Oscar Jaitt）聊聊素果主义，他住得不远。杰特为了找果子吃，已把地球的热带跑遍了，还开过一个专营珍奇果种的网站 www.fruitlover.com。也是他，开创了制造水果护肤品"阿罗哈疗法"的生产线。（阿罗哈，夏威夷语中的欢迎、再见之意，显然，这个品牌是夏威夷制造。）

我照着地址来到奥斯卡·杰特的家，走过宁静的佛教花园，敲响了六角形的木屋门。开门的人留着白胡子，兜风的祖巴牌紫色便裤随风轻扬在脚踝，飘然洒脱的气质扑面而来。"种植水果是精神修炼，"当我们在木屋旁的果园里悠闲踱步时，他这么说道，"能让你见识到生命循环的奇迹。"

我问他是不是素果人。他朗声大笑，说他并不够格，只因他是生食主义者，所以才以水果为主食。但他向我保证，那些人真的存在，也确实住在普纳。"素果人没有便秘，"他说，"泻药让他们发笑。"

我们吃了些嘉宝果，像大块头的紫葡萄，和他的裤子很配。因为这种果子像菌菇似的贴着树干长，最好的吃法就是来个"嘉宝吻"。在巴西，孩子们会溜到别人家的后院里，把果子一只只吻下来。巴西作家蒙特罗·洛巴托（Monteiro Lobato）笔下的嘉宝吻由三个 P 字打头的象声词组成："噗卜、噗拉、吡啾。"

杰特带我去看楼林树（rollinia tree），脑袋大小的楼林果竟有柠檬蛋白派的滋味。旁边，还有两棵矮小的果树格外让他激动：花生奶油果（peanut butter fruit）和黑莓酱果（blackberry-jam fruit）。"花生奶油果看似红橄榄,但吃起来和罐装四季宝花生酱差不多,就连质感也像。"黑莓酱果名副其实,外皮黄色,里面却是黑色的。杰特说,他知道火奴鲁鲁有些人一直用花生奶油果搭配黑莓酱果和面包果(breadfruit)吃。显然,小孩儿们会特别喜欢这种全水果三明治。

抬头一看,我发现树丫上悬着一种长长的绿色果实。"哦,嘿,瞧那个。"杰特说。走回去取来一把长柄剪刀,他为我把它剪了下来。冰淇淋豆(icecream bean),又叫猴子罗望子(monkey tamarind)。我记得住这个名字,多亏了迷幻朋克乐队"结束的开始",他们有首歌的歌词唱到"野果向下长,长到拿骚去"(拿骚为巴哈马首都),但又警告听众切勿食用,因为它会引发瘙痒(随着歌声舞动时,你可能像在演哑剧)。一直以来,我都对这种引发迷舞的禁果十分好奇。

杰特把它给我。从外表看,不过是个超大尺寸的菜豆。但剥开豆荚的一刹那,先前的结论立刻崩溃了。里面的冰淇淋豆白如雪花,甜似棉花糖,半透明的经脉里仿佛还有一丝香草奶油在流动。就跟在吃云朵一样!那真是我有生以来吃到的最美味的东西。吃了它,乐得手舞足蹈——这也不难想象嘛。

"水果游的有趣之处在于:不管你去哪里,总有不同的风光。"杰特说,"全世界各处的大自然奇观都让人惊叹。我们已经知道有成千上万的水果了。可你家附近的超市里卖几种?顶多也就二十五种吧?"

指着奇果纷呈的水果碗,他问我知不知道巧克力从哪里来。"可可豆?"我有些迟疑地回答。"那么,可可豆又是什么?"他接着问。我必须坦白,我对此毫无概念。他指着一只足球大小的橙色果实说:"那就是可可豆。它是水果。所有巧克力都来自可可果的种子。想试试不?"他把它剖开,递给我一些籽,冰块大小,被白色凝胶状的东西裹着。我舔了一下,有点山竹的感觉。欧洲人曾用胡椒做流通货币,同样,可可豆的种子在阿兹特克也能当钱用。在中世纪的中美洲,钱等于是从树上长出来的。我把手上的汁液吮干净后,杰特向我解释了如何烘烤加工这些种子,最后制出巧克力。"人们不知道食物是怎样长出来的,也不知道从哪里长出来,"杰特说,"只知道从超市里买。"

正想告辞,杰特又给了我几本水果杂志。翻着《水果园艺》,我看到好些水果猎人手捧古怪乃至不可思议的水果的照片,都不知道在哪儿拍的。由此,我恍然大悟,有个尚未被外界知晓的水果王国正向我敞开大门,为水果而狂的怪人们正在等着我呢!我想多了解他们,理解他们的激情,跟着他们云游,一天到晚吃这些奇形怪状的果子。

到了机场,我掏出一把杰特送我的临别礼物:玻璃珠般的紫色嘉宝果。看着它们,我就不能不去想,水果是如此司空见惯,我们几乎懒得多加思忖,但它们似乎掩藏着许多另一个世界的秘密。对乔伊斯来说,每天的神迹是"灵魂的乍现"。美,或神,或真理,能在任何沙石花草中存在,尤其会在如此显而易见而我们却从未多看一眼的地方。

福柯(Foucault)把好奇心定义为"寻找我们身边离奇怪事的决心;无情地和我们熟稔的一切断然决裂,对另类的可能一视同仁"。我拍了一张精准对焦于嘉宝果的照片,又拍了一张失焦的,晶莹的小球便消融在紫色的几何构图中。

这些嘉宝果啊,信誓旦旦,仿佛在暗示我尚未起程的旅途。我捧着它们,似乎感到有什么奇迹坠落在掌心里,似乎这就是对祷告的回应,而我甚至没意识到自己就是个祈祷者。

第三章
水果如何塑造我们

> 上帝的秘密隐匿于果树间,唯有福之人才能觉察。
>
> ——圣希德加·冯·宾根①

回到酒店,两个中年英国富人百无聊赖地坐到我身边,企图找些话聊。他们是来这儿度假的,但直到现在都无所事事。"四百年的老树都没我这么闷啊。"其中之一说着,耷拉着烟斗的嘴里懒洋洋地喷出一口烟,令面容又添了几分委靡。

两位懒散的绅士身边就坐着他们的女友:二十多岁的双胞胎,没什么底蕴可言,穿着一模一样的黄色连身衣,戴一模一样的耳环,扎一模一样的海盗头巾,就连马尾辫都朝同一边歪。我问她们,是不是混娱乐圈的?

"没错,她们唱歌跳舞。"委靡的下巴动了动,回答我。

"我们的组合叫作'夏日樱桃'。"双胞胎之一奶声奶气地大声

---

① St.Hildegard von Bingen(1098—1179),12世纪德国莱茵兰地区的修女,博学多才,著有《认识上帝之道》《人生功罪书》《神圣工作》等神学文集,还著有两部科学与医学著作:《自然史》和《病因与疗法》。她还谱写了很多宗教音乐,编写过道德歌剧。

说道，曼彻斯特口音很重。

"哦——为什么是夏日的樱桃呢？"

沉默。双胞胎之二翻了翻白眼："呃……因为我们喜欢樱桃。"

"行，"委靡先生出来打圆场，烟斗又往下耷拉了几分，"这样解释还挺周全的。"

我已花了相当可观的时间深思水果的神秘力量，这时便忍不住去想，不会这么简单吧。自打去了巴西，我就明白了水果能让我开心，但要说理由，我至今还想不明白。只要有水果围绕着我，我就很享受，尤其是当我从树上摘下果子、塞到嘴里的时候。我开始尝试每天醒来先吃水果。双胞胎之一问我为什么对水果情有独钟，我不假思索地张口就答："因为它们代表了世界上一切美妙之物。"

但这只是部分原因。另一个我们在意水果的初衷要更自私：没了它们，人类根本不可能出现。住在树上的人猿出现于距今五百万到九百万年前。果实帮助他们进化。科学史学家劳伦·埃斯利（Loren Eiseley）在《无垠之旅》中写道，若没有数量和种类庞多的果子，"人类可能仍是夜食动物，靠啃蟑螂过活"。

果实让我们大开眼界。除了人类，还有部分鸟类和灵长类动物能够区分红色和绿色，在所有动物群中，拥有如此视力的只有一小部分。我们需要在浩瀚的丛林绿叶间搜寻熟透的红果子，三维视觉就此发达。今天，红灯意味着"止步"，简直和远古丛林里的习惯如出一辙。红色和绿色仍然存在于水泥森林，其意义并没有太多改变。同样，味觉专家观察到，人类进化时生发对甜味的偏好是为了鉴别熟果和生果。

人类祖先的指关节在拉拽中渐渐伸直了，也能潦草地打制些粗糙的工具，那时候，果实始终是史前人类的主食。我们小心翼翼地钻出树林，吃起了生长于草原的浆果和谷物。慢慢地，我们一边抓取果实，一边走出非洲，迈向全世界。大约一万三千年前，我们都是采摘式的猎果人，手指能灵活扭动了，不管采到什么——主要是橡果——我们都会大口大口地吃。据专家推测，人类吃的橡果比小麦或其他果实都要多。

进入新石器时代后，无花果、小麦、大麦和豆类是最普遍的早期农作物。到了公元前4000年，新月沃土①的居民们已经种起了橄榄、椰枣、石榴和葡萄。拥有大片土地的苏美尔人、埃及人和希腊人则偏爱挑战，栽培少数难养活的果子，到了罗马帝国时代，这些物种就得以广泛培植了。恺撒凯旋时，将从未见过的异域果实当作护身符佩戴着。种植业在整个帝国繁荣兴盛，罗马人不管逛到何处都会带着种子。我们总以为苹果来自英国，甚至美洲，但其实是靠罗马人才得以贯穿高加索山脉生长。

在那个时期，许多果实得晒干了再吃，或是加以烹煮，因为它们要比我们今天的果子小、硬，也更酸涩。橄榄，要用盐水腌渍，再压榨出油。葡萄，主要用于酿酒，鲜有人直接食用。无花果，在成熟时节里可以摘下就吃，但也经常烘烤，或制成蜜饯。其余的水果，如需食用，通常都要经过加工才能吃。文明厌恶野蛮。法国人类学家列维-斯特劳斯（Claude Lévi-Strauss）在《生与熟》中写道，食物加工的出现"标志着自然向文化的转变"。

只有经由人类栽培，果实才会改良，才会选择性地催生出令人向往的特点：种子更小，果肉更多，口感更精纯。这种理论摒弃了"野生果子最好吃"的假说——说实话，未经栽培的野果常常难以下咽。野生桃子比豌豆大不了多少，涩得很。野生香蕉里全是籽，

---

① Fertile Crescent，中东的一片弧形地区，横跨叙利亚沙漠北部，从尼罗河流域一直延伸到底格里斯河和幼发拉底河流域。历史上，它是大规模迁移和血腥入侵的遗址。

能把你的牙硌掉。野生菠萝，咬下去全是石块般磨牙的硬块。甜橙要到15世纪晚期才落户于地中海盆地。专家们还认定，玉米是从一种名为"墨西哥类蜀黍"（teosinte）的小谷物进化而来的，小到比蜈蚣大不了多少。足足经过一千年的精选栽培，人类才让那种蜀黍长到手指粗细，再经过一千多年，才有了能让我们涂抹厚厚黄油的玉米棒。

传统医药派认为许多生鲜水果不利于健康，这也不奇怪。罗马学者普林尼（Pliny）说，所有的梨子都该晒干或煮熟了吃，否则难以消化。罗马作家科卢梅拉（Columella）警示读者：桃子沾满了"险恶的毒素"。医生们也如此劝诫：吃完杏子，你该反复呕吐，吐光为止。

古希腊名医盖伦（Galen）在2世纪写下的著作普及了一千五百多年，奠定了欧洲医学的基础。他也警告世人，食果要慎重，因为会引发各种麻烦：头痛、咽喉痛、腐坏、发热，甚至夭亡。但生果子也有好处，促进消化——毋宁说催泻，绝不是口腹之乐，最好是置放于入厕口。盖伦认为，水果的裨益无外乎是让人放松。"我们从不把果实当主食，只是用它们入药罢了。"他在书里这样写。盖伦上门就诊时，会给饱受便秘之苦的病人开水果药方：服用梨和没熟透的石榴。他还不无得意地加上一笔：用这么时髦的偏方，他们的肠子很快就能疏通。直到文艺复兴时期，西方人仍坚信水果只能入药。

游牧部落挺进罗马，他们觉得没必要发展种植业，所以就把树木连根拔掉。欧洲人突然没果子吃了。"中世纪人饱受其苦，并把凄惨的命运传给下一代，如此熬过四十代人才重振旗鼓。"美国历史学家威廉·曼彻斯特（William Manchester）写道。

亚洲的水果文化在大唐盛世（7—10世纪）最为兴旺，最优异的果实种在皇家御花园里，供帝王嫔妃享用。到了宋朝，咏梅诗词骤然兴起，文人墨客无不争创新意。诸如柑橘、香蕉、樱桃、杏和桃等水果都源自远东地区，经印度洋船载至欧陆，或经丝绸之路由沙漠商队从中国运送到波斯。当然，还有很多中东特有的果品。

在地中海南部，水果是随着伊斯兰文明的昌盛而普及的。伊斯兰王国的疆域扩展到北非时，许多亚洲的新品种水果也随之登陆。因为穆斯林教义严禁饮酒，葡萄园被翻土整顿，改种其他果树。欧洲人颇受阿拉伯文明的恩惠，不只因为航海图能帮他们绕着非洲转，还找到了新大陆，更因为阿拉伯一整套数字系统奠定了现代资本主义的基石。除了微积分学，阿拉伯人还在地质学、天文学和考古学方面领先于欧洲人。也正是他们教会了欧洲人享受果实的甘甜。

12世纪，欧洲人通过十字军知道了哪里盛产水果。马可·波罗的东方游记里充斥着对华美硕大的梨子、杏子和香蕉的细致描绘，撩拨得欧洲人越发激动。书中写道："他们（东方人）的果子和我们的完全不同。"在那个年代，人们确实相信水果和香料是天堂里才有的东西，而天堂就在东方的某处。美洲大陆被发现后，西班牙探险家带回了太多奇珍异宝，比如说菠萝、番木瓜和土豆。哥伦布在日记中特意提到他们如何发现这些水果的："这里有上千种树木，生长着上千种果实，芳香四溢，美妙至极；我是世间最伤心的人，因为明知它们价值非凡却见而不识。"

但在大多数欧洲人的心中，盖伦的话依然是至理名言，也就是说，生果子吃不得。它们会导致"顽固湿气"，会加重忧郁症，会令幽默感丧失，甚至要为婴儿疟疾引起的周期性大量死亡负责。14世纪，法国作家厄斯塔什·德尚（Eustache Deschamp）怨怪水果导致瘟疫肆虐，并警告读者远离水果，"只要你想长寿，就该避免接触水果，不管是熟的还是鲜的"。

于是，殖民者借故诬蔑土著，给本地作物栽赃，也就不足为怪了。不管本地人被迁移落户何方，殖民者都扼杀其主要农作物的生长，使那种植物渐至湮没无闻。殖民者还大量屠杀土著，从根本上减灭本土种植知识的薪火传递。

新鲜水果的食用量直到19世纪60年代还沉在谷底，保罗·弗里德曼（Paul Freedman）所著的《食物》一书中写道："生吃水果在中世纪和文艺复兴时期被视为危险的事，哪怕（或许就因为）那使人愉快。"在这件事上，16世纪的贵族堪称欧洲先锋，最先认为生鲜水果格外美味。路易十四不顾御医的叮嘱，大啖野草莓。俄国沙皇也曾命骑兵快马加鞭去采拉普兰[①]的野草莓。亨利八世的旗舰"玛丽玫瑰号"于1545年沉没，打捞海底财宝的后人发现了大量青梅。波希米亚的腓特烈皇帝下令终年点燃火炉，以使海德堡皇家城堡里的橘子树结果。查尔斯二世委托画家绘一幅肖像，画中还要有一只菠萝——作为他执政时代的终极象征物。1667年，阿塔纳斯·基歇尔（Athanasius Kircher）神父写道："菠萝的美味无与伦比，无出其右，最得中国和印度的显贵达人之宠爱。"

君主带头，百姓跟风，水果成了贵族的宠物。1698年，弗朗西斯（Francis Mission de Valbourg）写道："水果只会被端上贵人的餐桌，甚至还有小编号。"仅凭水果，就能划清上层阶级和穷人、破落户的界限。傲慢的贵族们总是趾高气扬地随身携带喷过香水、撒过香料的水果，美其名曰"香丸"，以挡住街头的恶臭。每当臭气迎面扑来，他们就把鼻子塞进香丸盒，躲到香氛中去。

即便在那时，果子也比当今水果要小，水分也少。人类掌握了

[①] Lapland，欧洲最北部的一个地区，大部分在北极圈之内，包括挪威北部、瑞典和芬兰以及俄罗斯西北部的科拉半岛。

培育和繁殖水果的技法，但那只是个开端，我们刚刚明白该如何根据自己的需求塑造它们的特性。果园纷纷成形，各式各样的采摘活动也成为贵族阶层的癖好。果园象征着富庶，全职园丁和仆役整日忙碌。它们代表了品位、精致，甚而是权力。贵族们精挑细选高级果品，栽种人工培育的果苗，随之而来的便是口感的提升。启蒙运动鼓舞探究大自然，无数文论连篇累牍地讨论水果的生长。包括乌利塞·阿尔德罗万迪（Ulisse Aldrovandi）闻名一时的珍宝馆、弗朗西斯科·卡尔佐拉里（Francesco Calzolari）的珍奇花草博物馆在内的"藏品阁"都着眼于大自然的神奇，水果也是其中之一。

文艺复兴晚期，历史学家肯·阿尔巴拉（Ken Albala）写道："意大利人显然对任何形式的水果都有狂热之态。"很快，欧洲的医生们开始主张，吃水果大概真的有益健康。到了1776年，医生们已彻底改观，说生鲜水果"很可能是我们能吃到的最有益健康的食物"。

忍饥挨饿的劳苦大众没得挑，有什么就吃什么。农民们最常吃的果子之一是褐色的欧楂果（medlar），吃之前必须晒干（称为"烂化"），但现在已被世人遗忘。它还有个昵称，"开裂的屁股"。此外，大多数人的饮食选择都乏善可陈：稀粥、麦片粥、芜菁（大头菜）、甘蓝（卷心菜），腌咸肉是稀罕之物，偶尔还能来点面包。直到19世纪早期，除了少许地主和贵族之外，地球上的每个人都活在贫穷和肮脏中。平均寿命维持在四十岁上下。

人们把果子打成果汁来喝。在美国，大多数水果都被制成苹果酒、梨子酒或莫比酒（桃汁白兰地）。因为人们认为喝水不够安全，喝果酒才是正道。约翰·福蒂斯丘（John Fortescue）大法官就曾指出：英国人总是醉醺醺的；他们不喝水，除非出于宗教目的。亨德里克（U. P. Hendrick）则写道："美洲人从种植水果伊始直到其后两百年，所有的产出都拿去搅制酒水了。"历史学家们纷纷撰文著书提醒世人：美洲人从喝果酒到吃水果，绝对是一番剧变。不过，这只限于高质量的新鲜水果。华盛顿、杰斐逊等政界富豪都对水果崇敬有加，餐后小点时最喜欢聊些水果的八卦，并拥有众多仆役打点他们的果园。他们都曾是"绅士农夫"，谁享有独立，谁就能出于快乐去种地，这和种地才能养家糊口的广大农民有着天壤之别。

工业革命爆发之前，乡村人口占了北美人口的绝大数量。人们自力更生，种什么吃什么。夏季的新鲜水果极少，冬季就更别提了。城市居民的水果就更少了。欲出售的水果要花很久才能从产地运到市内，没等卖出去就烂了大半。

殖民地催生了咖啡、茶叶和巧克力的需求量，饥肠辘辘的城市劳工阶层出现，饿瘪的空腹喧嚣着对卡路里的饥渴。糖价下跌，水果防腐剂问世，到处都能买到草莓酱和橘子果酱。19 世纪的美食作家劳拉·曼森（Laura Mason）在《糖李和冰冻果子露》中写道，水果口味的糖果"被视为水果的替代品，而且价廉物美——至少对穷人而言"。给水果注入糖汁也是既方便又便宜的商业诡计，催化了全民渴望，但打一开始我们就没享受到真家伙。

如今，超市糖果柜上的大多数产品都在模仿水果或是水果的衍生物，譬如：瑞典果糖、"快乐牧场"硬糖、彩虹糖。巧克力——如杰特所言——来自可可豆。过去的泡泡糖是用树胶做的，而那种树赫赫有名的果实便是人心果。

在欧洲人还没发现美洲大陆前，阿兹特克人就开始嚼树胶了。20 世纪早期，美国口香糖制造商们雇用千余名南美工人搜集人心果树液，他们就叫"泡泡糖收割者"或"树胶工"。"二战"后，随着石化产品的引进，这种人工采集业才渐渐终止。今天的口香糖是由 PVA 制成的，亦即聚醋酸乙烯酯——塑性树脂的衍生物。

1809年首度问世的罐头令水果更普及。哪怕尝起来会带点金属味,这项技术革新毕竟能让水果经年不腐。到了19世纪中叶,包括唐宁(A. J. Downing)在内的美国作家对农夫们大为诟病,指责他们种的水果根本没法吃,"那些人在这个国家有一路得①好地,身在日新月异的繁荣时代,却只会种垃圾和噎死人的梨,受一切有识之士的蔑视也是活该"。再后来,到了1869年,奎因(P. T. Quinn)记了这么一笔,优质水果"是奢侈品,只有富人阶级才放纵得起"。就是从这时候起,北美人开始大规模地培育好口味的果子,但依然无法快速运送到人口快速递增的市区。

马和马车让位于机车和火车后,水果的运输问题得以解决,但农夫们又发现新问题:他们得种出经久耐运的新果品。佐治亚州素有"桃子州"之美誉,阿尔伯塔镇更是翘楚之地,他们率先把桃子成功运到纽约城,而且没有烂成一摊泥。亨利·福德开创的装配线成了标准流水线。在冰箱的发明、超市的开张、家用汽车的普及等推动下,城市居民有更多办法获得水果了——尽管口感欠佳。1880年到1921年,700万意大利移民的涌入,对美国人的饮食习惯和农业结构造成了巨大影响。意大利人对农产品的热爱相当有感染力。

直到20世纪,英国的许多果子仍然烂死在树上。水果长得少,再加上英伦三岛潮湿的气候,根本无法晒干果子。19世纪90年代,苹果成了英国的国果。政府推广"多吃果"运动。据说吃柑橘能防治坏血病,但在20世纪头十年里还是有数千士兵死于这种恶疾。

"一战"前后,科学家发现了维生素,这好比一锤定音,让人们终于认识到,生食水果不仅仅有益健康,还是必需的。但在20

---

① rood,约相当于四分之一英亩的面积单位。

世纪的两次世界大战中，新鲜水果销声匿迹。加拿大居民要限量领取"蓝莓酱"，实际上，那只是加过糖的萝卜酱，还加进木屑以仿造种子。就是在战时，法国画家马蒂斯（Matisse）曾说，水果"比漂亮女人还昂贵"。大萧条过后，葡萄在美国流行起来，其实是因为葡萄能换粮票。即便是那时，人们还认为该把葡萄煮熟再吃。

"二战"临近尾声时，英国政府分给每个孩子一根香蕉。伊夫琳·沃（Evelyn Waugh）的三个孩子盼星星盼月亮，盼到香蕉后都乐晕了。孩子之一，奥伯龙（Auberon Waugh）在回忆录《这有用吗?》中写道，那兴奋眨眼间就没了：那些香蕉"躺在父亲的盘子里，他当着三个孩子凄楚的注目，往上面倒奶油——几乎很难买到，再撒糖——很多很多糖，然后自己把三根香蕉都吃了……从那个时刻起，他在我心中的地位一落千丈，永不得翻身，哪怕再多的性侵犯也比不上"。

自战后起，水果才走上康庄大道，新果品接二连三地涌现在超市里，盛极一时。泰德·修斯（Ted Hughes）在1955年吃到平生第一只新鲜水果时已经25岁"高龄"了，就在那年他遇到了西尔维娅·普拉斯（Sylvia Plath）。①奇异果在60年代被引进美国。芒果和番木瓜紧随其后。南美、亚洲、非洲、加勒比海、中东的移民大批涌入，对身边每个人的饮食习惯都造成了巨大影响，旅行使得西方人更有机会见识精妙绝伦的异域风味。新鲜的无花果直到前几年才进入蒙特利尔。截至2006年，只有百分之五的美国人尝过石榴，不过，这个比例一直在飞速飙升。

---

① 修斯生于1930年，英国诗人，1984年成为桂冠诗人。他的作品以充满暴力、激情和自然意象而著称。普拉斯生于1932年，美国女诗人及小说家。两人自1957年至1959年同居、结婚，1962年分手。次年，普拉斯精心策划了自杀，其作品生前并不著名，直到她自杀之后作品才逐渐被人认识。

在过去的半个世纪里，人们获得水果的途径越来越多，尽管在口感上有所亏损。也许，这是必要的过渡。从很多方面来说，我们正在步入水果的黄金时代：从没有过种类如此丰富的新鲜水果呈献给过去的我们，无论是闻所未闻的怪果还是传家宝级别的古果。在不久的将来，培育专家们将更加兴致勃勃地投入到新品种的开发中，种植者将继续钻研如何种出好味道，运输商们则想办法让水果在时令季节赶得上趟儿。直到现在，我们才得以赏识水果是多么丰富多彩。快点忘掉紫葡萄、绿葡萄吧：全世界共有一万种葡萄在果园里生长着呢！除了多年来精选培育的上千种浆果，还有上百种野生浆果遍布世界。园艺界有所记载的梨子有五千种。全球果农共栽培出一千两百多种西瓜。有超过六百种的椰枣。我们都明白，尚有诸多原因造成我们至今没把这些果子吃遍。但重点在于：水果世界永远在进化中。

"水果"（fruit）这个词来自拉丁语 fruor，意为"因……愉悦"，fructus 意为"愉悦、快乐和满意"。当 fruc- 演变为德语词根 bruk 时，词意基本保留，仍有"拥有……的快乐"之意。但是，到了中世纪这意思就打了折扣，降级为"可消化的"，而进入 16 世纪后，这个词竟意味着"可以容忍的"。在源远流长的词源汪洋中追溯，我们还发现，bruk 变成英语动词时，就成了 brook，即"容忍"。各式各样的水果撑到了今天，它们也成功保留了原初的寓意——赐福。

威廉·卡洛斯·威廉姆斯（William Carlos Williams）写过一篇慰藉悲伤老妇的文章，提到"熟李子的安慰"。塞尚眼中的苹果是寻找内心平静的途径。"用苹果安慰我吧，因我为情所伤。"所罗门在《雅歌》中如此哀求。爱因斯坦也把水果置入快乐方程式：

"一张桌、一把椅、一碗水果和一把小提琴；足以欢欣，夫复何求？"17世纪法国御用文人博纳丰（Nicolas de Bonnefons）的解压妙计就是与果树相处。他坚信，水果散发着心满意足的福祉："人必须坦承，在所有食物中，唯有水果最能让人有满足感。"《一千零一夜》里，香蕉对丧亲之妇最有吸引力："香蕉啊……是谁坦露了少女眼底的心事/香蕉啊！吞入口腹时，你从不磕碰我们的喉舌，决不强迫我们去感触你！……只有你呵，在所有芳香果实中，只有你富有慈悲同情的心，哦，寡妇和离婚者的慰藉！"

有调查显示，青少年情绪焦躁和饮食有关系。如果孩子有注意力不强和多动症，服用利他林（一种中枢兴奋药）的同时，早餐时再多吃水果，症状就会有显著改善。"水果治愈法"（fructology），是一套基于水果的精神治疗法，用契合你星盘的"生命之果"净化香氛灵境。www.thefruitpages.com 网站讲述了一些人如何克服抑郁：每天定时定量吃水果。美国圣何塞市有个果园主能种出全美最好吃的桃子，他叫安迪·马里亚尼（Andy Mariani），他讲过一个故事：当他因罹患免疫系统疾病而虚弱不堪时，他母亲给过他一个油桃（nectarine），就是它给了他活下去的意愿。

水果的治愈奇效也得到了科学研究的佐证。相比于酒或茶，无花果含有更多欧米伽3脂肪酸和多酚。柑橘皮有助于缓解皮肤癌。奇异果中的抗凝剂堪比阿司匹林。香蕉能舒缓神经，减轻抑郁，是因为富含色氨酸，它能提升血液中的复合胺蛋白质。红莓所富含的植物化学成分能治愈尿道感染，还对肾结石、胆固醇、溃疡等多种症状有疗效。红莓中还有一种原花色素（PACs），它是迄今发现的最高效的植物来源抗氧化剂，能对抗自由基，让它们无法残留在我们体内。

至于我们在超市买的水果，蛋白质、碳水化合物、胆固醇、钠或脂肪（鳄梨除外）的含量都可以直接忽略。某些水果的可食用纤维含量达到中等值。真正让水果傲视群雄之处在于超高的维生素和矿物质含量。蔬菜以及所有果实都含有多种类型的抗氧化植物营养素，这对人类健康尤其重要。

吸收水果养分的最佳办法就是每天吃足"彩虹果"。不同颜色代表不同好处。粉色水果富含番茄红素，即中和有害自由基的抗氧化剂，比如西瓜、粉柚（pink grapefruit）、红肉脐橙（cara cara orange）。红色和紫色的水果富含花青素，比如蓝莓、樱桃、苹果皮、血橙（blood orange）和石榴。据 2007 年的研究显示，这种类黄酮能破除癌细胞，并不影响健康的人体细胞。橙色的水果含有类胡萝卜素，能防治心脏疾病和肌肉衰退，比如番木瓜、芒果和桃子。黄色和绿色的水果标志叶黄素和玉米黄质的存在，对人类的眼睛保健大有裨益，比如鳄梨、绿葡萄和豌豆。

"每天一苹果，医生远离我！" 20 世纪初，苹果园主们在制定市场规划时编出了这句广告语。今天的科研结果也证实了这条金科玉律：苹果对肺部有净化作用，它能减缓哮喘，预防癌症；研究还显示，苹果甚至比牙刷还有用，能清除口腔细菌。削苹果的动作能激活并改善我们的脑功能，预防痴呆症，刺激创意才能。耶鲁大学的一项实验得出结论：苹果香味能舒缓神经，避免紧张。

我们的祖先最明白森林药典中少不了果实，它们浑身都是药。东方中草药配方用到许多水果，西方人几乎闻所未闻。中国的苦楝果（melia fruit）用于止痛。所罗门岛上的向天果（sky fruit）能促进血液循环，增强肾功能。保加利亚最近施行了一项实验：两百名阳痿患者在服用晒干的刺蒺藜果（tribulus terrestris）后，精子数量和活动能力都得到了提高。

越来越多的制药商领会到水果具有多种医药效果。黑桑葚

(black mulberry）中有脱氧野尻霉素——桑酶素，这种化学成分能对抗 HIV 病毒。火星牌巧克力公司已开启了一条新流水线，提取可可豆中的药物成分，其药物将用于治疗糖尿病、中风和动脉血管疾病。研究还显示，柚子可以起到多种药物的功效，譬如抗抑郁药、降血压药。茴香具有消除肠胃气胀的奇效，所以在美国原住民部落中被昵称为 tut-te see-hau，意为"能祛风"。它还能防腐，止痉挛，催眠，用水送服茴香籽还能治打嗝。

我们每天都该起码吃五种水果，再多点就更理想了。美国人均水果消耗量在每天 1.4 种左右。在北美出售的所有蔬菜中，土豆和卷心莴苣占了三分之一，因为快餐业少不了它们。

收入直接影响我们能吃多少水果。收入越多，我们就越重视有关健康的方方面面，因此更愿意投奔新鲜产品。富裕引出多样化的水果消费形式。另一方面来说，水果没有香烟或酒水来得贵，但人们在日常饮食中却常觉得它们太昂贵了。虽然香蕉和橘子很便宜，但你不吃也照样活。餐馆里的新鲜水果少得可怜，尤其是快餐店，不过，小包装的苹果片现在也流行起来了。

如今，水果在预防性的健康药物中不可或缺。会不会有这种感觉——我们方才意识到水果有多重要？其实，我们只是重拾古老智慧。恰如希波克拉底的一句早期格言："食为药，药为食。"

水果也是灵光，激发了无数革新。距今二三十万年前的旧石器时代就出现了人类的第一件艺术品：雕刻在硅石上的杏子或杏仁的图案。苏美尔人发明了记录谷物和水果交易的文字；最早的楔形字母就是为了农场管理者计数算账用的。诸如 logos（意为"词汇""语言"或"理由"）、legere（"阅读"）、lex（"法律"）等最早的词汇是指代森林里采摘到的东西，譬如橡果。第一篇拉丁文散文是加图（Cato）撰写的《农事》，讲述了城市近郊的果类种植状况。因为运送果实需要牛拉车,这才发明了轮子。桑葚是人类发明纸张、丝绸和刀叉的起因。(最早的纸张原料来自桑树皮,不是桑蚕吐丝结茧的枝干部分;而浆果吃起来又太麻烦了,总是搞得一手黏糊糊——其实吃别的也一样——所以才发明了尖头叉。)人类的第一批碗和盆就是葫芦瓢(Crescentia cujete),它又称为"炮弹果"(在美洲农业的诞生阶段起到了至关重要的作用)。牛蒡的刺果挂在衣物上,这让瑞士工程师乔治·德·麦斯切尔(Georges de Mestral)灵感一现,发明了维可牢尼龙搭扣。

希腊神话对早期乐器有所记载,鲁特琴(lute)是阿波罗把瓜剖开后发明的。最初,许多乐器都是用水果做的。非洲人用葫芦(gourd)做成了弦乐器和打击乐器。乐器行里至今仍会卖一些,譬如多都莫葫芦果、漆果沙球、嗒嗒作响的果种脚环。有些美国吉他和小提琴都是奴工用瓜果手工制造而来的。人们一直在歌咏水果,这起码能追溯到公元前1000年,中国的古代歌谣集《诗经》中就已提到了17种果实。

同样,水果在科学发现领域功不可没。重力的发现归功于苹果。达尔文是在醋栗实验成功后才证实了自然选择论。罗伯特·戈达德(Robert H. Goddard)16岁时坐在樱桃树上,突然想到将来可以发明一种机器飞向火星!于是,他成为现代火箭之父。

在数之不尽的面霜、彩妆和洁面产品中,我们用了水果做原料。意荔果(illipe nut)用于润唇膏。鳄梨皮用于面部按摩膏。用于油膏和润肤液中的树油来自非洲榭油树(African karite tree)。美国美人莓(American beauty-berry)的紫色调和伊丽莎白·泰勒的眼影一模一样,内含的化合物可用作驱虫剂。

南美的口红树(lipstick tree,又名胭脂树)会长出艳红的胭脂树果(achiote),曾被用于身体彩绘。今天,这些果子被用于"胭脂红"着色剂，从黄油到色拉油中都能找到。胭脂虫吃过仙人掌果，就会变成红色，碾磨它们的尸体便得到了洋红或深红染剂。还有许许多多果实也能产生丹宁酸，适用于染料、颜料和着色剂。

水果还能替代许多含有毒素的清洁类产品（很多都含有人工香精）。卡菲尔酸橙（kaffir lime）在巴厘岛是洗头用的。牙买加人把橙子一切为二，清洁地板。我的巴黎友人告诉我，洗衣服可以用"肥皂果"，也就是中国皂角树的干果（Sapindus mukorrosi）。皂角苷是一种类固醇，遇水就会起泡，好多浆果里都有这种成分。我也试了一把：洗出来的衣服香喷喷的，干净极了。

也不知从何得到灵感，人们还曾用水果避孕。中世纪欧洲，柠檬被冠以"杀精"的恶名，原因大抵是柑橘能让牛奶凝结。意大利风流作家卡萨诺瓦（Casanova）就写过，他用挖空的半只柠檬当子宫帽。古埃及人也这样，把橙子一切两半，当代青少年中也有人仿效，显然是被误导了。民间笃信，没熟透的番木瓜会导致流产，因此在古代常被用作事后避孕药。到了16世纪，抑制性欲的处方上出现了瓜类。那时候的药草医生还声称，欧楂果有助于延长女性的性饥渴。

对某些特定的水果，我们充满贪欲，渴求不足，甚至加以膜拜，正是深埋在我们潜意识中的生存和繁殖的本能令我们如此欲罢不能。水果也鼓励我们听从身体内部的反响，再进化出更古怪离奇的特性。还有些人已和水果难分难解，进化到了独特的境地——我马上就要亲眼见到他们了。

第四章
珍稀水果全球联盟

> 一瓣瓣橘子都不见了,我无法告诉你它们为何如此神奇……不过,总会有人明白我的意思。
>
> ——费希尔[①],《食艺》

迈阿密,一间小办公室里堆满了书,书页上错综复杂的图案都是关于果实生长的。费尔恰德热带植物园的高级馆长理查德·坎贝尔(Richard J. Campbell)专攻热带水果,现在,正用秘鲁人的办法把珠宝果(chupa-chupa)切开。他用小刀在软软的椭圆形果皮上垂直切出五道等距的口子,再从顶端乳状凸起处往下剥。一瓣又一瓣,天鹅绒般的棕绿色果皮像朵花一样绽开,露出了里面令人震惊的亮黄色果肉。颜色对比太强烈了,这华丽耀眼的色彩顿时触动了我脑内的快感神经。

坎贝尔切下五片色彩炽烈的果肉,每一瓣都含有一颗大大的

---

① M. F. K. Fisher(1908—1992),美国著名作家,《食艺》(*Serve It Forth* [*Art of Eating*])出版于 1937 年,是她的处女作。之后她还以《写给牡蛎的情书》《如何煮狼》等作品闻名于世。

籽。坎贝尔 40 岁不到，留着平头，身材健硕，一眼便知天天都锻炼。周末，他带孩子们去猎鲨鱼，还把地球从南到北、从西到东地跑了个来回，四处寻觅美味奇果，并希望能向大众推广。"有了这些最最热带的佳品，"他递给我一瓣高浓度橙色的果肉说，"我相信我们可以改变世界。"

在坎贝尔的示范下，我才知道该如何把果皮内侧的果肉吮干净。毕竟，它就叫 chupa-chupa，西班牙语的意思是"吸啊吸"。我把它放进嘴里，吸起来，一股甜蜜的汁液蹿出来，味道么，有点像芒果、桃子、哈密瓜（cantaloupe）和野草莓的综合体。太美妙啦！

坎贝尔知道这果子能让人神魂颠倒。他也知道，广大消费者无法在短时间内接受它。"你把它搁在杂货店，谁知道该怎么办？谁能像我刚才演示的一样教你怎么吃？"他反问。他的梦想，就是先在植物园里让人大开眼界，再引发商业热点。他正致力于向栽种部门推介十来种特别珍奇的热带水果，珠宝果就是其中之一。为此，他沿着亚马孙河一路探访，从秘鲁到哥伦比亚，再进入巴西，就为了找到全世界最完美的珠宝果。他说，我们在吃的这个果就是他能找到的最棒的品种，最初是他和好友亦是导师的威廉·惠特曼于 1963 年在秘鲁东北部的伊基托斯市集上找到这个果种的，从此之后，惠特曼就在自家后院培育珠宝果。

惠特曼，正是我来迈阿密的初衷。上百种珍奇水果进入佛罗里达都要归功于他。本周，威廉·惠特曼热带水果园将正式开幕，38 英尺高的透明暖房里种满了热带水果，不仅有大名鼎鼎的榴莲、山竹、度古果、帕章芒果（bembangan）、达拉菠萝蜜（tarap），还有许多叫不上名儿的果子。坎贝尔和惠特曼花了数年时间一起旅行，往这座温室里不断填充珍宝。惠特曼为费尔恰德植物园捐献了 500

万美元，才令这个美梦成真。坎贝尔负责监督捐款，并宣称，研究这座果园能博闻广识，也将让美国的异域水果走上新的台阶，进入商业化产销阶段。

暖房揭幕，全美境内最有死磕精神的水果爱好者们即将济济一堂。我听说这一盛事后立刻给柯特·奥森福特打了电话，我俩就订机票飞到迈阿密了。我们希望能拍一部关于威廉·"香蕉王"·莱萨德（William "The Banana King" Lessard）的小电影，他因种植最稀有的香蕉而名震江湖；还有毛瑞斯·孔（Maurice Kong），他在全球范围内求索纳姆纳姆果（nam-nam）、有条纹图案的马来莲雾（Malay apple）、巨型人心果、猩红色的木鳖果（gac fruit）、紫瓤芭乐（guava）、牙买加臭脚趾（Jamaican stinking toes），并写下卷帙浩繁的书面材料。我还打算拜见一下水果专家布鲁斯·利文斯顿（Bruce Livingstone），他开创了www.tropfruit.com网站，现在他已经不叫布鲁斯了，新名儿取自他最心仪的水果：山陀（Santol，又名"大王果"）。身为泰国香蕉俱乐部的成员，他屡次深入丛林，寻找濒临灭绝的香蕉品种，找到了就带回家悉心保存。山陀兄在泰国北部发现的撒塔香蕉（Sarttra banana）令他在水果王国里威名远扬。

美国本土最虔诚的水果猎人大本营就在佛罗里达南部，因为那儿的气候条件适宜大多数从国外带来的亚热带水果生长。这些嗜果上瘾的猎人们聚在这里，计划起程远渡去找新果子，再带回来种。大本营设立前，佛罗里达的水果屈指可数，只有可可椰子（coco plum）和海葡萄（seagrape）。但经过数十年的开拓，后院里已遍布奇迹果、菠萝蜜和鸡蛋果，当地人还用鸡蛋果做奶昔，名为"鸡蛋果蛋奶酒"。坎贝尔说："热带水果美妙绝伦的一点是：它能把许多奇人怪客聚拢起来。我们的朋友遍布全球，联系紧密，还一起旅行,疯狂的事儿一桩接一桩。"

当我和奥森福特在巴尔哈伯复式豪华家宅里见到威廉·惠特曼时,他已不再是嚣张跋扈的年轻人了,不再能劈风斩浪地杀进"冲浪名人堂",也不能再向巴哈马人展示长矛猎兽法了。这位 90 岁的老人头戴水手帽,坐在机动踏板车里,神采奕奕地带我们在花园里兜了一圈,时不时在果树前停下来,追忆他在何时何地与这种水果相逢。

他会充满爱意地轻拍面包果树的树干。他对水果的痴情能回溯到 1949 年第一次在塔希提岛吃到面包果的那一天。他记得很清楚,那是清晨,他刚和一个美丽的波利尼西亚姑娘共度良宵,睁开眼,竟发现茅草屋里站满了村民,全都静静地盯着他看。回美国后,他在自家院子里种活了面包果树,便成为"珍稀水果全球联盟"的创始人之一,这个迈阿密组织旨在研究不同寻常的水果。"起初,我只是有兴趣展示些人们闻所未闻也没见识过的新奇水果,再开发它们的潜力。"说着,他从轮椅里伸出手臂,摘下一颗亮黄色、鸡蛋大小的柠檬山竹(charichuela):"第一次看到它,我心想:'老天啊,又来了一只长相离奇的果子。'"他把它递给我,告诉我,咬开它。味道太赞了,像是加了柠檬水的棉花糖。"然后我把它吃了,只会呆呆地说,'哇哦!哇哦!'它太好吃了,把我都乐傻了。"

惠特曼的父亲是位经营有方的芝加哥实业家,素有"货品最全!全美第一百货中心"美誉的巴尔哈伯百货就是他们家的产业,惠特曼本人也十分富有,大半辈子都花在追猎水果上,数不清多少次去热带探险,一回到巴尔哈伯的自家地界就忙着把新果子告知天下。

我们走到最高大、祖籍非洲的奇迹果灌木丛旁。我往兜里装了些红色小浆果，以备后用，尝了一口就能确定，它们和我在肯·洛夫的夏威夷果园里吃到的奇迹果一模一样。北美种植奇迹果的第一人就是惠特曼，他说自己已不再用糖了，只用奇迹果。他的太太安吉拉每天早餐前给他采一颗来。惠特曼解释说，果种是美国农业部里的水果猎人——戴维·费尔恰德（David Fairchild）1927年从喀麦隆带回来的。他还说，在全美本土能吃到奇迹果的地方极少，这儿就是一处；因为它的出现将给制糖业带来巨大冲击，美国医药管理局在60年代正式禁止将奇迹果引入商业化产销体系。

旁边，还有一株尖刺密生的仙人掌，布满了火龙果。沿着小径走到尽头又看到一种水果，他戏称那是"宠物项目"：凯珀尔果（kepple），属于番荔枝科。这种果子最早发现于印度尼西亚水宫遗址——昔日后宫所在，曾是苏丹王和妃子们用的春药。还有传言，说吃了这种果，排泄物都会有紫罗兰香。惠特曼决意试一把，测试这种谣言的真假，"我备好一摞纸杯，每隔一小时就往里尿点，然后闻——该死的，从没闻到过传说中的花香。要照他们说，如果你吃几只凯珀尔，每次小便就等于灌满一小瓶香水——得了吧，完全不是那么回事儿。"没想到，验证的机会立刻出现了，游完果园后，我去卫生间洗手，却不幸地发现马桶里有一坨没冲的大便。

为了满足种种实验之需，惠特曼挖空了他家的碱性沙滩，再填入六百卡车肥沃的酸性黑土。寻找并种植佛罗里达居民闻所未闻的植物——这项巨大的挑战只会让惠特曼精神矍铄。他不仅是少数成功栽种山竹的美国人之一，还是杰出探险者俱乐部的成员。他在水果方面的累累硕果都收编在一本咖啡桌读物[①]上，书名是《50年

[①] 咖啡桌读物，通常都是精装、大开本的厚重彩图书，题材多样有趣，非常具有娱乐性，但不适于随身携带。

热带水果风情录》。他送了我一本，用颤抖的手签上名，又附上一语："亚当，祝你在探索热带水果的新趣味中好运连连！"

"他迷水果迷得只剩一根筋，当真少见呢。"理查德·坎贝尔说道，"他对水果激情难耐，我和那么多人合作过，从没遇到第二个人像他这样。要是没发现他正在找的水果，他完全废寝忘食，做梦也不梦别的。"别人把他说成"热带水果偏执狂"。即便到了近年，老年痴呆症渐渐侵蚀大脑，他仍会坐着轮椅去亚马孙河顺流而下。

年轻时，他还会带上一家人去丛林小岛探险。"我还记得跟着父母旅行的情景，我们会带着五块冲浪板、四辆自行车上路，为了去找珍奇异果。"他儿子克里斯曾对着摄影机镜头回忆童年，现在，你可以在巴尔哈伯百货顶楼的惠特曼私人博物馆里看到这段采访。"好多次，人们会问我们是不是马戏团的，或是别的什么团。"有这等"我为果狂"的老爸，他的孩子们都很喜欢这样长大。他们还以为每一家后院里都有珠宝果呢。同学们每次看到克里斯午餐盒里的珍奇水果都吵吵嚷嚷地要分一口，尽管家长们和老师们都担心那些东西有毒。

把采访录影从头到尾看完，我们坐电梯到了商场的底楼，瞬间回到零售业的皇宫，瓦伦提诺、香奈儿、奥斯卡·德拉伦塔……昂贵的时装比比皆是。回想当年，美国百货店每平方英尺的缴税额为100美元，巴尔哈伯百货上缴的税金则是平均值的十倍。威廉的兄弟，达德利，提议我们一起去吃午餐。就在他极力撺掇奥森福特购买惠特曼兄弟在"二战"后的夏威夷拍摄的一些胶片电影时，威廉的太太，60岁的安吉拉，却把我拉到一边，塞给我一张20美元的钞票。我使劲推搪，可她硬是要给，"你让我想起我儿子啦，"她说着，伸手抚了抚一丝不苟的白金色秀发，"我明白，这事儿刚起步时有多艰难。"

第四章 珍稀水果全球联盟

餐后，安吉拉坐进白色凯迪拉克，亲自开车送我们去惠特曼私家豪宅区。"我们每隔一两年就买个新的。"她说。我不太确定她说的是车、豪宅还是私家领地。她还不经意地提到，我们正驱车而行的这些街道也在他们名下。我只能透过后视镜窥探她的眼神，可惜，墨镜毫无表情。

我们到达他们家的乡村俱乐部时，奥森福特和我帮着惠特曼下了车。他挣扎着站起来，整个身子抖得像筛子似的。吃奶酪三明治时，克里斯对我们说，他们一家人最爱去婆罗洲①猎寻水果。"按照每英亩的平均量来说，婆罗洲的热带水果比任何别的地方都要多。"惠特曼本人也如此断言。当他提到皮塔布果（pitabu）——口味类似冰冻橙汁露，再加点杏仁和黑莓味——的时候，钟爱之情溢于言表。同样，他还是红皮红瓤榴莲的超级粉丝，还说那个岛上的山竹绝对是全世界最好吃的。我也说，自己多想四处云游啊，多想把这些水果和欣赏它们的人都记录下来，可惠特曼摇了摇颤抖的手，轻蔑地说："没戏，记不完。"

1898年，有个28岁的有志青年负责创建美国外国植物物种所的第一个办公室。他就是戴维·费尔恰德。他贡献了毕生心血，数度横跨世界探寻果种，把两万多种植物引进美利坚合众国，其中就包括多种芒果、樱桃、椰枣和油桃。他也是最早看好山竹的预言家，他曾断言，包括山竹在内的许多热带水果很快就能出现在美国城市居民的餐桌上。但愿坎贝尔和惠特曼，连同他们建起的水果暖房，将最终实现这一伟大愿景。

---

① 婆罗洲（Borneo），也称为加里曼丹岛（Kalimantan Island），世界第三大岛，也是世界上独一无二的分属于三个国家的岛屿。

费尔恰德曾自称"果蝠"。虽古怪，但也亲善，他的童年时代就被自然风物占据，忙得没空淘气。他非常喜欢盯着显微镜下的植物切片看，还曾写道："人不用耗尽心机就能过完一生，一盘肥料就涵盖了所有的形式和问题。"但改变他生命轨迹的是一条睡袍。

决定命运的睡袍，属于富得不可思议的环球旅行家巴伯·拉斯罗普①（Barbour Lathrop）。在拉斯罗普的后半生中，虽然固定地址是旧金山的波希米亚俱乐部，但实际上他一直周游列国，停泊在异域港湾，挥霍豪门家族的巨额遗产。1883 年 11 月的一天清晨，搭乘"富尔达"号汽轮的 24 岁的费尔恰德走上甲板，恰好看到拉斯罗普一身睡袍走出来，直把他看得目瞪口呆。（日式睡袍那时刚刚进入西方人视野，还没完全取代传统睡衣裤，而第一次出国游学的费尔恰德从没见过这玩意儿。）拉斯罗普被这个年轻人不加掩饰、难以遏制的好奇心吸引了，便决定赞助他的远东植物游。

结果，其后整整四年间，这两人一直结伴同游。费尔恰德管他叫"巴伯叔叔"。拉斯罗普管他叫"仙女"②。为美国农业部创建外国植物物种所后，"仙女"又耗了四十多年周游世界，猎寻有用的植株——尤其是水果。

曾经不得不喝感染痢疾菌的污水，曾经在遍布毒虫热症的丛林深处迷路，他不走运的时候很多。在南太平洋，费尔恰德的舢板船失过火。"常常能在地球上最脏乱的角落找到他。"在西里伯斯岛，他遭遇了水果王国里最不可思议的罕见景象：椰子里长了一颗坚硬的可可珍珠，完全和贝壳里长的珍珠一模一样。在摩洛哥的斐兹、在阿尔及利亚的沙漠绿洲，他吃了很多椰枣。斯里兰卡的最后一代

---

① 同时，拉斯罗普也是一位有名的慈善家。
② Fairy，即费尔恰德（Fairchild）的昵称，恰好意为"仙女""漂亮姑娘"。

第四章　珍稀水果全球联盟

康提王亲自教他怎么吃西瓜大小的蜜糖菠萝蜜（honey jack）——个头绝对是普通菠萝蜜的数倍。

1905年，他和亚历山大·格林汉姆·贝尔（Alexander Graham Bell）的女儿玛丽安结婚。夫妻俩一起出游，在印度尼西亚的巴东找到了黄色的山莓，在莫桑比克找到了有棱有角的方形水果——玉蕊科棋盘脚果（barringtonia speciosa）。在塞奥伊岛，几十个轻唱歌谣的孩子们跟着这对新人环岛而行。

上了年纪后，费尔恰德开始派遣其他水果猎人前往尚未勘探的地域。他让威尔逊·珀伯诺（Wilson Popenoe）去拉丁美洲，结果发现了台球大小的黑莓（balckberry）。（人类至今所知的最大浆果来自哥伦比亚，你得张大嘴咬好几口才能吃完它。）费尔恰德的另一位使徒名叫约瑟芬·洛克（Joseph J. Rock），被派往东方寻找克劳果（kalaw）——人们相信这种传说中的神果能治好麻风病。洛克走遍了印度、泰国和缅甸山区，和虎豹、毒蛇交手，但这段逸事从未记载于科学文献。直到在缅甸南部的马塔班海湾，他发现了一棵树，但那果子充其量只能说是克劳果的表亲。最后，他到了缅甸西北部钦敦江上游一个古老的露营地，就在大象发飙、台风肆虐横扫村庄、吹倒帐篷、冲走大树的时候，他竟突然撞见了一棵野生的克劳树！

奔赴亚洲的猎果使徒必须是费尔恰德所说的徒步狂人："能忍受一切肉体不适，也能在无路可走的地方步行千万里。"弗兰克·迈耶（Frank Meyer）就拥有赫拉克勒斯的庞大身材，还素有长途登山高手的名声，于是，他得到了一个面试机会，但29岁的青年紧张过度，不停出汗，彩条衬衫都褪色了，五颜六色搅和在身上。但费尔恰德十分看好这位彩汗淋漓的青年，从1905年到1918年，迈耶风里来雨里去，不管霜冻还是飞雪，一直在追踪水果。他能灵巧地驾驭驴子走过深渊上的摇摇荡荡的竹桥,也曾被杀人不眨眼的土匪截获,还曾跋涉到西伯利亚的冰川——杯里的牛奶还没等喝就冻住了。

白人几乎从未去过那些地方,当地人也从没见过白人,更别说是这样一个体格庞大如健美冠军的壮男了。老是有人请他鼓鼓肌肉,还总有一大群人围观他洗澡。在梨子生长区,村民们甚至爬到屋顶上一睹他的神容。而还有些地方的人一看到这个外国巨人就很害怕,他只能席地而坐,用吃水果的办法安慰村民,表示他和他们一样是普通人。

照片里的迈耶胡子拉碴,狂放不羁,拄着一根节瘤凸大的手杖,还绑着膨大的皮质护膝。但在羊皮袄下,他还穿着细条纹的三件套西服。他大概睡觉时都戴着单片眼镜。"工作于我,就像良药对病人。"他写道,"我远离人群,试图在植物中找到愉悦。"

他从天津带回了无籽柿子和柔软的楂梓,从韩国带回了红色的黑莓,从山东肥城带回了著名的肥桃,从俄罗斯伊利凡珀尔带回了天堂果,从湖北宜昌带回了猕猴桃。在北京丰台,他发现了番柠檬(Meyer lemon,又名北京柠檬、中国柠檬),将他的名字永远留在了水果史上。以他命名的柠檬越来越多见,但迈耶自己却于1918年6月1日消失在武汉开往南京的汽船上。

戴维·费尔恰德在迈阿密安享晚年,他的丰富遗产都留在以他命名的植物园里。对今天的水果猎人们——亦即栖身于丰盛植物的庇护下自成一群的怪人——来说,费尔恰德的书就是圣经。"他的书在我心里播下旅行癖的种子,几乎欲罢不能。"坎贝尔如是说。威廉·惠特曼说他看了费尔恰德的书,觉得太有意思了,便决心今生今世要照做一遍:发现水果,再带回家种。惠特曼在自传中声称,自费尔恰德过世后,他引介到美国本土的异域水果比任何人都要多。

开园剪彩仪式将要举行,那天清晨,一群年纪在45岁到95岁的人热热闹闹地聚在暖房门口。所有的桌子都挪到一边,桌上的热带水果堆得像前卫建筑。人们微笑着喝咖啡,讨论珍稀水果,还大声质问:有没有"液体阳光"威士忌?我偷听到一段激情洋溢的争论,关于黑色人心果(black sapote)的益处,据在场的某位猎果人说,吃起来跟巧克力布丁似的。而他的对手则将其比作润滑油、牛粪和稀屎,真是无所不用其极的诽谤啊。

另一个话题是:"家园水果和香料公园"的总监克利斯·罗林斯(Chris Rollins)将带队前往亚洲。我问理查德·威尔逊(Richard Wilson)——他是"亚瑟王之剑苗圃"的主人——是什么激发了他为水果远游?"明知道世界那边有好些果子,可从没人带回来,一旦你做到了,你就是第二个惠特曼。"人们就是如此崇拜惠特曼,在迈阿密,他们甚至把每年6月7日定为"惠特曼之日"!

"快乐人间苗圃"的主人穆瑞·科曼(Murray Corman)头戴软塌塌的遮阳帽,看似电视剧《吉利根岛》里的老吉利根。科曼对我说,惠特曼让他领略到"不是空想出来的"美味。他吃过的最奇怪的东西是企鹅凤梨①(Bromelia penguin),橘黄色,和野生菠萝同类,用于肉类柔软剂,当味蕾近乎被溶解时,他才能品出个中味道。他还说,太阳人心果(sun sapote)非常好吃,让他想起煮熟的甜土豆,质地却像板刷。"确实让人开心。说白了,你非得把果子从纤维质上扯下来才能好好享受。"

我问,有没有人在国内尝到这些水果。他随口答了一句,得想办法把果子私运入境。走私?是的,他说,大家都知道某些狂热分子会走私,把稀有的培育植物带回家。当我追问细节时,科曼脸上

---

① 产自西印度,果实为鸡蛋大小。

那种吉利根式的傻笑消失了,只是简单地答:"我认为谈这个话题不太合适。"

虽然大多数迈阿密水果猎人们都遵循"进口法"照章办事,但总有人是例外。因此,美国农业部的政府官员们已开始针对稀有水果种植者实行武装奇袭,直接带着攻击性警犬冲入他们的后院。理查德·威尔逊告诉我,他已经对美国农业部提起上诉,控告一支挥舞机关枪的农业部小分队突袭他的苗圃,并指控他非法走私果种入境。"他们就跟盖世太保一样冲杀进来,"他愤怒地说道,"好像他们要把我们从恐怖分子手里救出去。六个特种兵闯进来,见什么翻什么,想要找到非法的种子。他们的行动根本就像一次大规模缉毒突袭。把我老婆吓得都尿裤子了,更别说我的顾客们了。他们拍照,然后没收了我的种子。他们以为我从亚洲偷带了些'有害的草种'。他们要找的非法种子只有十六分之一英寸长——也就一毫米左右。我的棕榈树种都是一英寸长的。他们根本分不清杂草的种子和棕榈的种子。要是那种草的种子长在花苞里,他们更是不知道了。我这儿做的是五百万美元的生意;你以为我会种棵非法的植物,然后眼看自个儿倾家荡产?他们搬走了我的三棵棕榈树——不为人知的棕榈培育种——然后把它们杀死了。它们全都死了。我在CITES①大会上跟联邦政府的最高执事人谈了谈,他却根本不知好歹。对我的指控是不切实的。我甚至从不知道居然还有这种非法植物种子走私打击小组!"

显然,当心仪之物遭到抵制,某些水果爱好者们会相当激愤。费尔恰德植物园的总监麦克·摩恩德(Mike Maunder)似乎被到场

---

① 即 Convention on International Trade in Endangered Species of Wild Flora and Fauna,野生花卉和动物危机物种全球贸易大会。

的这一大群人吓坏了,他说,对热带水果的忠贞不渝就是园艺幻梦的典型代表。"水果爱好者们受真正的探索精神驱动,不管是亚马孙还是新几内亚,他们只管去找稀罕果子。"摩恩德指了指坐在草地上的两位男士,建议我和奥森福特去跟他们聊聊如何"走遍世界,爱果子,种果子,集种子"。

其中的一位蓄着胡子,穿一身休闲装,戴绿色的"珍稀水果全球联盟"棒球帽,自我介绍叫哈·马蒂姆(Har Mahdeem)。他是番荔枝科专家,不管是大树还是灌木,只要长出内含奶油冻般果瓤的大水果,他都研究,包括南美番荔枝、杂交番荔枝(atemoya)、刺番荔枝(guanabana)、拉玛(llama)和牛锁心(bullock's hearts)。"既然是珍奇水果,找到一只就算得上大冒险。"他说着,笑逐颜开。他的冒险旅程抵达危地马拉,遍布中美洲,寻找目标是橙色、粉色和鲜红色的番荔枝科水果,并将成果带回来,上交雇主:佛罗里达博伊顿海滩奇尔高端观赏植物公司。

马蒂姆出生在密歇根,在巴西马瑙斯市附近的亚马孙盆地长大,父母都是传教士,在那儿开设了一家农业学校。他说话时带着哼歌般的腔调,模模糊糊能听出南方口音。"我很快就赢得了一个绰号:小屁果儿(Bouritirana)。"当地人用这个词儿指代一种没啥用的小果子,因为他曾问别人能不能吃小屁果儿,就得此诨号。"每当我们穿越丛林,我总是不停地问:这个能吃吗?那个能吃吗?"

近年来,他通过合法程序,把原名改成了"哈·马蒂姆",即希伯来语里的"火星山"。我问他为什么钟爱水果。"它们吸引眼球,吸引鼻子,吸引味蕾。"他边说边笑,"可以吃的植物多达数千种。我们连五分之一都没尝完,谁也不行。"

坐在马蒂姆身旁的是位六十多岁的矮个男子,名叫克拉夫顿·克里夫（Crafton Clift）。回答我的提问时，他绞尽脑汁地想，想得眉眼都挤一块儿去了，最后说，他实在不知道为什么那么热爱水果，大概和重返童年的希冀有关吧。他也有个绰号："嫁接王克拉大顿"，用他十几岁的侄子斯科特的话来说，别人这么叫他是因为"他嫁接得太狠了"。

嫁接，是一种人工繁殖手法，把一种植物的枝或芽嫁接到另一种植物的茎或根上，使接在一起的两个部分长成一个完整的植株。大多数情况下，这种方法被用于克隆某种特定的果种，令其在别的树上繁衍出更多果实。克里夫对嫁接的热情——不如说是强迫症——表现在把许多不同种类的植物嫁接在一起，越多越好，然后等着看果子长成啥样。"我喜欢造果子——创造！"克里夫说，"就像第一次养大丹狗一样兴奋。"

某些物种的嫁接只能在近缘植株上实现。苹果枝无法嫁接到橘子树上。但你可以把不同的柑橘类果枝全部嫁接到一棵橘子树上，诸如柠檬、酸橙、柚子、丹吉尔橘、金橘和枳橙（citrange）①。最近，有位智利农夫因其培育的"生命之树"而登上了全世界的报章头条，那棵树上长满了梅子、桃子、樱桃、油桃和两种杏子。

有时候，嫁接后会出现一种新果子——成熟突变体。一百万次嫁接中，或许有一两次自发性突变，长出和母株（专业叫法：砧木）、嫁接枝（专业叫法：接穗）都不一样的特性。如果突变的芽体很有趣，有特殊的色彩或气味，那这种突变体本身就值得繁育。为了加速突变，也有人将枝条暴露在微量射线里。

人类最早的嫁接大约在公元前 6000 年，古人视其为魔法。"到中世纪末期，嫁接仍被大众视为奇迹，或是神秘团体受戒成员保守

---

① 由枳与甜橙杂交而成。

的秘密。"弗雷德里克·贾森（Frederick Jason）在书中这样记载。有些迷信说法声称，为了嫁接成功，必须一男一女在月光下交媾。高潮来临，女子的能量就能保护母树和新枝间的嫁接。专给唐代皇帝吃的贡果只能由长安城里驼着背的、巫师般的御花园园丁来嫁接。英国哲学家约翰·凯斯（John Case）还幽默地戏称：把梨子嫁接到卷心菜上是一种"美妙的艺术行为"。

在美洲人的早期生活中，民众对嫁接一无所知，让很多卑鄙伎俩占了便宜。声称会嫁接术的江湖骗子会用蜡把枝条粘固在植株上，过了好几个月你才明白上当了，可那该死的骗子早就跑得没影儿了。

诗人们质疑嫁接是否符合道德。马维尔（Marvell）就曾写过："他把野性嫁接为驯良；掺假的果实混杂无常；味蕾自相争辩。无性无孕，樱桃凭空而生，他令自然恼怒。"亚伯拉罕·考利（Abraham Cowley）却在嫁接中窥见一丝上帝的神力："唯见上帝之手塑定果蔬万物，孰人不欢？"对待嫁接诸事，宗教领袖无不眉头紧锁，视其为对神性的亵渎篡改。犹太法典上明文指出，这是"可憎恶的事"。

莎士比亚在喜剧《冬天的故事》里有一段巧舌如簧的台词，说嫁接才是真正的自然品性："人力胜天，那人力也还是天生的；所以，你说人力胜天，天力还是在人力之上……我们把良种的嫩枝接种在野树的根株上面，使得贱种的树干生出良种的萌芽：这便是人力改善天工，也可以说是改变，不过这人力本身还是天工。"[①]（读者不免会想，他会不会用同样的辩词维护转基因蔬菜和克隆肉食？）

疑虑、争端渐渐平息。嫁接，成了圣哲罗姆（St. Jerome）、狄

[①] 摘自莎士比亚《冬天的故事》，梁实秋译本。

奥多里克国王①、乔治·华盛顿等历史人物的激情外化。就像培育水果的其他技艺一样，嫁接也引来无数倾注热情的皈依者。公元前5世纪，中国春秋战国时期有位外交官辞官退隐，专以嫁接为乐。《北美水果探索者》手册中甚至提醒读者注意，嫁接会变得"欲罢不能……是一种很容易执迷不悟的激情活动"。

克里夫似乎没留神手册中的警戒。"只要让他嫁接，他就开心了。"理查德·坎贝尔说。克里夫曾在费尔恰德热带植物园里被抓了个现行：他爬上树，把不同果枝嫁接到一起，因此，现在他要进园时，保安会强令他把剪刀和嫁接工具留在门卫那儿。坎贝尔的解释是："他非得繁育不可。我知道那是什么感觉：你找到了无与伦比的枝芽，不试试嫁接就心痒。但我是在自家院子里做的——而不是在美利坚合众国精挑细选的植物园里。如果有人拿一只奇怪的果子给他看，他准会放下手边一切事情，跟着它走，然后丢了工作。"

的确，克里夫好像飘来荡去的，在哪个职位都留不长。隔一段时间就能收到他的通知信，说他从某个花园"退休了"，或是有个多么"做梦也想不到的找新果子的好差事"因为管理层有矛盾而未成行。坎贝尔谈到克里夫被和平农务公司驱逐时说道："主流社会无法接受像克拉夫顿这样的人，因为他们与众不同——是怪胎。"后来，他又带着不可思议的神情说起克里夫曾拿到一份和哥斯达黎加水果共事的好差事。他决定从佛罗里达开车南下。在危地马拉，他的行李箱被偷了。到了萨尔瓦多，他在路边小睡，有人抢走了他的衣服。于是他就光着身子继续开车。在尼加拉瓜，他弃车步行，一直走到了哥斯达黎加，就靠丛林里的水果过活，赤身裸体地在中美洲森林里走了几个星期。

---

① Theodoric the Great（454—526），在意大利建立了东哥特王国（493年）。

"他对俗世不太在意,只看中完全天真纯洁的水果仙境。"谈话在继续,坎贝尔又忆起克里夫曾受雇于泰国富贾,创建全球最大的热带水果园。这份工作严禁他向别的水果爱好者出售果种,但他又被抓了个现行。根据富人的家规,他本该接受惩罚:被剁去双手。但他还算走运,逃出了泰国。

坐在费尔恰德植物园的草地上,克里夫说他和那位泰国东芭雇主的主要矛盾颇有存在主义的味道。"他们要我把全世界的热带水果都收集起来。那儿的总监说:'怎么从来没人想过这么做呢?'我都懒得答理他。我心想:'你压根儿不知道世上有多少热带水果。就算你把它们都收齐了,也不过算刚刚起步,因为接下去你要挑选出最好的,然后开始嫁接、培育。'"

当克里夫谈到自然界的果实庞杂浩瀚无以计数时,显然有点兴奋过头。"那就好像你打开一扇房门,看到所有热带水果都搁在那儿,你就想:'就这些?'不。不管那是婆罗洲丛林还是亚马孙丛林,你打开的每扇门都通向另一个更大的房间。而且,在这之后你还要混种繁育、基因重组,甚至挑选出个头最大、汁水最丰富的果子。那只是热带水果面世的第一天。现在,数不尽的种类等着我们去命名、去发现。只要森林还存在,我们就能找出新的果子。给我们几个世纪去培育这些果子,它们就会大不一样了。在我短短的一生里,情况已有大变化了。"

那天上午,我又询问了很多参加暖房开幕式的来宾:到哪里去找他们最爱的果子。答案确如克里夫说的丛林房间一样。尽管伊斯坦布尔和法国诺恩附近都有甜浆果,最好的白草莓(frutillas blanca)却在智利,叫普润(Purén)。最好的椰枣生长在沙特阿拉伯的阿尔穆塔菲小树林里。白枇杷(white loquat)只在5月底结果，只能在中国苏州找到。食人茄（cannibal tomato）在波利尼西亚被认为是食人族的调味料，长得像红色小番茄。菲律宾人最爱奶油质感的黄油果（butter fruit），还有像荔枝的黄色非洲大戟木果（alupag）和卡尔曼果（kalmon）。根据佛罗伦萨·斯特兰奇（Florence Strange）的描述，剖开卡尔曼果的时候，"露出果实中心美艳绝伦的螺纹胶状浆液，触须从顶部向外四散"。在非洲东南部，蜜汁般香甜的莫火波（mohobo-hobo）被加进橘子粥，这种粥叫作木图达维拉（mutundavaira）。"银河山法师"（The Milky Way yamaboshi）是猩红色的扁圆形小果，山茱萸科，因其类似番木瓜的滋味而深受日本人喜爱。马达加斯加岛上的露兜果（Pandanus edulis）有红色的、褐色的和黄色的，酷似一串大屁股香蕉聚在一起长大，成熟的模样就像只大菠萝。最好吃的石榴是在伊朗的卡尚、萨维和亚兹德发现的。在黎巴嫩，在半熟的李子、葡萄、苹果、柠檬和青杏上撒上盐，就能当零食吃了。"你的一切感官好像都被强行侵入了"——这是某位嘉宾充满激情的描述。

理查德·坎贝尔说，他最喜欢占尽天时地利，熟到巅峰状态的任何果子，不管在世界何处。"当你坐在中国海南岛的古荔枝园里，身边的老汉满脸满手都是皱纹，他递给你的那颗荔枝是他们家祖传的、种了一千年的品种——那，就是你最喜爱的水果。"

在成百上千能结出食用果实的护伞种[①]庇护下，又衍生出成千上万种培育植株。"嫁接王"克拉夫顿的话可谓一针见血，没人知道究竟有多少水果在世，因为新品种源源不断地被发现，另一些则没来得及被载入史册就已消亡。除了自然天择，还有一些依靠

---

① Umbrella Species，借由保护这个物种进而可以保护到这个栖息地中其他物种，也就是说，维护了保育目标物种的环境栖地，就可以连带性地保护这个范围内的所有大大小小已知或未知的物种。

人工途径培育。

水果在每一种气候环境、每一种地域都能生长。不同的海拔、局部气候和地质条件都为其多样性贡献了一份力量。沙漠地带的烈日能把人晒脱皮，水果能生长；湿气泛滥的沼泽地和湿地里，水果也能长大。雾林，树木始终隐匿在云遮雾绕中，却孕育了许多在别处无法生长的物种。水果长势最旺盛、种类最丰富的地带是在地球的南北回归线之间，好比华服的腰腹区装饰得最绚丽。数百种水果在温带蓬勃生长，但无法和热带雨林里的丰盛相媲美，在那儿，足有千万种果类共存共荣。

如果你去撒哈拉沙漠以南的非洲大陆，就会看到无数鲜果：考拉（caura）像李子，苏呐（sone）和泰克利（tekeli）都是浆果，还有榛子大小的寇柏（cobai）——据说味道太甜美，一到它的成熟季节，别的食物都没人碰了。

无花果的种类超过 750 种，有些生长在沙漠，有些是在地下结果。有一种无花果叫波尔多堇菜（the violette de bordeaux），果肉完全融化成浆液，吃起来就像山莓酱。还有杂色果（panachée）、虎斑无花果（tiger-striped fig），黄底果皮上有绿色条纹，果瓤的滋味有点像草莓奶昔。无花果专家理查德·沃茨（Richard E. Watts）著有《水果园丁》，书中写道："现在，大多数珍稀无花果都在加利福尼亚南部的少数几位私人收藏家手里。"乔恩·佛狄克（Jon Verdick）就是藏家之一，www.fig4fun.com 就在他名下，仅他一人就种了三百多种不同的无花果。在哪里能吃到品质兼优的无花果？他在网站上的回答是："最简单的答案就是：从我这里买。（坏笑表情）"要不，你就得亲手种。曾经，巴比伦的空中花园里种着无花果。10 世纪以前，最好的无花果叫丝柏果（Sbai），至今仍生长在以色列。根据某些伪经圣像中的描绘，伊甸园里的无花果足有西瓜那么大。

从中国的满洲里到加拿大的马尼托巴，大草原也一直是无数水果的乐园。最早，蓝莓落户在新泽西的松树泥炭地平原，至今仍在大批量种植。即便在严酷的北极气候下，水果照样能活。长老甜酥梨（doyenne de comice pear）天生就带香奈儿5号的香气，在加拿大多伦多北部的花园里长势喜人。苹果、李子和桃子都能在俄罗斯喀山市旺盛生长，哪怕每年都有几个月深埋在雪下。还有一种奇异果是长在西伯利亚的呢。

阿拉斯加是不往纽约亨茨珀特市场运输产品的。我问过市场执行总监，为什么不带点阿拉斯加的水果去呢？她夸张地停顿一下，好像面对的是个智障或小孩子，再慢慢地答："因为那里什么也长不出来。"然后就冷若冰霜，不说话了。

事实上，阿拉斯加是许多蔬菜的故乡，更不用说苹果、蓝莓、山莓和其他水果了。我一一报出：黄莓、纳贡莓（nagoonberry）、美洲大树莓（salmonberry）、老鼠果（mouse nut）、海芦笋（beach asparagus）、野生黄瓜、海带（kelp）、大黄（rhubarb）、剑齿虎尾草（spiked saxifrage）、银莓（silverberry）、花楸莓（serviceberry）——爱斯基摩人就是用它、滨水菜（sea purslane）和驯鹿脂肪来做冰淇淋的！听我一口气说完，亨茨珀特的市场总监又停顿一下，然后傲慢地说，她从来没听说过这些东西。

有许多水果从未踏上过北美大陆或欧洲大陆，哪怕它们心急如焚想被吃掉，哪怕它们在别的地域天天有人吃。就算我们知道它们存在，进口水果仍然要经过复杂的流程，要面临生物学、经济学和地理政治学的挑战。更糟糕的是，只有少数人知道的水果大部分都没有高额产量，长途运输只会带来弊端。而它们的成熟期又很短暂。未经大量栽培的果实还有另一个缺点：每棵树结的果都不一样,质量千差万别。这些对水果猎手们来说都是兴奋点,但在连锁超市供销渠道看来毫无吸引力,只配遭驱逐。

在温差大的两个区域间运输,水果就会有大麻烦。温带的浆果一运到热带就开始烂,热带水果运到寒带就丧失了味道。水果太容易腐烂了,长达数周的运输只会令其加速恶化。商业大市场中的水果都不是熟透了才采摘的;要算好日子早点摘,等船到目的地才刚好成熟。这些没熟的果子常常变得烂糊糊的,甚至在途中就开始发酵了。

因此,在惠特曼水果暖房里进行的研究将向世人展示大千奥妙,有助于引领我们走入崭新的北方水果新世界。在未来的数十年里,今天暖房里的小树苗都将成为参天大树,种出的水果将用于栽培研究,并走向更大的市场。

"跟我来,艾瑞克。"安吉拉把我和她继子的名字搞混了。她带我去了让·杜邦·席汉访客中心,还向我说明杜邦——也就是著名的农化集团——的家族成员如何轮流负责此地。开幕式之后的午宴招待会上,一篮篮殷红的夏威夷凤毛丹在宴会厅里传来传去。它们能入境,多亏了新发明的高科技射线设备。人们交头接耳,谈的都是一件事:受过X光照射的水果很快就能批准进入美国本土了,不仅是从夏威夷来的凤毛丹,还包括东南亚、南美和其他热带国家来的水果。(三年后,即2007年,东南亚的山竹成为第一批合法船运进口的射线水果。)人们一致认为,被射线照过的水果绝不会有顶级水准。要想真正了解这些水果,你还得千里迢迢奔赴它们的出生地,这一点,水果猎人们早就心知肚明了。

第二部 探险

第五章
深入婆罗洲

> 记住,天涯尽头总是非凡新奇,仿佛大自然更爱在那儿偷偷天马行空,远比在世界中心、我们近旁的公然造化更洒脱随兴。
>
> ——拉纳夫·黑格登①

2007年1月,星期一清早,纽约人一醒来就闻到硫黄和臭鸡蛋味道,只觉反胃。好像有个巨大的屁穿透了曼哈顿下城区。这气味萦绕不去,被媒体冠以"可怕""恶心"和"不吉利"种种恶名,直接导致学校和写字楼里空无一人,全体撤离;911电话被打爆了,电脑控制的火车和地铁暂停开动;还有十多个人被送进了医院。"可能只是一股令人不悦的气味罢了。"布鲁博格市长作了公开发言,旨在安抚民众。人们把矛头指向新泽西的化工厂;还有人怀疑硫醇泄漏,天然气中的硫醇有臭味,而且有毒。到最后,大家都无法确定臭气的来源。

我想我知道,大概是榴莲闯的祸。

---

① Ranulf Higden(1280—1363),编年史作者,本笃会僧人,出生并生活在英国切斯特。

榴莲是全世界最臭不可闻的水果。这种浑身是刺儿的大果子含有 43 种硫黄复合物，包揽洋葱、大蒜、臭鼬中能找到的成分，只要被搁在密闭空间，就能迅速污染空气。它那极富穿透力的臭味是用来吸引动物的：猩猩、老虎和大象，在热带雨林里尚且有用，但在曼哈顿市中心，那可就糟了——这地方就像一只充满气体的大闷罐，腐败的榴莲足以引发灾难。

你以为我在夸大其词吗？迈阿密之旅后的几个月，我和柯特·奥森福特在他纽约的公寓里举办了一次榴莲尝鲜派对。剖开榴莲时，恍如一阵摄人心魄的狂浪扑面而来，俨然是老式卡带广告片中的情景——声浪吹得你怒发冲冠、动弹不得，只能死死抓牢椅子。我俩从唐人街买回来的两只榴莲臭气熏天，当榴莲盛宴开始时，那栋公寓楼里除了我们就没别人了——全都因"可疑气体泄漏"而疏散了。我们有所不知的是，榴莲的气味会沿着过道飘荡，钻进电梯间，抵达别的楼层。心有戚戚的诸位房客一把抓过金银细软，要么拦出租车直奔郊外，要么紧张兮兮地在街角的餐饮店里等候警报解除。直到忧心忡忡的公寓管理员和爱迪生电力公司的警员现身，想要找到泄漏源，我们才知道事态到了何等地步。

那一年，我们不是唯一品尝榴莲的曼哈顿人。《伦敦书评》就提到一次类似的派对，苏珊·桑塔格（Susan Sontag）、卢·里德（Lou Reed）和现代艺术博物馆的馆长都参加了。据报道，电子乐队费什斯珀纳（Fischerspooner）的主唱一听说榴莲会上桌，"发出了女里女气的尖叫"。

别人的反响就没这么热情了。榴莲被比作腐烂的死鱼、酸腐的呕吐物、没洗的臭袜子、用旧了的男运动员下体护身、低潮期的海草、停尸房、盛夏酷热中的阴沟、猪粪、婴孩尿布、松节油、背负攥着车轮般大的蓝纹奶酪和法国奶油冻的尸体的掘尸人走在下水道里。吃榴莲，被形容为蹲坐在马桶上享用你最心爱的冰淇淋。我们在曼哈顿吃到的那两只榴莲嘛，味道就像欠火候的花生黄油薄荷煎蛋卷，再浇上体臭沙司。直到次日清晨，打的嗝里还有充沛的余味。

难怪栽培者们想培育出不带臭味的榴莲，这简直是天经地义的。但即便如此，真正狂热的榴莲爱好者们依然深爱它那强悍的气味。马来西亚有句俗语："榴莲掉下来，纱笼①也掉下来。"榴莲味的避孕套在印度尼西亚卖得很火。就像东南亚人憎恶生奶味浓重的羊乳干酪，西方人也很难理解榴莲的魅力。在许多文化中，人们会深爱逼近腐烂的食物：意大利撒丁岛上的活蛆奶酪（casu marzu）里填满了蠕动的蛆；冰岛人爱吃腐烂的鲨鱼肉（kæstur hákarl），还有甜点酒——专用受灰霉菌侵害而长得抽抽巴巴的葡萄酿制。

搁下气味不说，榴莲的果肉实际上非常甜美。有关榴莲的俗语中，最常见的一句便是：它闻起来像地狱，吃起来像天堂。榴莲爱好者的网站 durianpalace.com 是这样描述的："试想最好、最美味、最有质感的香蕉布丁，加上一丁点儿奶油糖和香草、桃子、菠萝、草莓和杏仁的果香，甚至还有一丝——大蒜味儿！？"在英文评论中，所谓"不搭调的"味道——像奶油干酪、洋葱和褐色雪利酒的混合物——就算得上是第一次正面描述啦。

在亚洲，许多酒店和公众区域都严禁携带榴莲。新加坡的地铁站里到处都能看到警示标牌：携带榴莲者将被处以 500 新加坡元的重罚。durianpalace.com 则认为严禁大自然最美味的布丁"无异于宣布放屁为违法行为，哪怕人人都享受其乐并偷偷实践。这规矩

---

① Sarong，一种用一定长度的颜色鲜艳的布做成的缠在腰部裙子上的男女服装，状如宽松长筒裙，主要流行于马来西亚、印度尼西亚和太平洋岛屿。

定得让人绝望"。乘客们在行李箱里夹带水果，常会引发飞行警报。2003年，因为一只被离弃的榴莲，维珍航空的总经理布莱特·高德弗雷（Brett Godfrey）取消了一班澳大利亚航班，声明其理由并非安全问题，而是"恶心"："就因为那味道太冲、太刺鼻、太恶心了。"他还暗示，这玩意儿该放在户外厕所里。

还有人建议，吃榴莲的时候要杜绝饮酒。这两者相加会导致严重浮肿。杰瑞·霍普金斯（Jerry Hopkins）在《极致美食》一书中提到，新闻热线曾报道过"一位肥胖的德国游客贪食熟透的榴莲后，又喝下一整瓶泰国湄公河牌米酒威士忌，接着又洗了个热水澡，然后他就爆肚了"。

榴莲饕餮派对后，我也觉得自己快爆了——考虑到水果的质量，这也不奇怪。新鲜的时候它们就是恶臭的了，那请你再揣测一下，品质低劣的水果在拥挤的唐人街人行道上冻了几个月，再解冻，味道会有多糟。每年，美国人在冰冻榴莲上要花费超过1000万美元。和新鲜采摘的泰国金枕榴莲（Thai golden pillow）相比，美国冷冻柜里的榴莲都是不生不熟的下等货。19世纪的阿尔弗雷德·罗素·华莱士（Alfred Russel Wallace）在完善自然选择进化论时就曾宣称榴莲"值得你远渡重洋去亲身体验"。我不禁想起惠特曼的主张：要享有地道的异国风味仍然需要到海外旅行，便二话不说，订了一张机票，前往榴莲王国的核心源头。

婆罗洲，世界上最大的岛屿之一，囊括了马来西亚的沙捞越、印尼的加里曼丹以及文莱的苏丹王领地，堪称拥有地理政治权势的大霸主。数不清的水果在别处无法生存，只能在这个遥远的特殊岛屿上旺盛生长。岛上的热带雨林就像温床，滋养了生物多样化，但近几十年来，大量砍伐毁坏了生态环境。幸运的是，环境保护主义者一直在培育、研究这片土地上大部分最有价值的水果。

长期以来，生物学家文（Voon Boon Hoe）一直是威廉·惠特曼和理查德·坎贝尔在婆罗洲的联系人。文很瘦，五官线条鲜明，胡茬灰白相间，在沙捞越农业研究中心里钻研了一辈子榴莲。

当我们漫步在古晋①城外的研究中心果园里，可以看到岛上的物种多变越来越明显了。有血红色、查特酒黄绿色、黄色和橙色的凤毛丹。而凤毛丹的近亲——葡萄桑（pulasan）甚至更甜，不管是红的还是绿的。我们吃了一串串度古果和兰撒果，不仅甜香扑鼻，咬下去的感觉还像切橙子，汁液迸溅。所有这些水果但凡登陆西方市场，一定会大卖特卖。刚刚果（gungung）的滋味像加了黑莓柳橙酱的野草莓。达拜果（dabai）看似超大个儿的深紫色橄榄，入口即化为油滑的果浆。星状的牛心木奶果（baccaurea reticulata）果皮呈朱砂红，果肉则是奶白色，白白的种子油光闪亮，和鳄梨的核差不多大。光是看它一眼，就能让我神魂颠倒。

这座岛上富有六千多种本土植物种类。婆罗洲的基因库之所以如此丰盛，是因为这里的生态系统相对来说未遭破坏，躲过了更新世冰川期的灭绝性劫难。而且，每年都有多达七米的降水量。与南美洲和非洲的赤道热带雨林一样，婆罗洲充满了非同寻常的生物种类：迷你猫头鹰、野鼠大小的小鹿、会飞的蜥蜴、仿佛从《绿野仙踪》里飞出来的猿猴、会发光的蘑菇，还有酷似珊瑚礁的五彩斑斓的真菌丛。蝴蝶吸吮人类的汗液时，会释放出奶油状的分泌物。文指着一只小鸟说，它叫黑胸水果猎人。

蚊子如云，不管我走到哪里都缭绕在我身边。我打过疟疾疫苗，但旅行社诊所的医生们还是警告我，没有针对昆虫叮咬所致的

---

① Kuching，马来西亚港口城市。

登革热的疫苗。每次被叮上一口，我都会假想某种罕见的热带病毒冲进我的血管肆意奔流。万幸的是，别人叮嘱我留神的其他有害生物尚未现身：嗜血的老虎和水蛭、一窝蜂爬上人腿的尖齿蚂蚁，还有食人鳄鱼。

我和文在榴莲林里漫步时，听到有沉沉的东西从树上掉下来，发出闷响，把文乐得像个兴奋的小男孩，连奔带跑地跳过高高的草丛。他捡起那只浑身是刺钉的大果子，骄傲地向我解释说，在马来西亚，最好的榴莲都是果熟蒂落自然掉落的（恰好和泰国相反，泰国人是在榴莲掉落之前把它们从树上割下来）。我们当场剖果大啖。这是典型的君冷榴莲（kuning durian），文说着，递给我一片三文鱼色的果肉。我们通常所见的榴莲果肉都是黄色的，但君冷榴莲不同，果肉的颜色从霓虹橙到深红色不一而足。这一只更是让人狂喜，带着浓郁的坚果香味，吃起来竟有杏仁味儿，微妙至极。这和你在曼哈顿找到的腐烂味扑鼻的臭炸弹可有着云泥之别！

榴莲共有 27 种，大多数都是在婆罗洲土生土长，包括蜈蚣榴莲（centipede durian）、迷你榴莲（种子小到几乎看不见），甚至还有一种叫作"萨沃"（sawo）的天然生无味无臭榴莲。绝大多数榴莲都有长满尖刺的绿色果壳、黄色果肉，但也有些品种——譬如红皮榴莲（durio dulcis），整个外壳都是土红色的。在越南大叻有一棵很大的君冷榴莲树，15 个人伸长双臂才能围住粗粗的树干。传说，这棵树的种子是鬼魂在梦中赠给树主的祖父的。

我们继续走，看到了一棵达拉菠萝蜜树，文派一名助手去割下果子，大得像足球，已被果蝠啃去了一小半。"这样你才能知道，哪个果子熟透了。"文这样解释。扫去了好些昆虫，文掰了一块给我。味道真像精心烘焙的甜品。雪白多汁的果肉被切成立方体，俨然是黏稠的奶油蛋羹和蛋糕粉的完美融合。整块果肉上还仿佛覆盖着一层香草糖霜。丛林生物已捷足先登,充分证明了它的香甜到了何等程度。浑然天成的完整感油然而生,和一只会飞的犬齿野兽分享一只果实,那真是种难以言喻的原始体验。

至此,各式各样的水果已让我物我两忘,我不再幻想自己被蚊虫叮得发高烧、住医院。我们走到一棵高耸的、果实累累的山竹树前。文告诉我,在婆罗洲,人们爬上树,趴在树枝间吃山竹,就像北美人吃苹果那样。他建议我也试试。爬上去后,我立足的那条枝干上挂满了大如苹果的、棕褐色果壳泛着皮革光泽的山竹。我给文扔了一对儿下去,他便向我演示怎样用大拇指剥开坚硬的厚壳。拧掉顶端的果壳,我立刻看到了雪白柔嫩的瓣瓣果肉。

一日将尽,文送我一只香气扑鼻的尖必叻(chempedak)[①],让我带回去吃。这果子像只军绿色的橄榄球,里面满是瓣瓣甜蜜蜜的橙色果肉。吃了几口,我把它搁在三层楼酒店的床头几上,准备先出去吃点啥。在附近的大排档吃完晚餐后,我回到酒店,就在走进大堂的一瞬间,尖必叻的香味就铺天盖地涌来。我偷偷摸摸地带着它从后门出去,在附近的一片空地上坐下,把果肉一瓣一瓣分开。月亮在厚厚的云雾间时隐时现,我开始埋头吃果子。它的滋味比下午更好了——似乎蹿升到了成熟的巅峰。这滋味似曾相识,却又独一无二。每吃一口,我都在琢磨该用怎样的词汇去形容。吃着吃着,我突然想到了:果脆圈[②]!

不知怎的,尖必叻竟勾起了儿时回忆,我曾攒下零花钱去买一盒又一盒的果脆圈。我常踮着脚尖,偷偷地去弄一碗,藏在被子底

---

① 尖必叻又名 Artocarpus champedan,盛产于马来西亚和泰国的水果,外形类似菠萝蜜,也有人称它为"榴莲蜜",体型较小,果实多汁。
② Froot Loops,Kellogg 公司出品的早餐麦片,在美国、加拿大、新西兰、澳大利亚、印度等多国都有售,圆圈形,色彩鲜艳,有人工果香味。

下，边吃边打手电筒读动漫杂志。没多久，尖必叻只剩下果皮，堆在我脚边。我把它全吃光了，再用双手把果皮掰开，丰沛的汁液圆滚滚地迸出来。至今我仍记得甜香的果汁像冰糖衣一样裹着牙齿的感觉。

第一次官方水果寻猎行动是埃及女王哈特谢普塞特组织的，她派遣船队前往东非的庞特，命其带回公元前15世纪的种子和植株。每当有大帆船靠近海岸线，当地土著都会献上水果，作为欢迎礼。哥伦布在美洲登陆时，土著人就曾以南美番荔枝款待他。登陆墨西哥的西班牙征服者柯泰兹（Cortez）从土著人那里得到的珍奇水果甚至都没有名字。科克船长得到的面包果"和小孩的脑袋一样大，形状也一样……也有几分像网格纹路的块菌"。结构主义人类学家克劳德·列维-斯特劳斯去亚马孙三角洲时，有一整队小船载满珍稀水果来迎接他。即便是在近代也有类似报道，巴布亚新几内亚的货船拜神时会向引航员挥舞香蕉。

1493年，哥伦布在瓜德罗普岛接受菠萝盛宴款待，从此之后，菠萝就变成欧洲人家的门柱和塔楼上的装饰物，象征热情好客。他们沿袭了土著风俗，把菠萝放在门口，以示欢迎访客，彰显友谊。五百年后，专攻康涅狄格豪宅大厦的房地产大亨威廉·皮特（William Pitt）也使用菠萝作为公司的标志物；无独有偶，威廉姆斯-索诺玛（Williams-Sonoma）高端厨具家居店也把菠萝融入了品牌标识。某些速8旅店的经营者会在广告上把自己比作"菠萝般的好人"，因为菠萝意味着"服务业界的至臻完美"。

猎寻水果历史悠久，典故层出不穷。威廉·丹皮尔（William Dampier）是最早的欧洲花果探险家之一，他是个鼎鼎大名的海盗，曾虚张声势地穿过达连地峡，杀向哥伦比亚海岸。之后，在苏门答腊数百海里外划一条独木舟求生路，最终神出鬼没地取道回到英格兰，摇身一变，成功地把自己打造成环游世界的植物学家。在出版于1697年的《新环球航行》中他列举了好多凭空想象的水果，这为他赢得更多次官方派遣的猎寻植物的勘察活动。

约翰·特雷德斯坎特（John Tradescant）为了得到阿尔及尔杏子的1621年航行让他声名大噪。当时有一支私掠船队奉命沿着阿尔及尔海岸线追捕巴巴里海盗，特雷德斯坎特加入了这支船队，带回来数量庞大的核果——许多种类至今都无法归档，没有其他范例证明。后续的航海探险，又让他带回了白杏（white apricot）和"超大个儿的樱桃"——也就是今天世人所知的"特雷德斯坎特黑心樱"。在英格兰，特雷德斯坎特发现了一种新的草莓：普利茅斯莓（Plymouth strawberry），生长在德文郡南部的碎石堆上。据记载，那地方常长微小的草叶，叶子上通常能找到果仁（或瘦果）。他引入的所有物种都种植在"方舟"里——伦敦朗伯斯区附近的一座壮观的大花园。尽管他有嗅觉障碍症，但他和儿子种的瓜果品质上乘，远近闻名。人们还相信，他们监督了一部分最早期的异花授粉，但他们从未在清晰可证的文献中记下种种发现。

让这些探险者马不停蹄的动力并非干巴巴的科学知识。继特雷德斯坎特之后，植物寻猎变成了狂热之举，想要探索新世界的年轻人们无不为之疯狂。他们兴奋地冲入未知领域，探险日志里写满的重大发现都是付出艰辛代价才获得的：迷路，生吃秃鹰肉，没衣没鞋地在雨林里跋涉，卷入旋涡，甚至被困数小时，抵挡狂暴水牛的猛攻，连人带马一起坠入河马坑，睡觉时头发被老鼠啃光，还要为了侵入神圣农田和手持利器的恐外土著人交涉——他们随时准备往外国人身上扔石块。1834年，发现俄勒冈葡萄（Oregon grape）的戴维·道格拉斯（Davies Douglas）在夏威夷跌入为捕野猪而挖的深坑陷阱，却当即被误入陷阱的一头野牛用角顶死。戴维·费尔恰德的使徒威尔逊·珀伯诺的妻子吃了没熟透的西非荔枝果（ackee），因中毒性休克而亡。

曾几何时，寻猎水果准保让你声名大振。水果会以成功的航海探险者的名字命名，譬如瑞典自然学家卡尔·彼得·通贝里（Carl Peter Thunberg），他曾穿过日本国境线去摘伏牛花子，并带回了欧洲，现在这种植物的英文大名就叫通贝里小檗果（berberis thunbergii）。又譬如费霍果（feijoa），又叫草莓番石榴，其名来源于西班牙探险者、植物学家堂德·西尔瓦·费霍（Don de Silva Feijo），他是在巴西发现这种水果的。金橘的拉丁文名字是 Fortunella，源自植物寻猎者罗伯特·福琼（Robert Fortune）。

1714 年，法国情报局的间谍阿米迪-弗朗索瓦·弗雷齐耶（Amédée François Frézier）偶然发现智利草莓（Chilean strawberry）时，正在刺探西班牙人的情报。凑巧的是，"弗雷齐耶"这个名字衍生自法语中的"草莓"，他便顿悟了——浆果远比国家秘密情报更有价值，便不惜一切、警惕万分地把它们带回国。归程花费了六个月，他不得不和植株分用稀少可怜的配给饮用水，差点儿渴死自己，最终保住了五株。把它们和弗吉尼亚草莓（Virginia strawberry）杂交后，这种智利草莓提供的 DNA 就是我们今天食用的现代草莓的基础基因。

把新鲜果种引进自己的国土家园，既能扩大它的生长范围，也能拓宽人类的知识疆域。就像美国总统托马斯·杰斐逊说的那样："献给一个国家的最伟大的贡献，莫过于添上一株有益的植物。"本着这条原则，难怪杰斐逊认可美国人从中国运出大麻种子，再从意大利走私大米（这可是杀头的大罪）。

珀伯诺直言不讳地形容水果猎人们的行事法："你到一些没人

记得的偏僻小镇，雇个当地的男孩。然后，你去买三只动物——马、骡子或是骆驼——一匹给你自己骑，一匹给那男孩，另一匹用来驮行李。然后，你头也不回往穷乡僻壤深处去，一直走到锅碗瓢盆都看不到几只，还能用一只空番茄罐头换一夜住宿的地儿。然后，你到村里的市集去逛，像老鹰一样盯着看，不管人们带什么来卖，你都留神看。你差一点儿就要和土著人做爱了。你被邀请去家里吃晚饭。到头来，你想要什么植物或是种子都能到手。"

即便是在20世纪早期，寻猎水果也不是非得一猛子扎进荒僻无人的野地，而是要深入集市。普遍说来，最好的水果品种早在很久以前就被人发现了，也经过了世世代代的挑选和培育，长出了人们希望的特征。民族植物学的考察工作仍需要第一手勘察资料：不管是森林、山脉、平原或山谷。但专门跟踪水果的专家会利用直升机和降落伞、卫星定位系统和雷达装置来锁定他们的目标。绝大多数现代水果猎人都不会自找麻烦地挺进未知的森林；他们会雇用当地向导把他们直接领到私人农场、果园、农业部门、植物园、培育园、草本园、实验室和那些乡村市集。

用理查德·坎贝尔的话来说就是这样，"你直飞距离目的地最近的飞机场，开车直穿城镇，只往人家后花园里看，再找到知道最好的货色在哪里的人，然后说：'嗨，我从美国来。我疯了，想要看看你的曼密苹果树。'"

要保护生物多样性——这条准则促动了所有的水果爱好者，不管是记录在案的野生物种还是家种品种，都一样。把稀有水果带回家好比是撒下安全网，能有效防护灭绝危机。苏珊·卡尔和阿兰·卡尔（Susan and Alan Carle）这对夫妻花了近三十年深入遭受重创的森林，为了保护濒临消失的物种，他们广泛收集，并移栽到他们在澳大利亚的自家花园——名为"植物方舟"。

哈罗德·奥尔默（Harold Olmo），因其在阿富汗和伊朗冒险采集葡萄，被圈中人士誉为"葡萄栽培业的印第安纳·琼斯"。有一次，他让当地游牧民族花了整整三天、用骆驼毛编的绳索把他的汽车从深达25英尺的峡谷里吊出来。他采集并培育的葡萄对创建加利福尼亚葡萄产业的可持续性起到了至关重要的作用。前不久，阿富汗植物学家从他的葡萄库里获取了一些样本，因为这些葡萄已经从他们自己的土地上销声匿迹了。

基督教传教士罗伊·丹福斯（Roy Danforth）和保罗·诺伦（Paul Noren）在刚果民主共和国的乌班吉地区创建了一个热带水果保护区。这项农业造林项目旨在保存物种、再造果林，最起码能让果树维持当地人的生计。我很想去拜访他们，但一些没有被热情冲昏头脑的植物学家写的文章让我打消了念头：他们解释说，想去这个保护区采访他们？你必须租一架武装直升机，再雇一支私人军队。

果不其然，如珀伯诺所说，开始寻猎水果的最佳地点就是市集。任何值得种植、可以食用的东西都会出现在这些集会场所，这是一成不变的法则。市集不仅汇集了整个地区的丰富产物，也是理想的社交场合，游客可以和当地人聊天，可以约见朋友，还可以和陌生人谈生意。我可以在一个市集里安度数小时，自得其乐，心满意足，农产品数量之多会让我挪不动步，见识到当地人的天性更会让我目瞪口呆。

有那么多生鲜食材等待被带回厨房烹成美味佳肴，市集浸淫在一种信誓旦旦的气氛中。它们就像中转站，预示了随之而来的欢乐，承诺更幸福的斑斓前程。每当看到数量庞大的蔬果铺排在眼前，我们总觉得再也不会饥饿了。我们喜爱市集，还因为那儿的食物都是真实的，比杂货店里出售的食材更新鲜、更优质。这一点，在北美和欧洲的农贸市场上更明显。

但热带丛林里的市集有所不同。土著人收获并从遥远的部落领地搬运过来的果实，或许就是最后一次，以后你再也见不到了。吸引我们去市集的还有另一种原因，毋宁说，这是更阴暗的心态。或许是因为谈价钱时的蛮横本性，买卖人中间不可告人的暗语，这一切都和井井有条的超市机制截然不同。在热带市集里还有一种危险感、混乱感。动物们就在你眼前被屠杀，死亡的气息盘桓在空中。这样的市集更像是文明和野蛮之间的含混地带。

过去，西方人的市集也是很奇怪的。在欧洲或者新法兰西，中世纪的市集不止是做买卖的地方，买卖公平因人而异，传令官在那里宣读法令告示，还有吟游诗人和流浪小提琴手招揽游客、平民和达官显贵。杀人砍头的刑场也设在市集。圣女贞德就是在市集里被活活烧死的（不过，据说，她的心脏是烧不毁的）。凑热闹的老百姓推推搡搡，就为了瞥一眼死人，吸一口焚尸的烟气。

在婆罗洲古晋镇的周日市集上，能让你眼前一亮的东西太多了：吹箭筒、羽毛箭、一米多长的长豇豆，还有仿佛从噩梦里拽出来的毛茸茸的植物……无奇不有。一走进去，带着芳香的腐臭味顿时从人行道上涌过来，令你的鼻腔躲闪不得。度古果壳、腐烂的椰子、动物内脏、装满浑浊液体的透明塑料袋、熟过头的榴莲那刺鼻的臭味，再混上香得让人起鸡皮疙瘩的花香。发酵的蔬菜和面团在熏人的油里炸，又散发出一股酸腐的香气，直逼嗓子眼。这些气味分子是如此强盛，以至于你甚至能"尝"出来。食肉类的猪笼草被放在塑料袋里出售，无不带着鲜红的叶脉和让人发憷的尖刺毛，嘴巴还在一张一合地喘气。一团一团翻腾滚动的肥硕西米虫在空树桩里等待出售。有人在过道里把一堆堆鱿鱼须摊得乱七八糟，挤在过道里的男人就破口大骂要他的命。几十串香蕉大小不一，小的像拇指，大的有两英尺长，全都散放在甜腻的刺果番荔枝、堆成山的红辣椒、亮粉色的番石榴、海豆荚（sea legume）和灰蒙蒙的褐色方尖石上。

我是这里唯一的白人。有些卖主朝我笑；但大多数人都不太答理我，只管大喊大叫地催我买他们的东西。我根本不会讨价还价，但那些韧劲儿十足的卖主似乎很乐于看我谈价钱时的滑稽模样（大概因为他们不管怎样总能占到便宜吧）。每一样东西都那么诱人、魔力十足——而且都便宜得很。打道回府时，手上的袋子都快提不住了，全都装着水果和蔬菜，大部分我都不知道该怎么吃、怎么处理。回到酒店房间，我把它们整齐地摆放在桌上，欣赏它们完美对称的体态、鲜艳的色彩，并偶尔警惕一下——入口的某种东西或许是有毒的？我狼吞虎咽地吃下度古果、山竹、刺果番荔枝、凤毛丹和榴莲，心里明白，我大概再也不会在它们的原产地吃到它们了。

其后的一周，我埋头看文给我的一本名叫《沙捞越的本土水果》的指南，把自己仍想亲口尝一尝的水果列了张单子，包括拇指大小、果肉有橘子焦糖滋味的巴班柚（keranji papan）。还有各式各样的丹柏果（tampoi），果子内部呈现珍珠般的莹润光泽，简直馋得我激动得战栗。还有威廉·惠特曼最爱的野果——皮塔布果，俨如橘子味冰冻果子露、杏仁和黑莓的混合体。我走遍了乡村食品中心才得知，实际上，我想要的许多水果都不是这一季的。

文的妻子告诉我，他们曾和嫁接王克拉夫顿·克里夫一起出游，她在途中问道："你们这些家伙整天就在谈论水果、水果、水果。难道没别的了吗？"

"还有别的吗？"克里夫面无表情地回答。

谈到水果，总有更新的、更稀罕的、更优质的。这就是无限的追求。我天真地以为自己大概能浅尝每一样水果，便开始谋划回访之旅。我和种植者们交谈，他们告诉我，每个月都有不同的水果成熟。没有哪个时节能让游客一口气尝遍所有果实；想要全尝遍，唯一的办法就是在婆罗洲住上一整年。即便那样，也不见得能尝到所有品种，因为好多都生长在偏远地区。就在我躺在床上狂热痴想那些水果时，电话铃响了，是我女朋友莲妮。我把最近尝到的果子尽情描述了一番，她说，看起来似乎不止是我调查的那些水果痴汉迷失在水果仙境了。

为了缓解那折磨人心的渴望，我在大排档、市集和餐馆里吃下了几十只榴莲。每当我闻到夜空中飘来一丝榴莲的气息，我就会去最近的摊贩那儿买一大块来吃——那都是搁在泡沫聚苯乙烯盘子里出售的，看上去活像一块鸡胸肉。

我发现自己已和其他嗜好食榴莲者一样，沉浸于同一种魂不守舍、目光呆滞、身在梦中的表情。一开始，我以为自己的恍惚出神只是受了那种滋味——完美至极的奶油冻——的催眠。可渐渐地，我不禁怀疑吃榴莲——这个动作本身——调动了大脑里某种古老机制的运转。

在文的家里品尝了一只菠萝蜜后，这种近乎原始的感受又出现了。这一次，夏威夷的肯·洛夫曾带给我的恐惧已然一扫而空了。舔着流在指间的菠萝蜜汁液，我觉得自己搭上了顺风车，有史以来第一次直通忘我之境，记忆已然一片空白。品尝水果不仅能让我们重返童年，还能将我们直接带回进化过程中更古旧的回忆。品味这些果实，你就会慢慢体会到，远古的人类祖先得靠它们在丛林中存活，而我们与他们有着深切的血亲关联。瞧见没？吃到或见到榴莲或达拉菠萝蜜似乎能刺激我们的脑下皮层里的原始潜因，让我们心跳加快，就像千万年前我们的祖先欢欣雀跃地跳上树端、食指大动时那样。

民族植物学家南希·特纳（Nancy J. Turner）就原住民生态系统和植物资源的论题在著作中写道："在人类进化的过程中，对野生作物的占有曾对人类生存至关重要，搜寻野生作物满足了人类进化遗留下来的这种本能渴求。"最初，当我见到挂满纸杯蛋糕的巴西天堂果树时，它确实让我触电般兴奋。当我品尝这些丛林水果时，仿佛再次激活了体内的同一条电流通路：那不只是一种充满希望的感觉，而是自我保全意识的默默声张，确定我们又可以多活一天。寻猎这些果实会刺激我们潜意识的深层核心，这正是"生之爱"——生物自卫本能的又一力证。

我在体验这种让人神魂颠倒的神经系统化学反应的同时，也见证了乱砍乱伐这令人沮丧的事实。就在过去的五十年间，婆罗洲的森林采伐造成半数以上的森林绝迹。驱车横贯婆罗洲的中心地带时，我看到参差不齐的砍伐痕迹，看到了被污染的风景，看到了困窘的现实。山坡上一片接着一片的树被砍秃了。荒野上只留下深深的割刈痕迹。辽阔的热带雨林被夷为平地，改成棕榈油种植园。现在，非法占地栽种的棕榈树占据了将近13%的马来西亚地域。它们能结出桃子大小的橙色果实，饱含棕榈油——烹饪油和生物燃料的重要原料。食品价格在2007年提升了37%（而棕榈油的价格涨了不止70%），家家户户都开始囤积棕榈油。抗议物资短缺的游行升级为暴动，因此，越来越多的森林正在让位于棕榈油生产。装载木材的卡车喷着浓烟，占据交通要道，引发堵塞。人类粗暴干涉自然留下的伤疤突兀地显现在云遮雾绕的山巅，仿佛烟雾腾腾的暗室里亮起一束束明光。

砍伐森林，也就等于消灭了我们星球抗衡全球变暖的最佳防御体系——大量消耗碳的植物，因而，滞留热量的大量二氧化碳被释放到大气中。失去这些丛林，简直像在自杀。每分钟都有60英亩的热带雨林在消失。一年就会消失 3200 万英亩。非洲森林以每年 1% 的速度在灭亡。《纽约时报》报道说："因取地造房和树木砍伐，亚马孙每年丧失的丛林面积和整个新泽西州一样大。"

在这儿，婆罗洲，每一天都很闷热，难见天日。一整片不祥的褐色乌云笼罩着整个岛屿，久久不散。文告诉我，这种闷热天每次都会延续几个月，是印尼森林大火的恶果。

砍掉这些原始森林会带来悲剧性的后果。譬如柏南族人[①]，世世代代靠野生果实过活，如今却不再能维持传统的生活方式。既然他们的饮食据点都已消失殆尽，马来西亚当局便企图同化改造他们。沙捞越的前任首席部长阿都拉曼耶谷（Abdul Raham Yakub）曾说过："我宁可看到他们吃麦当劳的汉堡包，也不愿让他们继续在丛林里吃些不值一提的东西。"

我逗留古晋的时候，《马来西亚今日报》的头版新闻报道的是昔日的部落民、现年 22 岁的男子在丛林里采摘野生榴莲时被枪击。他在树下的草丛里趴了四小时，才被他的祖父发现，赶紧送去了医院。子弹在手术中被尽数取出，他总算脱离了危险，情况稳定下来，但根本无法查清是谁开的枪。

我住的德朗乌山酒店是乌鲁部落的原住民开的。前台服务员对我说，她可以带我去最好的兰撒果的小树林。我们开车往乡村去的时候，她说自己是伊班族后裔，曾是最凶残的"猎人头"土著部落之一，又叫海达雅族。到了她的村子，我看到一条标语，上面写着："我们信仰无限。"进了长屋，我和她的家里人一起喝了自家酿制的米酒，她的家人现在都成了种植胡椒的农民。她的祖母站在一

[①] Penan，生活在沙捞越原始森林里的土著部落。柏南族有 7000—10000 人，其中诺玛迪部落占了将近一半。

个格栅上,向我演示如何把绿椒籽从荚里踩出去。

在婆罗洲的最后一天,我为了参加农夫日庆典,飞到昔日"白人拉惹"①统治的地区泗里奎。从飞机舷窗望出去,油棕榈树种得无边无际。这些果树连同它们提供的可食用油便是农夫日的明星,但庆典却和我想象的大相径庭。文向我保证过,在这场聚会上,我能尝到许多本土出品的当季水果,这倒是不假。随之而来的庆典却感觉在例行公事。生物科技公司的人广派宣传单,忙于解释自家公司的产品将如何把农业回报率最大化。庆典的标识是一个化学烧杯,杯口涌出一片小绿叶。庆典的主题是"农业科学造福更美好的新生活"。

看着许多柏南族人的照片,我分明看到他们吃的水果甚至在文给我的指南手册上都找不到。一想到这里我便觉得悲哀。随着森林衰减,富足也正在永远消失。不过,我在这一次旅程中还是学到了一点,我们身边依然有巨量的丰富物种。就在婆罗洲的野生丛林消亡的同时,培育性水果的队列也在逐渐庞大,品种如此之多,根本无法让你全都吃遍。

庆典当夜,我跟着文和同事们一起去看露天体育馆里的舞蹈表演。金属质感、大得无的放矢的舞台上,传统的丛林舞似乎有点不合时宜。观众们都穿着衬衫和皮鞋,先观赏舞蹈,又站起来合唱一首赞歌。那首歌朗朗上口,有着欢快的卡西欧电子琴节奏的切分音符,歌词两句一组,唱着拥抱发展进步和电脑科技的主题。"谢谢你终结了传统,"他们唱道,"现在该迎来摩登新时代。"

---

① White Rajah,即 18 世纪英国探险家 James Brooke。Rajah 为印度语,指东印度一带地区的王侯、首领。

第六章
素果人

> 唯有果实入我唇口……尝这枚果吧;相信我,这是人类唯一真实的食物。
>
> ——亨利·莱德·哈尔德[①],《她》

曼谷的本义是"野李子小村"。曼谷的食品市集一到半夜就进入鼎盛时段,忙碌到黎明方歇,俨然是野李子的大城市。

凌晨4点,我招了一辆"塔克-塔克"。一坐上那种泰国典型的电动小车,司机就载着我们兜了一个大圈,踏板空转了一段路,他只管啪嗒啪嗒摁着刹车,差点儿撞上停在路边的一辆卡车。接着,又差点儿撞倒一个留着浓密黑胡子的光头路人。等我们真正加速跑起来了,我却在后座上手足无措,不知道在摇晃的飞车中该往哪儿抓,唯一的选择就是塔克-塔克车皮外的铁杆,可万一免不了车车相撞,我的手指也就玩儿完了。还是别让肢体冒险了吧,我紧紧抓住身下的座位,哪怕屁股带动身体砰砰弹跳,活像在产卵的大

---

① Henry Rider Haggard(1856—1925),英国作家,撰写了一系列非洲探险小说。

马哈鱼。我们不断超车，在毫厘间和无数卡车擦身而过，再把它们抛在后头。我的司机对正规车道、交通标志一概视若无睹，眼瞅着都能跳上哪辆汽车的排气管了，又突然像上足马达的蝙蝠那样扭身躲开。

还没到集市，我就闻到味道了。一开始是香甜的：紫苏、柠檬香草、姜、姜黄、红豆蔻，还有一堆堆新鲜的咖喱粉和椰子粉。可一走进去，味道铺天盖地，无孔不入，刺得我眼球都疼。那可不是番石榴的清香，生猛刺鼻的气味直接从森林冲来，那是热带深处的秘味，赤道暗处的恶臭，是一切西方文明污染、漠视、掩饰殆尽、尽量不去想的菁华。这种强悍气味的震源似乎在一个角落里，板条箱里堆着挖去内脏的青蛙，旁边的大桶里还有上千只蠕动着的蟹。就是这些摊开八字脚的两栖生物冒着腾腾热气，混合着腐烂气息，给夜晚的空气灌注挥之不去的恶臭，臭得谁都不想再闻一次。

有个笑眯眯的男人正在剁红辣椒，给了我一只"月亮果"（moon fruit）——扁扁的黄柿子——店主们好像都喜欢用水果抵抗市集臭味。我把鼻尖埋在月亮果里，开始慢慢逛，尽量避开进出口，那儿的装卸工人把海量的果蔬倾倒在破破烂烂的小路里。我刚开始专心观察，一辆车就撞到了我，虽然速度不快，不至于伤筋动骨，可还是震得我浑身散架。等包里装满了芒果、蛇皮果（salak）、山陀儿、红毛丹、蒲桃和山竹后，我头重脚轻地离开了市集。

这时候，太阳就快升起了，繁忙的市集渐渐平息。有个摩托车司机捎我回去。一路上风驰电掣，扣在脸颊旁的带子几乎失效，头盔失重般飘在我脑袋前几英寸，好像巴不得先飞出去。红绿灯形同虚设。霓虹指示牌有一搭没一搭地亮着，LCD 显示屏上的仿佛都是楔形文字。我闭起眼睛在黎明前的黑暗中疾行，以 120 英里的时速诡谲穿梭在车流中，我幻想自己的身体也会八字摊开，就像市集上剖了腹的青蛙。

我只是取道曼谷，目的地是泰国南部的几个小岛。在夏威夷，我听说住在普纳的一些人以吃水果为生，我一直非常好奇，这次约见了榴莲果食界的传奇人物——durianpalace.com 的创始人顺闫尼若（Shunyam Nirav）。他有半年时间住在潘安岛偏远海边一间租金每夜 2 美元的小屋里。为此，我要先到苏梅岛。于是，从曼谷出发，我订了夜班火车票，纵穿暹罗。

火车上闷热又潮湿，我一整个晚上都在和蚊子斗争，几乎没怎么睡，到达银滩酒店时，还是浑身痒个不停。前台有尼若给我的口信，他建议我抓紧在苏梅岛的时间，见见他的朋友斯科特·马汀（Scott Martin），绰号奇阿维（Kiawe）——那是一种夏威夷大树。当晚我就叫了辆摩托车载我去他家，其实也不确定能聊出什么。

奇阿维和他的泰国女友阿塔住在一栋破败的海边平房里，棕榈树密密丛丛包围着小屋，还有长得酷似留声机大喇叭的花。我下车时，奇阿维正躺在狭小门廊的吊床里，皮肤晒得又黑又粗，但是个英俊的美国人。那天晚上他就一直在吊床里待着，要么躺着，要么突然蹦起来，动作完全取决于对话题的热衷程度。我坐在他对面的一把长木椅里。阿塔扎着头巾，穿着短背心，她倒是很怕羞，大多数时间都躲在屋里。

我坐定后没过多久，就来了辆"速可达"脚踏车，下来一个瘦瘦高高、二十多岁的素果人，叫詹姆森（Jamson）。他摘下头盔，说早有耳闻我对"榴莲派"兴趣正旺。"我差不多只吃榴莲。"詹姆森说着，甩了甩一头金色长发。"你有没有听说过榴莲追踪党？有那么一伙人，跟着榴莲成熟的轨迹云游四方，那样就能保证一年四季总能找到榴莲吃。"

我们吃了晚餐——也就是一篮子当地的野生榴莲，一边吃，詹姆森一边说起他头一回在集市上看到榴莲的情形。"都裂开了，我闻得出来。"随着声音高低起伏，他的金发也在微微颤动，"我就捡起一个。我不知道把这玩意儿吃下去会不会死，但还是尝了一口——就爱上了。然后，我把卡车开过去，装满了60只榴莲，后来的三天里就吃个不停。"

"那你一顿吃几个榴莲？"我已经吃了两个，觉得腹内颇为饱足。

"一口气就能吃十个。"他好像正打算演示给我看。

奇阿维和阿塔的食谱则更古怪。尽管跟着我们吃了些榴莲，可他们说主菜还没上桌呢。除了水果，他们也吃生肉，很多肉都是他俩自己风干制作的。奇阿维称之为"洞穴人食谱"。

"我们吃原生态的食物。在钻木取火之前，原始人怎么吃，我们就怎么吃。"奇阿维向我解释说，要说术语，那就是——本能生食主义。

同生肉相比，普通的寿司、蛋黄牛肉挞也是他们喜欢的。奇阿维还说起一个生食派信徒把野兔放在车厢里风干，就为了品尝"有益的蛆虫"。他也解释了自己的另一个信条：生病，其实是身体保持健康的办法。"所有的疾病无外乎是清洁反应，是你的身体在驱逐毒素。"

阿塔端出来一个大浅盘，里面有鸡的骨头、鱼的韧带、肉干和风干肉，我非常确定——自己一口也不想尝。他俩几乎是兴高采烈地饕餮起来。奇阿维抓了一只风干鸡，塞到我眼前。

"这东西会让我有'清洁反应'吗？"我很想有礼有节地婉拒他的盛情邀请。在一座孤零零的泰国小岛上生病——对不起，是自我清洁——可不能提上我的日程表。

"是可能给你造成一次清洁反应。"奇阿维就是这么答的,真是帮倒忙。

"他很紧张。"阿塔说。

"他是应该紧张。"奇阿维说。

"你是应该紧张。"阿塔又说。

我拿起一段黑乎乎的鸡。骨头上几乎没什么肉了,因为几星期的风干让生肉剧烈皱缩。我掰了一块小跟腱,塞进嘴里,口感有点像胶带纸,味道也像。

"感觉如何?"阿塔试探性地问我。

"我挺喜欢朴素的东西。"我像个外交官一样回答。

"对啊!"奇阿维在吊床里歪动着身体,大声赞同我,"是细菌在风干,细菌就是调味品。有年头的肉充满了生化酶——就像奶酪、葡萄酒一样。牛肉在冰箱里放三个月是最佳状态。你知道奶酪是怎么成形的吗?牛肉也一样,而且尝起来也像奶酪。我们看起来活像一群原始洞人,其实,这些才真是精妙绝伦的好东西哇。"

那顿饭的下半场,詹姆森和奇阿维一直在向我描绘他们的愿景:创建一个梦幻榴莲园,种满成千上万只野生榴莲和相关果类。为了这宗"拯救野生榴莲"项目,他们统共需要50万美元。我当场表态,称这个项目听上去很完美。奇阿维伸手搭在我肩头,说我有一种特殊才能——好奇心。

阿塔把盛骨头的碗碟都收拾好之后,叫我跟她到附近的森林里走走。她把我带到一丛灌木前,那儿长满了一种熟透的紫色小果,看起来很像黑莓,果子上还覆盖着一层结晶状的果糖。简直太像我小时候嚼的树胶果糖啦!搞不好糖果商就是从这里获得了创意,也可能它们的形象自古至今都神秘地扎根在我们的集体无意识里。我摘了一颗,凑近了端详那晶晶闪亮、裹着果糖的表面。从多汁多肉的采摘口就能看到里面鲜红的果酱。入口的感觉沙沙的，或许该说是多沙的蜜糖。阿塔举起一面小镜子，我的舌头、牙齿都完全成了黑色。"这是我们最爱的果子。"她大笑起来，向我保证黑色效应会在次日清早前消失，"我们不知道这叫什么，但我们真的很喜欢。"

我用黑舌头向原生态生食派人士道了晚安。詹姆森让我坐在"速可达"后座，载我回了酒店。路上，我们经过了一口海沙间的天然间歇泉。我们停车，凑近了去看喷泉。月晕般的光芒镶环其上，仿佛有一轮灰白的月倒映其中。詹姆森说我看起来很像僵尸，因为一张嘴都是黑的。就在不远处，几只果蝠津津有味地啃着香蕉。詹姆森说："它们张开双翼会有六米！滑翔在海面时就像翼龙再世。"

他把我捎到银滩就走了，我找了棵大树，躺在树下的沙滩上。整棵树仿佛随着微光在呼吸脉动。我有幻觉了吗？突然，一颗莹莹的光芒落在我胸膛上，原来是只萤火虫。大树上满是萤火虫。

第二天清早，有个满脸皱纹、有两排下门牙的老太太蹒跚着走进大堂。她停在我的餐桌前，打开手提箱，里面装满了怪兮兮的膏药、木刨花、透明的橙黄色液体、棕色小球，还有一块显然是脏兮兮的热带块菌——仿佛千疮百孔，洞眼里还钻出红红绿绿的新芽。我指指块菌，云游的巫医却摇摇头大笑起来。显然，那不是给我用的。

结完酒店的账，我又坐上摩托车的后座，去渡轮口。一路上，司机指指点点，把热门景点介绍给我。我们停在一座"木乃伊寺"门前，这座寺庙素以恐怖卖点招揽游客：有位圆寂的高僧笔直地坐在玻璃箱里。尽管他是在1973年辞世的，遗体却尚未腐烂。高僧身披橙色袈裟，戴着墨镜，那是为了遮掩空洞的眼窝。他的遗愿便是陈列尸首，警示后人谨遵佛家教诲，脱离苦海无边。

渡船停靠潘安岛码头，我又横穿了唐西拉镇，小镇中心就是餐饮娱乐一条街，但只是一条沙土路，俨然是美国道奇城的泰国版。不用多久，我就到了顺闫尼若的海边小屋，一大片紫色的九重葛枝蔓垂在阳台上。

出门迎接我的正是55岁的尼若本人，裹着纱笼裙的身形很消瘦，金色鬈发中已能看到不少灰发。我俩在门廊落座后，尼若很小心地剖开一只尖必叻，以免汁水玷污了他的绿色纱笼裙。这只果甘美可口，再一次让我想起了果脆圈。

尼若告诉我1989年到曼谷旅行时他是如何迷上榴莲的。"我一下子就爱上了它，"回忆把他带回了那个时刻，"哇哦！我的眼睛一亮，完全是一见钟情。当时，我的女朋友却总摆出一副'把那玩意儿扔出去'的面孔。"在其后的岁月里，尼若写了无数歌谣和诗作赞颂这种果实，其中有一首俳句翻译过来就是："令人狂喜的滋味啊，刺果里有甘美布丁，大自然最伟大的美食。"

为了品尝榴莲，尼若一直在东南亚周游，这也是他所谓"行家秀"的一部分。当他谈及在极其偏远的小村里品尝某种顶级马来榴莲时，只恨笨嘴拙舌，道不尽那番滋味。"那就是……"说到这里，他闭起双眼，眼帘微颤，双手抬到半空，以无比的谦恭慢慢挥动，仿佛在模拟五体投地。接着，他回过神来了，"在内心里，我总是按十分制打分。而那里的榴莲，我要打13分"。

对尼若来说，吃榴莲是一项灵性修行。他说，他的名字在梵语中的意思是"空静"。这个名字是他的印度宗师给他取的，大师名为巴格万·什里·拉杰尼希（Bhagwan Shree Rajneesh）——更普遍的称呼就是"奥修"（或是"劳斯莱斯大师"，因为他收藏的劳斯莱斯豪华车数量惊人）。尼若的本名是罗伯特·詹姆斯·帕尔默

(Robert James Palmer)，1990 年，他正式改名为顺闫尼若。

年轻时代的尼若参加了 EST[①]——温纳·艾哈德（Wener Erhard）的私人心灵进修班，后来演变为正式论坛，又称为"划时代教育"。1973 年 6 月 7 日，尼若 23 岁，他参悟了，见到了启蒙圣光。"但我没把那太当一回事儿，"他的网上简介是这样写的，"看到了又能怎样呢，它是一种自然而然的现象，至今仍是。"

从那时起，他时而住在毛伊岛的树屋里，时而住在潘安岛的海滩木屋里。他撰写有关榴莲种植、有机园艺等相关主题的书籍，其中有一本书叫《换词》，讲述"一词定言"的修行方法。其要旨就是：每当你发现自己身陷困境时，只需反反复复念一个词，解决方案就会自动出现在你眼前。比方说，如果你想搭顺风车，只需念叨"来"。每当你丢了什么东西，转换困境的词就是"有"。那本书里浓缩了一百条实用咒语。

尼若的女朋友是位年届五旬的美国人，她为我们做了香蕉、腰果和芦荟叶打成的混合果汁，还混入了来自犹太州古海床的岩石粉。"尼若多年来都靠这种果汁摄取矿物石粉。"她说。他俩因奥修而相识。两人都是奥修自由爱教派的橙袍门徒，这个教派最初是在俄勒冈州发起的，叫作"拉吉尼什普那"（Rajneeshpuram）。后来，美国以违反移民法为由，将奥修驱逐出境，教派就转移到印度普那，成立了奥修静心村。谈起他们为了寻觅完美的芒果、完成完美的冥想而旅行时，她显得很高兴。

我给自个儿在海滩边租了一间平房，那也是几只蜥蜴的家，我整夜都能听见它们爬来爬去。上床前，我翻阅了几本讲述素果

[①] EST（Erhard Seminars Training），最初由 John Paul Rosenberg 发起，现在的领导者是 Wener Erhard，他组织的昂贵研讨会旨在改变一个人对真实的想法。EST 主张没有绝对的哲学，凡是"是"（est）就是对的，没有什么事是错误的，每个人就是自己的神。

人的小册子。在《果：最佳食品》一书中，克劳斯·沃尔弗拉姆（Klaus Wolfram）指出，养成只吃果实的习惯是极其艰辛的过程，只有极少数人可以挺下来。莫里斯·克罗克（Morris Krok）在《水果：人类的食物和药物》中描述了他和《我以果为生》的作者埃塞·霍尼波（Essie Honiball）参加素食水果讲座的经历。假如你问他们，人该吃什么，答案准保是："当然是水果。"素果人的诸位宗师的共同点在于：他们都坚信以果维持的生命将引发超凡脱俗的体验。

有一位作者名叫约翰尼·洛夫威斯顿（Johnny Lovewisdom），他谆谆教诲读者：对人类来说，水果就是重返天堂之径，用他的原话来说："希腊神话中的北方净土——四季如春、阳光明媚的地方，居住者只食鲜美果实，浑然不知痛苦和死亡为何物。"他的论文影印件长达40页，名为《净化灵性的食果疗法之升天科学法》，文中提出：水果能催生千里眼的超能力。"我们所谓想象，其实不是发生在思维中，"他写道，"而是如同看彩色电影一样，那是由前额的独眼凝思的结果。"在佛罗里达的一次柑橘狂欢节上，他说他目睹一个生物从天而降，从以太中显身，就像科克船长返回"企业号"飞船时那样。他继续写道，水果可以将人类转换成气态菁华，便能像白光一样浮上天堂。他搬到安第斯山脉的休眠火山顶的一个坑穴里居住后，他在七个月内什么也不吃，体验了至高无上的欢愉，达到了狂喜的巅峰。尽管他坚信水果能给予他永生，但他还是在2000年去世了。

天一亮我就起床了。打开百叶窗，我看到一条流浪狗在海滩上走，然后走进了大海。潮已经退了，但潮湿的沙滩反射着阳光，看起来，它就好像行走在水面上。它跑进了一片微光摇曳数英里的海市蜃楼中。

有一部分隐秘的人群是出于必需才只吃水果。德鲁伊派教徒真的只吃橡果和浆果。居住在亚马孙下游地区的某些部落，以及被称为"卡波罗"①的森林觅食者，经常只吃阿萨伊巴西莓、巴西坚果和牛奶树液（sap from the milk tree）。北非的游牧民族可以只吃椰枣而行走漫长的旅程。

真是以狩猎和采集为生的初级形态啊！南非喀拉哈里沙漠的昆桑（!Kung San）部落吃的是蒙果坚果（monogongo），果壳是肉质的，硬果仁也可以吃。他们也吃基瓦浆果（!Gwa berry）和砂玛西瓜（Tsama melon）——这种瓜生长在地下，富含水分，能让部落人撑过干旱期。但在20世纪60年代，曾有人询问一个昆桑土著男人为什么他们没有发展农业，他回答说："世界上已经有这么多蒙果了，为什么我们还要种？"喀拉哈里沙漠里的蒙果真的太多了，多到他们根本吃不完。考虑到当今西非荒漠地带广泛的营养不良问题，我实在忍不住要想：那些蒙果究竟到哪儿去了？

人类学家马歇尔·萨林斯（Marshall Sahlins）在一篇著名的散文中把狩猎和采集部落称为"原生态富足社会"，因为他们的物质和饮食需求极其简单，因而腾出许多时间让他们干别的事。凶杀显然会发生得更频繁，但靠狩猎和采集为生的部落人也很享受紧密的社会关系，希望家人和朋友能更加支持他们。部落之间经常分享蒙果和其他食物。根据另一位人类学家洛娜·马歇尔（Lorna J. Marshall）所说，有食物不分享，而是一个人吃——这是昆桑人根本无法想象的事。

墨西哥的"塞瑞印第安"（Seri Indians）是美洲最后一个狩猎

---

① Caboclo，指的是"从森林里来的人"，在巴西，这个专用名词通常指代有欧洲和美洲印第安混血血统的拉丁裔。

采集的部落社会，他们和皮塔哈雅（pitahaya）①——也就是俗称的"火龙果"——的关系异常亲密。食物非常紧缺，以至于他们吃完当季的仙人掌果之后，会在自己的粪堆里翻找皮塔哈雅种子，再加以烘烤、研磨，以备冬季之需。塞瑞族已被改造，年青一代甚至已经忘记皮塔哈雅是可以吃的。

纵观历史，还有很多素果人。佛经上说，乔达摩·悉达多只吃素果。希腊历史学家普卢塔克（Plutarch）写道：在莱克格斯②王朝之前，古希腊人就以食果为生。据说，伊斯兰教先知穆罕默德在麦地那时，只靠椰枣和清水度日。基督教中，施洗约翰只靠草莓生活了一段时日，也有人认为他吃的其实是长豆角。这个名单上甚至还包括乌干达暴政独裁者阿敏将军③，他晚年定居沙特阿拉伯时是众所周知的素果人，还因偏好橘子得了"伽法柑橘博士"的称呼。

甘地食果主义的灵感来自于路易斯·库恩（Louis Kuhne），这位德国食果者是《治愈新科学》的作者。自19世纪末到20世纪中期，波希米亚水果实验法源于加利福尼亚，但最重要的活动地点却是在德国。《返归自然》的作者阿道夫·加斯特（Adolf Just）声称：原始德国人别的不吃，只吃浆果和其他森林水果。嬉皮风潮的起源也可追溯到德国次文化中的"wandervogel"（自由精神）和"naturmensch"（自然人）的概念。从1900年到1920年，这些四处游荡的年轻人聚集到瑞士阿斯科纳小镇的一个灵学社团。这个叛逆健康准则的群体被称为"蒙特维里塔"（Monte Verità），他们掀起

---

① 火龙果的学名是 Pitaya，Pitahaya 是西班牙语，下文所说的"仙人掌果"是火龙果的别名。
② Lycurgus，古希腊历史上的著名君王，奠定了古希腊政法体系。
③ 伊迪·阿敏将军（General Idi Amin Dada Oumee，1928—2003），20世纪70年代乌干达的独裁者。

了食果主义运动,也身体力行地展示了裸体有机园艺运动。

在威尔斯(H. G. Wells)的科幻小说《时空机器》里,人类分裂成两个种类:生活在地下黑暗世界的莫洛克人,以及像孩童般在阳光下歌唱舞蹈的埃伊洛人——他们是莫洛克人的猎物,可以吃,他们自己只吃"奇怪又让人欢喜的"水果,诸如壮硕的悬钩子或是三角果壳里的粉白怪果。

科幻小说似乎是最适宜"水果大餐"的舞台,但对某些人来说,在现实生活中也照样可行。素果人都会讲说品尝水果时那不可言喻的愉悦(当然,外人会说那是"果糖引发的谵妄症")。2004年,瑞金·"戴维"·迪雷特(Rejean "David" Durette)出版了一本口袋书,名叫《水果:终极食谱》,他写道:"很多人都说有过心灵感应,通灵万事万物的体验,还有一种前所未有的、鲜活的生命感⋯⋯"迪雷特声称,自己成了素果人之后,视力得到极大改善,生平第一次不需要戴眼镜就能通过驾照考试。有个名叫伊内兹·马图斯(Inez Matus)的女讲师也说她先前不戴眼镜就等于盲人,但光吃水果之后,视力竟然飙升到双眼2.0,她还说,素果人的"容貌更好看"。女性食果人会谈论她们的身体变得"很时髦",此等经验也会增多男性的瞩目。一位日本素果人还声称自己有了超乎寻常的听觉,蚂蚁爬行或是六英里之外的对话都能听得到。

大多数医生会提醒食果族注意:只吃水果,身体所需的平衡营养就必有欠缺。目前只有极少数长期素果人的案例,因而无法得出客观而全面的证论。素果族面临的另一桩问题是:维生素B_{12}摄取不足。在生食者论坛中有人荒诞地写道,他靠做爱时舔阴来获取维生素B_{12}。

因为缺少均衡氨基酸,素果人的食谱对儿童尤其危险。2001年,英国男子加瑞贝特·曼纽兰(Garebet Manuelyan)和妻子汉斯米克（Hasmik）被判过失杀人罪，罪行是令九个月大的女儿阿瑞妮营养不良而死亡，因为他们只喂她吃水果。两年后，人们在布赖顿海边发现了汉斯米克的尸体，显然是自杀身亡。无独有偶，1999年，克里斯托弗·芬克（Christopher Fink）把严重营养不良的两岁儿子送去医院，结果，医生们发现他只给儿子吃西瓜和生菜。医疗单位出于保护，将孩子留守院方，芬克却蓄意劫持，被判严重攻击罪、虐待儿童二等重罪，他也终于承认，极端的果蔬食谱是儿子病症的罪魁祸首。

对"果实"的定义，素果族似乎不像生物学家那么较真，他们有一种口耳相传、约定俗成的定义。在圣地亚哥，我在一家生食精品店里遇到一些生食主义者，其中有个年轻人只吃可可豆瓣，并感到自己"绝对超凡脱俗"，说起素果派同僚最近几年吃起了鳄梨，他们不禁嗤笑一通。可是，鳄梨难道不是果子吗？教派细分到极致后，出现了一类"陨石鳄梨食者"（rockguacamolian）——只吃拌有陨星粉尘的鳄梨。其中一人对我斩钉截铁地说："鳄梨绝对是水果！"煮果派则宣称，只要是产自果实，他们都吃：杂菜沙拉通心粉（删掉配料中的牛至）、大豆蛋白饼（保留生菜和洋葱）、花生黄油果子冻三明治。可是，死硬派的素果人要是看到食谱中有烧煮或精制过的部分，就会立刻皱眉。

有些小派别只吃成熟掉落的果实。另一些则拒绝吃任何一种种子，因为未来的植物就包含在其中。奇阿维和詹姆森提到过一个素果人，除了非油脂类果实和生花粉，别的一概不碰。约翰尼·洛夫威斯顿从每天只吃15个无花果的努比亚沙漠隐士那里取到真经，他说，每天只能吃少许的、定量的果子。别的人不同意这种观点。总之，教条多得数不清。根据《生食准则》上说，水果该在你空腹时食用。至于杂果沙拉么，你想都别想了，因为切勿混合不同果实食之。美国食果派权威人士迪雷特说过,最好的一餐莫过于只吃一种果实,直到吃饱。不过,考虑到一天要摄取至少10磅水果,他好像得花一整天去吃。以下便是他的日常果单:

时间	食物
8:00	1—2磅西瓜
9:00	1/2磅葡萄
10:00	1磅香蕉
10:30	1磅桃子
11:30	2只鳄梨,1/2磅西红柿
12:30	2磅西瓜
13:30	1/2磅葡萄
14:30	1只芒果
15:30	1磅香蕉
16:30	3磅西瓜
17:30	1/4磅葡萄
18:30	1磅桃子或1/2品脱蓝莓汁
19:00	1—2磅西瓜
20:00	1只鳄梨或1磅香蕉

到了冬天,他会往果单上加柑橘类、柿子或者杏仁、葵花籽,尽管他自己也承认:吃坚果和种子不算严格符合教条。

我联系到了迪雷特,他在亚利桑那州的家,他说自己从某种程度上说是隐居了(语出《花花公子》里一篇不太喜人的文章)。但不管怎么说,他愿意开诚布公地谈谈自己的生活方式。他给我的电邮里写道:"时机好像到了,我该站出来,让大家知道我的存在。"他解释说,他坚信蛋白质的声誉名不副实,并且,确有另一种不可测量的生命力量，而水果就能提供。素果派公认的一条就是：吃水果能让他们进入某种精神能量。根据加利福尼亚 29 岁的素果人萨缪尔·里奇（Samuel Riche）所言，只吃水果，令他进入了和上帝直接沟通的奇异状态："简直就像活在我的肉体之外——在另一个更光明的层面上。"

迪雷特也持有相同论调，他说，吃果实就是靠近天堂的一种办法。"《圣经》说得很明白，我们本该生活在伊甸园里，一年四季都以果实为生。我们已经找到了回伊甸园的路。"

《圣经》从未信誓旦旦地说夏娃和亚当吃了苹果。事实上，知善恶智慧树上结的果子根本没有具体明说。一直到了公元 5 世纪，苹果才开始代表这种果实。意大利人相信智慧树上的果子是橘子。1750 年，柚子开始被视为"禁果"。琳达·帕斯坦①（Linda Pastan）著书指出，那其实是只梨。民族植物学家提议说，那可能是伊菠加（iboga）：一种西非水果，状如泪滴，对鸦片上瘾症有疗效。还有人推测，那可能是石榴、葡萄、柠檬、榴莲、桃子、樱桃、咖啡豆、泡泡果（pawpaw），甚至可能是一只有魔力的蘑菇——蘑菇，从植物学角度说，是菌类的果实。传说中，以诺（Enoch）成功地返回伊甸园，变成了暴烈的大天使梅丹佐②，据他说，那只果子其实是只椰枣——或者，翻译成罗望子也可以。

大概，也可能是无花果吧。先知就曾宣称："如果真要我说有

---

① Linda Pastan，美国犹太裔女诗人，出生于 1932 年。
② 在犹太教神秘教派中，Metatron 是 Enoch（诺亚的曾祖，该隐的长子）被大天使 Michael 接应升天化成的天使，被称为"天国的宰相""神的代理人""天使之王"。在《出埃及记》中，梅丹佐以小耶和华的身份出现以拯救以色列人，在西奈旷野的夜里成为引导他们的火柱，但对于不信仰神明的民众，却露出了残虐的暴行，成为"黑暗的支配者"。

什么果子来自天堂,我得说,那就是无花果。"威尼斯圣马可大教堂里的13世纪马赛克壁画也是如此描绘无花果的。犹太法学博士的《圣经》注释里甚至指名道姓地提到了具体品种,注释中说:有些拉比说那是巴特希巴无花果(bart sheba fig),但另一位拉比不同意,说那肯定是巴特阿里无花果(bart ali)。无论坚称哪个品种,他们反正是躲在无花果叶下了。或许,也可能是片香蕉叶。在东亚,香蕉被认为是善恶之源。好像生怕人们还不够糊涂,中世纪欧洲人把香蕉称作"天堂无花果""夏娃的无花果"和"天堂的苹果"。至今仍有一种乒乓球大小、名为"皮托果"(pitogo)的香蕉,看起来根本不像香蕉,倒更像李子。

还有某些素材显示,智慧树上囊括了50万种水果。根据卡巴拉教义的注释,以色列地上的七种果实全都被伊甸园里那对佳偶吃下去了,它们是:大麦、小麦、葡萄、无花果、石榴、橄榄和蜜椰枣。公元3世纪,一群大权在握的拉比们就这一问题召开了一次研讨会,前无古人,后无来者。犹太教经典《大创世记》(*Genesis Rabbah*)的注解中写得很明白:在犹太人传统中,原罪和淫欲毫无关系。有个拉比想知道,蛇和夏娃攀谈上的那当口,亚当跑哪儿去了?另一个拉比就回答说:"之前他发生了一次性关系,现在正睡得香。"探讨此事的拉比们便得出结论,正是因为担心智慧果的形象和世间某种果实太过相似,其象征意义会在牵强附会中遭到误解,所以,这个果子的名字才没有明说。

知善恶智慧果——名副其实,就是一种隐喻,旨在鼓舞我们深思。它暗示了物质世界和另一个超越二元论的经验层次有着天差地别。只用我们的意识和心智,不可能领悟到对立而统一的神秘性。涉及水果,可能是因为它们本身就是雄性和雌性花朵的结合体,是酸和甜的统一体,是将死的新鲜生命和待诞的种子归于一身。

照《圣经》上说，吃完智慧果的亚当和夏娃就被驱逐出神赐万福的伊甸园，降至善恶混杂、对立无限的尘世间。还有"十二样果子"出现在《启示录》的最后一章，它们都生长在流淌生命水的"河的这边和那边"的生命树上，每月都结果子。在这些果子后面，上帝开口了，说："我是阿拉法，我是俄梅戛，我是首先的，我是末后的，我是初，我是终。"上帝是一切对立并统一的。

水果是指引我们迈过门槛、走进新现实的标志物。在中美洲，可可豆是"通往众神之路"。在挪威神话中，弗利嘉女神把孩子们绑在漂浮的草莓上，带他们上天国。弥尔顿的《复乐园》中，天国门阶上的水果静候恭迎英雄。这种重返创造之地的举动就被称为救赎。例子俯拾皆是：伏尔泰的《老实人》中黄金国外的野果，安徒生童话《钟声》讲述了小男孩的宗教觉醒，故事里有一个像巨大的肥皂泡一样闪闪发亮的苹果。诺斯替教派相信夏娃的寓意是——用美国普林斯顿大学宗教学教授伊莱恩·佩格尔斯（Elaine Pagels）的话来说就是——"详细说明了当一个人进入精神性自我发现的历程时身心内部发生的状况"。

这则隐喻经久不衰。1982年，美国作家威廉·福尔曼（William T. Vollmann）和游击队员一起穿过阿富汗边境，"我永远忘不了那个清晨，我们在苏联军营外的小山上看到了一棵杏树。金灿灿的果实压弯了枝条。树下的沙地里，有一块人类的下颌骨"。我问他，这个景象何以让他难忘，他答道："那既是肥沃的、正常的，也是可怕的。"他被回忆震慑住了。那就是生和死，或者说，在死亡中的生命。

特洛伊战争中的勇士向看守冥府的三条狗扔去一块果片，但丁在炼狱和天堂之间发现一棵不结果的果树突然生机迸发，无论如何，水果出现在疆界有限的地域，低声轻诉关于拯救和超度的一切。

一朵花死去，从中结出果实。每只苹果的根蒂部都有灰褐色的软皮，那便是完全干枯的花萼，里面藏着一朵腐烂的死花。虽然果实成熟后会从枝头掉落，但到了来年，新的果子还会在同一个地方长出来。果实腐烂、分解后，果子里的种子却都活下来。大自然就是一条有来有回的循环路，从腐败走到完美再走回腐败，如此往返不息。

大约在一万年前，人类懂得了：种下种子就能长出植株。魔法般的植物耕种似乎也启迪了我们对自身生命神秘性的理解。种子埋进土里——就像死人。或者，这也意味着，等我们死后，会有同样奇妙的事发生在我们自己的尸体上——以及灵魂上。

人类学家詹姆斯·乔治·弗雷泽（James George Frazer）记录了世界各地土著部落的鲜闻逸事，其中就有些部落相信死去的先辈之灵盘桓在果树上。他在《金枝》中提到，东非阿卡巴部落人相信"人死时，灵魂退出身体躯壳，住到野生无花果树上去"。还有些以狩猎和采集为生的部落人会把树木看作转世再生的父亲。所罗门岛上的土著说，灵魂轮回进入果实，"有个不久前去世的德高望重的人生前就吩咐，在他死后禁止吃香蕉，他说他就在香蕉里。老一点的土著人仍会提到他的名字，他们说：'我们不可以吃这个、不可以吃那个。'"

就在我写这本书的时候，我父亲告诉我，他一直在写遗嘱、思忖葬礼该怎么办。他的遗愿是把骨灰撒在匈牙利他自己的葡萄园里。他还开玩笑说，或许他会变成一株土生土长的葡萄新种回到人间："啊呀，这种匈牙利白葡萄的味道实在不一般——真像爸爸用的须后水。"

长久以来，这种想法让无数文人墨客着了迷。马尔克斯曾写过一个女人，她胆战心惊地吃着自家果树结的橘子，唯恐那果子里有她先夫的遗骸。威尔士古代史诗《树战》中的英雄就是从水果中脱胎而出的,"上帝造就我,从果实中、从果实中、从果实中"。诺贝尔奖得主挪威作家汉姆生(Knut Hamsun)也曾思忖过,自己的前世是否为"波斯商人带来的水果中的一颗果仁"?

人类来自果树的民间传说遍布欧陆。在德国黑森,欧椴树"产出了整个地区所有的小孩"。在意大利阿布鲁山区,传说的主角则是葡萄树。远东有神话描绘了始母如何诞下南瓜,南瓜子全都变成了人类的小孩。斯里兰卡的神话《女神帕蒂妮》里提到一个女人生来就是一只芒果。土耳其佛里吉亚(Phrygia)土著的神——阿提斯——是处女母亲在胸腔间夹着石榴后诞生的。

比传说更离奇的是,毕达哥拉斯、牛顿这样的科学家坚决不吃某些食物正是因为他们相信转世轮回之说。毕达哥拉斯师从精通秘术的闪族大师,认为灵魂的归宿在蚕豆(fava bean)里。在我的大学哲学课本里就能找到零星几句毕达哥拉斯教派信奉的原则:"戒绝豆类",但课本没解释,那是因为你吃进去的可能是自己的祖宗。(赫拉克利特在有关人类不可靠的警句里就提到过这一点:"毕达哥拉斯或许是最通晓人类的人。但他仍然宣称在一根黄瓜里记起了前生往事。"①)

诸如《光明书》这样的神秘主义犹太教义特意将人类灵魂描绘成生长在生命树上的果实。灵魂果实降临地球时是成双成对的。因此,人类生来只有一半灵魂,爱人的灵魂刚好就是另一半,那便是"灵果伴侣",灵魂才得以完整。

卡巴拉神秘教卢利亚教派的创始人伊萨克·卢利亚(Issac

---

① 赫拉克利特(约前530—前470)是一位富有传奇色彩的哲学家,没有著作传世,只有警句残章集。作者引用的是第十七段,但没有引完,完整的后半句是"……时而在一根黄瓜里,时而在一条沙丁鱼里"。

Luria）[①]曾在凝视果树时见到了异象，之后，他对教友们说："如果你们也能看到，肯定会震惊的，树上聚集着许许多多灵魂。"还有些高深莫测的犹太教派认为，人死后，灵魂实际上是被果树诱捕的。如果有人过来，在吃果子前祈祷，被捕获在果子里的灵魂就能被释放，再进入天堂。要不然呢，没有祈祷和祝福，灵魂就被困在尘间，直到世界末日。于是，当我再剥开橘子或切下苹果片时就会禁不住念念有词，为失去实体的幽灵轻声祷告。

赞美和祝福的传统曾是为了把轮回的灵魂从暂时的果实监狱里释放出来。正是因为相信果实里居住着灵魂，佛教和耆那教的禁欲苦修僧只能吃用刀切开或用手指甲剥开的果子。以前的斐济人为了得到剖开果子的允许，会在吃椰子前问，"我可以吃你吗，我的酋长？"

告别了顺闫尼若，我又飞向了印度尼西亚。在巴厘岛的宗教生活中，水果扮演着重要角色。周围几乎全都是伊斯兰群岛，占有主控地位的巴厘岛却崇拜印度教。寺庙比比皆是，植物就是超自然神力的栖居地，整片风景胜地都闪耀着潜在的神性。

巴厘岛人活在两个平起平坐的世界里：可以看到的自然世界叫作"sekala"，不可见的灵性世界叫作"niskala"。在巴厘岛人的日常仪式中，水果处在两者之间。诸如割礼、结婚、火葬和锉齿（为了驱除动物般的性欲）等仪式上，水果用作劝慰魂灵而被供奉。无论是日常敬奉神明还是成人仪式上甘美朗乐人演奏古曲，水果总会出现。

印度教是第一种利用果实探索转世轮回理念的重要宗教。《广

[①] Issac Luria（1534—1572），犹太神秘教派的创始人，被认为是现代卡巴拉教之父。

林奥义书》中是这样阐述的：人死后，烟雾般的灵魂就像浆果从茎干掉落那样，飘向月亮。到了月亮，灵魂就会被众神吃掉。当灵魂重返地球时，这些灵魂就会在雨水中重生，灌入会结果的植株，等果子被人吃掉，灵魂就变成了精子。

我游览巴厘岛的导游是马德·瑞卡（Made Raka），昵称"里克"，是岛上某村寺庙住持的儿子。我有些爱冲浪的朋友把他推荐给我，尽管他的大部分时间都趴在浪尖上的澳大利亚冲浪板上，要不就返回圈内人才知道的隐蔽沙滩，他却很熟稔水果在巴厘岛文化中的地位，所以就成了我的不二人选。里克是在浓郁的宗教氛围中长大的，因而非常清楚哪些寺庙空寂宝座围绕中的圣坛里长着有药效的紫色小果子。到了街边的水果摊，里克向我解释，怎样把各式各样的水果献祭给象头神伽里萨。他带我去一片椰子林，手把手地教我辨认，椰子壳上的三只眼是如何象征湿婆。西方人在船身上敲破香槟酒瓶，巴厘岛人也差不多，新船下水首航或开始意义重大的新航时，他们砸碎椰子壳以敬慰众神。

我们开他的小车（"里克的开心小马车"）去乡村，他带我进了一片森林，结满了熟透的琼安果（jouat fruit）、尖刺覆身的蛇皮果树。这种树名副其实：棕色树皮好像鳞片，酷似蛇蜕下的皮。一到乌布市集，我们就仿佛下到了烟雾缭绕的冥府，到处都是山竹、鲜艳的彩色煎饼、半明半暗的光线下颤动的一堆堆凝胶。登芭莎的盼肯巴顿中央市集里的狭小过道里挤满了头顶竹篮的妇女。里克在黑啫喱坚果（black-jelly nut）里挑挑拣拣，告诉我该怎样像卡力撒生人、坎普墩人和萨瓦克西克人[①]那样吃丛林野果。他还记起童年时

---

① 卡力撒生（kalisasem）、坎普墩（kepundung）和萨瓦克西克（sawokecik）均为印尼巴厘岛上的村庄。

第六章 素果人

代自家附近有一棵特殊的大树，我们便驱车到处走，想把它找到。一个小时后，车子停靠在一边，我们走向那棵树，上面坠满了粉色果肉的金巴兰果（kinbaran），真是叹为观止。剥开绿色的果皮，里克和我都乐得蹦起来了。

相伴而行的最后一天，当我们品尝长在附近小巷里的人心果时，里克突然转身对我说："你的名字很有象征意味。想想吧：亚当在寻找禁果！"

夕阳下山时，我翻来覆去地琢磨着这个双重命题，沿着海滩独自散步。有个高僧戴着高高的冠冕、身穿金色袈裟正在海边操办仪式。二十多个当地人跟着他唱着经文。

等太阳完全融入了波浪起伏的大海，我才离开海滩，向大路走去。穿过一间毫无特色的海边酒店，我发现自己站在一条不认得的路上。环顾左右，发现街对面好像有一条小路，我便迎着穿过树丛的海风走了过去。

走了半小时，彻底迷路了，我走到了乡野深处，车马声根本听不见了。只有一条土路掩映在黄昏的寂静中。公鸡昂首挺胸地走来走去。夜色将至，我努力地辨清方向，四下观望时却发现谷仓墙壁上有一个大字——"瓜"，是用彩漆喷上去的。枝头上还有些没熟透的芒果在风中摇摇摆摆，但够不着。

我继续走，顺着小径走到了一片稻田。有只母牛在草地里悠然自得地甩着尾巴。我在想，它是不是神牛呢。小径把我带到了汩汩小溪旁。我斗胆走过摇摇欲坠的小桥，打开一扇木门，走了进去。里面显然是一处坟墓，或者，是埋什么东西的地方。

此刻，月亮都出来了。我浑身颤抖，意识到四下一片漆黑。这地方荒无人烟。椰子壳烂在沙地里。一堆堆的灰烬意味着最近还有过火葬。有只掠食鸟在空中盘旋。灌木丛就像一群龙，龙头忽而翘起，龙爪挥舞在空中，仿佛在寂静中嘶吼了一声。

感觉越来越冷。突然，两个可怕的偶像从夜色中腾然而起，长舌头耷拉出来，头上的双眼在转动。它们怀抱着婴孩。那是在死亡中孕育生命的矛盾景象。我辨认出它们身上长袍的黑白格图案，在巴厘岛人心目中，这象征着善与恶。它们脚边堆放着一篮又一篮水果。就在那时，两个保安在墓地另一头冲我大喊起来，我慌忙朝他们晃动的手电光跑去。

第七章

女人果

> 亚当说,这是我骨中的骨,肉中的肉,可以称她为女人。
>
> ——《创世记》第2章第23节

我在东南亚的最后一天,参观了泰国罗勇府的一个果园,里面的植株都好像经过"剪刀手爱德华"的修剪。二十多岁的泰国旅游局的专业导游阿姆(Am)身材颀长,她告诉我,她曾到邻居家的树上摘塔科布酸莓(takob)吃。"偷果子最好玩了。"她一边说一边狡黠地笑。

我们停在凤毛丹树荫下,旁边的灌木修剪得像只猴子在吃香蕉。阿姆伸出手指,绕着肚子、臀部和大腿的地方比画了一个大圆圈,问我是不是知道"女人果"。我摇摇头,紧张地傻笑几声,心想,她莫非在暗示什么。她又拍了拍屁股,满脸疑惑地看着我。我当场僵住。她拿出便携式快译通,键入了几个词。"用英语,"她说,"那叫作'女性起源之果'。"

她继续往下说,我羞红的脸也渐渐恢复了本色。"人们以为那只是《罗摩衍那》中的一篇传奇故事,但现在我们知道了,这种果子确实存在。"她是听一位多年隐居海外的佛家苦行僧说的。跋涉在印度丛林里时，这位僧人偶遇了一个印度教朝圣地。阿姆解释说："丛林里有一些地方，持有相同信仰的人可以在那里聚会。"为了纪念同吃同住的祥和偶遇，朝圣团员送给这位佛家弟子一份厚礼：一只硬壳的大果子。无论从前面看还是从后面看，都酷似女性的腰胯部位。返回泰国后，他常常拿这只果子来炫耀，因为它证明了女性真的是从水果进化而来的。

阿姆感到我半信半疑，便提议一起去拜访泰国北部的一座乡村寺庙，那样的话，我就能眼见为实了。但是很可惜，我的返程飞机就在第二天早上起飞，去见那位高僧却得坐 24 小时的火车，况且，那片地区被洪水淹了，当地人只能好几个星期睡在屋顶上。

回到蒙特利尔，我到处搜寻资料，期望能证实阿姆的故事不是信口胡说，但有关"女人果"的记载实在太少了。据 17 世纪的一份资料显示，符合那种描述的果子生长在一个岛上，只有那些不想去找的人才能发现它。美拉尼西亚①的创世神话描述了鸿蒙之初的四个男人把状如椰子的果子扔在大地上，因而创造出最初的四个女人。要不是后来偶然发现一本讲述印度魔法的书，我恐怕真的会认定阿姆的话不足信。书中提到：印度柏甘帕德的一个圣人在仪式上用的盛水容器叫作卡玛达（kamandal），是用酷似女性臀部的果壳做的——那种被异教派崇拜的果，只生长在塞舌尔，当地人称之为海椰果（coco-de-mer）。

有了名字，就能大干一场了！我立刻在网上搜索到了许多图片，不仅因为女人果存在于世，更因为它们是生物王国里当之无愧

---

① 西南太平洋的群岛。

第七章 女人果

的性感明星。近乎伤风败俗的外貌，仿佛是女性生殖器部位的同比例复制品：包括臀部、毫无遮掩的下腹部、两条大腿的根部、一道外阴隙口——隆起的耻骨上甚至有一簇栩栩如生的阴毛。从后面看，更是像得不能再像了，活脱脱就是女人的臀部。去塞舌尔的游客管它叫阴部果、下流果或屁股果。旅游版块的文章但凡提到这种果，言必称"猥亵"。当我把一张照片展示给朋友看时，她惊呼一声："这……这也太色情了吧！"

这种棕榈树的果实惟妙惟肖地再现人类性感区域，不仅如此，就连花也不一般。雌性的木质花盛开时，无论形状还是大小都宛如一对饱满的乳房，湿润的胚珠所在的位置刚好是乳头之所在。雄花，也就是单性无花瓣花朵，完全是阴茎充分勃起后的样貌。花刚开时，这根阳物约有一英尺长，橙红色，直直地指向上方。花盛开时，膨胀得跟小臂般粗细的雄花会变出亮晶晶、星状的黄色小花。正是这些小花的花粉让雌花受精。授粉后，扩张开的雄花便凋谢、下垂，一点点变成褐色，并萎缩起来，到最后，伴随"嘭"的一声响，它会坠落在森林的土壤里，溅出水来。

同样神秘的是，它在水果历史上具有唤起情欲的独特素质。1756 年，欧洲地图绘制者跌跌撞撞地误入普拉兰岛①的海滩，而在此之前，世界上只有极少数人知道有这个岛的存在，一些阿拉伯商船、马尔代夫航海家、海盗和流浪海员曾到过塞舌尔群岛——它们深藏在东非、印度和马达加斯加之间。尽管那里没有人类常居，森林里却长满了海椰果。

早在普拉兰岛被发现之前，这迷人的果壳就曾时不时浮在海面上，如绮梦般随波荡漾，导致水手们推测它是生长在水下的（因

---

① Praslin，塞舌尔共和国的第二大岛屿，占地 38 平方公里，目前人口约有 6500 人。

此才有了"海椰果"这个名字)。水手们还说看到它的叶子在水波下吐气泡。就像美人鱼那样,它会突然沉下深海,消失无踪,只有"强壮而非胆怯的、虔诚而非迷信的、明智勤勉而非愚昧薄弱的男人"才能找到它。

根据马来西亚传统皮影戏演绎的神话,它的诞生之源是海中央的旋涡,那儿也是所有生命的发源地。1563 年,加西亚·德奥尔塔(Garcia de Orta)首次对这种水果加以详细描绘,据他推测,它生长在海水下的某种石化树上。到了麦哲伦时代,人们认为海椰果生长于一片名为"普扎塔",被无数大旋涡包围的陆地上。整个中世纪时期,水手们搜集海椰果,高价抛售。到了 17 世纪,神圣罗马帝国皇帝鲁道夫二世用 4000 金币换购了一只海椰果。瑞典国王古斯塔夫二世的珍宝阁里最荣耀的宝物就是一个珊瑚托座、黄金镶边的海椰果高脚杯,被纯银的海神尼普顿高高托举起来。在远东地区,任何在野外发现的海椰果都会被老百姓想当然地认定是皇家财宝。伊斯兰教的皇族显贵会用海椰果装点后宫,印度教的信徒更是把它供奉在寺庙的盛典上加以膜拜。

被苏丹喀土穆的苦修僧手刃的英国将军查尔斯·戈登(Charles Gordon)1885 年曾游历塞舌尔,种种奇景让他确信:自己找到了伊甸园。在手稿《伊甸园及其两棵圣树》中,戈登留下了笔迹狂乱的图解,试图证实海椰果树就是让人知善恶的智慧树(而面包树就是生命树)。

我在查阅植物学书籍时得知,未成熟的果实含有一种奶油冻般的甘甜果肉,就覆盖在那好色的果壳下。直到 20 世纪 70 年代,身份显赫的游客才能偶尔有幸品尝到海椰果晶莹剔透的果肉,因此,它又被叫作"百万富翁之果"。时至今日,海椰果已濒临灭绝,要想尝一口,那就更难了。自 1978 年颁布保护法后,未经政府允许,任何购买或出售海椰果的人将被处以最高50万卢比(约合800美元)的处罚以及两年监禁。因此,已有几十个海椰果偷摘者因收获果实而入狱,至今仍有人因此坐牢。品尝禁果的诱惑太大了,我只愿自己够强壮、够明智,并足以一睹芳容,便订了机票飞往普拉兰岛,在地图上,那只是印度洋近赤道的一个小黑点。

维多利亚国际机场位于塞舌尔共和国最大的岛:马埃岛。过海关时,我注意到有个标牌,要求游客向海关申报所携带的水果或植物,因为它们可能威胁到当地的生态环境。上交了几个加拿大帝王苹果后,我的护照上才被盖了章,国徽章的图案中央就有海椰果树的剪影。机场里挤满了塞舌尔人,也是我能想象到的最具异国情调的外国人:蓝眼睛的非洲公主能说一口带法语腔的克里奥尔语;年轻的肯尼亚裔奴隶留着扫把辫,干着按摩师的临时工;身材高挑、出手阔绰的毛里求斯妇女长着鹦鹉鼻,一开口就是英国腔;还有些白人和非白人的混血儿、中国流浪汉、西班牙浪荡子、四处为家的印尼人和钻空子就捞钱的斯里兰卡人,真是别开生面啊。

一小时后,双引擎20座小飞机即将降落在邻近的普拉兰岛。俯瞰之下,凹地和环岛礁陆续展露出来。白沙镶绕的小岛融入了绿松石色的朦胧雾气,飞机贴着海浪低飞而起,大鱼小鱼纷纷跃出水面。海面被吹出了一个巨大的旋涡,泛着白沫,仿佛有海椰果树正往深海下沉。

在普拉兰岛机场外等出租车时,有一尊塑像让我多看了几眼,四座状如雄花的青铜雕塑喷泉围绕着一只大约10英尺宽的青铜海椰果。阳具般的单性无花瓣雄花正对着特大号的女性生殖器喷涌生命之源。大腿、阴户和下腹都酷似被截短的"维伦多尔夫的维纳斯"①——旧石器时代大地母神雕像。虽然是浑然天成，也未免太色情了。

最佳的观赏地莫过于海椰果树的原生地：五月谷森林保护区。通向自然保护区的入口路很陡，我一边开车还时不时瞥一眼那些藤蔓缠绕的棕榈树。树干纤细，却高得让人咋舌，足有100英尺高。果子和叶子都铺张在高耸入云的顶端。

徒步走遍海风习习的步行道要花几个小时，而我找到护林员艾克仙妮·弗瑟瑞（Exciane Volcere）做伴，这才上路。她很活泼，胖乎乎的，穿着卡其布制服，是个植物学家。她说，游客首先注意到的是——森林里很杂乱。地上点缀着死掉的枝叶、腐烂的棕榈叶、种子壳、干草、白蚁窝和其他天然碎石。

弗瑟瑞长得和奎因·拉蒂法②有点像。她走到一张连接两棵海椰果树的巨大蛛网前，取下一只橙黑紫相间的蜘蛛，她两只手都几乎拢不住那纺锤形的长腿。她向我保证这是没有危险的，并把它放在了胸前。蜘蛛爬得飞快，像火焰一样在她的衬衫上爬。为了进一步强调它是无害的，她把它挪到我的小臂上。它夺路而逃，虽然个子那么大，分量却那么轻，真让人惊讶。感觉就像眼睫毛在我的皮肤上轻吻。她把它捡起来时，它冲着我吐了一根丝。

徒步小路两旁还有别的果树。露兜树结的果子很轻盈，可以用作布刷子。本地的意大利面棕榈树（spaghetti palm）会结带刺儿的大豆荚，迸开后会散出一束束意大利面以及马槟榔。水母树

---

① 该雕塑于1908年由考古学家约瑟夫·松鲍蒂（Josef Szombathy）在奥地利维伦多尔夫（Willendorf）附近一旧石器时代遗址发现。高11.1厘米，由一块非本地的、带有红赭色彩的鲕粒石灰石雕刻而成。雕像的阴户、乳房以及肿胀的下腹令人印象深刻，这些特征都与旺盛的生育能力密切相关，故此有人称之为大地母神的形象。
② Queen Latifah，美国hip-hop乐界的著名歌星。

(jellyfish tree)的柱头真的酷似触须。卡皮森果（kapisen）会让人想起和尚的脑袋。

这些珍稀树木也是当地野生动物的乐园：有柚子那么大的蜗牛、罕见的黑鹦鹉，还有指肚长着豆荚般的吸盘的金铜色蜥蜴。弗瑟瑞指着一个荧光绿的壁虎给我看，它正趴在海椰果树的黄色雄花粉囊里舔花蜜呢。微小的黄花从层层叠叠的褐色花序探出头来。另一束雄花上，手机大小的白蛞蝓也在使劲吸吮花蜜。这简直就像在看一部科教片——主题好似外太空性病症状。

壁虎的舌头伸出来，飞快地扇动花朵，只有显微镜下才能看到的微量花粉残留在空气中。海椰果是风媒授粉，哪怕民间传说雄树和雌树会在夜里互相靠近、雄花和雌花性交时动静还很响；而且，据说谁不走运看到了那种场景，就会立刻变成黑鹦鹉或是海椰果。

授粉后，果实成熟要花七年光景。果子青涩时，外表偏黄色，壳内包含了精液状的液体。过了一年多，食用的口感是最棒的，流动的液体已凝结成布丁状的果肉。到了这时候，坚硬的果壳已成绿色，顶端会有一条细细的金色镶边。如果金边太厚，就表明内部的果汁还太稀。等金边完全消失了，白里透红、啫喱状的果肉就会渐渐凝固成象牙白色的厚实果肉，一直保持到果熟蒂落的时候。

我问弗瑟瑞，有没有可能尝一口？她答，严令禁止任何人吃五月谷森林保护区的植物，尤其是海椰果。不过，她允许我捡起落到地上的一个完整的果壳。

纤维质的绿色果壳看似南瓜大小的一颗心。坠落到地时，果壳跌裂了，一颗心已裂成两瓣。它散发出迷人的椰香。在这个果壳里，内果皮（又称"种子皮"）和女性隐私部位的结构近乎一模一样。海椰果拥有世界上最大的种子，象牙色的种子重达45磅。历史上还有记载，某些海椰果里有两颗甚至三颗种子，竟有100磅重！

若是不加干涉，任由果子自然发展，它就会长出一棵新树。种子落地后，果实的中缝里会长出一根模样古怪的芽苗。新植株的胚芽就在肿胀的芽苗顶端里面。这种变异的胚芽脐带称为子叶，提供子株所需的养分。子叶钻进泥土，可以前进 65 英尺远。它会找到一个恰当的地方，不必和父母树争抢地盘，然后，自动寻找热量的胚芽就会钻出土壤。破土而出时，会有一根尖细的芽鞘保护胚芽，谁要是不留神走到那么尖的刺儿上，肯定会被扎破脚。用不了多久，第一批叶子就会长出来，树苗就开始向上生长。

事实上，种子里坚实的象牙白果肉就是食粮，能够一路蹿上叶脉，在白昼的阳光下为新苗提供头两年里所需的营养。成熟的海椰果就好比双池染料箱，为生长中的幼苗提供能量。一旦新棕榈树把象牙白果肉消耗光，芽苗就会腐烂、分解一空，空果壳就被留在原地，鞠躬尽瘁，死而后已，这便是植物学意义上的效忠尽责。这些空壳常会被暴雨冲到海里，最终的下场就是数年漂荡沉浮。假如果壳里满是象牙白的果肉，海椰果是漂不起来的，因此，海洋并不推波助澜、助其繁衍。就算一只成熟的种子漂荡到了另一座岛，也没办法自我繁殖，因为它必须由异性树来为花朵授粉。

海椰果棕榈树究竟能存活多少年？众说纷纭。大多数人估计它们的年纪在 200 年到 400 年之间，还有人认为它能活 800 年。我们和它们相识恨晚，还不足以下定论。今天，我们所知的一切都基于 18 世纪塞舌尔被发现之后的史实。

塞舌尔群岛的地理特质能让我们窥其历史，特别是海岸线上耸立而起的花岗岩大石头。那些光秃秃的石头距今已有 6.5 亿年的历史，默默见证了历史变迁，标志着这些前寒武纪的岛屿是地球上最古老的地方之一。从中可推导出，7500 万年前到 6500 万年前之间，塞舌尔群岛是冈瓦纳超大陆的一部分，这片巨大的大陆连接了南美洲、非洲、马达加斯加和印度。印度开始漂离非洲后,塞舌尔在中途断裂,便驻留在海洋中,直到今天。因此,塞舌尔群岛上的一切生物都是在隔离的状态下进化的。

塞舌尔群岛停驻在印度洋中,和恐龙灭绝处于同一时期,这便导致了一种猜测:这些果实曾是雷龙的食物。"海椰果很可能是75英尺高的食草动物的美味甜点。"弗瑟瑞说着,假扮恐龙在跳舞。

人们都害怕在天黑后走进森林,尤其是刮风的日子。就算在日光下,森林仍是喧嚣之地,那些巨大的树叶互相碰撞,沉重的坚果在大风中把棕榈树拉扯得左右摇晃,喧哗聒噪。它们都持续不断地发出吱吱呀呀的声响或是尖锐响亮的断裂声。空中总是传来古老而沉闷的呻吟、咕噜声。听起来,就像一扇沉重的橡木门在不断开裂。

我举目仰望围绕我们的海椰果棕榈树在日光下幽影摇曳,那庞然的绿色心脏在我们头顶摇摇摆摆,有点吓人。据弗瑟瑞说,从没有人被落下的海椰果砸破头。"但如果有朝一日这事发生了,那家伙显然会留在这儿的天堂了,"她说着,发出可怕的大笑声,"不虚此行,那可是绝佳的收获,不是吗?"

塞舌尔人对旅游业又爱又恨,爱它能催生经济增长,恨它威胁到生态环境。我问弗瑟瑞,她有没有在五月谷森林保护区里过夜。她说,有,事实上,昨天晚上就是。

"你为什么留在这里?"我问。

"你听说过反对派骚乱吗?"

我还真听说过,那天早上我读过报纸,报道了警方如何镇压了反对派领导人在国会楼外的抗议游行,因为国会不允许他们设立自己的广播电台。(塞舌尔共和国只有一家电台,归政府所有,也由政府掌控。)双方矛盾呈白热化时,警方的带头人扬起手枪,砸了反对派领导人一下,导致后者的后脑勺受伤,被缝了二十六针。

"昨晚,五月谷森林保护区部署军队守卫,因为反对派威胁说要放火烧山。我在这儿陪着军人守了一整夜。"

"他们为什么要烧山呢?"

"大概是为了抗议政府的抵制吧,但那也是一种根除旅游业的办法。"她好像有点吃不准该不该和我讨论这个问题。在这个羽翼未丰的民主体制里,言论还无法彻底自由。据弗瑟瑞说,反对派支持者说,放火烧山之说是政府挑拨离间,纯属诽谤,他们做梦也不敢想毁掉自己的林木遗产。1990 年,附近的方得菲迪南德失过一次火,山火吞噬了一大片森林,要几百年才能恢复原貌。那么古老、珍贵的东西同时也那么脆弱不堪,顷刻间就会灰飞烟灭,想到这儿,实在让人惊愕。

目前,只剩下 24457 株海椰果棕榈树。三分之二都很年轻,还不能结果,而且有一半是雄树。2005 年普查显示,每年只有 1769 个果实趋近成熟——考虑到每年有十万游客,这个数字并不算高。监督五月谷森林保护区的环境保护组织——塞舌尔群岛基金会的主席林赛·重森(Lindsay Chong-Seng)说,必须严控商业行为,以确保海椰果不会被过度采摘。"偷盗行为屡禁不止,"他说道,"盗果贼为了得到果实不惜砍倒整棵树,然后在半夜坐渔船潜逃出岛。"

尽管海椰果已被列入世界自然保护联盟的濒危物种名单,但至今看来,维护措施还算成功。紧临普拉兰岛的库瑞尔岛(Curieuse)上也有这种棕榈树,整片地区都作为自然保护区被隔离起来,有警戒线保护。政府拥有一份数据库,塞舌尔群岛上的每一棵海椰果树都被记录在册,谁家土地上有树,谁就有责任汇报每只果实的成熟度,以及每一季的生长状况——要不然就会被依法罚款。

等果实成熟掉落、白色椰肉被新苗消耗光，空壳才能被出售，并只能在拥有合法执照的商店里以200—1000美元不等的价钱出售。若有人企图出口非法出售的海椰果，首先，果子将被没收、充公；其次，经手人将被严惩重罚。法规总是有漏洞，人们也很会钻空子，比如伪造出售许可标签、重复使用同一张标签，所谓标签只是一张盖有官方印章、轻薄的绿色黏纸。"应该有更妥帖的证书，"重森说，"或者使用电脑系统，或是微芯片。"

保护海椰果的新招也出台了，包括向游客出售玻璃纤维的仿造果。我见到的仿制品栩栩如生，逼真极了。还有人提议，与其带一只空壳回家，还不如让游客们买一只椰肉丰盛的成熟种子，吃完了再让他们种到地里去。一旦植株长成，就把资助人的名字刻在牌子上，挂在树旁，空壳就留在岛上，等他们二度上岛。这主意，让我想起肯·洛夫的夏威夷荔枝园垦种计划。

我问重森，到底有没有办法让我尝一口呢？他耸耸肩，说，只有一个合法的办法。"如果我在自己的土地上有一棵海椰果棕榈树，并且结出了允许吃掉、尚未成熟的果子，我就可以邀请你品尝，但不允许对外出售。但我家没有海椰果树。"换句话说，买一只果子有可能犯法，但分享却不是非法行径。"如果你能找到谁家后院种了一棵海椰果树，那你的美梦就能成真。"重森说。当我们告别时，他又给了我一条妙计："就跟在别处一样，你得多打听——和出租车司机好好聊聊。"

吃一只没熟透的果子，涉及某种伦理忧虑：吃了它，它就不能长成新树了。重森倒是给了我颗定心丸：没必要担心，出售给游客们的成熟海椰果里，也没一只能长成新树。给新苗提供养分的白色椰肉会被岛香有限公司取走。

在这个公司位于马埃岛的小工坊里,我看着雇佣工们从海椰果壳里砍下果肉。大块大块的果肉会被晾干、打包,保存在温控室里,然后运往远东。在中国内地和香港地区的中药店里,海椰果肉切片每千克售价130美元,就搁在虎骨、天龙和犀牛角粉旁边。海椰果肉的功能非常多:在马来西亚,它被融入美白面霜;在巴基斯坦,它被用作壮阳药;在印度尼西亚,它被加进咳嗽糖浆。有个中东商人向岛香有限公司购买了许多果壳,运到美国得克萨斯州最西端的埃尔帕索城,随后秘密走私到墨西哥,镶嵌到阿拉伯工艺品中,譬如书画之类。卖给科威特和伊朗的清真寺和家庭时,它们被称为kashkul,意思是:给穷人食物时用的果杯。

"长久以来,波斯苦行僧和印度托钵僧在仪式上都会用到海椰果。"坎提拉·吉万·沙阿(Kantilal Jivan Shah)向我解释。岛上无人不知,坎提拉是位八十高寿的塞舌尔历史学家、环境保护主义者。我来见他是因为他在说服联合国教科文组织将五月谷森林保护区纳入世界遗产保护名单的大业中功不可没。坎提拉拥有一个古老的小商品市场,就在自家后院出售纺织品,不知怎的,他也是水果方面的权威专家。"那可费了老劲儿啦。"他说着,疲惫的双眼里闪着光,笑容因几颗金牙而更熠熠有光。

他把自己的简介递给我,我才知道:坎提拉身兼数职,就连看手相也名扬塞舌尔众岛。"我是印度教宗师,我是厨子,我是雕塑家,我也是个沙阿[①]。"他说起话来带有浓重的印度腔。清风微扬,吹起他稀疏的白发,让他有点神神道道的,但让人觉得很亲切。"我是僧人。我是邮票设计师。我是药草治愈师。我做很多很多事。"

[①] Shah,波斯语中的"国王",从前用作伊朗世袭君主的一个尊称。

我刚到他家，就有群意大利游客络绎不绝地走进他的店。他们先谈起克里奥尔建筑风格。"我当选为世界建筑家协会会员。"坎提拉不失时机地插上一句，还调皮地挤了挤眼睛。有对来度蜜月的伊朗夫妇翻了翻坎提拉的相册，问他怎么能邀请到伊朗前皇后拉法·巴列维到他家吃晚餐。"她自说自话就来了，因为我是个大人物，"他就是这么回答的，"以前我总是为全世界顶尖的大人物们操办豪华派对。"

坎提拉还自吹自擂，声称自己激活水晶能量的技艺堪比大师，还是个受人尊敬的钱币收藏家（专门研究金钱）、色光治疗师（用色彩治愈病痛）和贝壳学家（贝壳搜集者）。"没人像我这么钻研珍珠母。我是根据黄道十二宫来设计的。我是皇家地理学会的成员。我是耆那教徒。我从没下过馆子。"

"那你肯定忙死了。"一个学建筑的意大利学生说道。

我使出浑身解数，想把话题转回海椰果上头。坎提拉说他一直在撰写有关这种果子的文章，但在几沓泛黄的纸堆里翻了翻，就不再找了。"这儿乱得一团糟，我什么也找不到啦。"他说，"我干的事情实在太多了。每个该死的委员会我都参加了。我是法国联盟中的瑰宝。"

"你瞧，印度圣人用它当钵已经几百年了。"他翻了翻自己那本厚厚的剪贴本，里面收录的丰功伟业包括：借剑给罗曼·波兰斯基（Roman Polanski）、和奥马尔·谢里夫（Omar Sharif）演对手戏、启发伊恩·弗莱明（Ian Fleming）创造出《007最高机密》里的阿本达纳先生[①]。"在印度密教里，这种果子是象征物，虔诚的祭拜物品。印度教象征性力女神，它就是作为女性外阴像而被崇拜的，代

[①] 波兰斯基是著名导演，谢里夫是著名演员，弗莱明是007系列的原创作者。

表了创造和多产。"

海椰果还有各种各样的药物功效，至今仍有许多神秘的特质有待发掘，但坎提拉矢口否认它有壮阳催情的功效，哪怕世人都这么推断。"一切都在脑子里，"他说，"干果刺激了你的膀胱，所以你就会有勃起。你知道早上4点钟尿急是什么感觉吗？就是那种感觉嘛。"

离开吉万的进口货店，我直奔附近的礼品店，去挑一只我买得起的正宗合法果壳。从地板到天花板，海椰果壳靠在精品店的后墙堆放着。有些个儿大，有些很小。没两个是一样的。我挑肥拣瘦，吃不准要浑圆的还是扁平的。好像根本没法挑。"要是搁在女人身上，你喜欢什么样的呢？"拥有凯特·莫斯（Kate Moss）式美貌的苗条店员问我。"这才是挑选海椰果的好办法。我个人偏爱瘦长的女人，那就挑这只。"

店员把证书和购买许可证给我时，我问她有没有尝过。"尝过啊，年轻的时候尝过好多次。"她说，"那是狂野原始的味道，那滋味非比寻常，有点像带薄荷味的精液。"

牢记重森的建议，我一见到出租车就扬手。第一个司机帮不上忙。实际上，他是个刚退役的警察，抓获海椰果偷盗者时还曾干过"钓鱼"[①]的活儿。第二个司机开价500美元，说他可以爬树帮我摘一只。尽管很诱惑人心，但这不仅越过我的道德、法律底线，更超出了我的经济承受能力。第三个则建议我直奔海滩，小商贩和沙滩

[①] sting operation，是国外有些警方的欺骗性策略，即：警察装扮成妓女、线人、毒贩或瘾君子等，诱惑嫌疑人犯罪，从而取得证据的方法。在西方国家，这是一种严格受控的非常手段，只有警察在经过法官允许的前提下才可以使用。私家侦探和记者都无权"钓鱼"。在美国较普遍，但在瑞典等欧洲国家就不允许。

第七章 女人果

男孩们经常在那儿兜售偷来的海椰果，一勺一勺地卖。但是，当天当班的救生员告诉我，这种勾当多年前就销声匿迹了。"提着一塑料袋果浆，那就最好离这儿远点，"他说，"用不了两秒钟，他们就会被逮住。"

从海滩返回时遇到的出租车司机是个塔法里教信徒，他说他一直吃海椰果。我问他，味道如何？他愣了一下。

"你尝过人奶吗？"他问。

"呃……长大后就没有了。"我答。

"好吧，那果子的味道有点涩，"他继续说，"非常……非常私密的感觉，就好像在吮吸直接从乳房里出来的母奶。"

塔法里教信徒司机答应下午晚些时候来见我，深入讨论一下海椰果的滋味。太阳快下山时，我坐在一个能俯瞰到白沙滩的酒吧等他。海水金灿灿的，仿佛融化的黄油。大螃蟹飞快地爬上普通的椰子树，用钳子般的大螯切下椰果，又慌慌忙忙爬下树，去吃那只掉下来的果。果蝠的个头足有海鸥那么大，在我头顶低低地盘旋。

一开始他很强硬，坚称我一口也别想尝到。"我们都会被打死的，"他说，"那可是杀头的大罪。"我便指出：买一只或许是违法的，但我们只需要找到一个人愿意和我分着吃，而不是卖给我。我们又喝了几杯，他就松口了："好吧，试试总可以。"他开始打电话，一通又一通，用吐字极快的克里奥尔语。好不容易挂上电话，他笑逐颜开："我有 80.56% 的把握，我们能搞到一只。"

女人果啊，我知道得越来越多，可它还是那么神秘，和第一次从阿姆那儿听说时感觉一样。笨重的、略微下垂的雄花穗；乳房般的雌花朵，乳头还能渗出花蜜；心形的外表；屁股造型的坚果，也像是把腰子一剖为二；脐带般的叶鞘根苗；它们和人类的相似点是如此堂而皇之，但也可能只是进化过程中神乎其神的巧合。女性未必起源于这种果，但 DNA 谱图或许能揭示些许关联。一切物种都有共同的祖先，因此有重合的可能性，这并非无稽之谈。毕竟，人类视网膜和绿色植物中都能找到一种物质——叶黄素。

我要等塔法里教信徒的回复，便把在普拉兰岛的最后一个下午贡献给了约翰·克鲁斯-威尔金斯（John Cruise-Wilkins），这位年过半百的历史老师相信自己马上就能发现大海盗奥利维尔·勒瓦索（Olivier Levasseur）在 18 世纪埋下的一大笔财宝。

1730 年，勒瓦索在团圆岛的罗望子树上被绞死，咽气前，他及时地把一张写有密码的羊皮纸甩向一大群围观者。1949 年，这张加了密码的手稿落到了克鲁斯-威尔金斯的父亲的手里。他每天都耗上 16 个小时，试图破解它，最终渐渐相信，这份手稿写的是行动指南，再现赫拉克勒的 12 项艰巨重任。完成这一系列任务，就会得到更多线索。过去的二十年里，他父亲在他家对面的海滩上挖了很多深坑，但都没什么发现，当初定制的抽泵挖掘机现在已锈成了一堆废铁。

约翰·克鲁斯-威尔金斯把他们至今发现的线索展示给我看：在退潮时找到的一块石头，有那么点像女人头，据说代表了一口沉在水里的石棺，装着阿芙罗狄蒂的部分躯干；锈蚀的角，代表哺乳宙斯的羊角；陶器碎片，上面的标识有点像金羊毛；还有一块石头，长得像凉鞋（"那是伊阿宋①的凉鞋！"）。他在摇摇欲坠的平房里翻箱倒柜，就在这时，有只红鸟飞了进来，自由自在地飞了一圈，又绕来绕去地从窗口飞出去。约翰的父亲痴迷寻宝前是个捕大

---

① Jason，希腊神话中的人物，美狄亚的丈夫，降伏了艾伊地国喷火的公牛群，取得金羊毛。在他返回祖国、想夺回王位的路途上，救了一个失足落水的老妇，并丢了一只凉鞋，其实那个老妇就是赫拉，赫拉便帮助伊阿宋夺回了王位。

型野兽的出色猎人,他家的四壁挂满了鹿角、兽头和其他战利品。父子俩找到的最有说服力的证据是一块浅滩漂石,中央靠下的部位有一条裂缝。约翰带我走向海滩,说那代表了一把钥匙。可在我眼里,它代表的是只巨大的花岗岩海椰果。

克鲁斯-威尔金斯高大魁梧,一双淡蓝色的眼睛略显阴郁,俨然有信徒的眼神。当他把一块石头——酷似佩加索斯①的骷髅——当作勉强的证据秀给我看时,不禁露出近乎温柔的笑。好像被无形的吊车拉起了双颊,笑纹荡漾在眼圈周围。眨眼间,他就容光焕发了!可接着……接着,仿佛乌云密布、响雷压顶,他的精气神突然消失,因为他再次意识到,残忍无果的寻宝耗尽了他父亲的大半辈子,现在要来折磨他了。

"就差一点儿,我们就能发现那笔宝藏了——你也看得出来,证据铺天盖地的。"说着,他又捡起一片珊瑚化石,状如字母Y。每一样东西都似有深意。我们掉头走回他家时,天空中出现了一道亮丽的彩虹,弧线跨越天际,落在海湾另一边山上的红房顶上。"是啊,"他说,"这是好兆头,预示了诺亚和上帝的盟约。"我俩静静地走了一会儿,把所有支离破碎的细节拼凑出一个答案——这就是潜藏在心里的渴望。

走到路边,他停下了。"权威人士对我说:'你是个梦想家,克鲁斯-威尔金斯。'我大概是,但我是脚踏实地的梦想家。人们嘲讽我,取笑我,但我知道这是真的。我会证明我父亲是正确的。"

我们离开时,出租车司机摇摇手说:"决不放弃希望。"克鲁斯-威尔金斯听到了,眼神一转,酸溜溜地说:"那不是希望,而是基于历史考古证据的现实。"

---

① 希腊神话中的肋上生翅的飞鸟,它的蹄子在赫利孔山上踏出希波克里尼灵感泉。

回到酒店——这回我住的利莫利亚豪华度假村和尼若那儿的泰国沙滩木屋可有天壤之别——电话铃就响了。塔法里教徒司机告诉我,岩石餐厅的院子里有几棵海椰果树。我得过去露个脸,吃顿饭,"别的事都会安排妥当"。尽管这事有点违法的嫌疑,看起来倒是挺公平的——我付钱吃晚饭,他们和我分享水果的甘甜。最后,我还能得到一只海椰果壳。我匆匆忙忙套上雨衣,在瓢泼大雨中冲了出去。

等我到了面朝海滩的餐馆,大雨下得差不多了,只是淅淅沥沥的。但不幸的是,老板告诉我,因为下过大雨,他们没办法去摘海椰果。"谁都不愿意现在去爬棕榈树,树干变得很滑,很危险,谁都不敢去。"他面带歉意地解释。

我吃着晚餐,猛然想到一点:我千里迢迢来到地球的另一边,却还是没办法吃到一口传说中的百万富翁之果,它简直太难捉摸了。或许,这种期待本身就是不切实际的吧。吃完咖喱章鱼,我又开始琢磨,别的餐馆大概也有种海椰果树的吧。我回溯这几天去过的餐馆,想到有一天在靓羽毛餐厅吃午餐,我注意到餐厅的后院长着一排棕榈树。

一回到酒店,我就拿起电话。接电话的正是餐馆老板黎塞留·韦尔拉克(Richelieu Verlaque)。我跟他解释,这是我在塞舌尔的最后一晚,并询问他是否有兴趣让我这个记者品尝一下海椰果的真味。韦尔拉克说,他刚好留了一只果子,打算明天早上吃,他很高兴能让我尝一下。他建议我早上六点半到他那儿,吃完了还能赶得上九点半的飞机。

"你确定这不违法吧?"我问。

"我的地盘我做主,"他扯着大嗓门说,"如果我想让你尝一口海椰果,那纯粹是我的私事儿。"

"那下雨怎么办?"

"下雨在我这里根本不算问题。长着海椰果的那棵树很矮。我一抬手就能把它摘下来,眼下,正好有一只果子熟透了呢。"

天还没亮我就出发了。在黑漆漆的岛路上开了45分钟左右,到了靓羽毛餐厅没多久,天就亮了。一大清早就酷热难当。黎塞留·韦尔拉克在门口迎候我,我俩一起走到后院。走过餐馆门口的沙箱,我看到里面的龟大得出奇,它的动作十分缓慢,当我蹲下身和它打招呼时,它却执拗地昂起大毒蛇般的脑袋。它泪眼蒙蒙地朝上看着我。

韦尔拉克招呼我到野餐桌旁去,双手一摊,向我展示大浅盘里的切片海椰果。我捏起一片,观察幼细的金边——那表明果子已熟透。果肉是半透明的,近乎整容室常用的硅树脂填充质,但更柔软,更像颤巍巍的布丁,也更逼近真实的乳房的质地。我咬了一口凝胶般的果肉。略微有点柑橘的口感,甜甜的,令人神清气爽,带着朝气蓬勃的泥土芳香。吃起来类似椰肉,只不过,它更性感。

"现在,你已是品尝到禁果的极少数人之一啦,"韦尔拉克带着胜利般的喜悦说道,"亚当尝到了夏娃的滋味。"

我们坐在桌边,边吃边聊政局,讨论反对派的武力行动将对这个国家的未来意味着什么。海椰果一片又一片地被吃掉,我们在周日清晨的阳光里倍感清凉。韦尔拉克八岁的儿子亨利·安德烈走过来,和我们一起吃了几片。

"你说,这味道像什么?"我问他。

他想也不想就回答——好像这是再明显不过的事实,"像海椰果呀!"

第八章
肮脏交易：水果走私

> 一篮篮瓜果堆在人行道上，香蕉源源不断运出电梯，
> 狼蛛在疯狂的异域空气里窒息，葡萄冷冻室里霜雪成冰……
> 所有这一切丧心病狂、悲伤和甜蜜，
> 赛过对母亲的爱，也比继父更无情。
>
> ——杰克·凯鲁亚克[①]，
> 《垮掉的一代爵士乐》

比吃到海椰果更艰巨的任务，恐怕就是带一只回家了。海关入境条例规定，所有水果、食物、植物或植物的部分都需要申报。将一只濒危物种带入境——哪怕是合法采摘的——整个过程都要步步为营，每一步都可能是不容置疑的罪行。当飞机降落在蒙特利尔飞机场时，我的托运行李箱里有一只翘屁股的海椰果在蹦跶，我不由得深呼吸，努力平缓自己忐忑的心。

---

① Jack Kerouac（1922—1969），美国小说家，生于马萨诸塞州洛厄尔城，是美国20世纪50年代中期崛起的"垮掉的一代"的重要代表人物之一。

瞪着入关申报表，我考虑该不该隐瞒。我暗自推测，如果被搜查到，我可以用三寸不烂之舌说服他们相信，那是一尊雕塑——有点异域色情情调的民间工艺品。然后又突然想到，只要海关拆开包袋，见到坚果，就可以控告我有罪。于是我再三踌躇，仍然不知道该怎么填写。

到了过关窗口，海关人员看了看我的表格，立刻问我有没有携带什么食物或植物入境。我中途在巴黎停留过，便把在巴黎买的东西一一报上：苹果、梅干、几瓶红酒。

海关人员把它们记录下："还有吗？"

"呃，我有……"

到了节骨眼——说错一个字，我的行李就要遭受开包检查。

"……有些坚果。"

没错——坚果！哎呀，颠扑不破的强悍真理啊！这个词儿是突然蹦出口的，但从本质上说，这是完全准确的表达。毕竟，我的背包里就有好些干果蜜饯，那只看似不太神圣的海椰果——嘿，那不过是另一只坚果罢了，这可是正统而地道的称谓，所以，尊敬的海关官员，还有什么问题吗？这位官员用潦草的笔迹在我的采买清单上写下"坚果"，又涂了几笔神秘的暗号，便挥手让我通过了。

从行李带上拖下行李箱，我觉得心里的石头落地了，其实我还不算彻底过关，尚在灰色的免税区地带，还没走出机场呢。我还得把申报表递交给下一位海关官员，他能一眼认出上一位同事用红笔龙飞凤舞写下的暗语。

排到我时，面带倦色的官员伸出手来。刚用厚颜无耻的坚果盾牌挡过了一关，我还挺昂扬的，便不屑一顾地把表格递上去，轻飘飘地从他眼前走过。只需八秒钟，我就能走出海关出口了。我没听到有人唱反调，便继续走。"自由啦，"我心里别提多高兴了,"我自由啦!"

只剩六秒了。

就在这时,耳畔响起了声音:"先生?对不起,先生!"

我继续走,假装没听到。也没有脚底抹油、夺路而逃,我像手握财政大权的金主一样尽量面不改色。

四秒。

"对不起!"那人又喊了一遍。我继续向前走。后背却是一阵战栗。太阳穴迸出了一大滴汗,扭扭曲曲地往下淌。

两秒。

自动门滑开了。

身后的水磨石地板上响起沉重的脚步声。"马上给我停下来!"官员高喊一声。

"谁,我吗?"我问着,扭动脖子到处看,假装稀里糊涂的。

"对,就是你,"他答,"你不能带任何苹果入境。请往这边走。"

回头往检查区走时,我心里已经开始彩排。"呃,实际上,我确实申报了坚果,包括那只……不管怎么说,它只是个雕塑品。"我感到热血涌上脑瓜,简直都能感到发蜡融化流进耳朵眼了。

我想起那位官员提到了苹果,便把一袋法国特产苹果掏出背包。双手发着抖,我做的第一件事就是把它们交给坐在光溜溜的铝柜面旁的官员,指望着我坦白从宽能分散他的些许注意力。"他们告诉我,你要没收我的苹果。"我的口气是愉悦的,但也带了一丝怒气(最好用我自然而然的情绪让他一时分不清焦点所在)。他有没有意识到我得使劲换气才能呼吸?这位长官接下苹果,还强忍住一个哈欠,然后伸手指了指门口。这是什么意思?进搜查室?我推开门,发现自己走进了机场到达区,无数张笑脸围绕着我,人们鱼贯而出,热情招呼迎候他们的亲人。

第八章 肮脏交易:水果走私

2005年8月，57岁的农场主森本长利（Nagatoshi Morimoto，音译）因从日本非法携带450株柑橘进入加利福尼亚而被判走私罪。他把树苗装箱，标上糖果和巧克力的标签，还曾夸下海口："谁也抓不住我。"他显然是错了：藏在箱子里的东西被海关截获了。依据《植物保护法》，森本被处以5000美元的罚款，并入狱服刑30天。他还得在社区服务——向农民们散发宣传走私危害性的小册子。

果蝇横行将是农业体系的严重威胁，因此，必须强制性地将某些水果拒之门外。森本的"糖果和巧克力"有柑橘溃疡病症——这种传染病一旦爆发，将导致加利福尼亚地区损失8.9亿美元。若地中海果蝇泛滥，后果就更不堪设想：假设地中海果蝇彻底攻占加利福尼亚和美洲大陆，据测，至少将导致每年15亿美元的亏损。所以，也怨不得边防检疫者如临大敌般检测水果。

周期性的地中海果蝇爆发导致歉收，将迫使种植者们停止生产，以便检查员寻找消灭害虫的有效方法。这种果蝇栖息在即将成熟的果壳上，使果实不同程度地损伤、畸形，也令果园歉收、果实未成熟就早衰而落。也是因为它们，果品必须经受严格的出口审核批准。果蝇常年盛行夏威夷，几乎让美国水果产业惨遭浩劫。

对害虫的防范要很严谨。执行例行检查的美国农业部官员最近发现停靠在洛杉矶码头的"朝阳公主"号游艇上竟有一大群嗡嗡飞舞的活果蝇围绕着数十只芒果。20世纪90年代初，两箱装满非法泰国水果，市价约合25万美元的空运货箱在加利福尼亚被截获，水果上密布害虫。边境检疫人员要你上交橘子，并不是为了留下自己吃。收缴到的果品一律销毁：埋掉、扔掉、烧掉、高压灭菌、垃圾掩埋，或是被搁置一边，等候持有合法执照的药物垃圾运输员来运走。

因为涉及风险,这种行为在产业界的罪名还未洗清。需要多年研究和巨资投入,才能充分证实某样水果的安全性。走私,便填补了市场空缺。没人确切知道,到底有多少个全球性的水果黑市在运营,但据估测,遍布世界的受保护动植物的地下交易能带来每年60亿—100亿美元的利润。

若没有果蝇,进口水果就会容易多了。即使自由贸易协约已减除了许多关税和其他市场阻碍,却总有尚未发现的植物病害也总能被用作尚方宝剑堵截进口外国产品。在很多案例中,果品进港时发现有病虫害,果断堵截就显得极其重要,不亚于生死攸关。但在大多数情况下,这只是抵制从发展中国家进口商品的一种手段。

世界贸易组织(WTO)的"千年发展目标"旨在协助物资更顺畅地进入发达国家。WTO终于领会了发达国家卫生检疫条例的潜台词,已着手用更科学的手段推进免税大业。总体目标是"允许各国利用'合法'手段保护该国消费者(与食品安全问题相关)的健康生活,并禁止以此为手段进行不公正的限制性贸易"。

让水果正大光明地进入北美和欧洲是相当复杂的事,当代的典型案例当属印度芒果的传奇经历。世界上共有超过1100种芒果。有些和乒乓球一样小巧,有些则重达5磅。我们通常看到、吃到的那种叫作"英国兵汤米",这是20世纪的军事用语,指代普通士兵。这名儿,这芒果,真是相得益彰啊。在严苛的全球商业大战中,"英国兵汤米"俨然是个粗莽大兵,表面粗糙,野性十足,结结实实,富含纤维质。它们和南亚栽培芒果——譬如"香的信使"(madhuduta)、"丘比特的化身"(kamang)、"布谷鸟之家"(kokilavasa)、"多情种"(kamavallabha)——根本没法儿比。最抢手的一种南亚芒果叫作"阿方索"(Alphonso),无论从哪一点看,都和"英国兵汤米"截然相反:口感丰盛,甜美多汁,完全吃不出纤维，薄薄的皮好像裹着一汪芒果汁，一口咬下去便汁液四溅。就像剥橘子皮那样去皮，像拿苹果一样用手吃，眨眼就消灭得精光。对行家来说，吃阿方索芒果最绝妙的部分就是把流下指间的汁液舔干净——不只是指间，汁液常会一下子流到臂弯。

大约有三十年的光景，印度芒果不得进入美国，表面上归咎于病虫害。真正的原因则是核能。印度和加拿大曾签署协约，加拿大向印度提供用于民用生活的重水铀反应堆。1974年东窗事发，人们发现，加拿大的反应堆被印度人偷偷用于制造钚，还造起了一家核能军工厂。因印度违背了防核扩散约定，双方合作告一段落，直到1989年，加拿大和印度才继续核能贸易——就是从这一年开始，印度芒果不得进入美国。每年春天，成箱成箱的阿方索芒果被载入英国货机，运进加拿大。2006年，我一共吃了四大箱（总计48只芒果）。但我在美国却一只也吃不到。

2007年，事态转变了，就在印度和美国签署了新的核贸易协约之后。印度商务部部长卡马·纳斯（Kamal Nath）会见美国商贸部代表罗布·波特曼（Rob Portman），商议一桩有关民用核能科技的价值数十亿美元的大生意时，芒果就放在桌上。纳斯向波特曼保证，只要让印度芒果重返美国，印度就会给美国的核贸易亮绿灯。几个月后，布什总统飞到印度谈生意，宣布"美国很期待品尝印度芒果"。

舆论界称之为"芒果外交"，表明了诡计多端的商贸交易只是地理政治游戏中的一种小伎俩。要是没有内应，任何企图进口针垫果或冰淇淋豆的小种植主都会被官方的繁文缛节榨干耐心。符合植物防疫法规的水果运输还涉及耗费时日的科技程序设定和测试。这些延宕，曾经是无休止的、粉饰过的地方保护主义，现在正慢慢得到WTO的监控——作为限制免税障碍的一种强制性手段。这个过程还将遭受行政方面的种种延怠,诸如病虫害危机分析、调控复查总结,但在不久的未来,发达国家要想借由无依据的植物卫生安全问题作为隔绝第三世界国家进口商品的理由,就会变得越来越难,其结果必然是:多种多样的异国水果出现在超市货架上。

在美国,水果入境前都要接受放射辐照。这要求出口国家投资数百万美元在检疫和放射设备上。直到最近几年,核能辐照室才被启用,用放射性钴同位素射线照射水果和其他食物。由于消费者疾呼控诉(拥有放射性光照水果设备等于揽入慢性致死的危害),新科技现已应运而生,称为"电子杀菌法"。给这种放射装置提供能源的是电子光束,而非核能副产品。看起来,人类消费这些水果是安全的,但反对派声称,这是换汤不换药,只是把放射性危害换了个名目而已:辐照室中光速穿行的电子仍在猛攻水果。然而,这种新科技还是在全世界范围内得到广泛运用。自诩为"世界水果篮"的巴西已经建造了数十座辐照设备。电子杀菌法能延长保质期,消灭微生物和小害虫,据说,对水果的基本营养构成只会造成相当微小的改变。

这项科技在2000年被引入夏威夷,在此之前,凤毛丹一直不能进入美国境内。凤毛丹第一次出现在纽约高端食品店的那天,不出几小时,整整一个集装箱的果子就卖光了。似乎没人知道——也不在乎——它们都被电子光束杀过菌了。就算贴明已经微波处理的标签,纽约人的选择还是一样:要么吃,要么不吃。

还有一个办法:洗热水澡。有些出口美国的热带水果会被浸在47.5℃的热水中四小时。还没熟透就先煮熟的芒果,也不错哦。

虽然防范手段层出不穷,有些水果还是会携带幼虫。它们会被送到熏蒸消毒室,然后才能发送到批发商手里(不需要他们向外公布熏蒸消毒事宜)。因为蛇、蜘蛛和其他野生动物会偶尔溜进水果货舱,所有货箱在装载上船前经常被毒气熏过。

许多环太平洋地区的水果是通过不列颠哥伦比亚[①]进入美国的,而在加拿大的气候下,果蝇不会威胁到农作物的生长。对禁果的需求大,价格也能抬得很高,因此,走私水果到美国是值得一搏的买卖,尤其适合专售假冒伪劣商品的奸商出售给渴望尝一口家乡美食的新移民顾客。1999 年,林杜锦(Tu Chin Lin,音译)因走私违法龙眼给曼哈顿的唐人街而被处以十个月监禁:前五个月在狱中,后五个月在家中禁足。他是水果倒卖组织的成员,在加拿大获得违法水果,再伪造购买凭证和海关文件,用卡车把战利品运出国境。

多年来,山竹在美国背负着逃犯身份,你偶尔能在唐人街找到它们的踪影。我在不知情的状况下把山竹带给曼哈顿的奥森福特时,我们还把"水果走私"这个说法嗤笑了一通呢。我们一无所知的是,这种现象遍布全球,任天堂甚至在最近发布了一款名为"班凯奥"的水果走私视频游戏。剧情是这样设定的:SF 宇宙黑帮劫持了一艘载有银河系水果的飞船,欲高价抛售。玩家的任务就是摧毁这个可怕的水果海盗帮派。

有些国家甚至定下了更严厉的反走私法规。新西兰严格监控水果进口,摇滚明星弗朗茨·费迪南(Franz Ferdinand)和著名女影星希拉里·斯旺克(Hilary Swank)都因未申报随身携带的苹果和橘子而遭罚款,当然,他们是各走各的路,不是秘密约会。34 岁的中国留学生林健(Jian Lin,音译)因携带五只芒果和 15 磅荔枝进入新西兰而被海关截获。这些水果,她都没有申报,结果出现在她行李箱的 X 光安检屏幕上。林苦苦哀求,但还是触犯了《生物安全法》,被罚了 1000 美元。法官还算仁慈,因为这种案例的罚款

---

① 加拿大西部一省,与太平洋毗邻。

额度可高达 150000 美元。

2004 年，一个日本导游被罚了数千美元，也是因为进入澳大利亚时偷带了 11 磅桃子。别的国家还有过销售商走私的案例，他们是想省掉关税。把叙利亚和约旦的水果偷偷带出黎巴嫩海关，就能在市场上以免税价出售。中国和东南亚联盟之间的水果走私十分普遍，也遭到了"零关税商贸协定"的冲击。2005 年 7 月，孟加拉国《独立报》报道了孟加拉步枪队——准军事叛乱组织——走私了数量惊人的芒果、苹果和葡萄。

美国开始施行重罚制度以示威慑。2001 年出台的《打击蔬果植物走私法》规定了最高罚金高达 2.5 万美元，并可判处最长五年的监禁徒刑。再犯者将被处以最长十年的监禁，另加 5 万美元的罚金。小规模走私也将被判轻罪，入狱一年，罚款千元；再犯者罪加一等，处罚也将递增。

政府也开始提出一部分收缴到的罚金支付给提供情报的市民。如果相关部门或市民知晓走私违禁国外水果的情况，可以拨打热线电话。在美国，有好些不同部门的联邦探员都在追查走私贩。海关和国境保卫部（CBP）就是国土安全局下属的执法机构之一。联邦农业部还监管着"植物保护和检疫"（PPQ）、"动植物健康调查服务机构"（APHIS）等相关组织。

APHIS 也不示弱，在自己名下组建了名为"走私、封锁和合法贸易"（SITC）的反走私单位。旗下有百余名雇员，每年预算用度为 900 万美元，每隔几周就在美国各大港口加强执行货箱抽查。头两年的抽查就缴获了超过 68 吨的违禁亚洲水果。美国鱼类和野生动物服务联邦机构最近执行了代号为"植物行动"的钓鱼执法行动，逮住了一长串植物走私贩。包括"洛杉矶城管"（CLAMP）、"佛罗里达禁运走私小队"（FIST）在内的地区性分部也加强了惩治力度，会带着警犬、手持机关枪突袭嫌疑犯的温室。（理查德·威尔逊的"亚瑟王之剑苗圃"就是被扫荡的对象之一。）

水果进出口是个旷日持久的大工程，各类表单、电邮、传真和乱七八糟的无用资讯会源源不断地涌来。这项案头工作在"9·11事件"后大大扩容，为了确保任何过境的水果都来历清晰，你能追根溯源地查到它最初从哪个仓库出发的，以防恐怖分子渗入某个生产环节。船货装载完成了电脑备档，因此，运货卡车抵达边境安检点前，所运送的货物已完成申报手续。新型扫描仪也被开发出来，能辨认出行李包裹中的水果和植物。还有"猎犬队"辅助安检，执行任务的猎犬都叫"自由"之类的名儿，它们在许多美国机场巡逻。

近年来严厉打击水果走私还有另一个原因：数量庞大的毒品被夹带在水果货箱中走私到北美。1990年，一名探员搜查了某船上的1190箱罐装西番莲果；事实证明，十分之一的罐头里藏有麻醉毒品。臭名昭著的哥伦比亚毒枭阿尔伯特·奥兰德兹-甘博亚（Alberto Orlandez-Gamboa）就曾把可卡因藏在香蕉皮里，走私到了纽约。以阿马多尔·卡里略·富恩特斯（Amador Carrillo Fuentes）为首的墨西哥贩毒组织每个月都购入数以吨计的毒品，由十八轮水果货车和波音727飞机来回运送（因此，富恩特斯也被舆论称为"空中地主"）。2004年11月，一船激特牌水果饮料箱在迈阿密被截获，里面藏有价值1700万美元的液化海洛因。有个灰心丧气的健康食品店雇员告诉我，他那富有的老板一直把致幻的死藤水和可卡因藏在干果集装箱里运出丛林。理查德·斯塔腾（Richard Stratton）把15吨中东大麻藏在椰枣货箱里偷运到美国，因而被判有罪。

2003年，有个澳大利亚裔哥伦比亚香蕉进口商人被捕，因为在运香蕉的板条箱里发现藏有价值3500万美元的可卡因。警方还突袭了他在克里斯特尔食品公司的办公室,又发现了900万美元的现金。1997年,有七条运送彻姬塔香蕉的货船被阻截,船上藏匿的可卡因总量超过了一吨。还有个蒙特利尔的水果产业专家告诉我,几乎整个城里的毒品都是藏在水果里运来的。尽管水果都有跟踪记录,在每个转运点都有备案,但仍然不可能搜遍所有货物,只能抽查一小部分。"你以为他们会在每条国境线上把每个芒果箱都撬开检查吗?"他说,"反正,每个人都有油水捞。海关的人放一辆卡车过境就能拿到装有3万美元的棕色信封。他们每年都能捞这么多。你以为有人会说出来吗?要是有人真的被盯上了,他们就会把责任推给装卸码头的倒霉蛋。他们会说,那是他在洪都拉斯的表兄寄来的。"

2007年夏,警方在蒙特利尔港口发现了价值3800万美元的可卡因。我在广播里听到这则报道,立刻扭高音量,想确定字里行间牵涉到了水果。果不其然,毒品是在冰冻芒果肉桶里找到的。

运水果的卡车也常常用于偷渡活人。2007年,墨西哥维斯特拉移民署的探员在搜查一辆装满香蕉的十八轮大卡车时,突然闻到了汗味。结果,他们发现竟然有94个人躲藏在板条箱之间。经过一番搜查,警方证实了:素有"拖车霸王"之称的卡洛斯·西泽·费雷拉(Carlos Cesar Ferrera)监督这个走私贩人网络,掌管数百辆大卡车,偷运活人。费雷拉和卡车司机们套近乎时会这么问:愿不愿意赚一笔5000美元的外快?只需捎一箱"比较重的香蕉"。

绝大多数走私贩根本不知道自己在走私。供职于加利福尼亚食物和农业部下属的病虫害防治分部的艾伦·克拉克(Allen Clark)说:"有些人是出于多愁善感的原因把水果往回带,很少涉及营利目的,走私行为只在很小的范围内发生。"在美国农业部召开的鼓励双向沟通的会议上,因携带水果入境而被判罪的新移民将接受教育,理解走私所带来的种种风险。组办方也注意到,新移民常会抱怨美国的水果不好吃。移民想把自己祖国那些味道更好的水果带回美国。有些与会者还问,如果在带水果入境之前,用玻璃纸把它们包严实了,是不是有帮助?美国农业部的官员便及时告诉他们,这么做仍然算走私,他们仍然免不了接受数万美元的罚款。

有些人屡教不改,一门心思想把家乡的好口味偷偷运入美国。其中也不乏自然保护论者,他们非常明白自己在犯哪条法,但他们坚称,这么做是出于植物保护的好意。对他们来说,散布稀有植物的部分(或根,或果,或叶,或花)是扩张果实地域性的良策,能推动可能濒临绝种的植物在更广阔的地域里存活。

还有些人是为了得到特有的果种才铤而走险,森本和他的日本柑橘剪枝就是最好的例子。虽是高风险,却也有诱人的高回报:1956年,从波多黎各走私出口的245颗金虎尾种子在巴西落地生根,一跃成为当地的主要农作物。据说,新西兰最受欢迎的柑橘种——柠檬果(Lemonade fruit)就是"不太正规"地进入美国的。转移违禁植株是有很多途径的。有一种不太正规的做法是:伪造出口许可证。马来西亚的文跟我说过,许多人只是在填写包裹内含物品时做小动作,只写合法物种的名称,其实,包裹里却满是各种各样濒临绝种的热带丛林果实。"警察分不出个中区别,"他说,"如果有人问你,你就说,'哎呀——我以为它就是叫这个名儿呢!'"还有一招:调包。走私者会在承办海运的窗口放一棵合法植物,得到许可后,马上换上另一株。申报时罗列几样司空见惯的果子——比方说,苹果——也能转移安检人员的视线,忽略更有争议性的果子——譬如:海椰果。或许,最简单的办法就是避免申报任何种子或果实切片。

加利福尼亚有个水果栽培者就是这样把一种极其罕见的黄金桃（golden peach）带回国的。他前往乌兹别克共和国首都塔什干，追查到历史学家爱德华·谢弗（Edward H. Schafer）在《撒马尔罕的黄金桃》中写到的水果，那本书讲述的是中国唐朝时的异国珍奇历史故事。"黄金桃真的存在，"谢弗写道，"撒马尔罕王国在 7 世纪曾两度派出使节，把金灿灿的黄桃子当作贡品，献给唐朝宫廷。"不过，据谢弗所写，这些桃子早已销声匿迹了。"那可能是什么水果？口味如何？如今再也猜不出究竟了。"

栽种者对我说，他非常确定，黄金桃实际上就是油桃。"什么东西会金灿灿又毛茸茸的呢？"他反问道，"桃子不会发光。我在那儿找到的油桃根本不是红色的，它们就是有一种迷人的金色光泽。"果然，正在他的果园里茁壮成长的这种小果子闪闪发亮，比我所见过的任何一种油桃或桃子都更显金光。在塔什干找到这种水果后，他在口袋里藏了一把种子，轻轻松松过了海关、回了家。"美国海关从不过问。他们不在乎。他们想知道的是，我是不是有俄罗斯套娃。"

通常，你想吃某种果子的唯一办法就是自己种，哪怕种成一定规模，哪怕足以引来植物检疫部门的调查，并把果子送进辐射消毒室；因为许多水果太娇贵了，根本经不起长途运输的周折。"一骑红尘妃子笑，无人知是荔枝来"——中国古代唐玄宗"乃置骑传送，走数千里"，差遣专人驿马为心爱的杨贵妃运送荔枝，为了保证"味未变"，差官不得不骑马从四川直奔长安城，荔枝就是差官的使命。还有些水果要放在装满冰雪的容器里才能送上路，譬如从花剌子模（当今乌兹别克斯坦南部的一片绿洲）运出来的西瓜、从天山运出再穿过沙漠的马奶提子。不过，就算有皇家指令，大多数娇嫩的水果都无法逃脱漫漫长途的折磨，来不及送到皇宫就已香消玉殒。传说维多利亚女王就曾下令颁旨：只要有人为她从东南亚带一只新鲜山竹果，她就将封他为骑士。民间奇谈是这样说的，没人能完成这项任务。但女王还有另一个心愿，倒是可以一飨为快。她非常喜爱弗吉尼亚的翠玉苹果（Newtown pippin），龙颜大悦，便免了弗吉尼亚人的进口税。

有钱有闲的富人常会觊觎得不到的享受。今天，走私贩中最不同寻常的一个分支便是由独立作业、偷运水果的富豪组成的。这些人对珍奇水果相当痴迷，需要"通路子"的时候他们不吝啬红包，必须违法时他们不管不顾，只要得到心仪之果，一切在所不惜。

就拿 S 来说吧，他 50 岁出头，俏皮话不断，身材圆滚滚的，是当之无愧的狂热花果迷。第一次见到他，是我和柯特·奥森福特找地方拍摄水果纪录片的时候。大卫·卡普提议说，可以借用 S 的后花园拍摄，那儿足有足球场那么大，俨然是片小丛林，位于高尚住宅区贝莱尔的腹地。卡普还告诉我们，S 和一对老姐妹住在一起——这两个女子终身未嫁，继承了一笔外人不得而知的神秘财富。更神秘的是，她们收养了 S，作为她们巨额财富的继承人。

又矮又胖的 S 像是从动画片里跑出来的 Humpty Dumpty[①]，头发软塌塌地垂着，XXL 尺码的保罗衬衫紧绷绷的，在自己的地界里悠然漫步，行走在轻风荡漾的小径上时不时指点月桂树以及覆满金属刺儿的棕榈树。"我的奶头树长势喜人啊。"他心满意足地说着，用胖乎乎的双手抚摸一个乳头状突起物。"来吧，伙计们。"就这样，他招呼我们深入他的私家森林。

那天，他刚收到一大批货，稀有树种封藏在罐子里，用巨大的船运集装箱运来，其中包括一株他乐于称为"睾丸树"的植物。

[①] 美国动画片中唱着歌谣的人物，形象是一个蛋。

我说种山竹树大概有点难，他便狠狠瞪了我一眼。"哦，你就是自以为无所不知的那种人吧，不是吗？"言语之中，透出超级富翁特有的镇定和自信。威廉·惠特曼对我说过，没人能在美国栽培出结果的山竹树，除了他之外。我刚想问，是否有人在加利福尼亚成功呢，他却已经自顾自往下说了，"这儿有一只非洲爱玉无花果（jelly fig），是我跟桑塔莫尼卡的一个丑八怪老太婆买来的，"他说，"哦，瞧啊！我的第一朵指橘（finger lime）花苞开了！跳舞庆祝吧！"

"这些不知名的棕榈树，是个女人从中国偷运出来的。"当我们走在繁盛的枝叶间时，他说道，"我逼她，枪口对着她，逼她卖给我。"我又问了他更多走私的事儿。"走私是你得到某些最稀罕的树种的唯一办法。我们已经买到了很多濒临绝种的异国植物，全都收藏在这座避难所里。"他爱抚着一棵刺儿特别多的大树，说道，"我是美国大陆唯一拥有这种树的人。我们动用七万吨吊力的起重机才把它运到花园里来。"

他的收藏中，最古怪的一种堪称"煎蛋树"（fried-egg tree）。"在非洲部落里，这些水果的壳是用于保护阴茎的。"解释完了，他还补充了一句，他和朋友们在泳池派对上也喜欢用它来保护一下。然后，他邀请我参加即将举行的"酒神狂欢"派对，亲身体验以获取第一手资料。

"参加派对的每个人都要戴一只阴茎壳。"他说，"我们都会吃'中国伟哥'——'为了男人好'。"

我没有参加那些泳池派对，不过，接受了他的另一个邀请——几周后，在私家森林里烧烤。

我把从租车行借来的1982年产的讴歌牌小汽车停靠在四座潘

神铜像旁——S 地界入口处的哨兵，然后去敲门。没人应门。我又摁了摁门铃。大概足足等了三分钟，我决定推推大门，显然门没锁，我便走进了豪宅。起居室乱成一团糟，简直让人担忧。一堆堆没开封的信封、商品目录、明信片、股票评估、银行汇票和信件摞着积灰。我随手捡起一个信封，竟是 20 世纪 80 年代的一封法律事务信函。展示柜里塞满了花里胡哨的小零碎，堆放在没有裱装的油画上。地板也瞧不出原样了，只见胡乱丢弃的领带、丝巾，卷成堆儿的地毯，还有些别的弃物。"有人吗？"我高喊一声。没人回答。

我直奔厨房而去，圆形大餐桌上的餐盘个个没洗，和餐具、饼干盒、巧克力盒、吃到一半的糖果罐以及更多垃圾邮件堆在一起，叠得惊心动魄，好像刻意要违背地心引力。吃麦片粥的碗，大概是那天早上的吧，摇摇欲坠地堆在所有东西的尖堆儿上。墙上挂满了华丽的风景画，还有面目苍白的贵族肖像。

感觉如同置身于《灰色花园》的另类现实版，我边喊着 S 的名字，边上楼去。没人应答。我朝房间里偷偷瞥了一眼，有个老太太突然冲我喊了一嗓子。"别朝这儿看！"她简直是在咆哮，"是不是看了不该看的东西啊？"

"我都不晓得自己不该看什么。"我嗫嚅着答道。

她稳住了情绪，告诉我 S 在楼下的野餐桌那儿。我便下楼走到外面，又下了一道被几十株艳丽的凤梨树围在中央的旋梯，这才发现一道层层叠叠的人工瀑布。"酒神"准是在这儿狂欢的吧，我暗自想象，凝视着瀑布下的那潭水。不远处，一尊超大型的按摩浴缸被嵌在岩石里。后来，S 还提到，他正在开凿一个新湖——为了钓鱼——只养嗜食水果的水虎鱼。

我已下到森林的中心腹地，迷路了好几次，好不容易才找到在烧烤炉前忙活的 S，这片野餐区竟然安置在一个峡谷里，真是叹为观止。峡谷内较为隐蔽的内壁饰有大片石英、多彩水晶。显眼处则用双耳古陶瓶的碎片装点。一台冰箱被凿嵌在石头里。蟹肉、龙虾肉、牡蛎和别的贝类都盛放在几只观赏性的大海贝里。

我在哥斯达黎加棕榈树的树荫下落座。S把这整个野餐区称为"哥斯达黎加"正是因为有这些进口的花卉植物。我啜饮新鲜的柠檬水时，S说了几个笑话消遣我。

"你听说过有个男人长了五根阴茎吗？"他问，"他的裤子就跟手套似的。"

话题渐渐转向S最喜欢的"快活一下"的当地场所。他记起最近一次去成人电影院："我到了那儿，这家伙在我身后问：'S，是你吗？'我回答：'不，我不是。'那是个老德国佬，我以前在他那儿买古董。"

接着，他开始罗列自己一贯钟爱的名姓：玛丽安·匹克斯（可译为"玛丽安腌菜"，这里是拿姓名的字面含义调侃，下同）、阿伦·斯纳克（可译为"阿伦耍赖"）、布兹·库克斯（可译为"擦鞋匠秘密会议"）。"还有人叫迪克·提克，卖家具的销售员。"他说，"还有一个：布莱斯·皮斗（可译为'无忧无虑地撒尿'），是个颓废的、有钱的弗吉尼亚乡巴佬。贱妇和水果馅饼，手摇车和大步走，妓女和皮条客，全都可以当名字用。我甚至认识一个家伙叫里奇·汀基（可译为'富人屎尿屁'）。他那双手肥肥的、汗津津的，粗糙得跟皮尔斯伯利制药厂工人似的，还偏偏去卖保险。谁会向名叫'富人屎尿屁'的家伙买保险呢？"

大卫·卡普的名字便在这时冒了出来。S称他为"怪胎侦探"。"他妈妈可漂亮啦！我怀疑他继承的基因是隐性的。用水果这行的术语来说，他就该是个突变异种——不，是个杂种。"他说起卡普曾邀请他参加过一个正式聚会。"路上，他请求我，别让他为难。

我说：'怎么为难你？'他说：'你的狗嘴里总是吐不出象牙——只求你这次别胡说八道就行。'所以，我们到了之后，我对大家说的第一句话就是：'卡普不想让我胡说八道，这挺好的，因为任何胡说八道都能激得我打手枪。'"

几分钟后，老姐妹从蕨草丛中蹒跚而出，野餐区的声音登时高了八度。她们谈起 S 时，好像在说某个早熟的孩子。"他太聪明啦，"姐妹之一如此奉承，"他甚至能写剧本和爱尔兰诗歌，都非常智慧，讽刺极了。你只能在私人读书会上听到他读。"紧接着，S 便背诵了一段诗，说的是蝴蝶破蛹而出，翅膀有种面粉味道。

我们吃起烧烤，我问他们是如何相识的。"我们老是不约而同地盯牢一幅画叫价。"姐妹之一说。"我总是在跳蚤市场看到她俩，"S 接下话茬，"她们开着 1962 年的克雷西达到处逛，我们总是对同一些东西感兴趣。慢慢地开始攀谈，然后有一天她们就邀请我过来了。"

S，贝莱尔地区真正的新晋王子，终于让这家风华绝代的慈善店运转起来。三个人越来越频繁地外出猎奇，一起投资有风险的艺术品。没多久，S 就搬过来照顾她俩了——还有她们的大花园。1991 年，姐妹俩指定他作为她们的唯一继承人。她们的律师花了整整一下午，耗费口舌劝她们别这么做，说这个决定十足疯狂，S 解释说："但女士们很清楚自己在做什么。律师说：'那好吧，但只要我们把文件签完，他就可以大模大样地带走一切。'姐妹俩说，就算那样她们也会心安理得。"律师好歹是把 S 请进了屋，他的举止很亲切，表现得很和善，但文件一签完就变脸了。"一等她们签完，我就站起来，大喊大叫：'你可以滚回家啦！'我掉头就走，把门砰的一声甩开。然后，过了几秒钟，我转身偷瞄一眼，刚好看到每个人脸上惊诧的表情。"

公元前4世纪，屈原在《离骚》中历数心爱的花果，这首诗的英译本标题是"Getting into Trouble"，即陷入困境。西方俗谚有言："偷来的苹果更好吃。"英国人甚至有偷苹果的专用词：scrumping。根据某个在线俚语词典的解释，这个词的本义就是：到别人的树上偷苹果。偷苹果的技术要旨就在于"攻其不备，突发奇袭"。

在特定情况下，偷苹果完全是合法行为。用益权——这个法律术语指的就是：对超出自己产权范围的、他人的物品有使用和收益权利。这个词源起拉丁语 fructus（即取得果实）。用益权也适用于从树上掉下的果子，滚到街上或巷子里，或另一家的草坪上。采果子前询问一声固然是有礼有节的，但万一遇到不同意见，用益权就能提供具有法律效力的公正裁决，允许你合法地吃掉它。

梭罗是坚定捍卫"偷苹果权"的倡导者，他曾高呼："越橘（huckleberry）田全成了私人领地，那还成其为什么国家？"要是圣奥古斯丁（St. Augustine）早点知道用益权，大概也不至于那么苛刻地对待自己——以及西方文明史。他在《忏悔录》第二卷中描述了他和一群乌合之众去偷邻人家的梨。那是惊人的罪过啊——事后，无以排解的愧疚充溢他心中。"我们或许是吃了一些，但让我们真正享受到的乐趣是：行了禁忌之事。"让-雅克·卢梭（Jean-Jacques Rousseau）的《忏悔录》中也提及自己13岁时偷了一个苹果而被揍了一顿，他一辈子都没忘记这件事。"回想起那个可怖的时刻——笔从我手心里滑落。"他没生活在古希腊就够幸运的，因为公元前620年通过的一项法律规定：偷窃水果或折磨果树的人该当死罪。

约翰·马克菲[①]（John McPhee）写过一篇有关佛罗里达橘子窃

[①] 美国作家、记者，出生于1931年，普利策文学奖获得者，以纪实性非虚构著作闻名。

贼的文章，他在采访中得知：夜贼们提着粗麻布袋跳下泊在海边的船，借着夜色采摘水果，然后开着豪华私家车载着数千只果实逃之夭夭。有个贼自吹自擂：他能在三小时内采到足够塞满一辆凯迪拉克的橘子。

2006年，龙卷风夷平了澳大利亚的果园，导致水果窃贼蜂拥而至，香蕉供应登时告急。伦敦《泰晤士报》报道说，偷果贼在夜里闯入无人看守的种植园，砍下果实累累的枝干。香蕉的价格骤升四倍。水果店也成了偷盗目标：有家杂货店贴出告示"此处香蕉不放过夜"，以示窃贼绕道而行。

为水果设置安保措施，这变得越来越重要。在佛罗里达，美洲热带果园主手持来复枪捍卫自己的果园。还有些人在果树旁倒上松软的新土，以便循着脚印追踪窃贼。马达加斯加出现了不同帮派的乡村游击队，专门窃夺农作物，迫使农场主囤积枪炮，以便自卫。科西嘉岛的"奇异果黑帮"臭名昭著，会谋杀不愿交保护费的农场主。"鳄梨突击队"曾告诫加利福尼亚的农场工人："我们要来偷这些鳄梨，如果你们不乐意，我们就杀了你。"加利福尼亚最大的芒果园——三旗农场——在萨尔顿海附近拥有192英亩的果园，在第一批芒果遭遇洗劫后，吃一堑长一智，用铁丝网把农场里三万株果树全部围起。要提醒你的是，不仅要防护成熟的果实，还有幼苗。

在水果种植者中间，还流传着商业间谍的故事，间谍会破门闯入种子银行，窃取稀有果种的克隆材料，指望着就此发一票。因此，作为母株的橘树、金冠苹果（golden delicious apple）树都被藏在上了锁的笼子里。知识产权窃贼在水果业界也很猖獗。据国家专利协会的资料显示，三株享有专利的果树中就有一株是非法种植的。许多种植者告诉我，"恐龙蛋"这个杏李品种的名字就是偷来的，那人听杏李的发明者在谈话中提到这个名字，便立刻抢注了商标。近年来，水果业界的白领犯罪在全世界范围内都有上升趋势。泰国报纸上就曾在头版位置打出"时刻准备打击水果强盗"的口号，指责西方列国为了获得改良品种而不断转移东南亚水果。

就在我写这本书的时候，我在蒙特利尔的邻居遭到了一些让人恼怒的犯罪事件。我们街尾的那家水果店连遭两次燃烧瓶袭击，罪犯始终没抓到。有人说那是暴徒抢劫，还有人说是竞争对手一手策划的，所谓对手就是不远处的另一家水果店。第二个燃烧瓶扔过之后，被毁的店重新装修，重新开业，但恩怨芥蒂就此埋在了两家店间。

农产品业界绝对是有暴力和绝望的。在上海那家庞大的水果批发市场里，有个年轻的海南菠萝批发商和我搭上话，"水果是个危险的行当。"他说。他不相信我是个记者，死活都认为我是个水果进口商，所以才会去那里。他给了我一张硬板纸，上面手写了他的联系方式，还把"多多关照！"写在了最上方。"记住我，"我离去时，他还在高呼，"跟老外多多介绍我啊！"

第三部 贸 易

第九章
市场秘闻：从葡萄苹果到枸杞

> 你所看到的这番表演由"无核皇帝桃"倾情奉献。记住，市场里出售的桃子绝不会这么完美，也不会完全无核。买"无核皇帝桃"，你只买到了富含汁液的桃肉，再没别的了。
>
> ——伊夫林·沃（Evelyn Waugh），《被爱的人》①

1903 年，新西兰一所实验女中的伊莎贝尔·弗雷泽（Isabel Fraser）校长因过劳而精神衰弱。她把悲痛抛诸脑后，毅然踏上旅程，前往中国腹地。顺着长江逆流而上，她偶然发现了结满羊桃的果树，卵形的果子毛茸茸的，灰蒙蒙的，果肉竟是晶莹的翠绿色。弗雷泽被美味的羊桃深深诱惑，把果核里的种子随身携带，立志回家后再种。到她 1942 年去世时，那些稀少的种子已繁衍成了数万棵羊桃树。

新西兰人管这种果子叫"宜昌醋栗"（Ichang gooseberry），收

---

① 在 1948 年出版的这本畅销书中，伊夫林·沃用"无核皇帝桃"暗喻好莱坞众多失去个性和灵魂的人，为了讨好市场和他人不惜放弃自己的一切。

成非常好,于是,他们从"二战"后开始往国外销售。出口的果子命名为"中国醋栗",这名字不伦不类的,一进美国就遭到麦卡锡派的狠狠嘲笑。无论如何,左翼中国水果无法在苹果派的地盘上一展拳脚。这种水果还有好多别名:猴桃、猕猴桃、老鼠果、毛梨、"不一般"的果子,但都好不到哪里去。奥克兰的出口商人这才意识到,要想赢得海外市场,非得起个讨巧的名字不可。他们先是考虑改名为"美龙瓜"(melonette),可考虑到美国瓜类关税很高,又不得不再斟酌一番。在一次头脑风暴创意会上,有人提议使用毛利语中代表新西兰国鸟的单词:kiwi,这才有了当今的"奇异果"。

没多久,奇异果声名大振;你能在 20 世纪 60 年代的商品目录里看到它们的大广告:"最好立刻订购:奇异果比潜水艇上的纱窗纱门还紧俏!"奇异果完成了质的飞跃,从冥顽不化、卖不动的外国怪货升华成了魔力黄金果,让种植者、运输者、销售者以及营销者血脉贲张。还有哪些珠玉宝贝被遗忘在尘埃里芳华憔悴?只需等待一个俏皮的昵称,它们就能转运,投入大批量生产。

如法炮制第二个奇异果奇迹并不像众多投资者们想象的那么简单。就拿芒果和番木瓜来说,数不清的品种就有数不清的小名,诸如弗万家罗望子①(voavanga)、法克勒莓(farkleberry)这样的产品就在欧洲和北美吃不开。安第斯山脉出产一种黄色的水果,叫作蛋黄果(lucuma),深受印加人的喜爱,1990 年出刊的《水果园艺家》杂志预言它将成为"下一种主要农作物"。可惜雷声大雨点小,过了二十多年,也不见它火爆到这个程度。尽管如此,秘鲁政府在官方网站上向投资人提供良机,促使大家投入更多资金,将这种"优

---

① voavanga,非洲专有,是热带树木,有黄色或白色的小花朵,树皮和种子含有生物碱,用作兴奋剂、壮阳药和迷幻药原料。

异""旗舰型"的水果引向产业化。根据某本推介手册的预测,让蛋黄果出名只需投入 499290 美元。

只有极少数水果像奇异果那样一劳永逸地打响名声,但新品种仍在孜孜不倦地尝试。20 世纪 80 年代,曾有人大手笔投资促销山木瓜(babaco)——一种产自厄瓜多尔、和番木瓜有近亲关系的新品水果。到了 1989 年,世人称其为"异国情调的惨败",只是因为——人们不太喜欢它。

另一种惨遭滑铁卢的水果便是奎东茄(naranjilla),又名露洛(lulo)。这种毛茸茸的金黄色圆果子长在树上,树叶上有无数惊人的紫色叶脉,在哥伦比亚、秘鲁和厄瓜多尔常用它来打果汁。60 年代中期,坎贝尔罐头汤公司一连数年投资了数百万美元,试图在北美把奎东茄炒热。市场测试报告显示,这种果汁赢得了一致口彩,但整个项目却于 1972 年正式流产,因为果汁定价高得让消费者止步,更乐于投靠价廉物美的国产果汁饮料。不过,当今社会崇尚精品果汁,奎东茄说不定能杀个漂亮的回马枪。

怎样才能打造热销水果?没有绝招。新品种水果要想获得大市场的高利润,需要考虑一系列错综复杂、互相牵制的因素,这就跟养大一个幸福宝宝一样,很难打包票。盯准富有热切渴望的少数人算是个好开端。忽略外来人口调查数据,只管迎合他们的味蕾,也是好办法。用企业术语来说,这种现象就是"乡愁买卖"。

状如足球、红色果肉的曼密人心果(mamey sapote)生长在古巴和佛罗里达南部。大多数美国人都不太熟悉这种果子,但迈阿密的西班牙裔居民非常喜欢,或是生吃,或是作为主要原料制成美味奶昔——名为"巴提多"(batido)。除了迈阿密,大多数地方卖的都是曼密人心果粉,但新鲜的果子却好吃得多。不过,因为存放时间有限,新鲜的人心果似乎更适合限定在佛罗里达和热带地区。

通常是由种植水果的企业自行决定营销策略。罗杰和雪莉·梅耶公司在加利福尼亚南部农场里种了三四十棵不同种类的枣（jujube），这些红棕色，有点像椰枣的果子在亚洲非常受欢迎。他们决定联系亚洲市场的产品经理，给他提供免费试尝的样品。没多久，他们就以每磅 3.99 美元的价格开始卖枣了。每到收获季节，他们一天能卖出数百磅。

还有一种确保利润的捷径便是获得曾被列为禁果的水果的合法权。在 20 世纪大部分时段里，黑醋栗在纽约州都属违禁果类，不许出售，不许栽种，不许运输或培植，因为有一种导致松树病衰的病似乎和它们有关。这项禁令于 2003 年解禁，多亏了格雷格·奎因（Greg Quinn）——这位农夫不懈地开展陈情请愿活动。时至今日，奎因已拥有了"黑醋栗 C"牌瓶装果汁的出售权。一旦违禁水果摆脱了桎梏，绝对能为种植者带来一笔重要的"棒棒糖"（农夫们就是这样称呼"横财"的）。调查报告预示了，美国黑醋栗年销售额可达 10 亿美元。

最近几年，加利福尼亚农场主们意识到，政府不允许亚洲的火龙果进入美国，所以他们开始种自己的。2007 年，火龙果便铺天盖地出现在纽约的唐人街。同时引发的赤道地区的旅游和美食文化热潮也让美国人更有兴趣追新求异。历史学家玛格丽特·维瑟（Margaret Visser）把这种现象命名为"猎奇癖"（neophilia），即对新奇事物的强烈兴趣，相信东西是越新越怪越好。超级市场——传统型的喜新厌旧派——如今也开始储备异国情调的水果，因为供不应求嘛。

就像好莱坞偏好拍续集，奇异果栽种者们正在开发新种类，延续这种水果最初创下的商业奇迹，追求利益最大化。近年来黄金奇异果广受好评，红紫果肉的奇异果以及果皮上有白色波尔卡圆点的新品种也紧随其后，都在引进过程中。硬质口感、果皮也可以吃的迷你奇异果被称为"小皮维奇异果"（peewee）、"火辣奇异浆果"（passion popper kiwi-berry），也开始稳步赢利，很大程度上，这得益于它独有的棉花糖口味。

曾和种植者合作推广原味绿色奇异果的批发商弗里达·卡普兰（Frieda Kaplan）告诉我，适当促销是至关重要的："要想让别的种类也像奇异果那样发展，种植者必须知道如何管理果园，以便保证赢利，哪怕价格很低。"她花了十八年推广奇异果：给记者们送样品，召开免费试吃测试活动，登广告，和种植者、合作餐厅联手促销。

在推广新果品的过程中，厨师们扮演了重要的角色。玛莎·斯图尔特（Martha Stewart）一直在推动白杏仁（white almond）的认知度。梅耶番柠檬（Meyer lemon）已是家喻户晓，这得感谢帕内兹饭店①的糕点师林赛·希尔（Lindsey Shere）。爱丽丝·沃特斯（Alice Waters）的桑葚菜肴甜点做得美轮美奂，直接导致加利福尼亚农贸市场里的桑葚价格飙升。当著名法国烹饪大师让－乔治·维吉利顿（Jean-Georges Vongerichten）和埃里克·里佩尔（Eric Ripert）对日本柚子赞不绝口时，产品经理们全都带着一切和柚子有关的商品冲向超市，要求上架。

烹饪艺术科学家、金银餐厅的明星主厨费伦·安德利阿②第一次吃到最时兴的水果之一——澳大利亚指橘时，感动得潸然泪下。

---

① Chez Panisse，美国加利福尼亚州伯克利市的著名餐馆，被公认为加利福尼亚美食的创始地。下文中的 Alice Waters 就是饭店创始人。
② 西班牙人 Ferran Adrià 是世界烹饪界的奇人，受到了有如演艺明星一般的追捧，被誉为"厨房里的达利""分子料理大师"，西班牙现代厨艺之父 Juan Mari Arzak 称之为"人类厨艺史上最有创意的厨师"，更被法国世纪大厨 Joel Robuchon 誉为"地球上最好的厨师"。

每只手指形状的果子里都充盈着球形的泡状果浆，堪比柑橘中的鱼子酱。剥开果皮，这些半透明的小珍珠就仿佛从真空包装袋里蹦跳出来。果皮的颜色有紫色、深红，甚至鳄鱼绿；果肉映衬在粉色、黄色和珠母贝的阴影里。品尝指橘，好似啜饮第一口香槟；超乎想象和期待，它只会让你感受纯粹的欣喜若狂。关于这种果品的宣传层出不穷，加利福尼亚的商业种植者也正在加紧建设指橘果园。不出几年，它们就该在大市场上出现了。

推广新果品上市之前，营销者得把消费者资料研究一番。五彩缤纷、五花八门的表格能揭示喜欢买结实的、柔软的、多汁的、味道强烈的、甘甜的、干涩的或湿润的水果的消费者各占多少比例。人们曾一度认为数量庞大才是终极销售目的，现在却已被证实为不合实情的妄想。香蕉是适宜清晨吃的，草莓主要是夜间用的水果。人们喜欢随身携带香蕉、苹果和葡萄——因为别的水果需要提前处理，还要记牢带上装好水果的包装袋。

根据"加利福尼亚树果协会"委托执行的调查显示，最吃香的水果爱好者是一群被称为"夏日狂热者"的小团体。他们的水果购买量超出了平均值，除此之外，让这个阳光联盟团结一致的原因还在于：对运动和尝试新体验的高度兴趣（你不妨用机器人的腔调来说，感觉更到位）。夏日狂热者们都坚信一条真理："找寻快乐是生命的意义所在，活到老学到老是非常重要的，做爱做的事情、享受生活也是极其重要的。"在约占 53% 的美国家庭里，有超过 1.11 亿美国人都是夏日狂热者。

另一个水果购买群体被称为"乐活生活方式者"，亦即有高度健康意识、喜欢健身的人群。这个子集和"夏日狂热者"群体的重叠部分约有 7200 万人，被称为"超级爸妈"——购买前首先考虑原料、成分和营养配给，对他们来说，家庭高于一切。到目前为止，最难以捉摸的一类人被称为"星巴克一代"——仗着年轻，自认为无敌（因而，健康绝非影响购买的因素）。这些二三十岁的消费者每当有购物冲动就去买。要用"积极的生活品质"（亦即，不是倾向于自杀、胡子一大把的虚无主义）影响这类人，首先要求水果随处可买，就像他们钟爱的爪哇咖啡或是爪哇程序。

对于所有这些群体而言，水果被当作休息时段的零嘴来推销。打造品牌效应的广告大师们想把水果打造成两项活动之间的过渡用品：干完累死人的活儿，水果让你恢复活力；困顿的下午，水果让你提神醒脑；下班后，水果让你乐翻天。对促销员来说，无所谓这种时刻在何时何地发生，只要水果填充在日常程式中就好。一旦水果变成过渡时段的燃料并且在人们头脑中根深蒂固，它们所带来的多重感官体验就会被升华，晋升为不可或缺、需求量庞大的零食，或是同等效应的东西。

这项调查中还提到许多水果商叫卖用的广告语，包括"味蕾小探险""美味好果一把抓"，我最喜欢的一条是"止渴的零食，令烦欲平息"。这些调查报告俨然是陈词滥调，潜台词包裹之下的可信度有如蝉翼，经不起推敲。我扑在上头一口气读了几个小时，当真需要过渡一下。这些报告通篇行话，危害性言论都被滤清了，尽管如此——或许恰是因为如此，我觉得迫切需要冲向冰箱，吃一只桃。这显然是出于"无罪恶感的自我款待心理"，而非对大型农业事业的鼎力支持。我一口咬下去，牙齿陷入湿沙般的果肉里，倒也不太像我所期待的广告语中说的"喜开怀"的感觉。

在种植者心目中，打造品牌并没有失去魅力。蛇果（red delicious）和金冠苹果的前身是"美味牌"苹果，最初是在交易场所叫开的绰号。后来，人们发现这绰号很适合苹果。策略很快奏效：蛇果成了20世纪最成功的苹果种类。但它的黄金时代已经结束了。感官专家研究后发现，蛇果的颜色越红，味道也就越乏味。就在蛇果走下坡路的中期，有个美国苗圃开始运用营销策略打造全新的水果种类。

美国华盛顿州韦纳奇市被誉为全世界的苹果之都，每年秋季，苹果成熟，就到了繁忙的采摘季。远远望去，红灿灿的圆球在枝头晶莹闪光，真像圣诞树上的装饰物。但当我的车停靠在加里·斯奈德（Gary Snyder）的果园时，这幅美景开始变味儿了。有种葡萄味口香糖的味道。

"对不起——都怪我——我一直在做葡萄苹果（grapple）的测试。"斯奈德解释道，就是他发明了吃起来像葡萄的苹果。"当我用原材料实验时，给自己的配方浓度会有点高。"斯奈德从没吐露过葡萄苹果是怎样制造出来的，提及的步骤只有：把嘎啦苹果（Gala apple）或富士苹果（Fuji apple）浸在人工葡萄液里。他还承认，这种化学反应奇效非凡，一件沾了这种果汁的汗衫能把整间洗衣房里的别的衣物都染上味道。不管斯奈德到哪里去，总有一团甜滋滋的香气跟着他。"简直到了让太太犯晕的地步。"他说这话时，阳光照在他的太阳镜上，泛出一阵墨尔乐红葡萄酒的光泽。

45岁的斯奈德是C&O苗圃公司的市场总监，这是他们家的家族企业，面向农夫，出售树苗。他的脸圆圆胖胖的，眯缝眼，高额头，棕色短发支棱在头顶心。那天，他穿着运动鞋、及踝短袜、卡其短裤，保罗衬衫上绣着"葡萄苹果"的商标，每只手上都戴着一只金戒指。戴着那副有色眼镜，他就像是周五休闲版的奇爱博士。

当我问起他吃苹果和葡萄的早年感受时，斯奈德沉吟半响。终于开口了，他说此生吃到的第一只苹果是他们家试验田里一只没熟透的、绿色的"史密斯奶奶"（Granny Smith）①。至于葡萄，他聊起小时候的夏天，他和兄弟几个会在父亲的康科德葡萄地里迷路："我还记得，我会一直吃、一直吃，吃到恶心为止。"

我摘了一只嘎啦苹果，抹去果皮上的白粉状的渣。尽管弥漫着实验气味，这只苹果依然很好吃。我分不清那味道是从斯奈德身上飘来的，还是苹果自身的，抑或是从别处传来的。他一个劲儿地向我保证，只是他身上的味道罢了，但当他开车离去，似乎有迹象表明他耍了点小聪明。甚至当他以及他喷喷香的衣物都没影儿了，果园里依然弥漫着一股人工合成葡萄汁的味道。

美国密歇根州《安阿伯报》的一期水果特刊上有文论及：某种水果的名字意为"忍耐并习惯"，吃它的意义何在？事实上，斯奈德的人造新品种应该读作"gray-pull"，重音在前，而非"gr-apple"。2004年，当智力挑战节目《每日竞猜》用这种水果制造难题时，选手们都蒙了。问题是这样的："将某种水果的康科德品种添加到某种水果的富士品种中，它的名字还有'格斗'②的意思——打某种来自华盛顿州的水果。"

更让人犯晕的是，还另有一种水果真的叫作"格斗果"（grapple），一语双关，又名"魔鬼爪"（拉丁文名为 Harpagophytum procumbens，中文译名还包括南非钩麻、猫爪草、卧钩果、多爪锚等）。这些名字显然源自这种植物的怪癖：它们会让自己死死攀附在鸵鸟脚上，确保种子大范围散播。第一次和斯奈德见面时，我把

---

① 即青苹果、黄绿苹果。
② grapple 的原意即为"格斗、摔跤"，刚好也像是"葡萄"（grape）和"苹果"（apple）的组合，斯奈德巧用了这个单词，也更改了原有的读音（gra-apple），变成了 gray-pull。

重音放在了 apple 上，当即就遭到了批评。后来，他故意把我的名字亚当读成"亚伦"——不仅加重音调，还停顿一下，慢悠悠转头观察我的反应，我猜，他是在报复我吧。

葡萄苹果是带着标牌一起出售的，上面鲜明地点出："看似苹果，吃起来却是葡萄！"零售包装是一盒四只，在沃尔玛、西夫韦、阿伯特森及其他连锁超市里售价 4—5 美元。至今已售出了 3600 万只葡萄苹果。显然，很多人喜欢它。大多数人的第一反应会是大叫一声"哇哦！"斯奈德说："嘴巴在告诉你的脑袋，不对劲啊。"

别看葡萄苹果拥有白金销量，起初挺进大市场时也不是没遭过抵抗。在《丹佛邮报》组织的一次儿童口味测试中，孩子们认为这种水果"黏糊糊的"。咬下去的感觉很像是啃润唇膏。这果子既不是有机的，也不算全然合法的。在某个可以写下反馈信息的网站上，网友们的评论总是尖酸刻薄的。有人写道："我可被恶心坏了！事实是：这些人厚颜无耻，咳嗽药水味道的苹果竟敢要价 5 美元！真该一枪毙了发明者！"怨声载道连篇累牍："吐！我真不敢相信，他们竟然大肆销售这种恶心玩意儿……简直是润唇膏！"还有个名叫特雷弗的网友留言："我昨晚吃了一只葡萄苹果，我有点被它吓着了。我不知道里面添加了什么，因为说明书上的成分一栏里显然没标明白。我咬第一口就糊涂了……还是去买一些红富士吧，口味正常，还省钱，更不需要冒生命危险——因为没有添加什么我们不知道的疯狂的化学物质。"

葡萄苹果的说明书上只罗列了两种原料成分：苹果和人工香料。2005 年以前，"脂肪酸"也曾被列入成分清单。"要不是我对脂肪酸过敏——会引发极其严重的突发性腹泻，我根本不会知道葡萄苹果里含有脂肪酸。"网友彼得的留言这样说，"当时我和全家人困在车上,外面刮着暴风雪,一眨眼的工夫,我们就困在一辆臭屎车里了。"

斯奈德对这些反对意见不屑一顾,认为那只是酸葡萄心理在作祟。"如果5%的人有怨言,我完全能接受。那些人不喜欢葡萄苹果,可能只是因为早上起来气不顺。你不可能让所有人都开心。如果你不想吃人工香料,那你还想吃什么?现在每样东西里都有人工添加剂,除非是香蕉什么的。"

对葡萄苹果持反对意见的人认为,苹果就像香蕉之类的水果一样,添加额外的化学香料是无法改善其口感的。他们坚称,水果本来就不该工业化。可随着食品已变成标准化的日用消费品,诸如斯奈德制造的产品只不过是满足了零售商的需求:标准同质化。甚至连大小尺寸都能精准符合标准,处理到甜度14白利[①]即可,所有的葡萄苹果都是一个味儿,不管是在华盛顿州韦纳奇还是堪萨斯州威奇塔。"不只是汉堡,还是麦当劳汉堡,"斯奈德说,"这不只是苹果,还是葡萄苹果。"

斯奈德在2002年发明了葡萄苹果,他相信这项发明创造就是自己的神圣使命。"总得有人把这东西创造出来,"他说,"我就是被选中的人。"不过,当被问及他是如何想到这个点子的,他还是闪烁其词,颇有自卫意识。他声称,添加人工香料的苹果是伴随时间自然而然诞生的。"没有所谓灵光乍现的时刻,"他说着,双手卡在皮带上,拍拍肚皮,指尖腾空绕着圈,"好多事情都能让我无法站在这里迎接商业旺季。没有神灵显现。"

纵观历史,华盛顿州的水果生产确实能回溯到一个灵光乍现

---

① Brix,国际糖度单位,成熟苹果的糖度约为12白利。

的时刻。第一批栽下的苹果和葡萄种子是藏在阿米里斯·辛普森（Aemilius Simpson）船长的口袋里抵达这片土地的，那是 1826 年。这位年轻的船长在供职哈德逊湾公司期间参加了在伦敦举办的欢送宴，之后他就要扬帆起航，远渡荒无人烟的太平洋西北岸。甜品中就有水果。席间谈话转到新世界的食品，并谈到一个事实：那时候西部海岸线尚无苹果和葡萄。

那时候，约翰尼·苹果核（Johnny Appleseed）[①]要靠俄亥俄河播撒种子。诸如斯卡珀农（Scuppernong）[②]之类的葡萄只生长在东海岸，尚未被引进到华盛顿州栽种。霜葡萄（frost grape）的种植区向西部挺进最远也只能到达蒙大拿州。想知道当时新鲜水果在太平洋沿岸是多么稀缺的东西吗？看看价钱就知道了：1850 年，俄亥俄州的苹果在旧金山的售价为每只 5 美元。当时，加利福尼亚无须技能的工人平均月薪只有 4.2 美元。根据人均 GDP 的历史资料来推算，1850 年的 5 美元相当于今天的 1911.75 美元——和今天的初级工人平均月薪差不离。（据 2001 年普查，约有半数的美国农场工人每个月最多只能挣到 625 美元。）毋庸置疑，1850 年是淘金热的高峰期，从土里淘来的金灿灿的财富造就了挥金如土的人，一夜暴富的人们买得起奢侈品，譬如——苹果。

回到伦敦的晚宴上，辛普森船长旁边坐着一位年轻貌美的淑女，聆听着有关即将远航、征服荒野的高谈阔论，她也有点激情难耐。她把苹果核、葡萄籽从手中的苹果和葡萄里剔出来——用的是浪漫柔情的手势——再悄悄地把它们滑进辛普森船长的口袋里，这

---

① Johnny Appleseed 原名 John Chapman（1774—1845），是美国果蔬栽培的先驱人物，最先把苹果树引入印第安纳州、俄亥俄州和伊利诺伊州。他在世时就被誉为传奇人物，因为他异常慷慨和蔼，在推广苹果文化的事业上功不可没。
② 斯卡巴农葡萄（Scuppernong），是指美国斯卡巴农河流域出产的黄绿色大粒葡萄。

样,他一抵彼岸就能把它们种下地了。

几个月后,大船抵达华盛顿州哥伦比亚河岸的温哥华堡,辛普森船长又受邀参加接风晚宴。他穿着同一套制服,因而记起了口袋里的果核和种子,便把它们献给了堡主。1827年春天,这些"爱的种子"被栽种下地。这些苹果和葡萄密不可分,也标志了华盛顿州盛产水果的未来——不过,近年来,美国农业的成功传奇经历了意想不到的转折。

华盛顿州中部的卡斯克德山脉以东是一片高地沙漠,数以百万计的苹果树每年秋天出产120亿颗苹果。在整个20世纪中,韦纳奇是当之无愧的"世界苹果之都"——恰如这个镇的座右铭所言。这里出产的红色蛇果畅销全球。美国出产的苹果数量高于任何别的国家,华盛顿州就是冠军中的冠军。到了90年代,中国果园后来居上。现在中国每年出产2500万吨优质苹果,美国则是430万吨。别的国家的苹果产量也有不同程度的增长,廉价劳动力也变相缩减了美国苹果的利润。

1997年,美国市场垮掉了。出口额骤减,国外进口货更便宜,巡查部门银根紧缩,全球进行关税大战,面对这种局面,华盛顿州的苹果种植者们只能宣布破产或是将果园抵押。农场就这样被抢走,合并催生出更少、更大的垄断型农业联合企业,几乎把小型的独立农场主逼到了死角。要想从缩减后的毛利中弥补利润所得,不仅需要提高产量,还要另辟蹊径寻求出售渠道。当今的苹果栽种基本上都采用统一垂直管理模式,所有公司同时担当栽种、分类、包装、储藏和运输的工作。

葡萄苹果就是在这种严峻局面下诞生的。农夫们要么放弃了,要么转入别的生产环节,因而,外围产业不得不做出相应调整。

C&O 苗圃公司是由斯奈德的祖父于 1905 年创建的，如今已是华盛顿州资格最老、依然活跃的名牌企业。经历百年风浪而屹立不倒，就需要与时俱进。华盛顿州人人皆知，挽救这个州委靡不振的经济的唯一希望就在于让人们吃掉更多、更多的苹果。美国人年均苹果消耗量是 15.1 磅，仅相当于欧洲平均值的三分之一（欧洲人平均每年吃掉 45 磅苹果），和世界冠军土耳其人的年均 70.77 磅相比更是小巫见大巫。斯奈德家族期待添加香料的改良苹果能推动普通苹果的销售。他们称这个过程为"苹果连锁效应"。

他们也一脚踏进水果市场里的另一条新潮流：非混种的杂交水果。葡萄苹果和草莓番茄（strawmato）接踵而至——那是种非常甜的番茄，介于草莓和番茄之间。草莓番茄中没有草莓的基因；它们只是表面的、名字上的结合体，不管你说草莓番茄还是番茄草莓都无所谓。

芒果油桃（mango nectarine），又是一个例子。其官方网站上有言，这个新品种"含有热带口味，名字就是最好的说明"。伊东包装公司毫无诚意地暗示它们的油桃吃起来真的像芒果，这可惹恼了不少水果专家。"他们纯粹是在愚弄天真无知的消费者，"安迪·马里亚尼（Andy Mariani）气愤地表态，他们家世世代代培育核果，"吃起来根本没有芒果味儿，介于油桃和芒果之间也是无稽之谈，根本不可能。这只是他们恬不知耻地从基因废料堆里折腾出来的怪物，只是模样有几分像黄芒果罢了。"

尽管芒果油桃的味道趋近于普通的油桃，它们还是凭其新鲜的面目赢得了高价位。相比于伊东包装公司的另一项革新发明——蜜露油桃（honeydew nectarine），芒果油桃的滋味就算不错的了。果皮白里透着粉绿，显然像甜瓜的外皮，从而引发了新皈依的信徒们的困惑：皮是可以吃的吗？当然可以吃！因为它就是一只白皮儿油桃，用了新艺名登场罢了。

这种有名无实的杂交新品种好比双刃剑——毋宁说是双刃种子——吸引了新顾客，但表里不一的实情曝光也会导致人们对它们敬而远之。一旦购买者看穿了真相，起了强烈的抵抗心，这种水果就会被迫走上不归路。经济学家指出，当消费者买到不如意的水果时，很容易滋生"报复心"：他们会在很长一段时间里不再买这种水果，还有一部分人则会一辈子都不再买。"要是你吃到一只坏樱桃，再让你去买一只就得花六个星期。"斯奈德说，"到时候樱桃就下市了。太糟了，明年再来买吧。"不管怎么说，在短时间内，浮华的"时髦水果"依然是揽金捷径，无论是草莓番茄、芒果油桃还是葡萄苹果都能催生高利润。

"我知道他们正在放开苹果的 DNA。"斯奈德靠在椅背上，继续说道，"每个人都想利用基因机器赚一笔。如果你把一个甜的基因和红色的基因搁一块儿——你就有了个又红又甜的东西。这么会吓到你吗？那天我喝了一碗花椰菜奶酪汤。我只是在店里说起它罢了，说它就像葡萄苹果。我不喜欢单吃花椰菜，但如果你加进奶酪……有些东西搁一块儿就会很美妙。托德表弟说得最好：就像巧克力加花生酱。"

C&O 苗圃公司订阅了很多商业类报纸杂志，有水果栽培方面的，也有化学香料方面的：《食品科技》《产品商业》《水果栽种行家》《食品化学新闻》。篇篇报道各抒己见，倒也和斯奈德的想法不谋而合。"将来你想吃一款盐酸伪麻黄碱苹果吗？我决不会武断地下结论。"他说，"瞧瞧纳米技术的发展吧。我们都不知道未来会成什么样。"

近年来，切片苹果兴隆上市，不啻为种植者的福音。调查显示，65%的消费者更喜欢直接买苹果片而非整只苹果。在连锁食品店和快餐店里售出的塑料袋装苹果片数量惊人，譬如麦当劳 2005 年为了制作苹果片总计购入 5400 万磅嘎啦苹果。全国各地都有果片加工厂，机器去核，切片用的钢刃锋锐得像手术刀，在流水线旁的工人们身穿防尘服，从头到脚全副武装，不断地往苹果片上撒粉末——那是由抗坏血酸、维生素 C 和钙盐调配成的肉眼看不见、无色无味的营养粉，这种苹果片被称为"天然封存"。（现在，家庭用"天然封存"工具也问世了，在家里就能享受去核切片和撒粉的一条龙服务啦。有个销售代理商对我说："这玩意儿卖疯了！"）

食品加工法规要求无菌操作，严格遵循并非易事。李斯特防腐液、沙门氏菌以及多种能导致痢疾的有毒微粒花粉、黏膜侵袭和癌症等病症的有害物质可能吸附在包装袋上。由于数次细菌污染爆发，有关部门已强令叫停切片加工行业。诸如 PQSL 2.0 等新型化学添加剂正在研发中，能把苹果切片上的一切生物迹象压制住。

葡萄苹果也有切片包装出售，但斯奈德说可能不会再卖很久。最近，C&O 苗圃公司和其最大的市场伙伴——好食家（切片科技专利的拥有者）——停止了合作关系。把新闻稿递给我之前，斯奈德先是用钢笔把"好食家"的商标划掉，接着又用超黑粗的记号笔涂掉，一边说道："瞧瞧我有多喜欢他们。"

"我们的利益点有分歧。"好食家的老板之一布莱尔·麦克海内（Blair McHaney）是这样解释他们为何停止合作的，特别提到"广大消费者的大声疾呼"，反对葡萄苹果公司在天然作物上加用人造香剂。

好食家已于近期提交内含天然香料成分的切片苹果制作专利申请书。"我认为，换成天然香剂，可接受度就会大大提高。"麦克海内说。他们的产品命名为"苹果甜心"，经过了多达四十种所谓天然香剂测试：包括焦糖味、根汁汽水味、野莓味等，现在你能在很多超市里找到成品。

哪种添加香剂的水果将留存于世，这得由后代去评定。眼下，正如葡萄苹果销售部门所验证的，消费者很喜欢追新求异。为了迎接我的采访，加里·斯奈德提前打印了一份调查问卷，他指着第三条说，有相当高比例的人说，这是他们吃过的最棒的苹果。"只有我们的苹果收到过粉丝来信，"他说，"我们收到了成千上万封电邮。我们只想保持低调，别显得自卖自夸——但我们正在一步步走向全球。它很火爆！"

在人工添香水果领域里，能与葡萄苹果媲美的恐怕只有黑樱桃酒樱桃了。"我总是对人们说，黑樱桃酒的营养价值等同于救命药。"全球最大的黑樱桃酒生产厂家格雷公司（Gray & Company）的副总裁乔什·雷诺茨（Josh Reynolds）如是说。

曾几何时，酸樱桃是生长在克罗地亚达尔马提亚山区的野生水果，有点苦。碾碎果核并发酵就能制成野樱桃利口酒，整颗整颗的野樱桃浸泡其中，以便长期保存。20世纪90年代初，用黑樱桃做鸡尾酒成为纽约城中的时髦事。每当生产技术革新问世，黑樱桃的品质也随之稳步下降。当今的黑樱桃酒更像是装满化学试剂的广口瓶，根本不像是真正的水果做的。制造黑樱桃酒，首先要漂白低劣樱桃、去核、增加甜度和香剂，再混入果浆，染色——通常是氖红色，不过，伊欧拉樱桃公司也出售令人震惊的蓝色、绿色和粉色的樱桃酒。

90年代使用的染色剂——三号红——如今已被FDA禁用。科研调查显示，这种染色剂在实验鼠身上可能催生肿瘤。如今，黑樱桃酒里含有的染色剂是40号红：在多力多滋饼干（Doritos）、顶级塔夹心饼（Pop-Tarts）和多种零食中都能找到的一种色素。（多动症小孩的家长反映，这种染色剂会导致小孩发脾气。）

当我提到黑樱桃酒时，斯奈德皱了皱鼻子："那是用漂白的办法处理坏樱桃。"但当我问及葡萄苹果的安全性问题时，他伸手探入口袋，"手机就是个好例子。手机对我们有什么影响？我们都不知道。"他把手机凑到耳边，露出质疑的神色，好像会听到答案，或者，海涛声？

斯奈德的小发明如此引人注目，有部分原因在于他谈论葡萄苹果时神神秘秘的态度。不管回答什么问题，他的答复里总会出现等待生效的专利权、不同程度的商业机密和知识产权问题。"我们正处在一级防范的试验期。"他说，"我必须小心翼翼地说话，嗯嗯啊啊，避免做正面回答，但又要把资讯发布出去。为此，我和父母已经签署了150份保密协定。"

最初，我联络上斯奈德时他就说过："无论如何我都不会让你进入苗圃的。"通了一连串电话后，我主动提出签署一份保密协定（其实到最后也没签），斯奈德这才答应接受我的采访。我问起他葡萄苹果的制作流程。"没必要刨根问底地询问它是怎么做出来的。"他越是躲闪，越惹我好奇。"你写一个开开心心的报道岂不是更好？讲讲这种水果怎么能保持孩子们身体健康，是有效控制体重的好办法。每次我们对记者说他们该写这个题目，他们就都乐呵呵地去写了。"

斯奈德说，等我到了他这儿，他会给我一个"读者文摘"版的答案。"这好比是问，巧克力薄片曲奇是怎样做出来的。无非是你把材料混合起来扔进烤箱，就好啦，出来的就是曲奇饼干。葡萄苹果也一样。我们不会把菜谱告诉别人的。"

斯奈德有个怪癖，他总是发出些怪声响，夸张的重呼吸声，或者说，像垫圈漏气的声音，尤其是被问到一个艰难的问题时。我们第一次通电话时，他对我"直截了当地说"，他很怀疑我亲历韦纳奇就会得到新的资讯，还用一声重击为这句断言加了重音符。"不过,如果你捡到一片叶子,也算是一种收获吧。"

C&O苗圃公司位于韦纳奇北大街尽头,办公室正面的墙由一系列单面玻璃组成。他们可以看到外面,你却看不到里面。不透明,这似乎是韦纳奇建筑界的惯例:星星点点分布在这个区域的水果包装和储藏车间灰蒙蒙的,都没有窗户。

看到斯奈德的办公桌,我留意的第一样东西是半打桃子(贴着弗吉尔和C-1XO的标签),搁在温控小冰箱里。作为见面的寒暄,我们落座时我就问了问桃子的事。

"哎呀,你不可以看到那些东西的,"他说着,双手捂在箱盖上,"都是新品种。"

第一回合就奠定了风格。后来,我问他们的实验室是否也在这栋大楼里。

他瞪着我看:"大概吧。"

"我们能去实验室看看吗?"

"不行。"

采访开始没多久,斯奈德的堂弟托德·斯奈德跑进来听我们的问答。又过了一会儿,加里·斯奈德说漏了嘴:"关键在于让皮孔扩张,让香剂渗到苹果里去。"我追问皮孔扩张的详解,兄弟俩却紧张地对视了一眼。

皮孔,就是苹果皮、梨皮表面的小斑点。实际上,那些小孔就是梨果的呼吸通道。梭罗在《野果》的手稿中就曾描绘在一只梨子皮的斑点中看到了天堂,"如果说苹果反射了太阳的光芒,那么这只色彩暗淡的梨(就像夜空一样暗淡)则是从自身内部迸发出星光的。"[①]斯

[①] 摘自梭罗著《野果》,新星出版社2009年版,石定乐译。

奈德家族也在那些微小的、张开的小孔里看到了什么：巨大商机。

葡萄苹果是如何制造出来的？这也引得博客群里的达人们争相议论。有人声称曾"注意到果皮上有针孔留下的无数小孔，肉眼几乎看不到"。斯奈德对此不屑一顾，说有孔洞痕迹的苹果当即就会被裁定为劣质品。还有人在聊天室讨论，得出的断言是：水果先要浸泡在一种凝胶状的物质里，内里充满大小如细菌的葡萄口味基因，最后用"百忧解"里提取出的浓缩液将水果冲洗干净。

我把这段聊天记录读给斯奈德听时，他不耐烦地拍着脚尖。听到抗抑郁药那一段，他发出震耳欲聋的笑声。"所以这才是开心苹果！"他大吼一声，满脸涨得通红。

"我从来不想让任何人知道这一点。"他说，"我喜欢把它留成谜。我们以前还收到过订单，想要买葡萄苹果树呢！开动脑筋总会有更妙的结论。"

我请他解释一下制作步骤，他说律师早就建议过，让他只说出现在葡萄苹果官方网站上的内容。那上面几乎没说什么实质性内容。在我们的采访中，斯奈德数度举起手指，作为拒绝回答的表示。他坐在转椅里动来动去，倾身凑向电脑，轻轻吹着不成调的口哨。接着，他打印出一张网页，带着夸张的笑容递给我，那上面画了一只微笑的苹果潜入紫色的水里。"公众可以获知这部分信息。"

我自己在调查人工葡萄香剂时发现，有一个化学术语专属康科德葡萄的香味：邻氨基苯甲酸甲酯（methyl anthranilate，简称 MA）。这种化学成分天然存在于康科德葡萄，就是因为 MA，葡萄才会有葡萄的味道。每一次我们吃康科德，有机 MA 分子便侵入我们的嗅腺。

MA 也可以人工合成，其结果就成了人工葡萄香剂、香料。用化学手段制得的 MA 分子被称为"天然等同物"。调味专家都知道，$C_8H_9NO_2$ 是一位德国科学家在无意中合成的：当时他正在混合各种化学品，突然间，葡萄的香甜味就从他的本生灯里飘出来了。

直接发散自葡萄的 MA（换言之，天然的葡萄味）要比工业途径获得的人工合成 MA 昂贵得多。PMC 专门制造集团是全美唯一一家人工葡萄香制造单位。位于辛辛那提的 PMC 化学培育室里，MA 分子是从四层楼的精炼工厂里真空蒸馏提取出来的，那些闪闪发亮的铬合金管道会让人联想起利西茨思（El Lissitzky）的画。

从糖果到香水，MA 能让一切活色生香，所有含人工葡萄味儿的产品里都有 MA。紫色酷爱（Kool-Aid）运动饮料、葡萄味碳酸饮料和口香糖……不一而足。FDA 将 MA 划归入 GRAS 类食品，亦即：通常来说被认定为安全的食品，多年使用下来，没有任何证据显示 MA 对人类有毒害迹象——不过，如果 MA 直接进入我们的眼部会引发短暂但严重的伤害。

在网上搜索 MA 资料时，我无意间发现了鸟盾驱虫剂公司的网站——和那位德国科学家一样纯属意外收获——这家公司开在华盛顿，销售一种杀虫剂配方，MA 就是其中的活性元素之一。葡萄味儿的杀虫剂？好像没必要吧。

我拨通了公司老板弗雷德·邓纳姆（Fred Dunham）的电话，他告诉我，鸟恨透了 MA 的味道。"以前，总有很多鸟飞进我们的仓库，多到你得举着雨伞进去才不至于被鸟群俯冲攻击你的脑袋。"邓纳姆说道，"当我们把 MA 原料储藏进仓库后，那些鸟全都飞走了。"

我问，他的产品算不算农药。"任何杀虫、驱虫的东西都可以被定义为农药，"邓纳姆这样回答，"所以，从理论上说鸟盾也算农药，尽管它是不致命的。"我们的食品中所用的 MA 和这种食品级的驱鸟药中的 MA 是一模一样的。鸟盾的味道只能维持一周左右，所以，整个种植季里要以空中喷洒的方式多次使用这种驱虫剂。鸟盾已被应用于各种农作物：玉米、向日葵和水稻。同样，也用于某些品种的苹果园。

比如说呢？"主要是富士苹果和嘎啦苹果。"正是葡萄苹果所用的两个品种。

邓纳姆有否听说过葡萄苹果呢？"当然知道，"他答，"他们跟我们购买 MA 原料。让他们按照自己的配方制作——当然，那是高度机密。"

C&O 苗圃公司拥有二十多项水果专利，包括 1932 年的 51 号无毛坎多卡桃（Candoka peach）种植专利权，以及 2001 年的 12098 号顶级斑纹出口富士苹果的种植专利权。这个家族最近的一项专利申请——"葡萄味梨果"——至今仍未获批准，只需检索一下美国专利商标局的数据库，任何人都能发现这一点。一切有关葡萄苹果生产的资料都收纳在编号 20050058758 的专利申请书里，文件创建者为加里·斯奈德。

这些文件详尽描述了 MA 是如何渗入皮孔的。原来，当水果被浸入 70℃的混合物后，MA 会像溶媒一般渗入水果表皮。借助于安装在传送带上的喷雾系统，就能进行大批量处理，但这种紫色喷雨的效果不如浸泡法——直接泡在包装流水线的浸槽里。干燥后，渗入香剂的水果会被放入冰柜里，保持香味长达数月。这种香味是有挥发性的，如果没有把苹果搁置在阴暗、冰冷的地方，气味就会很快挥发殆尽。这大概能解释许多消费者在网上表达的不满情绪，他们抱怨葡萄苹果还不如葡萄香——或许因为没有放进冰箱冷藏。（斯奈德给我的那些散发着葡萄味的文件，一周后就不再香了。）

这份专利申请书中使用的香剂混合溶液是现货购买来的，无须定制，即"以'鸟盾驱虫剂'和'护果农药'之名出售"的 MA。（邓纳姆那家公司也出售护果农药，MA 似乎就是唯一的活性原料。）

条款 0013 中毫不含糊地宣称："就目前的发明而言，迄今为止被视为有驱虫功效的邻氨基苯甲酸甲酯因深受消费者喜爱而加以保留。"

不过，当我致电斯奈德，想确认他们使用了诸如鸟盾的食品级驱虫剂中的人工葡萄香剂时，得到的答复却含混不清。"我知道你想把话题往哪里引，"他说道，"你提到了'驱虫剂'。我不会顺着你的暗示往下说的。两回事儿，不相干。对我来说，驱虫剂就是禁言标识。我决不允许这样的词汇见报、发表。"我看得出来，他对"驱虫剂"这个字眼有多么感冒；不管怎么说，MA 是一种对人类无害的香剂媒介。只不过它刚好也能驱散鸟类，因而被制成了农药。

尽管他总是闪烁其词，但你又很难驳倒斯奈德的论点：葡萄苹果总比奶油夹心海绵蛋糕强得多。"我真的认为，葡萄苹果对人类是有好处的，"斯奈德说，"它能帮助人类。如果你能从中赚到钱，那只是奖金罢了。但如果你赚不到钱，你也没法去做这事儿。"他的发明创造有异想天开之处，不禁让人联想起弗兰肯斯坦博士——相比于原著，他似乎更趋向于梅尔·布鲁克斯（Mel Brooks）拍摄的《年轻的弗兰肯斯坦》的精神主旨（电影中，吉恩·怀尔德饰演的弗兰肯斯坦坚信"这个词儿的发音应该是弗罗肯什汀"）。

"葡萄苹果为人们带去更多笑脸，我以前做什么都不曾带来这么多快乐，"斯奈德继续说，"比在喜剧俱乐部强多了。"我又问他真的在喜剧俱乐部工作过吗？他说他没有——不过 C&O 苗圃公司发出去的信函都不是以"祝今日愉快"结尾的，而是"祝葡萄日愉快"！

他们也开始搭建别的口味的苹果流水线。斯奈德自称在这个话题上"闭口不言",其实还是愿意透露更多:"美味浆果苹果"(berry delicious apple)指日可待。"你想知道什么,尽可以去看资料。"他煞有介事地挤眉弄眼,还在膝头拍了一掌。"你去一家超市时,走到化学药剂货柜那儿,闻起来很恶心吧。走到卖车胎的地方,气味也很恶心吧。可当你走到葡萄苹果的货柜前,"他突然跷起大拇指,随之而来的是隐隐约约、让人犯晕的葡萄甜香味儿,"那味儿啊,绝了!"

盖伊·埃文斯(Guy Evans)的纪录片《折翼》讲述了韦纳奇苹果种植者的经历,旁白叙述道:"我的家乡,未来堪忧。"集装箱仓储、其他农作物田地正在一点一点蚕食这个城市的果园占地,当地农业委员会正在极力宣传一项事实:现在每英亩地出产的韦纳奇土豆不比爱达荷土豆少。(尽管如此,爱达荷州的土豆产量仍是最高的。)《韦纳奇世界报》的宣传口号也相应地调整为:"出版于世界苹果之都、大西北农业龙头城市。"

C&O苗圃公司以北的果园环抱哥伦比亚河,一路延伸到加拿大边境。属于小型种植主的份额却越来越少。《折翼》中采访了农场主戴夫·克罗斯比(Dave Crosby),他说自己从20世纪70年代开始投入苹果种植业,因为人们都这么跟他说:"你不需要干活——只需要捡捡苹果就行了。你会赚到很多钱,日子过得又舒服。"事实并非像他想象的那般美好。2003年,克罗斯比失去了自己的果园。

贯通韦纳奇市的大路叫作"安逸大街",两旁尽是美国司空见惯的快餐店。这个名字映衬出苹果种植者的心声,尤其是那些采用单一栽培法的人。可是,不管我们往自己的食物里扔进多少化学物质,人类始终无法甩开亚当吃下苹果后所造的恶咒:"你必汗流满面才得糊口,直到你归了土。"这唯一的安逸大街上只见乱扔的汉堡包纸,渗在路面上的油迹斑斑,泛着彩虹色。

  苹果种植业危机衍生出了葡萄苹果,同样,别的水果价格直落也催生了类似的狡猾的解决方案。"种植蔓越莓曾经是一种美好的生活方式。"哈尔·布朗(Hal Brown)是www.cranberrystressline.com讨论小组的组长,他说道:"这个行业很可爱,风景又好,你能挣到一些钱,雇一两个工人,付他们3万美元薪水。不幸的是,水果价格一路下跌,从20世纪90年代的一桶80美元降到2001年的一桶12美元。如果价钱能涨一点,我们每年说不定还能轻轻松松挣到30万美元。感谢上帝,我太太是个图书管理员,我是个心理治疗师。"

  布朗把矛头直接指向优鲜沛公司(Ocean Spray)误导市场的举动,他们把白色蔓越莓当作新品种推销上市。最早,优鲜沛牌白色蔓越莓果汁的包装上是这样写的:"全部天然,完全成熟,白色蔓越莓采摘自丰收第一季,因而比传统的红色蔓越莓更具温柔口感。"布朗可没被这种说辞打动,他解释说:"白色蔓越莓就是没熟透的浆果。"他向联邦商贸委员会投诉,揭穿了这种"彻头彻尾的谎言",之后,包装果然更改了措辞。"蔓越莓种植业没有猫腻,"布朗说,"卖蔓越莓的市场营销才有些见不得人的秘密。"

  优鲜沛公司还发布了一系列大型广告促销运作,推出"沼泽全美国"的互动概念。每年秋天,他们会在大城市里建起"沼泽地",向消费者展示如何从几英尺深的水下收获蔓越莓。那些湿地极富田园风情,站满了脚蹬齐膝高橡胶靴的农夫们,和手工采摘形成鲜明对比的是机器收割分类法:用酷似拖拉机、绰号"搅蛋器"的收割机把垂在葡萄藤下的果实撞下来,果子遭的罪也就可想而知了。果实采摘后,装上真空储藏式的卡车,再由贝蕾牌分拣机进行分类,然后铺上传送带，从悬崖般的尽头落下去，看似一道蔓越莓瀑布，就在那儿，会由光学分拣装置加以扫描——内有百余台摄像机同时监测。一旦发现某个果子有些许瑕疵，就会有一支气枪瞄准它，把不合格的浆果推出瀑布。下一个检测步骤要把浆果置入一间点亮紫外线灯的小屋——坏果子会发散出一种特别的荧光，传送带便会自动将它们拣除。

优鲜沛公司的市场促销基本上是为了夺回被石榴果汁抢走的市场份额。嘭嘭妙（Pom Wonderful）牌纯石榴汁是贝弗利山庄的亿万富翁夫妻——斯图尔特和琳达·雷斯尼克（Stewart and Lynda Resnick）——想出来的妙计。他们种了一百多万株石榴树，极大程度地享用了这种水果的健康形象。雷斯尼克夫妇卖石榴汁，还附送承诺：它们"甚至可能救一条命。你的命！"所以，嘭嘭妙的广告语是——"免于一死"！

有些与石榴相关的说法是基于屹立不倒的信仰，穆罕默德就曾告诫信徒："它能涤除嫉妒心"，所以要吃石榴。石榴确实含有无数有益成分：单宁酸、抗氧化多酚、鞣花酸和安石榴甙。不过，FDA强制式的警告也出现于某种石榴胶囊制造商的网站上，"这些产品不适用于诊断、治疗或预防疾病"。确实如此，但这也阻挡不了新产品如雨后春笋般涌现，譬如浸泡在石榴汁里的避孕套，为抵挡HIV提供额外保护，这样的产品不让卖都不行吧。在兔子身上做的实验表明，石榴确实能改善勃起障碍——尽管这种障碍通常不会在兔子身上发生。

每当报纸杂志宣称某种水果或果汁有益健康，相关的调查实验也就不可避免地由这些生产厂家或既定利益享有者赞助。波士顿儿童医院的研究者们检查了111种由生产厂家赞助的果汁和饮料研究报告后大吃一惊，因为大多数报告都有偏颇之处。如果你在《美国癌症研究会周刊》上读到一篇有关石榴汁有效抑制前列腺癌的精彩文章（结论是：还有待后续研究），你肯定会发现，这项调查是经过雷斯尼克夫妇批准的。

营养学是一门变幻莫测的学科，漏洞百出，自相矛盾，充满迷信和幻想。虽说营养学家一致认为我们每天都要锻炼，并摄入多种蔬果，但其实大多数人都做不到。充分利用误导误传的资讯，各大企业都在运用营销力量夸大某种水果的治愈功效。其结果就是，大批金钱花在希望上——希望吃一种水果就能包治百病。

2006年《农夫年鉴》上有一则宣传《释放食物的内在治愈能量》的广告。这本书声称，每周两次饮用葡萄汁可以战胜"心脏病、中风、糖尿病和癌症！"追根溯源的话，就不得不提及1928年出版的《葡萄疗法》——当年就售出逾百万册，至今仍有再版，作者约翰娜·勃兰特（Johanna Brandt）建议患者最好什么都别吃，只吃葡萄。她提出了很多奇闻逸事作为证据，表明葡萄曾治愈晚期癌症患者。她提到布朗克斯的一名妇女日日夜夜呕吐不止，直到用上她的葡萄疗法才痊愈。还有个年轻女子，直肠结肠都不太好，开始葡萄疗法后，脓液自动流出体外。"当她开始排出虫子时，我知道，最苦的磨难已经快到头了。葡萄似乎把体内痼疾搜刮而出，再驱逐出身体……经受了神圣的折磨，这位女子逃出生天，荣升为葡萄的神圣治愈潜力的最佳见证人。"

美国癌症协会数度针对葡萄疗法进行调查，却从未确立葡萄能治愈癌症或其他疾病的证据。quackwatch.org得出结论：这本书不看也罢："毫无科学依据，约翰娜·勃兰特的《葡萄疗法》毫无价值可言。"

继葡萄之后，六七十年代时又掀起一阵杏仁热，同样无依无凭。杏仁热潮的缘起可以追溯到有关亨扎斯人的报道，这族人生活在喜马拉雅地带，素以长寿、忍耐力强、不太生病而闻名。杏子是亨扎斯人的主要食物来源，可以生吃，或晒干，或碾碎，或烘烤，或压榨杏仁油。于是，杏仁中的化学复合物——苦杏仁苷——作为天然抗癌食品出售。富豪名流趋之若鹜，摇滚明星史蒂夫·麦奎恩（Steve McQueen）奄奄一息时，像所有绝望的癌症患者揪着救命稻草一样仰仗苦杏仁苷，但似乎谁也没被救活。最后，国家癌症学会出资调研，探讨苦杏仁苷是否有药效。结果一无所获。《新英格兰医学周刊》宣布："有证据显示，苦杏仁苷对晚期癌症并无疗效，毫无疑问，也没理由相信它对早期患者有所助益。"结果，苦杏仁苷遭到禁售，还有些销售者被投入大牢。现在，人们可以上网从墨西哥提华纳的诊所订购。近几年，美国还在严厉打击出售苦杏仁苷的公司，比如整体抉择公司、无癌世界有限公司等。

眼下最时兴、最热销的水果万能药也和亨扎斯人有关。瞧瞧《枸杞：喜马拉雅长寿秘诀》宣传册上是怎么说的：红外线分子键链接、分光镜识别分析，以及"傅里叶转换"数学公式的测试结果显示，枸杞"很可能是地球上营养功效最密集的食品！"这本书的作者是厄尔·明戴尔（Earl Mindell）博士，他自诩为"全球营养学领袖人物"，开篇就向读者提问：想活多久？"80岁？90？一百多？甚或永生不死？"

枸杞不仅能延年益寿，还能改善性生活质量，提高你在黑暗中的视力，帮你减缓压力、头痛，促使衰老血液重焕青春，还能预防癌症。为了确证这些论断历史悠久，明戴尔博士搬出了中药大师李清云的传奇生涯，人称"史上最著名的枸杞食疗专家"的李清云出生于1678年，卒于1930年，享年252岁[①]。他的长寿秘诀是什么？每天吃枸杞！

[①] 原文为252岁，另有文献说是256岁。

明戴尔开出的药方就是每天饮用一满杯他特调的喜马拉雅枸杞汁——零售价每公升起码40美元。枸杞显然是对身体有好处的，就和别的水果一样。为了找出这种果汁和唐人街上随处可见、一磅才几美元的枸杞的差别，我坚持不懈地给厄尔·明戴尔博士打电话。我给他留了无数次言，但没有一次得到回复。打给自由生命公司（他的枸杞汁生产厂家）的电话也如石沉大海。根据全美反健康欺诈委员会所言，明戴尔的博士头衔来自贝弗利山庄大学，然而这个大学"欠缺研究设备和校舍，因而没有资格授予此学位"。我还把电话打到洛杉矶的西太平洋大学，试图联系上明戴尔——他的简历上说自己是这所大学的营养学教授。电话是打通了，但校方宣称，教职员资料里没有明戴尔博士，他从未在那里工作，更别提开设营养学课程了。

网上涌现了许多言辞恶毒的辩论，争议这种果汁假设的裨益是否属实。叫嚣得最响、最具捍卫精神的一方常常就是卖方人士，这也算不上巧合了。这些销售网站经常提供优惠价四瓶装枸杞汁——每个月要付186美元，一年下来就超过2200美元。

多层次销售是金字塔结构传销的准合法模式，以签订年度合同的方式锁定新招募的成员。将便宜的果汁原料重新包装、安上新的商标、定位为包治百病的神饮，多层次销售的果汁通常不会减轻重病患者的疾苦，相反，只会带来沾染果汁渍、面额数千美元的欠款账单。

不止是枸杞汁，大溪地诺丽（Noni）果汁在20世纪90年代也曾捕获数千名粉丝的心，直到这个策略走到穷途末路为止。如今，蒙纳维牌阿萨伊果汁（MonaVie Açai juice）被誉为"奉献给人类健康的权威解决方案"，八瓶装售价298美元。其实，它是19种果汁的混合物（主要成分是苹果汁），而且，桑巴龙牌有机阿萨伊果汁在普通药房里就有出售——售价仅为一瓶3.5美元。无独有偶，果汁多层次销售的花名册里还有赞果牌（XanGo）山竹汁，销售商所用的宣传册里信誓旦旦，说山竹汁可以治愈癌症、抑郁症、高热、青光眼、肿瘤、溃疡、过敏、湿疹、霉菌性口炎、疥疮、头痛、背痛、勃起障碍、腺肿、牙根不齐等等症状。没有临床医学报告佐证这些说法，但奥普拉对此情有独钟。赞果牌山竹汁在2005年揽进2亿美元，预计到2009年的年销售量可达10亿美元。

通过多层次销售渠道，每年可催生42亿美元。神奇果汁产业密集分布在犹他州纤维谷I-15地区。世世代代口耳相传，由老一辈转述福音教诲，这种广布信仰的方式是摩门教长久以来的传统。不过，犹他州成为这些尚未证实的天然食疗法的核心地带还有另外一个原因。

奥林·哈奇（Orrin Hatch）参议员是《饮食健康与教育法令》的发起人，制造商在出售饮食产品前必须获得药物食品局的批准令，但这部法令正式免除了这种限制。哈奇本人就是投资商，投资对象包括法姆克斯公司等犹他州草药企业，也接受了不少食品制造商的资助。2006年，赞果牌山竹汁的制造商为哈奇的竞选注入了46200美元。

许多多层次销售企业的回避战术颇有成效，绕开了司空见惯的矛盾冲突，因为独立销售员不附属于制造企业，种种有益健康的欺诈性说辞只能代表他们的个人立场。为了家人健康，人们宁可花钱买空头许诺，哪怕这些果汁的价格高得离谱，这似乎是无法阻止的事。当然，终究还是有人从中获得了裨益。水果营销半真半假，堂而皇之，恰好吻合了我们"要相信什么"的潜在需求。水果营销就像一段冒险之旅，当我开始调查真正的奇迹果怎么会在美国成为违禁品时，越发领会了这一点。

第十章

非洲奇果蛋白：奇迹果的故事

> 果实一路欢歌，如溪流汩汩畅入干涸的喉舌……
> 奇异的纯真之果，艳色闪耀，汁液迸射。
> 欢度佳日的大自然，像酣醉的水手挥霍她的青春。
> ——加尔雷斯·韦尔奇（Galbraith Welch），
> 《揭开廷巴克图的面纱》

杜阿拉是喀麦隆最大的港口城市。这一程有点黑暗。飞机穿过云层，再穿越大雾涡流，只能见到下面依稀几盏街灯，像黑夜深海中的几颗黑珍珠。行驶在飞机跑道上的一辆大卡车开着破裂的前灯，活像掉了牙还在坏笑。

喀麦隆自称为"非洲缩影"。热带雨林、山脉、沙漠、热带稀树大草原、海岸线一应俱全，这个国家确实是滋养生物多样性的温床。野生动植物的种类多得数不清，喀麦隆因而成为生态旅游的首选目的地——不过，他们要是能对游客更友善些就好了。

交通基础设施就是指土路，掀起的尘土能把所有车辆裹得严严实实。十几岁的士兵兴奋地抱着卡拉什尼科夫冲锋枪在夜里漫步巡逻。在透明国际组织的排名表上,喀麦隆是全球最腐败的国家之一,位居伊朗和巴基斯坦之间。走几步就会遭遇关卡,不行贿就过不去,没几个小时能清廉地度过。索性把信用卡、银行卡抛在脑后吧,这里只用现金,最好是美元。外国人时时刻刻都要被敲竹杠。

我付钱给安保,他才让我的行李过海关口。走到外面,十几个年轻人立刻朝我猛扑而来,眼睛都红了,吆喝着酒店价码,拉拢我住店或租车,骗我把行李交给他们背。我在当地的联系人是林贝植物园的园艺管理员,名叫约瑟夫·穆贝勒(Joseph Mbelle),但至今还没露面。他和我通了好几封电邮,保证会举一块写有我名字的"硬板纸"来接我的。我手里攥着给他的礼物——是他要求我带的,有"真皮表带"、银盘表面的腕表——满怀期待地左顾右盼。就在这当口,有个矮小的男人挤出人群,质问我:"你是跟哪个公司来的?"他的嗓门可真大,"哪个公司?"

我摇摇头:"我不是跟公司来的。"他斜睨了我一眼,蹒跚而去,露出T恤衫后的字样:"残酷邪恶,城市真相。"

有个戴土耳其毡帽的男人走过去,身边还有一只羊。有个士兵头戴红色贝雷帽,冲着团团围住我的年轻人挥起机关枪。"危险!"他的嗓门也很大,"非常危险!"人群散去,这士兵站到我身边,解释说,那群人想要把我"哄抢一空"。(最后我付给他50美元,因为他穷凶极恶地向我收保护费。)

加拿大大使馆曾警告我别在这儿的夜大街闲逛,因为有飞车劫匪。不幸的是,我的航班是在凌晨两点降落的。当晚就没必要在杜阿拉酒店里住了,我已征询过约瑟夫的意见,雇他当司机兼保镖——并租用他的车,说好了他到机场接我,当夜送我去植物园。过了一个半小时,约瑟夫终于出现了,还带了两个面露愠怒的伴儿。原来,他们被警察扣住了,因为没带对证件而被罚了款。

我们驱车行驶在暗夜里，我望着月光下破破烂烂的小屋。每过 15 分钟就会经过一个军事路障。宪兵们检查我的证件时，总想挤出些理由问我要钱，这是一成不变的套路了。还有个警官问我有没有想过会被他们当人质挟持，既然我根本不认识他们？然后就起了争执。眼看着天快亮了，我们才开到一栋方方正正、破得掉渣儿、遍布藤蔓的灰泥石大楼前，那便是拥有 110 年历史的林贝植物园主楼。我支起蚊帐，立刻就睡着了。

次日清晨，经过葱茏枝叶、灿烂阳光，我步行到喀麦隆山区多种生物保护中心的正门口。走到前台，看到一张褪了色的标语："自然诠释至高喜悦"，还用花体字推荐游客们雇一位导游："否则，一切只是漂亮的绿色，或是壮观奇景——但没有任何意义。"

我可不想看了半天只能感叹景色奇特、叹为观止，便请约瑟夫的同事、37 岁的本杰明·加印·乔米（Benjamin Jayin Jomi）担任解说。本杰明长着娃娃脸，笑起来很狡黠，眉毛上挑，细声慢语，但对喀麦隆的植物所知甚深。当我们慢慢走进这片活生生的基因库，他不断对我解说这些本土植株中有多少已变成全球药物产业的原材料。

非洲樱桃被制成药片，治疗前列腺疾病。1987 年，寻觅治癌药物的美国生物勘探者在科若普森林附近发现了含有抗 HIV 化合物米歇尔胺 B（Michellamine b）的科若普树（Ancistrocladus korupensis），正在进行临床前调研。育亨宾树（yohimbe tree）又称"非洲伟哥"，被当作改善性无能的灵丹妙药出售，广告标签是这么写的："整夜雄起！"

"非洲总出新鲜玩意儿。"老普林尼（Pliny the Elder）在公元 1 世纪就这样写过。时至今日，医药公司加紧研究长春蔓胺，这种在伊同贡戈树（itongongo）中提取的活性元素对低血糖和脑代谢极有疗效。本杰明说当地人用它治愈牙疼，催乳，就好像游牧部落使用草药一样,已有上千年历史。把这种心形催奶植物的粉末涂抹在产后妇女的胸部,就能让乳汁源源不断。

喀麦隆人使用药树,完全和西方人购买雅维止痛片、奈奎尔感冒药一样。兽血树(majaimainjombe)就是当地人的镇痛药。不管是囊虫病还是疝气还是别的,油椰子都能缓解症状。灌木芒果(bush mango)据说能催生Y染色体,因而,埃布部落、巴扬基部落的人为了能怀上男孩,会在交配前吃这种果子。本杰明和他的太太多丽丝有三个孩子,但都是女孩。难道他不用万灵的灌木芒果?"传统不一样,"他朗声大笑,"我出生的地方,人们是不吃它的。"

我们仿佛在仙境里越走越深,还路过了一些史前小行星的残骸。我捡起一只粉红色的、状如针垫的猴子果(monkey fruit),黄色的果肉蓬蓬的,像小泡泡,吃进嘴里又像是软糖。本杰明指着一些凋谢了的、指甲盖大小的褐色豆荚告诉我,豆荚里有"天堂谷粒",父母会把这些又甜又脆的种子嚼碎,涂在孩子睡梦中的脸蛋上,孩子就不会做噩梦了。我用牙齿咬开几枚种子仁。味道很奇妙——好像巧克力豆蔻球蘸上丁香玫瑰水。中世纪时,欧洲贵族曾一船又一船地买进这些天堂谷粒,认定能从中品出天堂的滋味。

努甘(Nu Ngan),又称"知根人",是指深谙森林药典的传统医师。城市化进程中免不了有浑水摸鱼的人,对这片土地上数以万计的植物信口开河,以讹传讹。前不久,《喀麦隆论坛报》上刊登了社论,哀叹博士遍地、神医走俏,街头巷尾都是他们开的草药铺,打出旗号能包治百病。结尾作者不由慨叹:"愚弄大众!"

虽然当代的江湖郎中们在首都雅温得的十字路口叫卖神药,花园中还有许多药草的潜能尚未开发利用。伊菠加树结出的黄色泪滴状果实时常被大象吃掉。更值得关注的是,喀麦隆南部和加蓬的毕威逊(Bwiti)密教组织在入会仪式上使用伊菠加树根和树干。他们的迷幻宗教仪式直译为"爆开头脑",意欲与列祖列宗直接交流。那不止是一种高深莫测的幻觉体验,伊菠加还能消除类似戒除鸦片瘾时的症状。海洛因瘾君子们曾在互联网上发布喀麦隆戒毒之旅的报道,在那里,开出天价的牧师把脸孔涂白,活像僵尸,主持耗时长达六日、令人恶心得翻江倒海的戒毒过程。在加拿大、墨西哥和欧洲,伊菠加戒毒诊所如雨后春笋般兴起,但这种植物本身却始终是美国境内的违禁品。

走过伊菠加树,我们往花园深处走,来到一个幽暗的角落,只见另一株被判非法的植物在朦胧光影中暗自憔悴。"这就是你大老远飞来要看的。"本杰明指着一丛凑近汨汨溪流、好像在啜饮的矮灌木说道。奇迹果——贸易用洋泾浜英语称之为"甜果儿",芳蒂土著人称之为"阿沙巴"(assarbah),植物学家管它叫"山榄科常绿小乔木"(synsepalum dulcificum)——正是我千里跋涉到非洲的缘由!自打我和肯·洛夫、比尔·惠特曼一起尝过奇迹果之后,我就无比渴望打探它的真相。真相的源头就在这里。1927年,戴维·费尔恰德正是在这个花园里偶遇奇迹果的!

他在回忆录《植物探险》中写到,船在林贝港(即今天的维多利亚港)靠岸时天气闷热得很,随便走几步就像是在土耳其浴室里漫步。他的植物园向导指出"甜果儿"时,他根本没太上心。吃了几只浆果,"不至于让人兴奋不已,却绝对不难吃。"没过多久,别人给他一杯啤酒解渴。甜丝丝的啤酒一下嗓子,他登时明白过来——奇迹果!"我们立刻要来些柠檬,果不其然,吃起来都和橙子一般甜。"他写道,"我已经搜集了一大批种子,但眼下正忙着剥树皮。"

18世纪,马歇骑士(Chevalier des Marchais)的日记里首次提及这种红色小浆果。这本日记以《1725年马歇骑士几内亚航海手记》之名出版,编者按写道:"只需咀嚼,无须咽下,不管随后入口的是酸是苦,它都能生出甜蜜滋味。"(事实上,奇迹果不能把苦的变成甜的——只能对酸的东西有效。)在《1793,达荷美历史》一书中,奴隶贩卖者兼探险家阿奇博尔德·达尔泽尔(Archibald Dalzel)也提到,当地人把它和霉面包粥(guddoe)一起吃。对其第一次完整的描绘出现在1852年出版的《药物学周刊》上,作者丹尼尔(W. F. Daniell)写道:西非人在吃各种本土特产食物前都会食用这种水果,譬如馊谷物面包(kankies)、啤酒(pitto)、发酵的棕榈酒——这些特产都能酸掉你的大牙。他说,它还能让没熟透的果实变得好吃,"好像它们的成分只有糖精"。

费尔恰德是这样写的,果子本身并没有什么味道;被称为"奇迹果素"的活性元素就是糖蛋白。链接超级紧密的奇迹分子就像一把钥匙,直捣味蕾的封锁,又酷似拼图中的一小块,刚好嵌合感知酸味的领域。味觉生理学家林达·巴尔图舒(Linda Bartoshuk)博士为美国军方钻研奇迹果,她解释说,有一些微小的糖分子附着在奇迹分子的糖蛋白中。这些糖分子专挑你舌头上对甜味最敏感的位置旁落脚——擦个边,但决不越界。于是,接收甜味的味蕾不断试图够取那些糖分,就像铆足了劲要够到胡萝卜的驴。但只有当你吃进酸的东西,比如柠檬,那头驴才能突然够到胡萝卜。当糖分蹿进了味蕾甜区,就会催生瀑布式的分子连发事件,导致电流信号在神经系统里传送。这样一来,沿着神经传送到大脑里的信息就变成了:吃到了甜味。换言之,酸味并没有被转化成甜味,酸味只是被附着在蛋白上的糖分压制了。你不会把奇迹果素里的糖分咽下肚去。它们会在随后的一小时里停留在你的舌头上,等待被更酸的东西激活。一小时后,奇效就会消退。

我从花园果树上摘下了一些喀麦隆特产的奇迹果,往嘴里塞了一颗，嚼了嚼，任汁液迸射，又咂摸了片刻，让果汁浸透我的味蕾。我把果籽吐出来，旋即开始自己的酸甜测试，前前后后吃了不少东西。奇迹果对花生毫无作用可言。橘子的味道几乎没怎么变，柚子稍微甜了一点。棕榈酒是一种充分发酵、冒着泡泡的调和酒，那股子辛辣味儿并没被奇迹果遮掩多少。不过，吃柠檬可谓是立竿见影，竟能变得那么甘甜美味！简直吓人！

奇迹果的滋味深邃暧昧，难以言喻。好比交响乐中的低频音震，最低部的男低音。起先，我都不敢斗胆去舔非洲柠檬，它能酸得整张脸变形扭曲，现在倒好，我一口把它吞下去，眉头都不皱一下，还把滴到下巴上的汁液舔干净。甚至留在齿缝间的丝丝纤维也是甜蜜蜜的，百分百的宜人甘蜜。我的脑袋晕乎乎的。从没兴奋过的神经元正在中脑部位热辣辣地沸腾。我狼吞虎咽，把整只柠檬送下肚，咂摸出一点糖腌葡萄和浆果的滋味。

美国化学协会在 1964 年的全国会议中宣布，奇迹果是"无与伦比"的甜味调味剂，"奇迹果引发的甜味质地比任何已知的天然或人工合成甜料剂更具诱惑力。"他们格外钟爱用它搭配草莓吃："吃完奇迹果再吃新鲜草莓，那令人愉悦的美味无以言喻，美妙至极。"还有些调研结果显示，这是种全方位的调味料，能转换牛排、西红柿、甚至某些红酒的滋味。媒体也欢欣雀跃地编出打油诗："宝宝手舞足蹈，青少年胃口大开，成年人彻底五体投地！"

各大企业纷纷注册专利使用权，想把它打造成食欲刺激剂、食欲抑制剂和厌食剂。像荷兰联合利华、伊利诺伊州国际矿物及化学制品联合企业（MSG 味精制造厂家）这样的大公司着手调研，但最终都放弃使用这种果子，因为他们发现内含的活性元素太复杂，很难稳定并合成。

看起来，又是该念一声 WAWA 的典型时刻啦，许多地域性商务败局都能用这几个缩写来精妙概括：西非不败（West Africa Wins Again）。

20世纪60年代末期，有个年轻的生物医药学空想家名叫鲍勃·哈维（Bob Harvey），他专程去听巴尔图舒博士的讲座，后者在西点军校的讲演牵涉到美军列为顶级机密的资讯。"我留长发、戴古董眼镜，历来被认为是激进派。"回忆当年，巴尔图舒博士如是说。

"我变得神魂颠倒了。"哈维说，他那时35岁，发明了核能人工心脏，赚到了百万美元。"你可以说我当年是独立自主的大富翁，所以才能自由选择我想专攻什么课题。"他一意孤行，在巴尔图舒博士的指导下研究奇迹果。

确证了果实潜在的魔力，他创建了一家公司，完成了一篇博士论文，标题为《论山榄科常绿小乔木（奇迹果）的味觉及相关神经编码的研究》。哈维的研究围绕仓鼠实验进行，利用一套电磁波仪器测试味觉信息经由味蕾到传入大脑时神经系统的变化。"这算不上什么高超的课题。"巴尔图舒说道，"我真该……一脚把他踢出去。搁到今天，要是哪个学生像他那么干，我决不会放过他，但当时我没经验，因为他是我带的第一个博士生。不管怎么说，他过于关注科学研究的商业价值。"

就在别人惨败弃战的那个领域里，哈维发明了一套妙法，能把奇迹果素制成片剂。1968年，佛罗里达州立大学的生物学教授成功分离了活性蛋白酶，紧接着，哈维自创培养法，将蛋白提取物放在高浓度营养液中培植，得到了成百上千倍的增生体。再把这种浓缩液进行冷冻干燥，磨成粉末，压成药片。片剂易于储藏、运输并出售，不像鲜果动不动就有淤斑，采摘后只能在货架上撑足两天。

其后五年，哈维从巴克利银行、雷诺金属和保诚保险公司等投资商那里融资 700 万美元，进行大规模奇迹果商业产品研发项目。到了 70 年代初，哈维的公司——奇迹果素公司——在牙买加和波多黎各都拥有种植园。每年，那些果树能产出 100 万颗奇迹果。他们在西非也有雇员，让孩子们去捡野生奇迹果，捡满一公升就付一美元，捡到的果实全都冷冻包装运回美国。

奇迹果素滋生了一条"无糖产品"链——奇迹果苏打水、奇迹果沙拉酱、奇迹果糖豆。他们生产的奇迹果冰棒裹着一层奇迹果素，所以，先舔外面，吃到里面酸溜溜的冰棒就是甜的了。在校园里的测试表明，这种冰棒比那些使用甜味剂的冰棒更受学童们的追捧。"结果是让人震惊的，"哈维说，"它是绝大部分用甜味剂调味的产品的首选替代品。"

这番憧憬，到头来也没实现。

奇迹果横空出世，一上来就是要挣足十亿千亿的架势。糖尿病患者早已开始大啖奇迹果素。制糖产业的龙头企业无不闻风丧胆，坚信末日将至。每个人都想分一杯羹。救生水公司致力于奇迹果素的调研测试。以冰烈口香糖（Dentyne）、彩虹口香糖（Chiclet）和特莱登特口香糖（Trident）等产品闻名的沃纳－兰伯特公司还研发了一款奇迹果口味的新型口香糖。和奇迹果素有关的合同金额动辄就上八位数。

然后，美梦灰飞烟灭。

就在奇迹果素大范围上市之前，一系列神秘事件发生了。"事情开始变得很诡异。"哈维说道。不明身份者的汽车停靠在奇迹果素公司门前，戴着超黑墨镜的一行人把镜头对准雇员的脸孔一通狂拍，以此作为要挟手段。其后，有一天晚上哈维下班很晚，注意到有辆形迹可疑的车在自己的办公室前转悠，一半车身停在街面上，后一半停在草地上。他知道这种情形不常见，因为那个工业区的每个人都有自己的停车位。路过那辆车时，他朝里头瞥了一眼，只看到一支烟头闪着红光。那辆车出发了，跟着他。哈维踩下油门，开始加速。没多久，他发现自己就卷入了一场时速90码、弯道复杂、苦不堪言的追车戏码。开过一个环形针形的大转弯后，他猛然拉死手闸，在灌木丛中急停下来，同时关闭所有车灯。数秒之后，那辆车风驰电掣地从他的车旁驶过。哈维说："不管那是谁，用那种速度过那个急转弯都得吓得尿裤子。"

其后没几日，哈维和合作伙伴唐埃默里（Don Emery）吃完火鸡肉饼回公司工作，两人远远看到二楼办公室灯火通明，不禁大吃一惊。他们赶忙跑进大楼，发现警报系统失灵了。等他们跑上二楼，闯入者已经从火警紧急出口逃跑了。只听楼下运货区的金属门砰地关闭，他们又跑到玻璃窗前，刚好看见一辆车加速飞离，消失在夜色中。档案柜的抽屉都被拉开了，文件散落在地。前来调查的那名警员一口咬定，不管案犯是谁，把他们办公室洗劫一空的家伙肯定是个职业高手：没有一把锁是硬性撬开的，警报系统整个儿被拆除了。

闯入事件发生后一周，哈维所言的"灾难性事件"也爆发了。1974年9月19日，食品药物管理局的山姆·法恩（Sam Fine）发来一封信，声称"奇迹果产品"不能以任何形式出售。回想当年，哈维说："突然间，迫于法定的处罚条例，我必须立刻关闭公司。"

这件事发生之前，政府高官已承诺他们可以轻松获取奇迹果素的生产经营许可证。毕竟，研究报告的结论都是一样的：食用奇迹果完全是安全的，哪怕是大批量生产也一样。奇迹果素公司还执行了一项耗资十万美元的毒物学研究，结果显示：食用奇迹果素的实验老鼠比吃宠物食品的老鼠更健康。即便把用量增加到普通人消耗量的三千倍也不会致病。

有关这项禁令的原委，坊间议论纷纷。根据食品药物管理局的裁定，奇迹果素不是一种食物，而是一种食品添加剂。此外，它也不符合 GRAS 标准——这套"基本可认为是安全食品"的标准创建于 1958 年，旨在确保食品卫生安全。1958 年前，任何食品添加剂——包括糖、盐、人工葡萄香剂——在投入市场前都无须测试验证。非洲人吃奇迹果都吃了几个世纪了，但奇迹果素是刚刚分离出来的物质。食品药物管理局规定，食品添加剂使用申请书都需要归档延宕处置，需经多年考证以及数百万美元的后续测试。

那阵子，人工甜味剂火爆至极，围绕糖精、代糖和阿斯巴甜糖精的争议也随之白热化。奇迹果素公司想要让产品合法化，想必能从别人的故事里窥见几分真相。

六七十年代，食品药物管理局做了一系列糖精和癌症相关性实验，糖精差点儿就被禁止销售，好不容易在市场上稳住一席之地，但在消费者的抗议下，必须贴上"动物实验证明：该产品可能致癌"的标签，直到 2000 年，新一届共和党内阁废除了这项硬性规定，代糖这才不必背负"有害健康"的标签。

代糖是在 1969 年被美国食品药物管理局禁售的。从那时起，代糖生产商家艾伯特实验室为了向管理局申请合法权已砸下巨资，但都无望而归。奇怪的是，加拿大和美国的情况刚好相反：在加拿大，禁用糖精，而代糖是合法的。因此，加拿大产的甜蜜蜜糖包（Sweet'n Low）、糖心双胞胎糖包（Sugar Twin）内含代糖，但美国产的则内含糖精。

阿斯巴甜——如宜可糖（Equal）、营养糖（NutraSweet）——的合法化和一大堆疾病有关，从性无能到脑癌不一而足，从而引发了许多阴谋论。唐纳德·拉姆斯菲尔德（Donald Rumsfeld）是阿斯巴甜生产厂家塞力公司的 CEO，20 世纪 70 年代末和 80 年代初的审核期都由他掌舵，直到获得上市批文。多亏他的不懈努力，阿斯巴甜终于在 1982 年堂堂正正地走进食品市场。这条批文的负责人食品药物管理局的阿瑟·赫尔·海斯（Arthur Hull Hayes）博士此后屡遭攻击，他被指责接受了企业贿赂，最终在 1983 年离职（同年，营养糖赢利 3.36 亿美元）。辞职后不久，海斯就被塞力公司属下的柏森 - 马斯特勒公关公司雇用。直到现在，有关阿斯巴甜的毒害性问题还会在某些实验中被提及。

这些可疑的甜味剂搅得人头昏脑涨，或许，是政府部门谨慎过头了。食品药物管理局的雇员维吉尔·沃迪卡（Virgil Wodicka）告诉我，就在奇迹果素公司的申请书即将批准前，否决奇迹果素合法权的专案小组搬出了孩童食用测试报告。在另一封通信中，沃迪卡摘引了毒物学专家的顾虑：受奇迹果影响，孩子们可能会吸吮盐酸或蓄电池酸液而不自知。奇迹果素公司的执行副总裁唐埃默里也承认，他们和规章制度委员会打交道根本没经验，这很可能酿成了大麻烦。

"那项指控简直莫名其妙，"哈维继续说道，"我们请到了华盛顿专攻营养学和食品添加领域最大牌的律师和管理局对峙。我们公司的董事会成员也都是最高级别的精英。我们不是一群小屁孩，我们做的是正经大生意，对管理局也一向很友善。"商业间谍、追车、闯入公司洗劫——真正发生的是某些秘密勾当。

尼克松刚刚卸任，股票市场便一蹶不振。华盛顿正处在动荡期间，哈维甚至无法安排一场听证会和管理局委员会对簿公堂。董事们看不到前景。他们被迫申请破产。"一言难尽，长话短说吧，我不得不摧毁亲手建起的事业，把所有人解雇（奇迹果素公司共有280 名员工），我们全都遭受了巨大的损失。在我看来，这损失也是整个社会的。"

公司解体后大约五年，哈维接到一通电话，致电人曾是奇迹果素纽约投资商之一，在一家市场营销公司效力。当时，好几个集团想参与某位客户的招标活动，他正在察看一些投标书，突然被一份与众不同的材料吸引了。这个集团在"以往业绩"一栏中自诩道：曾受雇于一家制糖企业的智囊团，执行了一套策略，最终导致奇迹果素公司倒台。

"他们干得确实漂亮，弹无虚发。"哈维还告诉我，据说，把他们打得一败涂地的这个智囊团还策划了代糖合法化否决案。当我迫切要求他提供更多信息时，哈维说他曾发过誓，坚决不透露消息来源，说那家智囊团"只肯宣称他们的赞助者是代表全球制糖产业利益的生产集团"。

我也有另一个消息来源，虽然同样要求保密身份，却肯定了奇迹果变成违禁品应该归咎于竞争者。奇迹果素公司即将上市前，莫利·卡雷（Morley Kare）手头的实验正进展到最后一步，此人是莫内尔化学感知中心（Monell Chemical Senses Center）的总监，这项实验旨在把取自另外两种西非水果中的蛋白质合成为甜味剂。一种名叫莫内林极甜蛋白（Monellin），是锡兰莓（serendipity berry）中的活性成分。另一种则源自西非竹芋（katemfe fruit），名叫甜蛋白（Thaumatin）。

"他的动机纯粹是商业性的，"我的线人说道，"卡雷获悉莫内林蛋白会在市场上受挫，便联系了食品药物管理局，说奇迹果有毒。这件事太不堪了。"（我有必要在此强调：这种说法无法得到证实：莫利·卡雷在1990年去世，如果他真的做了什么事，影响了管理局的裁决，也没有留下任何证据能证明他参与其中。更古怪的是，莫利·卡雷获取了人工葡萄香剂用于驱鸟药的专利使用权，按理说，他才是葡萄苹果之父——不为世人所知的幕后之父。）

卡雷的阴谋哈维也一清二楚，他倒认为制糖企业的阴谋论更值得鼓掌喝彩。"这只是猜测的论断，但制糖业界大财团更有门路、更有影响力，确实能搞定这种事。"哈维说，"不管是谁吧，他们说服了管理局的某个大人物，绕过正常的法律议程。纯属使诈，政府里某些级别的官员被收买了。"

律师团给哈维的建议是：继续经营奇迹果素公司需要长年诉讼，劳神破财，但不一定会赢。"我已经倾家荡产，怒气冲天，真的打算把每个人都告上法庭，不择手段，但这事儿真的太磨人了，压垮了我的身体，别的麻烦也跟着来。"他说，"所以，我和太太、家人一致决定，不钻那个牛角尖，我们继续往前走。"之后，他创建了一家人造心脏设备公司，名叫"心科技"（Thoratec），目前市价已达10亿美元。哈维现年76岁，正在撰写一部基于自身回忆的有关奇迹果的书。

考虑到监控全球栽种要投入巨资，哈维不相信奇迹果或奇迹果素有朝一日会在北美遍地开花。"把1968年的1000万美元放到今天，就等于一亿五千万，"他说，"理论上，是有人出得起这个钱，没理由去怀疑。但如果你问我，现在这事儿有几分胜算，我恐怕不会太乐观。我不会赌这把。"不管怎样，事情仍在发展中，某些事可能扭转乾坤。

在日本，专为冰箱隔板设计的方形西瓜研发成功，香桃味的粉红草莓卖得红红火火，日本人也张开双臂拥抱了奇迹果。研究人员已开发出内含奇迹果素的转基因生菜、转基因西红柿；NGK隔离有限公司生产专供糖尿病患者的奇迹果素药片；在大阪和东京池袋，奇迹果咖啡店也都开张了。咖啡店的投资商们发明了一套冷冻干燥法，因此，可以在呈送各种酸味食品——酸果馅饼蛋糕、高酸度水果、野玫瑰果茶、柠檬冻和各种冰淇淋——前解冻，随取随用。两人份的蛋糕茶点约合 25 美元，但热量只有普通甜品的五分之一。

日本人还是研究南非兰巴果（lemba fruit）的先锋队。这种果含有克鲁林素（curculin）——和奇迹果素相似的糖蛋白，能将酸变甜。这个国家还出售天然甜味剂，譬如：甜菊糖（stevia）、西非竹芋糖和锡兰莓糖，这些全都是在北美和欧洲很难找到的产品。

在奇迹果研究无法进行的情况下，威斯康星麦迪逊大学的科学家们注册了巴斯恩甜蛋白（Brazzein）的专利权，那是在另一种西非水果巴里恩（ballion）中发现的甜味剂。现在，巴斯恩甜味剂的基因已被融入玉米作物。在加蓬，它被称为"忘忧果"（l'oublie），因为这果子太甜了，能让你把一切抛诸脑后。

在美国，只有少数几个业余爱好者在私家花园里栽培奇迹果。威廉·惠特曼 1952 年从费尔恰德的奇迹果树上得了一段分枝，从那时起一直到 2007 年辞世，他每天早上都在水果沙拉前吃一只奇迹果。棕榈滩四季酒店度假村也仍然在上甜点前提供奇迹果。理查德·威尔逊——佛罗里达"亚瑟王之剑苗圃"的主人——为许多癌症患者提供奇迹果。化疗会让饮食变味，味同嚼蜡。据佛罗里达肿瘤学家所说，奇迹果显然能把病人口舌中的金属化学味道一扫而空，取而代之的是一丝甜蜜，让他们重享美食乐趣。"它对化疗所引起的恶心、呕吐也有抑制效果。"

"它的用处多得很，有些没法在镜头前说。"第一次在迈阿密采访威尔逊时，他告诉我，"只要记住一点：它能让所有东西变得更甜。"在后来的电话采访中，我又挑出这一点细问，他这才直言不讳地答道："姑娘们很喜欢它，因为它能让男朋友当真变成甜心宝贝。她们买的时候都很坦率。有个姑娘说：'口交时，他的阴茎甜得像蜜糖。'我甚至在凌晨两点当场逮住我的邻居，他想到我的灌木丛里偷果子。我举着手枪走出去，问道：'你到底在这儿干吗呢？'他说：'对不住啊，我太太现在就需要这些小果子。'"

20世纪90年代，"蓝莓王"帕特·哈特曼（Pat Hartmann）在密歇根的暖棚里种过一万株奇迹果。"我瞎弄一气，"他说，"我以为自己坐拥金矿，但结果根本不是那么回事儿。"得知他不得在美国境内出售奇迹果后，有个中国买家出价，他便很高兴地全部转卖了。"我把它们全卖给中国人了，每棵果树5美元。"至于奇迹果被列入违禁品一事，哈特曼至今都难掩愤懑之情，"管理局信口开河。他们太蠢了。实话实说，他们实在太蠢了。"

处罚法规也引发了些许困惑。有个种植者说，他被告知每次出售奇迹果以4盎司为上限。"管理局允许小批量的奇迹果栽培和销售，"威尔逊告诉我，"照我的理解，那套否决性法规是为了禁止大范围、大批量的市场营销。"

柯蒂斯·莫兹（Curtis Mozie）也是一位种植者，他声称自己想卖多少鲜果就卖多少："卖果子是完全合法的。但你不能在果子上动手脚，分离奇迹果素，再单卖果素，那就不行。"他没有和食品药物管理局确证过这个论调，他说他没必要给他们打电话。事实上，他打给我了，还打了好几次，想从我这儿探听到确切消息。

我起码给管理局打了二十通电话，企图证实奇迹果的合法性范畴。经过许多毫无意义的消息和对谈后，我还是毫无把握，只能得出这样的结论：奇迹果素是非法禁品，真正的奇迹果则处在灰色地带。根据管理局1974年的文件，这种水果也不得出售。但今天，管理局向我确认了：奇迹果素不在获批食品添加剂之列（其含义就是不允许出售），但他们说水果本身超出了他们的职权范围。他们告诉我，新鲜水果是否合法归美国农业部裁决。我又联系到了农业部的六七个部门，他们都说没有相关法规涉及奇迹果是否能作为新鲜食品销售。而且，他们听都没听说过这种水果。

莫兹种了1500棵果树，每棵树能产出数百只果子，现在他在www.miraclefruitman.com上以每只1.8美元的价格出售奇迹果。"到头来，你终将能够到任何一家超市里买到我的果子。"他说。2007年春，他果然成功售出了所有水果——好几万只奇迹果。还有几千份订单压在库里。"奇迹果最美妙之处就在于，不分季节，全年都可收获。"他得意扬扬，因为至今还没有人靠它赚到大钱。"我每天都能收到订单。夏天到来之前，我会准备好十万只果子的装箱工作。你说够不够？"

第十一章

海量大生产：关于甜蜜的地理政治学

我敢吃只桃吗？

——艾略特（T. S. Eliot），
《J. 阿尔弗雷德·普鲁弗劳克的情歌》

2001年5月16日半夜，十几个蒙面人潜入加利福尼亚的一座农场。抵达一片草莓试验田后，他们双手插进泥土，连拔带揪地扯出那些果苗。

这些蒙面强盗是"弗拉加莉亚自由斗士"的活跃分子，这个民间组织结构很松散，弗拉加莉亚（fragaria）就是拉丁语中的"草莓"。他们偷偷闯入的这块试验田属于 DNA 植物科技公司——专攻转基因水果的生物科技企业。"不到十分钟，我们就让今年的实验灰飞烟灭，并造成了不可估量的经济损失。"水果造反派们在自家公报上宣称："我们锦衣夜行，就让今夜的斐然业绩留在那片狼藉中吧。"

这不是"草莓解放军"的第一次出击。自1987年公开发表"抵制喷洒过基因修饰细菌的抗霜草莓"宣言之后，他们已发动了五十余起反转基因行动。这些行动并不只是出于对抹杀基因的狂热恐慌。在随后的新闻公开信中他们解释道:"弗拉加莉亚自由斗士"是在呼吁大家回归有机种植法。在蓄意捣毁了另一家公司——植物科学有限公司——的试验田里的转基因草莓后,他们还在狼藉一片的田地里撒下各种各样的有机种子,"旨在引起人们的注意:不只是转基因植物被破坏了,可持续发展农业也被弃置于毁灭性的境地。"

转物种基因改良,指的是人为地将 A 物种的 DNA 拼接到 B 物种的基因里。过去,海胆没办法和褪色柳交配。现在呢,科学家们能运用分子科技完成"看起来不可能"的基因组合,比如:用携带蜘蛛基因的山羊奶就能制造出防弹丝线,植入萤火虫的荧光基因的烟草叶能在夜里发光。在食物产业界,主要是生产玉米、大豆和谷物的大型单一作物企业青睐这项科技。甜蜜的水果也会用到基因改良技术,但应用范围尚且有限。

抗冰草莓和抗霜草莓都携带一种"抑制冰霜"的基因修饰细菌,但这两个品牌一直停驻在研发阶段。莎弗西红柿(Flavr-savr tomato)含有能抵御酷寒的鱼类基因(确切地说,是北冰洋比目鱼),上市几年后惨遭滑铁卢。大多数夏威夷番木瓜都是转基因的,自身包含一些类似疫苗的基因成分,能让它们免遭坏斑病侵蚀而造成产量锐减。对夏威夷农夫们来说,番木瓜的存活就像一把双刃剑:在北美销售畅通无阻,但在很多国家遭到禁售。2004 年,泰国绿色和平组织的成员全副武装,把转基因番木瓜扔进"有害废物垃圾箱",并公开转播,这些激进分子也因此被逮捕和监禁。

你很难判断哪些食物被动过手脚,因为就算动过,标签上也不见得明说。一看到转基因标签,大多数消费者都会拒绝购买,但基因改良作物已悄然无声地潜入许多我们日常食用的加工类食品。转基因作物产量有保证，大规模产业化的生产企业趋之若鹜。反对派则指责转基因作物毒害了附近的良田，并警告消费群体，还没有足够的测试结果能证明分子生物工程的安全性。他们说，这项科技和多样化、可持续化农业背道而驰。未来数十年里，这场争论仍会继续下去，在日益险峻的全球化污染和可耕种土地减少的局面下，转基因物种干预已被奉为唯一的救世之道。不难想象，这种科技也能成为迫在眉睫的香蕉危机的解决方案。

直到20世纪60年代，"大迈克"（Gros Michel）一直是全世界最棒的香蕉品种。当一种名为"巴拿马病"的致命真菌泛滥时，种植者的第一反应是找片新地，重新种下香蕉树。他们在原始热带雨林里耕出无数田地，却发现，不管他们挪到哪儿，那种病毒都会紧跟而来，种植者们无计可施，被迫培育新品种以取代"大迈克"香蕉。新的王座属于卡文迪许（Cavendish），迄今为止，它已是全球贸易中最主要的香蕉品种，为了这次改朝换代，种植者们耗费了数十亿美元。

不过，卡文迪许的宝座似乎也岌岌可危了，它已经感受到了变种病毒的威胁。除了巴拿马病第四生理小种，还有名叫"香蕉叶斑黑死病"的高度传染性真菌横行热带，所有香蕉园无一幸免。卡文迪许遭遇困境，但情况毕竟不像爱尔兰土豆饥荒时期那么糟——整个国家只有单一品种的土豆，疾病一旦爆发，每一颗土豆都活不成。

专家小组们正在研讨对策，能不能先发制人，把卡文迪许从恶疾手中挽救出来？这场黑死病会让许多国家面临饥荒、社会动荡和经济萧条。香蕉，是许多热带国家人民的主要食物，也是东非地区碳水化合物的主要来源。发展中国家的香蕉年产量高达7200万吨——而发达国家的产量只有 1 吨！

想让卡文迪许免遭灭族之灾，就需要能抵抗新病毒的新品种。不幸的是，当科学家们四处寻觅被世人遗忘的香蕉时，却发现许多野生香蕉品种都因伐木业和城市化而消失了。幸运的是，多亏了一些民间独立团队的努力，不少产自偏远地带的香蕉被分类归档，在全世界各地的种子银行里得以保存。泰国香蕉俱乐部一直在拯救剩余丛林里的稀少品种，并播种到世界各地。俱乐部成员里不乏神勇斗士，比如赫尔辛基大学的马尔库·海基宁（Markku Häkkinen），他住在芬兰的一套公寓里，靠稀奇古怪的香蕉果腹；还有迈阿密的威廉姆·莱萨德（William O. Lessard），他在自家苗圃里玩儿禁室培育，数十年如一日，藏了好些特殊的香蕉。

根据联合国提供的资料，仅有一株保存在加尔各答植物园里的香蕉树含有免疫叶斑黑死病的 DNA（它的全称是小果野芭蕉，Musa acuminata spp burmannicoides）。如果在香蕉里找不到其他抵抗病毒的基因，科学家们将有两个选择：用别的品种取代卡文迪许，或者，从不相干的物种中借取基因。热带作物改良实验室已经制造出一种含有小胡萝卜 DNA 的香蕉，能够抵抗叶斑黑死病。看起来，似乎只有靠拼接基因才能挽救卡文迪许。

还有人建议，种植者和政府应该把注意力集中在一些新品种上。作物多样化是天然的解决之道，能有效缓解疾病灾害。红蕉（red banana）和矮生香蕉（dwarf banana）开始露面，事实上，还有很多另类选择，比如：血蕉（blood banana）、甜无花果香蕉（sugared-fig banana）和大肚香蕉（pregnant banana）。冰淇淋香蕉（ice cream banana）外表看起来是银蓝色的，吃起来像香草冰淇淋。泡咯咯香蕉（popoulou banana）的果肉是口香糖般的粉红色，还有明显的苹果味儿。哈哈香蕉（haa haa banana）的果肉是明亮的橙色。缅甸蓝蕉（Burmese blue banana）名副其实。行家们一见麦卡波香蕉（Macabbo banana）就乐得爆粗口，它还有个名儿叫牙买加红蕉（Jamaican Red）。西方人所称的金香蕉（golden aromatic）在中国名叫"隔山飞"：它的香气隔着山也能闻到。千指蕉（thousand-fingered）全都只有拇指大小，长起来却很疯。祈祷手香蕉（praying hands）活像一堆香蕉紧密凑成了一只棒球手套。不管它们听起来多让人激动，靠单一作物过活的种植者们还是不愿意关注这些低效品种，理由很简单，种植这些香蕉有悖于农业资本主义信条——要种就该种高产量、质量可靠的品种。人们对基因工程提高警惕，这和当初人们质疑广受欢迎的嫁接术并没有太大差别。说真的，在增援非洲食物供应方面，转基因技术能起到关键作用。现在已经培育出自含疫苗的香蕉，得不到疫苗注射的孩子们只需要吃香蕉就能避免致命病毒的侵扰。这能预防每年数百万人因病死亡。

然而，面对信誓旦旦的跨国农业综合企业，公众却变得越来越谨慎。绿色农药和灌溉系统的改革确实提高了产量，但没有终结全球性饥荒；虽然能挽救生命，却也迫使农民们越来越依赖化学种子公司。围绕转基因的争论必须考虑到现代食品生产的整体结构。赞成派视其为抵御高风险、巩固生产系统的良策；反对派则呼吁采用石化生产单一农作物之外的可持续性农业方式。正如政治哲学家指出的，到了某个特殊节点，抵制转基因工程就会被视为抵抗全球资本主义霸权及其政治根基，亦即自由民主的一种方式。

现代香蕉史话源自19世纪70年代。23岁的美国人麦纳·吉斯（Minor Keith）开始筹造一条贯穿哥斯达黎加森林的铁路枢纽。当他在铁轨两边种下香蕉树时，根本没想到这些幼苗后来蔓延成了一片庞大的水果帝国。事实证明，经营哥斯达黎加人的交通不是英明的投资，但吉斯顺路把一车皮一车皮的香蕉运到北美，反倒赚了大钱。差不多就在那时候，马萨诸塞州的渔夫洛伦佐·道·贝克（Lorenzo Dow Baker）把香蕉装船，运到牙买加。1899年，这两人顺利会师，结成联合水果公司，跃跃欲试，要垄断中美洲和加勒比海域的香蕉市场。

"香蕉共和国"，这是他们众所周知的昵称，除了香蕉，他们也做其他物资的进出口生意。联合水果公司牢牢把握多个国家的香蕉贸易和运输设施，因而，对各地政府拥有主导性的影响。他们充分运用自己的庞大势力，将魔爪伸向多个领域，无论在政治扩张、邮政系统还是香蕉种植方面都一手遮天，因而得到"大章鱼"的绰号。

他们侵犯人权的恶行越来越猖獗。数十年间，联合水果公司一直动用武装手段压制劳资纠纷。其最主要的谈判手段就是强力镇压，最典型的案例当属"哥伦比亚圣玛尔塔港大屠杀"：联合水果公司向罢工的工人们开枪。在两次世界大战中，其"大白舰队"曾运载过士兵和军用物资。他们资助猪湾入侵，反对卡斯特罗主张种植业国有化。为了扫除香蕉种植园扩张计划中的阻碍，他们还收买洪都拉斯军队铲平山村。他们甚至贿赂中美洲国家的数位总统，以求减少出口税，此举被美国证券交易委员会逮了个正着。根据美国国会图书馆1995年公布的资料显示，这家公司在1954年危地马拉流亡政府发动的军事政变中扮演了决定性的角色，政变推翻了民选政府，将和平的危地马拉推入数十年民不聊生的内战。众所周知，他们还让工人们不加防护地使用有致命危害的杀虫剂，为了杀死线虫而使用DBCP①，导致三万多南美男性工人罹患不育症。1975年，公司CEO埃利·布莱克（Eli M. Black）从位于45楼的办公室一

---

① DBCP是1,2-二溴-3-氯丙烷的简称。

跃而出，跌落在公园大道上，这起自杀骇人听闻，仿佛是模拟中古末期的波希米亚人把触犯众怒的罪人扔到窗外，只不过是罪人亲自动手罢了。

如今，一听到"香蕉共和国"，我们首先想到的是服装连锁店，但这个名字背后的历史是卑鄙无耻的剥削，以及很多不可告人的秘密。现在，联合水果公司改名为"契基塔"（Chiquia），努力改善员工的工作条件，建造学校，提供医疗服务，允许环境监察机构——比如，执行改良香蕉计划的"雨林联盟"——对种植园的实际操作提出建议和意见。但在 2007 年，有证据显示这家公司为了保护名下的香蕉种植园，曾资助哥伦比亚恐怖组织"哥伦比亚联合自卫准正规军"。

我们可以从 1999 年爆发于美国和欧盟之间的贸易争端中窥见这家公司目前的政治手腕。当欧盟提出契基塔的进口香蕉总量应有上限时，美国政府就站在契基塔的立场上加以干涉。这或许和契基塔 CEO 卡尔·林德纳（Carl Lindner）在香蕉限额令争端达到最高潮时慷慨捐助美国政府 500 万美元有关，他也因此成为美国政界的最大赞助者之一。林德纳还授权参议院的大人物——鲍勃·多尔（Bob Dole）——随意使用自己的私人飞机。契基塔的大手笔很有效：最终，美国政府施压，对很多欧洲商品征收 100% 的关税，包括法国卡曼波特奶酪、克什米尔羊绒衫和奢华手袋。贸易制裁行之有效：香蕉限额提高了，契基塔甚至得到了更多的欧洲市场份额。

这种铁腕战术主宰全球贸易已有多时。美国是全世界最大的食品出口国，每年售出价值 400 亿美元的农作物——包括 200 亿美元的税收津贴。很多国家发现，即便本国自产某些农作物，从美国购买也要比自己种更便宜。比方说，小麦，最早起源于伊拉克，但现在是美国把小麦卖给伊拉克。"去年（2006 年），我们获得了将近四分之三的伊拉克小麦市场份额，数额很可观，超过300万吨。"美国外国农业部谷物及饲料部长鲍伯·里门施奈德（Bob Riemenschneider）这么说。（战争时期，美国军方在伊拉克执行了"金色麦浪"计划，将美国产的小麦种子发给伊拉克农民；但用这些种子反复播种是非法的，每年必须购买新种子。）又比方说，玉米，1492年11月5日，哥伦布船队的水手们在古巴偶遇"一种被叫作'美因兹'的谷物，非常好吃，可以烤，可以晒干，还可以磨成粉"。现在，古巴和别的自由独立国家一样，从美国进口转基因玉米，尽管乙醇制品在提价，贫困国家的营养问题仍在恶化。西方国家的关税津贴制度有很大的问题，大量资本持续不断地涌入发达国家，与此同时，却让那些无法与人为压价竞争的小国和外国农民的生活每况愈下。

这也不新鲜，自从重商主义时代开始，热带资源被开发只是为了北方的利益。奴隶们为欧洲人收割庄稼，资本主义和全球贸易深深扎根在不平等制度这潮湿黑暗的劣土中。早期无政府主义者皮埃尔-约瑟夫·蒲鲁东（Pierre-Joseph Proudhon）就将不平等归咎于私有制。霍布斯主义的支持者则声称，这等于是倒退到人类占有领土的原始阶段。

直到今天，我们的食物供应仍然依赖移民劳工，他们却要忍耐种种非人的待遇。在美国，采摘水果的人不是农民，更不是农场主。很多人是受制于佃农合约的雇佣工。在这130万短工中，大部分人觉得自己能挣到最低工资已算幸事。他们几乎一无所有。他们把生活开支削减到最低程度，住在车里、山洞里或肮脏的棚户里，以纸板箱和塑料布为帐篷。据一位经济学家说，如今的水果采摘工"好比维多利业时代捉老鼠的工人"。倘若没有这些劳工，全世界就没得吃。

虽然生产过程漏洞百出，但至少南方国家已经开始经营起本国水果向发达国家的出口了。自20世纪90年代起，海外水果的消费量呈现井喷态势。根据美国国际贸易委员会的数据显示，芒果消费量从1990年到2000年增长了三倍。番木瓜的人均消费量从1998年到1999年增加了56%。如今，在北美超市里看到番荔枝、柚子、激情果和鸭梨已不算稀罕事了。不幸的是，许多海外水果只能算次品——哪怕外表看起来毫无瑕疵。

水果买卖利益可观，已成为主要贸易形式之一，气候适宜大规模种植的国家因此获得了数以百万计的美元收入。但是，因为许多国家没有配备相应的精确评估体系，我们很难精确估算出全球水果贸易的总量。每年，全世界水果产量大约会有五亿吨，能创造出数千亿的财富。仅在2006年，光是美国的水果零售赢利就将近550亿美元。每年，美国人平均要花200美元购买水果。因为南北半球季候相反，智利现已成为12月到5月间北美和欧洲新鲜夏季水果的首要供应国。据智利鲜果协会的资料显示，水果出口已是本国发展的主要战略方向。

别的国家竞相培育最适宜本地气候的水果品种。中国卖出的苹果最多，任何国家都无法与之相提并论；美国位居第二，但相差甚远。土耳其卖出的樱桃最多，美国依旧是第二位。比利时的梨子出口总量位居第一。印度是香蕉和芒果的出生地，这两种水果的出口总量也因而最多，因为美国开始引进阿方索芒果，印度已预备扩张市场。墨西哥鳄梨蓄势待发，但仍在申请印度的进口许可，因为鳄梨会减少芒果派的利润。

摩洛哥的橘子年产量有45万吨，而中国高达1100万吨！不过，摩洛哥的橘子销往欧洲和北美，能赚到11500万美元的外汇；而中国橘子销往发展中国家，只能赚到8500万美元。与此相比，西班牙出口 200 万吨橘子就能赚到 13 亿美元，这个数字更有利于我们完整地看待这个问题。

水果一出口，就有成千上亿的外汇飞进来，各国政府便不遗余力地尝试多出口、少进口。大家都这么做，显然就会有人吃亏。因为发展中国家无法像发达国家那样买入进口货，北方农夫的亏损就由巨额津贴来弥补。出口创汇型经济体系的恶果也表现在生态环境大破坏。想想吧：每一年，英国出口 20 吨矿泉水到澳大利亚，同时进口 21 吨。英国新经济基金会①一针见血地指出：全都是浪费型贸易，无一例外。但随着世界人口总数逼近 80 亿，"弗拉加莉亚自由斗士"推崇的田园诗般的有机种植方式不太可能为持续进行中的世界饥荒悲剧提供任何有效的解决方案。

人类始终无法透彻理解水果是怎么长的。我们的祖先深深敬畏植物的神奇力量，因而发明出各种各样的魔法，只为了种活它们。秘传种植技法手册留下的零星碎片上满是符咒，只为了得到没有果核的水果、没有硬壳的坚果和不用开花就得到的果实。炼金术士们那些积尘厚厚的大部头著作里写满了步骤详解：绕着苹果幼苗洒下公牛血就能收获红苹果，在桃树上泼洒山羊奶就能得到石榴。在树上钻个洞，洞里填满香料，古人认为这样就能改变水果的口味。甚至宣扬"知识就是力量"的弗朗西斯·培根也相信，用热水浇树能催生无核的果实。他亲笔写道："种种迹象表明，把果核从果实中去除，这只是天经地义的高尚之举。"

如果说水果种植的未来莫衷一是，过去的历史就更难定论。现

---

① New Economic Foundation，英国独立智囊机构，成立于 1986 年，致力于创建基于平等、多样化和经济稳定性的财富创造新模式。

代人用化肥、杀虫剂和灌溉，古人用祈祷、献祭和恐吓——对众神、对植株都是如此。无数文化传统中都有献祭活人以求丰收的古例。还有人威胁树木，让它们结果。在马来西亚，男巫会用一把小斧敲击榴莲树干，口中念念有词："看你现在结不结果？不结果，我就结果你。"躲在旁边一株山竹果树旁的男人就会假装自己是榴莲果实，大声回复："我愿意，我结果；我请求你不要砍倒我。"

我们确实不了解水果，但我们知道一点：可以跟它们捣乱。我们也尊重——并害怕——它们的能力。印度尼西亚的加勒拉里部落人相信，谁吃了掉落在地的果子，谁就会蹒跚跌倒；哪个女人吃了同枝上的两根香蕉就会生下双胞胎。在别的原始部落里，土著人会在仪式上喂孕妇们吃水果，以确保果实丰收。

治理土地很复杂，千百年来一直困扰着我们。大地潜藏孕育万物的活力，也包容死亡，集爱神厄洛斯和死神塔那托斯于一身。欧洲农妇曾朝土地上挤乳汁，以求土地盛产。我们用头发、血液、用过的假发、腐烂的毯子和几乎任何一样有过生命的东西给土地施肥。有一个种波士顿葡萄的农夫曾把葡萄根系埋在一头马戏团的大象正在腐烂的尸体里。科学家们刚刚在托斯卡那葡萄园的泥土里发掘出一副完整的鲸鱼骨骸。直到1959年，坦桑尼亚的农夫们仍在进行"瓦压布达"(wanyambuda) 仪式：用人血和尸块混合种子进行播撒，这是一种很古老的施肥仪式。如今，美国"废弃物管理"公司会处理人类排泄物，制成固体小球，当作肥料出售。

被大规模使用的最残忍的肥料大概就是骨头。19世纪对骨头的热望无比强烈，英国园艺师们曾一本正经地谈论如何"把穷人转化为肥料"。从埃及挖出的成千上万尊木乃伊被船运到英国，碾碎后播撒在田地里。率先推广化学肥料的德国化学家李比希（Justus von Liebig）就曾控诉英国人从欧洲战场上掘墓抢掠，抢来骨骸当作骇人听闻的植物养料。"在 1827 年,"他这样写道,"用作肥料的尸体进口总量累积到 4 万吨。"

那时候,鸟类的排泄物——鸟粪——和尸体一样,是最宝贵的肥料。19 世纪中叶,人们在靠近秘鲁海岸的一些小岛上发现了大量海鸥群。1852 年,"鸟粪之战"在美国和秘鲁之间爆发。那时,鸟粪价格高居每吨 73 美元。(就在我写这个章节的时候,一桶原油的售价是 72.8 美元。)1856 年的"鸟粪行动"让美国国民有权占领无人居住的岛屿,以供搜集鸟粪之用。到了 19 世纪 60 年代,西班牙为此对智利和秘鲁宣战。鸟粪之争直到人工氮肥、磷肥和钾肥的发明才告终。

1984 年 12 月 3 日,午夜刚过,印度博帕尔市所有的树上的叶子开始掉落。镇上的居民剧咳不止,被邻人的哭喊尖叫声惊醒。大街小巷很快挤满了人,晕眩着、呕吐着、咳出泛泡的血水,还有妇女失血流产。"好像有人在我们的身体里塞满了红辣椒。"幸存者查帕·德维·舒克拉(Champa Devi Shukla)这样描述当时的感受。

博帕尔悲剧是有史以来最严重的化学灾难,直接导致数万人死亡,千百人受伤。先天缺陷、残疾、重病和污染让这个地区直到今天仍处于瘫痪状态。后续调查证明,这场灾难是由附近的联合碳化物工厂发生异氰酸甲酯泄漏引发的,这种化学物质是生产氨基甲酸盐杀虫剂所需的原料。

在我们的水果上喷洒的许多化学物起初都是"二战"期间用于制造神经毒气和其他化学武器的。战后,为了继续经营,生产战时化学物品的工厂纷纷转向民用产品,让化学化合物用于水果种植。虽然化学产品帮助植物克服了天敌,成效卓越,有目共睹,但它们也渗入了我们的食物生产流程,引发了不断的争议。

杀虫剂生产厂家声称，它们的产品对人体安全无害，但鲜有人用不可辩驳的证据来证明这一观点。相反，独立研究机构把水果中的化学物和癌症、先天缺陷、不孕症、帕金森症、哮喘、荷尔蒙紊乱和一系列痼疾直接挂钩。国家科学院也有所表态：因为这些毒素影响人类神经系统和神经化学，尤其对孩子来说很不安全。毒素在人类的精子和卵巢中繁衍扩散，直接影响到我们的生殖发育。在北美母亲们的乳汁里已发现有杀虫剂成分。《美国流行病学周刊》上曾刊登专门文章，论述乳腺癌和日常杀虫剂的使用有直接关联。

没人知道这些化学反应是如何在我们身体里发生的，因为，这些化学成分总是未经研究就广为流传。1976年美国颁布的《有毒物质控制法案》规定，化学复合物只需通过是否"有确凿证据证明存在潜在伤害"。但真正符合规定的化学物少之又少，因为大部分化学制剂投放市场的速度很快，相关的公众常识也极度匮乏。所有杀虫剂必须在环保局登记，然而，就如环保组织所警示的那样："因为杀虫剂的毒性作用令人担忧，人们不能完全理解，有些杀虫剂甚至完全未经科研调查就上市了，商家都很聪明，不到万不得已就不会曝光杀虫剂的详情。"90%的新型化合物都得到安全认可。《国家地理杂志》撰文提到，"美国人使用的82000种化学物中，只有四分之一经过毒性测试。"人造合成化学物从未被列入"成分"一栏，毫无公开性可言。

市面上的水果含有害农药残留毒素，这一点是毫无争议的：微小剂量或许对人体无害，但积少成多就能要人命。印度博帕尔惨案也好，军用灭草用的"橙剂"也好，农用化学物已经夺去了无数生命。

百菌清（Bravo）、杀虫者（Monitor）、箭步（Champ）、达标（Goal），这些杀虫剂的名字看起来天真无邪，简单明了，掩饰了它们狙击手般的杀伤力。杀螨剂针对螨虫；除草剂用来灭除杂草；杀真菌剂能将霉菌全部杀死；灭鼠剂能瞬间置小动物于死地。农药的内吸性指的是：化学物在植物内部贯通无阻，无论是树根、树干、树枝、分枝、树液、花朵、水果还是种子。然后，我们把它们吃掉。最近的一项调查显示，在一只普通的苹果里能发现37种化学物。带皮吃的水果所残留的农药剂量最高。市面上的草莓、桃子和覆盆子都好比"农药海绵"。

2003年，美国毒物控制中心联合会（AAPCC）毒物暴露监督系统（TESS）报告了6442起农药中毒事件，绝大部分都是意外事故。1695位中毒者在急诊室接受治疗，还有16人死亡。当患者吐出含有有机磷酸酯的杀虫剂，急诊室人员将按规章制度把这些液体当作"有害化学物质泄漏"做特殊丢弃处理。

有机磷酸酯农药应用于71.6%的苹果、59.6%的草莓、37.2%的梨和27.1%的葡萄。这种化学物质在自然环境中能够迅速分解，但过量残留会导致视觉衰退、行走困难乃至死亡。农药中的氨基氰水溶液也有毒，会导致恶心、呕吐和副交感神经亢奋。果农们用这种农药控制葡萄、草莓、奇异果和其他果实长势均匀。甲基对硫磷是20世纪50年代使用的神经毒素，能让昆虫的神经系统迅速失效，同样，对人类也有相似毒效。这种农药就像泰瑟电击枪的口服版本，不会让你整个身体失灵，但会让你的骨头感觉被揍了又揍。在相关的儿童安全法规2000年出台前，所有市面上的水果都用过甲基对硫磷。虽然使用剂量减少了，但我们至今仍能在蔬菜里吃到它，大概是因为人们相信烹饪过程会减少毒性吧。

诸如DDT这样的"神奇肥料"常常要犯下数十年的罪孽才会被淘汰。官僚主义天性懒散；化学部门更是尽其所能，能拖就拖；普通果农一心打败害虫，无所不用其极。20世纪50年代以后，谷硫磷（AZM）被喷洒在苹果、蓝莓、草莓和梨子上。美国农业工人联合会的艾瑞克·尼科尔森（Erik Nicholson）曾说过："这种杀虫剂每年都让千千万万个工人冒着罹患重大疾病的风险。"2006年，环境保护组织宣布，谷硫磷农药应在2010年前逐步淘汰。

然而，还有很多毒物逃之夭夭。狄氏剂（Dieldrin）的毒性持久力之强令人震惊，有些科学家甚至预测：就算人类灭亡，狄氏剂还能留存在生态环境中。甲基溴会导致呼吸疾病、惊厥和急性躁狂症，还会剧烈损耗臭氧量，可是，美国农业企业界反复阻挠，拖延停用甲基溴，哪怕《关于消耗臭氧层物质的蒙特利尔协定书》生效，他们还申辩说这属于过渡时期的紧急特例。根据联合国的协定，2005年前就应该彻底淘汰甲基溴，可果农们仍然将其用于草莓。大剂量喷洒"围捕"（Round Up）牌农药——孟山都农业生物科技公司的草甘膦除草剂——已经严重危害到人类健康，并灭绝了某些地区的植物群和动物群。（战争时期，你可以用它当作毒药武器，阿富汗人曾把它喷洒在空中，用来灭绝罂粟作物，中美洲人用它来扫荡古柯作物。）尽管调查研究显示，甲基溴与遗传性损伤、非霍奇金淋巴瘤和生殖疾病有直接关系，但在美国它仍被列入"对人类非致癌性农药"之列。

2007年，六名尼加拉瓜农场工人向洛杉矶法院提出控诉，他们为都乐食品公司喷洒DBCP农药后失去了生育力，陪审团裁定他们将得到3200万美元的赔偿金。在尼加拉瓜也有相似的案件，包括都乐在内的一些企业被判支付6亿美元给遭受杀虫剂后遗症的工人，但厂方坚称：由于工人们提出申诉所依据的法律不符合宪法，所以无须承认判决的合法性，也无须支付赔偿金。

在欧洲，"化学品注册、评估、授权和限制"（REACH）及其相关法规始终在敦促企业提供证明产品安全性的有效数据。他们也遭到化学品厂商的强烈抵制。不过，我们身边的有毒用品理应在成分标示和毒性调查方面增加透明度。如果制造厂商真的很确定基因修饰食品、杀虫剂和克隆肉食对人体无害，他们就应该问心无愧地在产品上贴上标签。毕竟，癌症会夺去半数男人、三分之一女人的性命——语出萨缪尔·爱普斯坦（Samuel Epstein），癌症预防同盟主席。

我们的行为方式会让后代困惑不解，在这一点上，我们和祖先一模一样。军工企业利用化石燃料为大规模农业生产体系煽风点火。成吨成吨的重金属、有害肥料，甚至残留放射性物质的废料被喷撒在美国农田里。在20世纪90年代，昆西和华盛顿的厂商们故意把有毒工业废料当作肥料卖给农场主，结果导致癌症、脑瘤和肺部疾病的大规模爆发。近年来，印度农民们开始在棉花地、红辣椒地里喷洒可口可乐。他们说，可口可乐也有杀虫效果，而且价廉物美。记者万达娜·希瓦（Vandana Shiva）在报道中说：成千上万的印度农民因背负巨额债务而自杀，许多人都是喝农药死的。

20世纪90年代晚期，科学家们针对桂圆树反季结果的现象做了一番研究。他们研究的桂圆树分布在庙宇周围，举行宗教仪式时，庙里会燃放大量烟花爆竹。调查结果显示，爆竹中的火药催生开花结果。现在，大部分桂圆种植者都把氯酸盐——火药——当肥料用。结果，残留物积存在泥土中，过滤出的毒物污染了附近的地下水。1999年，泰国桂圆肥料仓库着火，好像点燃了一根根罗马蜡烛，四十名果农工全部丧生。

美国公众利益科学中心（CSPI）声称："每年约有7600万美国人因为食物传播的有害物质得病，5000人死亡。"虽然我们认为它们很安全，但不幸的是，水果就像工业化食品链中的所有产品一样，是食物毒源。每一年，受污染的食品生产比海鲜、家禽、牛肉或蛋类所造成的疾病更多。甚至有机食物也会把有毒细菌引入我们的血液循环，最近爆发的"毒菠菜事件"就是最好的例子。

瓜类和苹果汁中时常出现大量大肠杆菌；橘子汁、哈密瓜和西红柿中有沙门氏菌；草莓中会有肝炎病毒；各类浆果中会有环孢子虫；接触过污染水源的水果中会含有大量霍乱弧菌。甚至还有过官方记载：苹果汁中含有放射性同位素，因为所选用的浓缩苹果液来自切尔诺贝利核尘覆盖区域。

两难之处就在于：水果看似纯洁，有益健康，但传播水果的过程必须忍受妥协，接受很多权宜之计，以至于我们吃到水果的时候，它们早已丧失了令其与众不同的本性。

要说我们的食品现状，我再也想不出比加利福尼亚国际祷告之家（IHOP）窗上的那两张海报更凄惨的范例了。第一张是彩色照片：堆满了香蕉、草莓、坚果、糖浆并浇上起泡奶油的美味薄饼，写着："欢迎来到天堂！"第二张贴在下方，是一份8英寸×10英寸的影印件，上面写着："此处销售的食物和饮品中或许含有诱发癌症、先天残疾及其他生殖系统疾病的化学物。"许多快餐店里都贴有此类标示。天堂不在地球上，至少不在这些免下车服务餐厅里。

农业界刚刚开始把"可持续性"视为其目标。欧洲启动了一项革新性项目：农场主如果把耕地改造为森林，政府将给他们农场发放津贴。这一举措成效卓著，欧洲森林覆盖率在过去的二十年间增长了10%。这种主动造林的策略应该在全球范围内得到推广。根据美国国家研究理事会的报告，美国政府实施的大部分政策实际上"与保护生态环境良性循环、采用新型农业体系的精神相抵触"。政府规范委员会不仅要维护捐助者的利益——自1990年后，农业企业主已向美国各界政团捐赠4亿多美元——也受制于各类工业分会公开拥有的诸多利益。

小罗伯特·肯尼迪（Robert F. Kennedy Jr.）曾说过："现有超过一百名来自污染性工业企业的代表占据了联邦政府环境质量监管部门中的重要职位。"2001年到2005年担任白宫环境政策办公室主管的菲利普·库尼（Phillip Cooney）也是美国原油协会的前任首席说客。他辞职后的第三天就到埃克森美孚化工公司走马上任了（丑闻随之而来，他篡改有关全球变暖的政府报告一事被媒体曝光）。同样，在国家森林和公园里出现商业伐木事件也就不奇怪了，事实上，从1998年到2002年，美国林务局局长马克·雷伊（Mark Rey）就曾经是木材砍伐商。美国农业部食品营销及监管部的部长也是美国家畜饲养协会主席。农业部长也曾是美国肉类包装协会的会长。2006年，美国食品药物管理局局长莱斯特·克劳福德（Lester Crawford）因不实报告以及在他理应监管的食品、饮料和医用设备公司之间产生财务利益冲突而认罪。

美国著名记者、评论家比尔·莫耶斯（Bill Moyers）曾说："你放眼去看吧，到处都是狼狈为奸和监守自盗。"莫耶斯在PBS电视台制作的有关食品农药的纪录片中揭露了化学品公司隐瞒产品含有危害性毒素的信息，因为这些内容一经曝光，必定带来难以估量的经济损失。他掌握了一些公司内部的备忘录和存档证据并进行调查，确证了我们生活在"由化学工业体系亲手设立的监管体系下，他们完全可以保证利益先行，再来谈安全性"。

1900年，38%的美国人是农夫。今天，只有不到2%的美国人从事农业生产。威廉姆·赫弗南（William Heffernan）在《论农业体系和食品整合》中指出，不管消费者购买农民生产制造的什么食物，总有十几个从事包装、加工和运输（比如嘉吉、孟山都和

ADM 这类公司）的中间商获得最高的利润。

美国农民的自杀率是美国国民平均自杀率的四倍。在发展中国家辽阔的种植园中，工人们在闷热酷暑中挥舞镰刀，被黏糊糊的树液浸得浑身湿透，非但要与无数巨大的蜘蛛和蝎子搏斗，还必须接触可能置人于死地的杀虫剂，然而，他们只能得到可怜巴巴的低薪。流行病科学家对田野工人的调查显示，他们的健康问题日益增多，诸如淋巴瘤、帕金森症和多种癌症。据美国安全委员会所言，农民日复一日地在高温和热衰竭的条件下作业，直接接触化学品，持续乏累地弯腰收割又会导致神经损伤和神经紊乱，因而被认为是美国国内最具危险性的产业。

只要摘果子的工人爬梯子，赔偿金就会直线飙升。于是，大型种植商人现在都采用矮株果树。多年来，农业企业主们不断尝试，想用机器人代替采摘果实的工人。牛顿研究实验室已研发出一种能够从视觉上分辨形状和颜色的机器。现在，新西兰的奇异果都是由一天工作 24 小时的机器人分拣、划分等级，甚至授粉。这些自动化机器人由工人监控，按每 8 小时一班计算，平均每班只需一个半人工就够了，设计者之一罗里·弗莱默（Rory Flemmer）介绍说，它们"还能搜集数据资料，以便冷藏库操作工知晓哪些果子该上市以及该在何时上市"。未来的目标还包括：让擅长分辨果实成熟度的雄蜂从早到晚在果园里飞行，相比四千年前的埃及人曾训练猴子摘果子，雄蜂探测法显然更能行得通，但这种做法的利弊还有待商榷。没人想要金属手指采摘的红莓。

机械化的水果生产是非常古怪的。可移动的摇果机器能把果实从树枝上摇下来，长得就像童话里的四不像，褐色的金属钳子夹住树干，猛烈摇晃果树，力道大得能把一棵树晃成点彩画里的模糊风景。然后，钳手绕树一周，用一根铁杆猛抽树枝，不管枝头还留着什么样的果子，全都砸下来为止。划桨机器手和抽吸泵一起合作，把果子揽到一处，堆在一张垫子上。最后，被狠抽猛打过的果树枯萎不振，你一眼便知。

当今农业要求精准种植，农民们使用电子设备监控水果的大小、成熟度和紧实度。有些种植者拥有连接电脑的卫星系统，以便监测气候变化。冰雹天里，雷达激活防雹枪会发射音波，融化冰粒，化冰雹为雨水。莱奥纳多·达·芬奇曾建议种柑橘的果农把果园造在溪流附近，到了冬天，水流就能为加热风扇制造动力。今天，数码警报器连同丙烷加热器和状如风车的热风机使作物在寒冬腊月也不会受冻。直升机盘旋在果园上空以使热空气流通，并驱散雾气或潮气。喷洒器居高临下给果树浇水，假如水会在果树上结冰，喷洒器还能释放热气。

近期普查揭示了一点：很大一部分消费者更青睐咬起来嘎吱嘎吱脆的桃子，而不介意硬邦邦的粗糙品相。我们中的绝大多数人从未品尝过一只地地道道的好桃子，更别提从树上刚刚摘下的新鲜桃子啦，它们毛茸茸、淡粉色、圆滚滚的……咬下去甜汁四溅！恰如马歇尔·麦克卢汉（Marshall McLuhan）所言：我们变得如此远离现实，以至于越来越喜欢人造感。我们觉得假的也不错，部分原因在于选择面不够广。汁水充沛乃至肿胀的桃子甚至不在超市里卖，主要是因为它们不便于运输。安大略农业部的桃子培育者肯·斯林厄兰（Ken Slingerland）就曾信誓旦旦地说他痛恨汁水多的软桃子，他对我说："汁水溅得你满脸都是。我们相信消费者会更喜欢像苹果那样咬起来嘎吱嘎吱脆的桃子。每个人都有自己的偏好，我就喜欢嘎嘣脆。"我还和另一个农场主聊过，他却觉得产业化种植出来的桃子活像"用死人脑子做出来的、味同嚼蜡的卡夫牌（Kraft）晚宴水果"。

也许，嘎嘣脆派坚信，所谓其他选择只是寡淡无味的软桃子。可是，世上真的有比超市里卖的好上十万八千里，乃至一光年的桃子！有些果农戏称软桃子是"有脊椎推拿功效的水果"，因为水分太多，你只能弯下腰低着头吃它们。不过，说不定你当真喜欢脆桃子。就像某一次桃子促销广告上说的："你喜欢嘎嘣脆、弯腰舔，还是中间派？"

还没下决心的话，请你先试试让你弯腰舔的软桃子。大卫·升本（David Masumoto）是一位农场主，也是《桃之墓志铭》的作者，他在书中记述了在家乡种植的多种多样的桃子："日冠桃是迄今仅剩不多的真正多汁桃子中的一款……汁水充沛得能滴下你的下巴。甜香润口，芳香扑鼻。"多汁，并不意味着水果整个儿是软的，相反，质感非常重要。核果专家安迪·马里亚尼（Andy Mariani）在加利福尼亚莫根山拥有一个安迪果园，据他说，完美的桃子应有"令人舒适的韧性"，若非有足够的压力，它应该很结实，不会轻易破损。只有当我们的牙齿用力咬破细胞壁，水果才会开闸涌出汁液。"对某些人来说，这几乎像一种性体验。"马里亚尼如是说。

马里亚尼培育出了"克劳福德宝贝桃"，其质感和口感好比是甜甜酸酸万花筒，融合了恰到好处的收敛度，堪称让人迷幻的纯美桃。马里亚尼说："它看起来很硬，却会融化在你的嘴里。它纯粹就是一包汁液。"升本品尝了克劳福德宝贝桃之后大为震惊，并承认它甚至比日冠桃还要好。

2005年夏天，我拜访了安迪的果园，吃了好多好多克劳福德宝贝桃，多得让我犯晕。第二年，我又给马里亚尼打电话，询问桃子长势如何，他悲痛地告诉我，几场暴雨、比往年更热的气候彻底毁了这一年的收成。"寻找完美桃子之旅变幻莫测，"他说，"眼下看起来挺好，隔了几天就全完蛋了。太难种了。湿度和温度一夜之间就会有微妙的差别，却会对品质造成巨大的影响。"难怪种植商们千方百计想要支配果实的生长。实际上，水果终能出现在我们面前，这件事本身就不啻英雄传奇。

第十二章
全球四季常夏

超级市场里压根儿没有地道的水果。

苹果太粉，橘子太干。我不知道这些木瓜都怎么了！

——《宋飞正传》①中的考斯莫·克拉马

"瞧这架势，多像黑帮集会呀！"希腊人吉米说道，他是我们小区的食品杂货店老板。嘬了一口塑料杯里烫嘴的咖啡，他伸出一根长着老茧的粗手指，指着批发仓库门口的停车坪上那些宾利、悍马和法拉利。"到这儿上班的主儿浑身上下起码有 500 万。车子 30 万，名表 15 万，还有珠宝、戒指、丝绸西装。我见过其中一个主儿，戴了 15 块不同牌子的名表——江诗丹顿、劳力士啦。这些家伙住的豪宅全值上千万。传言说他们夜夜笙歌，不是名妓派对就是吸毒派对。他们赚钱无数，天文数字！却只知道烧钱，烧光为止。但你只是个卖番茄的呀——老天有眼，还是低调点吧。"

第一次遇到吉米，是在蒙特利尔他的售货摊前，当时他正把

---

① *Seinfeld*，美国著名电视连续剧，1989—1998 年在 NBC 播出，共 9 季 180 集。

一箱橘子从后车厢里卸下来。我忍不住去问他这些水果是从哪儿搞到的。他忙得没空答理我，索性邀请我改天起个大早和他一起去进货。过了一星期，清晨5点，天还没亮，冷得让人打战，我俩磨磨蹭蹭地到了这座水泥仓库前。吉米摇摇头："我第一次到这儿来，就知道不对劲儿，但真没想到会到这个地步。真让人伤心啊，因为这毕竟是水果买卖。"

水果产业如此诱人，他说，原因之一就是农产品是所剩无几的免税生意之一。你去杂货店买水果是不用交税的，即便大量批发也一样免税：每个人都付现金。"他们挣了很多光明正大的钱，但也有些灰色收入。"吉米说，"水果圈里尽是些飞车党、赌马的、放高利贷的和投机商。毒贩子们还靠水果买卖洗钱。"

这话让我想起，我曾听迈阿密种植者们说他们要和一个江湖人称"水果帮"的亚洲组织打交道，帮主是个女人，叫晶晶（音译）。"只要你在美国出售热带水果，你肯定知道晶晶。"有个种桂圆的人对我说过。想当年，桂圆在美国很难买到，"水果帮"会携带装满30万现钞的棕色纸袋从纽约搭机南下，专程收购他种的桂圆。日本极道黑帮、中国香港三合会和哥伦比亚毒枭都用水果来洗钱。水果甚至显形于军火黑市。在纪录片《达尔文的噩梦》中就有一幕让人不寒而栗：飞行员亲口讲述，飞机运载一批军火到安哥拉，返回欧洲时则满载约翰内斯堡的葡萄。"安哥拉孩子的圣诞节礼物是枪支。"飞行员难掩激动的情绪，"欧洲孩子们的礼物是葡萄……这就是做生意。"

想在水果黑市里兴隆发达只有一条路可以走，也就是犹太人所谓的"hondler"，这个意第绪语的意思是：巧舌如簧、讨价还价，并把事情搞定。吉米快人快语，心算也快人一等，显然很能适应这个行业——尽管他本人对此很鄙视。又矮又壮的吉米扎了一条马尾辫，眼睛蓝得像无邪天使，和粗犷的五官形成鲜明对比，让他看起来很像个老成的年轻人。他说，干这行就好比同时打两份工，拿两份钱，所以这一行吸引了很多瘾君子和背负赌债的人。他朝一个售货员使了个眼色，让他告诉我们他的日程表。这个人周一到周六每天下午5点到早上6点上班。就算打卡下班后也能随叫随到。"我不在这儿的时候，客户可以打手机联系我，24小时全年无休。"他说，"我睡觉的时候都得接电话。必须接——这是我的工作。"（我们见面后不久，一辆运货叉车卡到他，扯断了他的跟腱。）

我们走进批发区，一间间深穴般的隔间都铺着沥青，堆满了一箱箱水果。农产品根据温度设备安置：有的房间很冷，有的却很温暖。几层厚厚的条状塑料帘布隔开室内外的温差，吉米信心十足地把它们拨开。不少人弓着背对着我，连掐带捏的。吵人的叉车就在近旁，好几次差点儿把我割倒。"啊呀，小心那些车。"吉米说，"他们都是火爆脾气。"

当我们在仓库走来走去时，吉米打了几通电话给别的批发商，比了比价钱。"每个人都想低买高抛，"吉米解释道，"就跟玩股票一样。"我们到仓库的时候，一箱西红柿售价20美元。可我们和一个批发商站在那儿聊天时，又有一批货到了，眨眼之间，西红柿的价钱就跌到一箱7美元——变得真快啊。吉米买了50箱。决定价格起伏的因素主要包括易腐坏程度、气候变化和稀缺程度。在水果这行里，供不应求还是供过于求，可以说是听天由命，全看大自然母亲的心情。

人性也扮演了重要角色。"损害索赔"是批发商们惯用的伎俩。当你进了一批保过险的水果，就能用上这招。货箱一到，拿过"红包"的检查员们就会宣布这批水果烂掉了，也就是说，进口商可以向保险公司索赔，把进货的钱要回来。不过，他们不会把这批货扔掉，或是退回原产地（不管从哪儿来的，退回去的时候肯定会真的烂透），恰恰相反，批发商们会把它们卖出去。

吉米跟我解释了，买家欺诈种植者是多么易如反掌。"这是关于树立信誉的事。'给我来一批货'，我付了钱。'再给我一批货'，我付了钱。现在我就有了好信誉，对不对？然后，我告诉他们开始行动，'给我十批货——等卖完了我就付款'。可我就是不付钱：'去你妈的。'那些可怜的墨西哥人又能怎么办呢？来追杀我吗？"真是一点法律观念都没有。"但没人敢跟契基塔、台尔蒙或别的大主儿们造次。"吉米说，"他们真的会来追杀你。"

批发业不待见小型种植者。除了需要预付保障机制外，农场主还能参考农产品报告公司的《蓝皮书》——这本指导手册列出了批发商、运输商和种植者们的名姓，根据各方批评其他人的次数给每一方评级打分。通过"道德责任感"评分，你可以判断是不是值得和某家公司以某种方式交易。《蓝皮书》还兼有调停仲裁的功能，帮助各方解决争端；甚至设有一个信息采集部，协助非法交易者改邪归正。

在纽约市最大的批发市场亨茨珀特，贪赃舞弊的美国农业部检查员们长期收受批发商们的贿赂。1999年，联邦调查局执行代号为"禁果行动"的卧底密查，八名检查员和十三个批发市场雇员被逮捕、监禁或罚款。国会农业小组委员会做出表态："这项调查揭示，亨茨珀特市场里的十二家农产品公司经营者长期以来向美国农业部检查员定期行贿，以求被检查的农产品得到降格处理。因此，农产品批发商们在每一批货物上都能省下数目可观的开支，并同时诈取了农场主们数千万美元的收入。"

外表看来，这儿不太像每天供养2300万纽约人的全世界最大的农贸批发市场，当然也绝非监狱。市场外的水泥墙上扎着一圈圈带倒刺的铁丝网，网眼里塞着脏兮兮的塑料袋，它们不怀好意地俯瞰着你。亨茨珀特批发市场隐匿在布朗克斯一个被人遗忘的角落里，跻身于废金属堆、废旧汽车处理场和叉车修理厂之间。这座占地广阔的工业园区可不是水果乌托邦；对娇滴滴的水果来说，这儿更像是候宰栏。

这儿就是纽约商家采购水果的地方。在高度数字化的安保系统监控下，你不能随随便便走进去。戒备森严的理由嘛，首当其冲是要保障食品安全：谁若想让纽约食品链瞬间崩坏，肯定首先瞄准这里。可是，当我在市场外的"食品中心大道"上开车绕行时，丝毫没感到安全，忍不住想起吉米讲过的故事，受贿啦犯罪啦什么的。

不只是吉米的头脑里出现黑手党的意象。就在我这次造访之后不久，纽约警署端下了一个百万美元赌窝，基地就在这个市场里。这场代号为"烂苹果"的行动逮捕了十一人，其中之一就是约翰·卡贾诺（John Caggiano）——亨茨珀特市场里规模最大的公司之一 C&S 农贸批发有限公司的老板。据警察局局长雷蒙德·凯利（Raymond W. Kelly）说，卡贾诺还是热那亚黑手党家族的成员。"我们将不遗余力打击这些市场中任何形式的违法暴行。"局长先生在一次新闻发布会上如是宣称，并暗示别的批发商还与卢凯塞家族和波纳诺家族①有勾连。

普通老百姓是不允许进入安全门的。我很幸运，采访经理一事已安排妥了。得到身穿制服的警卫准许后，我驱车驶入那无边无际似的厂区，一路上看到人行道上搁着一箱箱已经裂损、正在腐烂的李子，然后把车停好。市场里的常客会建议你穿靴子，一

---

① 卢凯塞（Lucchese）、波纳诺（Bonanno）均在纽约五大黑手党家族之列。

不小心你就会踩到各式各样的水果。这里浪费比率极高,因为农产品一旦有瑕疵就卖不出去了。亨茨珀特垃圾成堆,一天到晚都需要铲除、清道。

停车坪也好像是无边无际的,停着数百辆不断喷吐浓烟的18轮大卡车。在亨茨珀特,空转的车辆每年会排放32吨一氧化氮、31吨一氧化碳、9.6吨灰粒和其他挥发性化合物,只要你走近市场,肺就要遭殃。难怪布朗克斯南部是美国哮喘发病率最高的地区之一。人们正在想方设法减低废气排放量,但污染执法车好像已被弃置不用了,车子停在最里头,车身坑坑洼洼的。

在市场门口迎接我的是亨茨珀特的常务董事迈拉·戈登(Myra Gordon)。她一口强硬的纽约口音,声音尖细而紧张,并未因年纪而变得沧桑。"还有一些市场和这里很相像。"她一边说,一边迈着轻快的脚步带我走过满地碎渣儿的市场,"但要小得多。"亨茨珀特每年为国库带来15亿美元税收,但很难说清每年有多少水果在这里售出。"我的估算不会差太远,"戈登说,"数以百万吨计吧。"就在她介绍各个批发部门的经理时,我瞥了一眼温控室里堆到天花板的水果运货板。周围跟跟跄跄的领班冲着工人大喊大叫。叉车横冲直撞,紧咬我的脚后跟。买家们一边察看箱子里的货色,一边扯着嗓子讨价还价。

底层是最主要的交易场所。批发商们的办公室都在二楼,我还从没见过那么长的走廊!足有500多米长,望着走廊尽头,我觉得自己好像走在两面镜子中间,真有那种恍惚的错觉。走廊很窄,张开双臂,我的手指轻而易举就能同时触及两面墙。两边各有数百道门,每扇门背后都是人、事实和数据——无穷尽的信息让这些水果得以进入市场。

我们走进一间会议室,竟有几只猫已经捷足先登。戈登说,大多数交易都是在半夜完成的，以便正常百姓醒来时，商店里已有新鲜水果供应。货箱可能在任何时刻到达，因此，农产品集散市场必须日夜开张。"这是个残酷的世界。"戈登说道，"你可以挣到大钱——但全是血汗钱。没日没夜地干，可怕极了。这行极其累人。薄利，只能靠多销，你必须招架得住，挣钱高于一切。你必须无比坚定目标。不管对这行业里的哪个人来说都很艰苦，从批发商到码头上装货卸货的工人们都一样。"

平均每年有十万辆大卡车送货到亨茨珀特。过去，人们更喜欢用火车送货，但这种运输方式已经靠不住了。铁路到了芝加哥港口就断线了，把货装上新的车厢要耗费数日，运到终点时货品早烂了。从加利福尼亚到纽约，火车要用十到十二天，卡车只需四天。

即便如此，水果到我们手里还得经过数周。一整天的采摘、预冷和包装后，水果还要在冷却设备里保存一天，等待装箱运走。在卡车箱里完成国内之旅后，它们还要在批发商或大型商店的分区仓库里坐等三天——这个数字是平均值。然后，它们才能上市，面向大众消费者。通常，水果会在超级市场里摆放数日后才会被买走。然后，又会在寻常人家的冰箱里滞留个把星期，那时候，果皮都快蔫巴了。

一百多年前，蒙特利尔堪称北美的地中海水果中心区。平均每艘货轮会运来七万箱水果。来自波士顿、纽约和芝加哥的买家们在加拿大拍卖会上为了心仪的橘子和柠檬狠命叫价。蒙特利尔集散市场的步步转变充分说明了20世纪农产品销售的变化模式。20世纪60年代，中央市场从海运港口迁至靠近高速公路主干道和铁路站点的城郊闲置地带。如今，市场徒有其表，只是个外壳。大部分铁轨都被新的公路面覆盖了，现在我们的大型购物场所只是大型箱式连锁店的聚集处，比如百思买（Best Buy）、大赢家（Winners）和好事多（Costco）。剩下的农产品批发商也为数不多了。市场地皮的逐日飙升迫使批发商们自寻活路，把他们自己的仓库遍布城市各处。这就是北美只剩十几个农产品集散市场的原因，批发商们都聚集在这里了。

航空运输也逐渐增多了。飞机运来的高端水果货架期偏短，所用的金属大容器俗称LDs：运载设备，适宜宽敞的货运飞机。纽约市出售的最好的桃子、梨子和油桃都是由急运代理机构装在LDs货箱里，从加利福尼亚或智利空运过来的。这些水果由纽约市的美食家兼批发商们亲自挑选，比如保德公司的人，他们选出来的上品货会送到高档商店，第二天早上就以每磅7.99美元的价格出售。"柔软多汁的水果熬不过低温运输系统。"一个纽约杂货店老板告诉我，"你想要质量好的，只能是坐头等舱飞过来的。"

纽约的农产品贸易始于18世纪中期华盛顿广场上走街串巷的小贩。到了18世纪60年代末，市集已颇具规模，把如今世贸中心所在的那块地儿堵了个严严实实。到了20世纪，谁出价最高，谁就能买到批发水果。拍卖册是印刷品，一堆堆水果图案旁边标注了号码。种植者得不到好价钱，眼看着痛失果实，拍卖会就会被迫中止，这种事屡见不鲜。纽约人沿用了18世纪伦敦拍卖场里的技巧，用"点蜡烛"的方式拍卖水果。在靠近烛芯的烛台上插上一枚大头针后即开始出价，蜡烛燃尽、大头针掉下之前，出价最高的人就赢得买家资格。

以前，批发商们各有专攻，专卖某一种水果，故而能区分货品间的细微差别。就和其他销售领域一样，近年来，生产方也会涉足其他环节，或是股份合作，或有固定的销售方。亨茨珀特市场里最大的批发商达里戈兄弟有限公司（D'Arrigo Brothers）不仅批发水果，经营船运和分销等业务，还是全世界规模最大的私营种植者之一。经过纵向合并和业内合并，经销方渐渐荒疏了专营水果之道。

对此，欧洲农民协会组织的应对之计是采取地区性营销策略。法国特定地区出产的水果会有 AOC（Appellation d'origine contrôlée）的特别标示。原产地认证标示就会产生附加值。法国穆瓦萨克和利穆赞的葡萄、蒙特勒伊的桃子、洛林的特甜李子都是依循古法种植的，质量上乘，备受赞誉。法国出产地标示这招十分奏效，也引发了欧洲人对不为人知或被遗忘，但拥有无敌口味的水果品种的狂热需要。"保存期曾经意味着一切，但现在，人们更注重口味了。"位于巴黎郊外的主要粮食批发市场公关人员菲利普·斯蒂西（Philippe Stisi）这样说道，"我们在想办法让消费者更满意。"

我去巴黎批发市场那天，有个小贩讲了个笑话给我听：有个中国科学家发明了一种苹果，左边是菠萝味，右边是芒果味。有个富人两边都咬过后，说："不错，不过，假如你给我一个有女人味儿的苹果，我会好好犒赏你的。"过了几个月，中国人带着新发明的水果回来了，他兴奋地邀请富人品尝："咬一口吧。"有钱人咬了一口立刻就吐了出来。"怎么这么难吃啊！"他气得都快骂人了。中国科学家却更激动地说："是的，现在请咬另一边！"

也是在那天，我遇到一个乐呵呵的销售员在叫卖苹果：一箱 15 欧元。他叫吉舍托（Guicheteau）。尽管他推销得很起劲，我却只能婉拒，理由是：我是记者，不是零售商。"噢！"他耸耸肩，"既然如此，请允许我拿些特别的货色给您。"他从桌子底下拿出一只苹果，果皮上刻了一幅精美如刺绣的图：直立的男人把女人举到勃起的腰胯上。俨然是《爱经图解》里的一景嘛。看到我奋笔疾书开始做笔记，他忍不住兴高采烈地点评起来："啊呀呀，娘儿们！猪崽！混蛋！贪吃鬼！"

在美国，水果上贴有标签：品种名字、条形码和原产地，或是激光商标，各种信息尽收在一张小薄膜里。这些"经过高级安检，拥有激光防伪标签"的水果都在包装加工厂里进行清洗、分类、分拣、评级并装箱。当传送带把水果箱送出装卸台或仓库时，检查员会进行人工确认，之后，它们可能在仓库里暂时失去活力，直到被送上卡车、轮船、飞机或火车。

水果的生命周期已被生物化学生长抑制剂和激素抑制剂大大延长了。浸在监控氧气和二氧化碳含量的冷库里，苹果可以保存将近一年。这些冷库里的气氛好比海王星或酷寒的藏尸室，更适合存放沃尔特·迪斯尼（Walt Disney）的脑袋。用不了多久，水果就会战栗不已，浑身都是豆大的冷汗，忍受着人体冷冻式的极度折磨。然后，我们用乙烯气体轰击它们，彻底把它们打晕，催促它们的成熟。香蕉能够自动释放乙烯，所以，放在香蕉旁边的东西就熟得快，烂得也快。超市里的西红柿吃起来像硬板纸，因为它们被摘下来的时候还是青涩的，是被乙烯气体催熟再变成红色的。许多橘子成熟的时候就是绿色的，但乙烯瓦解了叶绿素层，唤醒了表皮下的橘色。除了被气体催熟过，我们吃到的许多橘子还被涂染了人工染色剂。

以前，染色橘子会单独贴上紫色标签，但在北美就不需要这种警告。运输专用的水果箱上有时会有标识，但很少有消费者细读印在橘子箱上的小字。在美国和加拿大，橘红素2号至今仍用于橘子表皮染色，但在英国、澳大利亚和挪威已被明令禁止。世界健康组织隔三差五就会刊发警告文书，而早在1973年的调查数据就已显示：橘红素会让橘肉损坏，并导致实验鼠生癌。橘皮入菜、做果酱、用橘皮当调味品、切一片泡在酒里，甚至光是咬一口橘子都可能是在尝毒。想确证你的橘子是否被染过？只需削掉硬皮，看看贴近果肉的白色绒状纤维——有没有略带橘色？如果有，那就是渗透表皮的染色剂。

为了让水果光鲜亮丽并且保存期长，人们还会帮它们打蜡。根据仙亮（Cerexagri）、波代克斯（Brogdex）、摩尔芒格（Moore & Munger）等几家制蜡出口公司所说，绝大多数农产品上都使用过果蜡。有些果蜡的原料是虫胶（小昆虫吸取树液后分泌出的树脂），有些是高分子胶（提取自巴西棕榈树叶）。但是，很多水果打蜡用的是聚乙烯或石蜡，也就是炼油的副产品。实际上，我们就是在吃石油的碎屑，诺曼·梅勒所说的"石油的排泄物"。我们提着塑料袋把水果搬回家，塑料袋也是聚乙烯。拖拉机和机械化农用设备需要化石燃料，为了保护水果生长也需要化石燃料制造石化肥料和杀虫剂，甚至为了把水果从仓库运送到超市也用得到它们。

所以，我们的农贸商铺看似光灿灿的新车展示厅，全是大个儿的、完美的、晶莹闪光的水果。凝结在温控橱窗里的水果上的细密水珠散发出彩虹般的光晕，在数百瓦射灯的专注照射下越发惹人瞩目。不幸的是，很多车子都是柠檬。

"好的苹果从心里往外烂，啊！欺诈有多美好的表象！"莎士比亚在《威尼斯商人》中这样写过。连锁超市里那些虚荣自负的大块头啊，怎么看都觉得个头大得离谱——李子有桃子那么大，桃子有柚子那么大，芒果有哈密瓜那么大。在匈牙利，动过美容手术的北美水果被形容为"不忍卒听"，和爵士乐一样。

过去，人们对貌似完美的水果心存芥蒂：它们"更像是用来画的，而不是用来吃的"。语出 19 世纪的水果行家。他说得对：在那个时候，果贩子会用阿拉伯树胶改善水果的颜色，还会用墨汁覆盖瑕疵。在李子上涂抹氧化镁或硫黄粉还能生造出一种光彩照人、美轮美奂的幻象。

尽管当今超市的危害更像是隐患，18 世纪荷兰商人彼得·范德佛特（Peter van der Voort）的名言仍是掷地有声，他说坏桃子就像"画中的婊子，因为它被描画得美丽迷人，脱去伪装却硬得像苹果，没滋没味儿，却到处抛媚眼"。

"你在超市里别想卖出有瑕疵的苹果，但没滋味的苹果肯定卖得出去，只要它光滑闪亮、没坑没洼、长得标致还有精气神儿。"英国作家、环境保护主义者艾思佩斯·赫胥黎（Elspeth Huxley）曾这么说。大多数人都没明白的一点是：买到坏水果，你也可以退货。但我不是建议你在农家乐或小型独立商店里这么做。如果我在连锁超市买了几只成色漂亮的桃子，结果味同嚼蜡，我就会退货。我总能得到退款，等于给农产品部门经理提个醒儿。

如果不止一个人要买某个特定的品种，零售商就会立刻做出反应，想办法多进一些货——只要买得到。有五个人要买，零售商们就默认这代表了一百个潜在顾客的需求。对特品水果的需求对扭转水果市场均一化很有助益。

糟糕的是，大多数人不太清楚水果的种类，这正中业界人士的下怀。水果出售的时候常常是不标明种类的，只是简单地标上"草莓"，但很少标明是帝王草莓、海景草莓还是阿尔比恩草莓（Albion）。我们在北美和欧洲买到的草莓大都是坚实硬挺、抗寒力强的鲜红草莓，属于卡麦若莎（Camarosa）、艾尔森塔（Elsanta）、黛满提（Diamante）和凡塔娜（Ventana）这些品种，滋味不够好，但让人信得过。很少有人意识到，早在 1926 年的《纽约小型水果纲要》中就已描述了 1362 种草莓。

农贸业界不让零售商强调品种，这算得上是慎重的决定。如果消费者们把各个品种的水果都搞明白了，他们自然也会有口味和质感上的要求。近年出现了许多新品苹果，让消费者对苹果的季节性有了更深刻的认识，因而也导致苹果总销量滑坡。C&O 苗圃公司的托德·斯奈德就曾跟我解释过："就算增添新品种，你也不能增加某种水果的消费量。人们以为世上只有红苹果和黄苹果，根本不知道他们错过了别的品种。当嘎啦苹果、红富士和乔纳金上市后，人们突然变得挑剔了。"

超市不希望消费者关注品种问题，因为这牵涉到超市终年四季都要出售低品质的水果。即便是在水果成熟旺季，大多数超市的存货仍然是同一种低于平均水准的苹果、橘子和草莓。食品业界用一个术语形容这种含混的季节性："全球四季常夏"，意思是：一切都买得到——也总是平庸货色。

水果具有生物多样性，其中只有极少一部分用于销售：90%的人类食物只来自 30 种植物物种。造成这种瓶颈状况的原因主要是：大多数水果很难掌控，很难运输，很难达到标准化，很难在没有全国连锁店的地域生产和经营，甚至连年不结果。水果娇嫩多汁——不能堆放，否则就有斑痕。有些祖传品种像水球一样一碰就破。"克金雨滴"（Coe's Golden Drop）是一款被世人遗忘的李子，汁水太足了，根本没法下嘴。你只能咬出一个小洞，然后把甜香如蜜的果汁吸干净。

多几个角度去看，你会发现有些水果卖得更好。柠檬、橘子、苹果、香蕉和葡萄在连锁超市里肯定能买到。别的呢？草莓、桃子和无花果就很难买到。想买一只吃起来不像硬币的杏子简直比登天还难。甚至在杏子俗称为"太阳的蛋"的埃及，市场里卖得最好的杏子仍然是美国培育的凯蒂杏（Katy）。水果必须经得起全球运输的严酷折磨。白色果肉的莎拉杏（Shalah）和红色果肉的汤萨姆杏（Tomcham）只能在采摘后的数日内吃。这些杏子烂得很快，看起来也不漂亮，成熟所需的条件也很古怪，但味道真是美味绝顶。一句话，它们绝不是耐储存水果。

对富裕阶层来说，情况正在改善：纽约和加利福尼亚的高级水果店里买得到天使杏（Angelcot），但其天价令人咋舌。对老百姓来说，好的杏子仍然是踏破铁鞋难觅的珍品。"波斯宫殿的静谧花园里只能听到泉水叮咚，杏子仿佛这才找到天时地利的佳境，静待奢靡的仙国盛筵。"《甜点解剖学》的作者爱德华·邦雅德（Edward A. Bunyard）这样写过。

20世纪上半叶，人们吃掉的水果中数柑橘最多。自从发明了浓缩果汁，我们喝掉的柑橘比吃掉的还多。制造冷冻浓缩果汁的人被昵称为"冷冻人"，他们一出场，新鲜水果的吸引力立刻骤减几分。有了他们，混合冷冻橘汁就要比我们亲手榨汁容易得多。人们总认为浓缩果汁安全可靠，主要原因在于柑橘要经过蒸浓、分层基本成分、重新调配、人工调味，最后置入硬纸盒里冷冻。身在当今社会，我们太忙了，所以我们喝"纯果乐"（Tropicana），相信它和鲜榨果汁一样好。

随着城市化和工业化，我们已远离食物本源，忘记食材是怎样长出来的。不过，少了一尊圣安东尼十字架也不至于搬到树干里过日子，我们还将继续购买食物，而不会亲自培土浇肥去种植。

亨利·梭罗眼中的水果蕴涵"难以捉摸的美味，而这些正是它们最宝贵的地方，因而不能被庸俗地量产，不能被买卖"。从很多方面来看，他说得对极了。刚从荆棘枝条上摘下来的覆盆子最好吃。十分钟后，味道就逊色许多。"在贸易活动中，果实被夺去的往往是其最原始、最粗糙的形式。"梭罗在《野果》中写道："这是不可辩驳的事实，即在贸易中你不可能只抽出果实中诱人那一部分来买卖，也就是说果实最有用和最让人愉悦的部分是无法买卖的。

真正对其采摘加工的人能感受到的那种快乐是你买不到的。"

没几家店愿意卷入"给我好水果"的论战。水果常常摆放在店门口，用来吸引消费者进店购买更多、更贵的加工食品、小吃和软饮料，这些商品都出自财大气粗的大规模制造商，他们愿意在储存货品上花钱。(这些食物包装袋上标注的原料可能让你很困扰：卡夫公司的鳄梨酱中的鳄梨含量少于 2%；桂格公司的桃子奶油燕麦片里没有桃子，取而代之的是经过染色和脱水的苹果片；有些蓝莓华夫饼实际上是蓝苹果华夫饼；西瓜卷里也没有西瓜，而是梨；一些大批量生产的水果蛋糕的原料是芜菁。)便利店里鲜有新鲜水果出售，理由十分简单：它们赚不到钱。有个蔬果店老板告诉我："大商店恨透了农产品。但凡能出手，30 秒之内他们就卖给你。他们靠这个根本赚不到钱。"因而不难理解，超市只想囤积最便宜、质量最次的水果以供长销。

一些堪称业界领头人的专卖店下了一番功夫，专进本地农产品。如果你想买到更好的蔬果，不如索性去农夫市集。在地中海气候条件下，农夫市集全年开放，看起来这才是人们应该有的生活方式。不过，即便是在农夫市集上，有些水果还是太娇贵了。那就只剩下一个办法了：直接到农场去品尝真正地道的好果子。正如营养学家玛丽恩·内斯特莱（Marion Nestle）在其著作中所写的："假如你没尝过刚刚摘下的水果，你根本不知道那有多美味。"

我已经摸清门道了，和高品质水果店里的人培养感情太重要了。最理想的人选莫过于本地水果的进货人。举个例子来说，我家附近的市场里有个双手粗糙的矮个子哥们儿，他会给我些样品，告诉我什么时候该吃什么，并挑出有淤斑的水果给我，因为它们的含糖量更高。要是没有内线，这纯粹是场赌博。你很难知道当季结了什么好果子？那就赶紧去和你的杂货店伙计套近乎吧。

对我来说，夏天意味着各种各样的瓜、桃子、李子和浆果，一年中的其他三季我根本不碰它们。（就算是冬天卖的反季水果是来自南半球的，味道也不够好。）苹果和梨随时都有卖，但在秋天的口感最佳，就跟石榴、榅桲和柿子一样。一入冬，柑橘的质量就飙升。番荔枝是晚冬好果，番木瓜也一样棒——尤其是伴着酸橙和杏仁碎吃。洛杉矶一到春天，满城树上的枇杷都成熟了。接着就是芒果，再接着是晚春才到来的樱桃、杏子和新鲜草莓。当然，所有这些之外，你还可以沿途品尝当地特产水果。

该吃什么？这总让我们困扰，一部分原因在于：农产品是少数尚未被广告轰炸过的领域。低利润，搞不起大促销，没有市场影响力，我们基本上是靠看模样来买水果——但，如上所述，那可能是经过精心伪装的骗术。大多数消费者渴望得到毫无瑕疵的货品，所以，超级市场宁可浪费，把那些稍有瑕疵的东西处理了事。据说，收获的水果中足有25%被倒进垃圾桶。欧洲曾有一场运动抵制这种浪费行为，只需50便士，就能买到多于一磅、少于一公斤的有瑕疵的水果（欧盟将其命名为"二等水果"）。二等水果可能有污点，可能明显有欠缺，但味道不错——常常比一等水果好吃。

在店里挑水果依然像一门秘术。消费习惯调查报告显示，出现在我们购物单里的水果只限于苹果、香蕉、橘子和草莓——别的水果都是应时应景、不由自主买的。如果我们喜欢某只水果的长相，或是摸起来很舒服，我们就会买。这类冲动购物的心理动机导致了桃子和樱桃的家庭用户渗透率高于奇异果或哈密瓜。

我们采用了数不清的怪招数，贪图全方面考量，就怕被伪装迷晕了眼球。营销人员把这种选择过程叫作"超市享乐主义"——一连挤带捏，摸了一个又一个，使劲闻，爱抚不断，全都是这类动作。

有些动作挺管用的：把鳄梨的小疙瘩剥掉，内情就一目了然。但对别的果子不管用：就算你把菠萝叶子全揪光，还是猜不透它成熟了没有。

挑瓜专家的怪癖更是神神道道。有些人喜欢叩瓜听响；还有人喜欢把西瓜搁到太阳底下晒，让它们变得更甜。坊间趣事还包括，有的靠不住的卖瓜人在西瓜表面雕刻网纹，以此诱客掏腰包。痴狂于哈密瓜的人相信，判断瓜有没有熟有特别准的小窍门：留意摘瓜时留下的小凹口。如果瓜蒂还连着茎，需要用小刀或剪刀把它剪除，那就意味着这只哈密瓜还没熟就被摘下来了，味道肯定好不到哪儿去。只要不带茎——他们管它叫"吊带裙"或"满月"——那就是好瓜！如果保留了一点茎的根部，那就要找找沿着瓜身边缘的小裂痕。不过，就算裂痕看起来还算好，这只瓜的味道也可能比土豆好不了多少。

总的来说，在超市里买水果就是在冒风险，因为那些水果通常是没熟就被摘下来了。瓜熟蒂落是常识——意味着可以装箱运走了，但果子还没有经历到达成熟态所需的转化过程，根本来不及醚类挥发、果糖转换、细胞软化、酸性达到完美巅峰，商业水果就已采摘完毕。

柑橘、葡萄、樱桃、覆盆子、菠萝和西瓜都是"呼吸非跃变型"水果；一旦被摘离母树，它们就停止成熟过程。摘下的时候就是最好吃的，之后就走下坡路。吃它们就要快！

离开母树仍能继续成熟的果实属于"呼吸跃变型"。但在这个分类里有一些含混不明的个案。杏子、桃子、油桃、蓝莓、李子和某些瓜类被摘下后会变得更软嫩多汁，但口味和甜度不会变得更好。苹果、奇异果、芒果、番木瓜和某些热带水果被摘下后确实会变得更甜。它们会把淀粉转化为糖分，成熟的过程中它们的呼吸真的会越来越重,释放出各种各样的气体。香蕉皮上会出现褐色斑点,就好比植物界的产妇大口呼吸产下婴儿。

其实,某些跃变型水果必须离开母树才能冲向极致成熟,比如香蕉、鳄梨和梨子。不过,采摘时机仍然很重要。如果时机不对,它们一辈子也不会好吃。香蕉在冷库和加工环节中待上一段日子就会变灰。借用刻度化仪器"透度计"或"成熟度检测仪",可以精确判断哪些梨子可以摘了。摘下来之后需要冷藏,直到口感最佳的时候拿出来卖。超市里的梨子排成一长溜儿,在发霉的雾气加湿器下面站上十周,谁也没法断定什么时候最好吃。要不这样,买一打,每天吃一个。如果你运气好,总有一个会甜美多汁。要知道思想家爱默生(Ralph Waldo Emerson)曾说过:"梨子终其一生只有十分钟最好吃。"

难以捉摸的醚类挥发,果实金黄喜人,酸甜相战纠葛难分——就在这时候,将熟未熟的时刻转瞬即逝。要有充足的经验和运气,你才能辨清那个微妙的时刻。"无花果的完美一瞬",法国女作家科莱特(Sidonie-Gabrielle Colette)写道,就是"饱饮夜露后,媚眼般的果蒂迸出一颗美味的泪珠"之时。邦雅德则写到醋栗,不管是白色、红色还是绿茸茸的幼果,"炎热 7 月的正午 12 点半从教堂回来,水果正暖,这才是千呼万唤的好日子、好时刻"。所有水果都有美味的巅峰时刻,但人们几乎不可能找到这份完美——除非我们都加入"水果猎人"的行列。

第四部

迷狂

第十三章

保护：水果激情

> 果树，果树，
> 除了风雨没人知道你。
> 你不担心吗？你离去时，
> 它们袖手旁观。
>
> ——尼克·德雷克（Nick Drake），《果树》

新罕布什尔州，穷巷果园。雨后空气里充盈着掉落的苹果沁人心脾的浓烈酸甜味道。在农场小站里，在果冻和果酱后面，在一柜台未经高温消毒、禁酒时期早期风格的苹果酒后面，摆着一堆奇怪的苹果，标牌上写着"怪品种"。店主会怂恿路过的人尝一尝。

赤褐色粗糙果皮的"阿什米德的果核"（Ashmead's Kernel）相当古老，可追溯到公元1700年，含有独特的肉豆蔻葡萄酒味。"冬天的白卡薇拉"（Calville Blanc d'Hiver）像小小的青南瓜，几瓣儿屁股向外突，是16世纪烹饪用的苹果，味道好得没法形容。托马斯·杰斐逊（Thomas Jefferson）最爱的苹果是"埃索普·斯皮曾伯格"（Esopus Spitzenberg），我从没尝过那么无与伦比的味道，堪称登峰造极的苹果。一口咬下这些苹果，仿佛立刻穿越到了古代：它们是文艺复兴时期的廷臣、富有的弗吉尼亚地主华锦人生的滋味。

穷巷果园的斯蒂芬·伍德（Stephen Wood）下巴坚硬方正，自信满满，他对这些怪模样的祖传果品赞誉有加，他的农场因为它们才得以运营。从1965年开始，直至90年代初，伍德一直种麦金托什和科特兰，和所有苹果种植者一样，这两种主流苹果让他濒临破产。"鉴于我们无法操控的原因——主要是因为全球性过度栽种苹果，整个行业都快被榨干了，这是显而易见的事实。"伍德长叹一声，让我想起加里·斯奈德曾经说过的话。

等伍德意识到买苹果比种苹果便宜多了，他决定试试新招数：祖传品种。把古品嫁接到他的麦金托什苹果树上，他发现有些果子的味道太惊人了。"越难伺候的果子我越喜欢——它们能把你惊得合不拢嘴。"他说，"在这些异类中我们发现了一些品种，能结出惊人高质量的果子。"他专注于十几种精选品种，继而着手开拓新市场。把它们装进漂亮的盒子，然后寄给城里的高端市场，需求量迅速上涨。他卖出了好多"格莱斯灰苹果"（Pomme Grise）——路易十六偏爱的品种，利润几乎是麦金托什的五倍。

"这么做是否英明？尚未有定论。"伍德，这位哈佛大学中世纪历史专业的高材生继续说道，"这是很刺激的冒险，但总比坐等一个垂死的产业复活要好。十年之内我会告诉你，这算不算耍小聪明。但这么做是有希望的，给我们一个机会去种真正特别，说不定再也买不到的东西。"

伍德只是这股潮流中的一员。在满足于低劣水果的市场里，小型种植者必须有想象力才能有竞争力，必须出奇制胜，开辟新观念。那些正在种植稀罕特品并愿努力市场化的果农们渐渐搞明白了：有了这些果子，他们可以漫天要价。

"对农场主来说，可持续性意味着收支平衡。"彭林特品果园的杰夫·里格尔（Jeff Rieger）这么说，他的果园位于加利福尼亚北部。"具体地说，要挣到足够的钱缴税，并能预留第二年的开支。"里格尔已把注意力完全转移到祖传特品中去了：阿肯色黑苹果（Arkansas Black）、青梅李子（greengage plum）和夏朗德香瓜（Charentais melon）。他还模仿日本古法，做出了干柿子。把新鲜的柿子暴晒几周后手工揉捏，直至果肉变成饼泥状。做好的干柿子很柔软，表面还有一层天然的白色粉霜状果糖。不管是卖给洛杉矶的圣塔莫妮卡农夫市集，还是卖给托马斯·凯乐（Thomas Keller）那样的明星大厨，里格尔的干柿子都开价33美元一磅。2006年的所有收成在几星期内就卖光了。

吉姆·丘吉尔（Jim Churchill）和丽萨·布雷内斯（Lisa Brenneis）经营着丘吉尔果园。他们自称"造反牌"，在我尝过的所有橘子里，数他们的橘子最棒：娇小迷人，甜甜酸酸，这种美人橘是日本古品，芳名"纪州"（Kishus）。他们参观了位于里弗赛德的加利福尼亚大学柑橘品种收藏馆之后萌生了此念，种了九百多个栽种品种，包括枳橘（citrangequat）、百佳罗罗（megalolo）、橘柚（orangelo）、橘橙（tangor）、枳柠檬（citremon）、枳橙、枳柚（citrumelo）、橘柠檬（lemandarin）、血酸橙（blood lime）、紫色橘肉的橘柚（tangelo）和果皮黄绿条纹、果肉粉红的柠檬。"我们去问大学生们吃什么，因为他们整天都在那些果园里逛来逛去。"布雷内斯说。同学们一致表态：最爱吃纪州橘。丘吉尔果园的纪州橘大丰收，在加利福尼亚农夫市集里被抢购一空，还允许邮购。鼎鼎大名的帕尼斯餐厅也有卖，不加什么厨艺，直接当甜点卖。他们有些果品是真正独一无二的，比如酸度很低的香草血橙，吃起来竟然有香草冰淇淋的味儿。

我尝过的最古怪的橘子是在丘吉尔果园附近的欧佳农场里。那是一款无名的突变果品,碰巧,味道像极了鸡汤面。所有味觉要素齐齐到场:鸡腿肉、鸡胸肉、鸡汤,甚至包括面条。但在我看来,没有别的柑橘比得过丘吉尔果园的纪州橘。好莱坞农夫市集里的常客们一听说橘子下市就惊慌不已。"被纪州橘迷住的人们真的好像上了瘾。"布雷内斯笑着说。

世人大都认为,农夫种果树是为了经济高效大产出,而不是古董级别的异类美味。但心甘情愿培育优质水果的人往往很在意他们种的果实。最要紧的是有激情:水果说翻脸就翻脸,种好它们所需的技术和工艺是无止境的复杂难题。与此相比,把农场整个儿卖了倒更诱人些吧。当然,除非你真的是别无选择才会那么干。

对泽博夫(Zebroff)一家而言,以土地为生意味着一家人全天候身体力行,包括儿子辈、孙子辈、侄子、外甥和别的亲戚。"种地不简单,但我们不觉得种地是工作,"乔治·泽博夫说,"我们不是在这里工作。我们住在这里。"

2006年8月,我造访位于加拿大不列颠哥伦比亚省斯密卡曼山谷的泽博夫农场,在大门口迎接我的是女主人安娜。她就像成人版的长袜子皮皮。我们走进谷仓时,她理了理头发上的方巾,然后递给我一杯加了一整勺蜂蜜的鲜牛奶。蜂蜜溶入刚挤出来的热乎乎的牛奶,非常好喝,真是个好兆头。乔治还在盛满桃子酱的大锅前忙活,于是,我们就在崎岖不平的农场地里信步悠游。地上可热闹了,长满了蔬菜、花朵、香草和果树,每一寸地都没闲着。他家的后院紧靠陡峭山壁,背风挡雨,形成完美的气候小环境。母鸡到处乱走,用安娜的话来说,它们是在给苹果树浇肥呢。"别的农场看似凡尔赛。我们这儿呢,树边都是杂草,我们都不去管,随便长。"

我们的农场也是动物、植物和昆虫共同生活的家园。"说话时，一只苍蝇停落在她的眼帘上，一动不动地趴在那儿。她真是习惯和大自然浑然一体了，压根儿没注意到它。

乔治·泽博夫忙完了果酱，走出来和我们会合。一开始他有点沉默，甚至感觉有点严峻。不加修剪的灰发衬着胡须，一副饱经风霜的模样。他很高，和他握手就好像在和罗得岛的太阳神握手。他带着怀疑的神色打量我，又问了一遍我的书要写什么。经过一番言简意赅、一针见血的盘问，他终于认可了我的写作主题，转而变得非常友好，出口成章，滔滔不绝。

他赞成伍德的论断：买食物确实比种食物便宜，但人们曾经高度评价种植这件事。"现在，人们觉得农民就是瞎搅和的烂人，就知道讨津贴。"他说，"在我们这行里，有一条根深蒂固的底线。基于这个信条，企业模式完全可以预见。不正当的企业操作都是有案可查的。在他们亲手打造的世界里，这就是生命线。"

我们吃他们自家种的葡萄，乔治看着一只麻雀误入藤蔓间的网。他轻轻地把小麻雀救出来，放飞空中。泽博夫一家和许多农夫不一样，他们不杀任何行走江湖的动物。甚至从山上爬下的蛇被困在藤蔓间，他们也会放生。他解释说，他们承担所有损失，而不是把损耗压到最低并转嫁到土地上。他们的目标是创建和谐家园，而不是赚大钱。为此，他们把许多植物种在一起。他们吃的是最好的，卖出去的也是最好的。

他当场邀请我吃。他抬头看树，想找出最好的青梅，这让人头晕眼花的，然后直接摘下来，我尝了尝，立刻就服了，这滋味美的，不服不行。能这样活着真是福气啊！他们种的桃子也好得不得了。令人心醉神迷的桑葚汁液丰沛，染红了我的手指头。"我们真正追求的是非标准化、非均一化的水果。"乔治细说道，"要论质量,就必须完整地看待它们各不相同的形状、质感、口味等感官价值以及营养价值。没有两个水果是一模一样的——它们也不该如此。"

他们在不同年份种下不同种类的果树,为了确保他们每年都能得到果实。"大多数树天生就是两年生果。"他说,"它们不应该每年结果,所以我们任其自然生长。别人都强迫它们多结果。可它们也需要喘口气。它们刚刚收工,你就必须等待。所以,多种几样果树是有好处的。"

泽博夫的农场里完全不用化学产品,他谈起其他大型有机农场主时难掩轻蔑之意。他坚信"有机"首先关乎多样性,而决非必须依赖喷雾浇水的单一作物农场。泽博夫一家很少买东西,除了农用设备、燃气之类的必要用品。当然,他们也会买食物,但只限于他们种不出来的农产品。安娜承认自己隔一段日子就会忍不住去买香蕉,只因为在当地气候条件下实在种不出香蕉。

泽博夫夫妇说他们不知道是不是还有人像他们这样生活,他们太忙了,没时间去找同道之友。我问道,现代人是否依然能纯粹靠土地生活?乔治回答:"当然可以。只要他们愿意干活。现代人干得了吗?当然能,可是他们得交一大笔学费才行。你看过《城市乡巴佬》吗?"

"比尔·克里斯特尔(Billy Crystal)演的?"

"对,"他说,"你记得杰克·帕兰斯(Jack Palance)的那场戏吗?他谈起生命的秘密,说着说着,杰克·帕兰斯举起一只手指,说道:'秘密就在于只做一件事,只打一份工,专一而专营。'就是这句,你知道吗?那不是秘密,只是文化灌输。"后来,在我们的采访即将结束的时候,我问他为什么这种务农方式已然消失,泽博夫伸出一根笔直的手指,重申了一遍:"杰克·帕兰斯的手指!"

我们坐在野餐桌旁，吃着自家产的面包、奶酪、西红柿、红辣椒和花园里摘来的香料，我跟乔治说起我在温哥华美术馆看过的一次展览。那是印第安海达族人的艺术回顾展，海达族是居住在不列颠哥伦比亚海岸线以西60公里的海岛上的原住民。自古以来，他们把所有日用品——独木舟、衣服、器皿、木桨——都雕刻成美丽的艺术品。我在美术馆礼品店里翻看画册时，碰巧看到一个海达人的语录，至今难忘，仿佛深深镌刻进了我的脑海。他说："欢乐是精心打造的成果，只有创造时的欢乐才能与之媲美。"泽博夫正在给我们倒自家产的李子蜂蜜酒，听罢此言不禁频频点头："他说的正是我们的信条。"

现在，我们正生活在一个大规模生物灭绝的时代。为了得到木材、纸张或畜牧场，人们不断砍伐雨林树木，随之而来的结果是，我们每年大约失去17500种物种。有些物种从未被记载，却永远消失了。

不过，灭绝也是一种自然现象。99.9%曾经存活过的生物物种现在都灭绝了。它们几乎都是在人类出现之前消失的。我们只能想象那些生物大概的模样——但我们也得庆幸，还留下这么多丰富多彩的生物陪伴我们。

农民只能靠种植特定物种来帮助维持生物多样性。乔达诺农场的主人，戴维·乔达诺（David Giordano）用他父亲在20世纪20年代用过的根茎培育新苗，从而挽救了莫帕克杏（Moorpark apricot）。"你可以在别处得到莫帕克杏，但那和我的杏子不一样，"他对我说，"我保护它们。"尽管莫帕克有点偏绿，味道却是无敌的。"人们看到它的时候常会皱鼻子，"乔达诺说，"我给他们一颗尝尝，他们就都叫起来：'哎呀！我的上帝啊！'他们总是从怀疑到接受，然后就问：'我能买多少？'"

保护一种水果的最好方式莫过于创造需求，让更多人向往它。毕竟，水果想被吃掉，以利繁衍。所有消费者要做的只是想吃它们。事实上，你认为许多水果日渐式微，但它们仍在一些小农场里生机勃勃。肯特·维利（Kent Whealy）是品种保护交流会的创办人之一，这个非营利组织旨在推广对祖传蔬果的复兴。20世纪70年代，他开始寻求星月西瓜（Moon and Stars watermelon）种子，这个特甜品种在20年代曾风靡一时。可惜，怎么也找不到。坊间传言这种西瓜已经绝种了。1980年，密苏里州梅肯镇的农民摩尔·范多伦（Merle van Doren）找到维利，说他正在培育这个品种。现在，星月西瓜成了品种保护交流会里最畅销的祖传水果，在无数人家的后院里蓬勃繁衍着。

我母亲住在蒙特利尔圣母大教堂街区，那儿曾是一片农田，种满了种类特殊的西瓜，在20世纪初期爱时髦的纽约食客中能卖出很高的价。"二战"后，农场逐渐被居民区蚕食，蒙特利尔西瓜芳踪不再。反正大多数人都这么想。于是，消息传到了世界种子银行。1996年，美国爱荷华州埃姆斯大学寄去了一包种子。于是，一片西瓜田出现在圣母大教堂区基督教青年会后面，由风车角农场的农民负责播种，被称为"甜瓜园"。

每一年，世界自然保护联盟（IUCN）都会发布一份自主完成的《濒危物种红色名录》。约有12000种植物正濒临灭绝，大多数都是被子植物，因而也有果实。濒危水果包括巴西大西洋雨林中的堪布卡（Cambucá）、几种中东海枣（date plam）、5种土耳其梨和35种芒果类水果。

名为"复兴美国食物传统"（RAFF）的民间组织也编撰了一本红色名录，罗列了超过700种濒危的北美独特作物和动物食物，比如备受喜爱的马歇尔草莓（Marshall strawberry）、赛米诺尔南瓜

(Seminole pumpkin)。但政府法规阻碍了古老品种发挥商业潜力，对保护物种毫无帮助。匹特马斯顿菠萝苹果（Pitmaston pineapple）甘甜如蜜、风味独特，却因为体形太小，不允许在欧盟出售。在欧洲，所有可以出售的种子都必须经过登记，但高昂的登记费让许多祖传珍品望而却步，眼睁睁被排挤出了正规经济体系。《独立报》的评论可谓一语中的："售出（这类种子）是违法行为；于是，没有成熟作物为未来提供种子，它们只能绝种。"

不过，关于濒临灭绝的水果的大肆宣传也可能是言过其实。比方说，人们常把塔利亚费罗苹果（Taliaferro apple）当作悲剧性象征物，比喻我们已经失去的一切。托马斯·杰斐逊称其为自己最钟爱的苹果酒苹果，能酿出香槟酒般丝滑润口的饮品。但只要稍作调查就知道，这种苹果依然在世。

"数十年来我一直苦苦寻觅它，之前，我父亲也寻觅了很久，"汤姆·伯福德（Tom Burford）在与我的电邮来往中写道，"文学作品中曾有描述塔利亚费罗苹果的，数量不多，且互相矛盾，在过去的二十年里我们找到了四种苹果与其描述相符。"真像一场公主大战，真假莫辨的候选苹果跃跃欲试，觊觎着皇座。

"在小圈子里达成一个共识，在竞争如此激烈的情况下，除非日后会发现某份文档资料对其清楚界定，否则很难决定哪一种才是真正的塔利亚费罗。"换言之，就算它们都不是货真价实的塔利亚费罗，至少也有四种符合杰斐逊的描述——酿得出丝滑美酒。

据世界自然保护联盟称，人工培育苹果的祖先新疆野苹果（Malus siversii）也面临绝种之危。我发现，尽管所处的自然环境不太理想，但野苹果也受到了保护。

这种野生甜苹果的老家在新疆、哈萨克斯坦和吉尔吉斯斯坦之间的天山山脉中。这种苹果在阿拉木图（Almaty）城外最多，阿拉木图的本义就是"盛产苹果"（苏联尚未解体时，此地叫作Alma-Ata，意即苹果之父）。经历了千年气候更变、熬过了无数病虫害，这些果树所具有的特征可以被用于预防我们食物链中的灾害。丝绸之路沿线城镇繁荣，滋养了200万人，却也侵占了这些古老的苹果树林的领地。

值得庆幸的是，美国的水果猎人耗费数十年在哈萨克斯坦野地里埋头搜索，补遗此地特有的苹果基因库。美国农业部苹果收藏小组位于纽约州杰尼瓦，创办人菲利普·福斯莱（Philip Forsline）监督了2500种苹果的收集工作，其中就包括来自原始新疆野苹果园的苹果。福斯莱很有把握，未来几年里，可以用他带回来的这些苹果培育出拥有灾害抵抗力的新品种。

杰尼瓦好似一个活生生的博物馆，一排又一排、一列又一列，种着不同品类的苹果树。"这就是多样性。"福斯莱说着，让我好好看看这些藏品，"杰尼瓦就是哈萨克斯坦的再生。"

全美国有26座种质宝库，杰尼瓦是其中之一。种质是一个科学术语，指代能繁殖出新植株的生物活性组织，比如：种子、茎秆、剪枝、花粉、接穗、细胞和DNA。美国国家植物种质库里备存了将近50万种植物。种质库设在科罗拉多州的科林斯堡，包含美国原始农业保险计划：将近五万种种质样本，多半保存在零下196℃超低温温控液氮箱中。

全世界共有一千四百余座种质库。这些机构常由充满激情的业余人士组建或管理，在保护物种大业中起到巨大作用。古老物种可以用于培育新作物，以抵挡全球变暖的气候、变异病虫害及各类威胁。杰克·哈伦（Jack Harlan）是一位跑遍45个国家、搜集了一万两千余个物种的"植物猎手"，他曾写道："毁灭性的大饥荒是我们难以想象的，这些资源就能让我们免受灾难。实话实说，人类未来就建筑在这些植物材料之上。"

遍布全球的植物园网络是人类努力保护植物遗产的一种方式。因为很多物种生长在政治状况不稳定的地区，它们的基因素材岌岌可危。伊朗的种质银行曾经设在阿布格莱布，在美国强攻下毁于一旦，幸好之前已有两百种宝贵的种质转移到了叙利亚得到妥善保存。迄今为止，人类尝试过的最为野心勃勃的保护措施当属北极圈种质库，旨在保存地球上最重要的植物基因。

斯瓦尔巴世界种质库坐落在挪威斯匹茨伯尔根的冰冻岛上，在覆盖永久冻土、内部挖空的山洞里，对人类农业宝藏来说，这不啻为一个保险库。万一全球性灾难爆发，这座冰川里的诺亚方舟就会帮助人类复兴全球农作物。万一这招也不幸失败，还有一个名为"拯救文明联盟"的组织正在建造月球实验室，将容纳地球上每一种生物的 DNA。

里海附近科佩特山区盛产野生石榴，苏联解体以前，石榴基因库就设在土库曼斯坦一座名叫嘉瑞佳乐的农业研究站里，由世界一流古迦太基语专家格雷戈里·列文（Gregory Levin）主管。为了寻找石榴，列文周游数十国，收藏品中包括黑石榴、紫石榴、桃红石榴等多个品种，还包括莎蜜无籽石榴（Shami）和超甜莎文石榴（Saveh）——据说后者比婴儿脑袋还要大。苏联动乱期间，列文被迫逃离嘉瑞佳乐，抛下毕生心血所得的 1127 个标本。万幸的是，他把标本备份寄给了全世界各大植物园，因此，他的成果终被包括戴维斯市的加州大学种质库在内的组织保存起来。

无独有偶，1993 年格鲁吉亚爆发内战时，该地区的种子库被摧毁前，83 岁高龄的保护主义者阿莱克斯·富吉（Alexey

Fogel）带着 226 种亚热带水果样本成功逃出高加索山脉，其中包括索契镇所有的柠檬品种。像这样冒着生命危险保护基因资源的勇士还有很多。希特勒攻占列宁格勒期间，尼古拉·瓦维洛夫（Nikolai Vavilov）的基因贮藏室被封锁，花生专家亚历山大·休金（Alexander Shchukin）和大米收集家德米特里·伊万诺夫（Dmitri Ivanov）宁可饿死也不吃那些珍贵的种子。

保护水果的工作迫在眉睫，促使缅因州的约翰·邦克（John Bunker）这样的人云游乡野，寻找即将消失的苹果，比如弗莱彻甜苹果（Fletcher），他找到它时，整棵果树上只剩下一根枝条奄奄一息。意大利乔木考古学家一直在搜集古果，最远可上溯到文艺复兴时期。在英国，甚至有一对父子组合沿着 M1 高速公路徒步寻找果树样本，因为路人随手扔出车窗的果核也会发芽生根。巴西水果摄影家西尔韦斯特雷·席尔瓦（Silvestre Silva）用了整整十年寻觅白色拟爱神木果，最后，终于在瓜拉雷马镇附近找到了一株果树。白色拟爱神木果绝处逢生，现在已被成功培植，不久就将结出果实。

许多水果捍卫者都像超人一样，现实生活中有一种身份，在水果论坛上有彪悍的分身："柠檬保卫者"克雷格·阿姆斯壮（Craig Armstron）和某音乐人同名同姓，电脑工程师里克·米爱索（Rick Miessau）在业余时间就是"香蕉龙"，蔬果种植教授富兰克林·莱姆伦（Franklin Laemmlen）也是"水果医生"，阿道夫·格里梅尔（Adolf Grimal）是"沉默寡言的种果人"，埃德·库加里（Ed Kraujalis）是"山竹达人"，阿金（J.S.Akin）号称"山楂王"。我甚至能想象出"施肥先生"唐科尼普（Don Knipp）和"鲜为人知的植物专家"奇兰吉·帕马（Chiranjit Parmar）掐架的样子。

水果保护团体通常都是非官方组织，比如"拯救不列颠水果协会""保护与促进被世人遗忘的水果协会""无花果利益团体""稀果理事会"等等,都是由热爱科学的草根平民组成。

知名慈善组织"泡泡果基金会"直接以会名向北美最大的可食用树果致敬。泡泡果的生长区域北至安大略,南至佛罗里达,一般人会误以为它是香蕉,果皮是青黄褐色,果肉像奶糊。刘易斯和克拉克[①]跋涉千里横穿美洲时就是靠吃野生"泡泡"而活命的。

"北美水果探索者"(NAFEX)是美国最大的业余水果组织。起初,由于战后果实学家们致力推动均一化种植,NAFEX则推崇其他的选择。等级森严的商贸体系逐步将古老品种拒之门外,逼得水果兄弟会万众一心,结盟应战。

NAFEX的《水果探索者手册》中写道,所有会员都应"致力于发现、栽培和鉴赏高级水果和坚果物种"。会员们种下汤姆·索亚最爱的苹果,或以费恩命名的越橘[②]。他们发动后院侦察活动。他们是水果先锋队,弘扬探索精神,不为物质利益。他们才不管人家说什么水果在特定地区长不出来——反正,他们会千方百计让它们长出来。专业果实学家都去为零售店冷库创造商业水果了。但NAFEX决不会——他们身为业余专家,身负培养绝佳水果的伟大使命。

"鲜有人知的神秘生物就生活在步行范围内,就从你坐着的地方算起。"昆虫学家爱德华·威尔逊写过。NAFEX会员主攻饱受世人慢待的奇特品种,比如粉色西番莲(maypop),它算激情果中的一种,一挤就爆。有个会员说,那是从巧克力色的藤蔓里结

[①] 刘易斯与克拉克远征(Lewis and Clark expedition,1804—1806)是美国国内首次横越大陆西抵太平洋沿岸的往返考察活动,由杰斐逊总统所发起,目的是为了将来向西部扩张做考察。领队为美国陆军的梅里韦瑟·刘易斯(Meriwether Lewis)上尉和威廉·克拉克(William Clark)少尉。
[②] 这个典故源自马克·吐温的两本名著《汤姆·索亚历险记》和《哈克贝利·费恩历险记》,哈克贝利(Huckleberry)的原意就是越橘。

出的果实，看似肥大的紫色香蕉，"爆开来就会露出白色的肉，西瓜籽一样的种子黏黏的、圆滚滚的。这有什么不讨人喜欢的？"

只需列一张清单，我们就能大致了解有多少种天然水果是我们从没尝过的：珂拉克越橘（crackleberry）、甘露梅（whimberry）、巴巴木莓（bababerry）、熊果莓（bearberry）、美莓（salmonberry）、浣熊莓（raccoon berry）、岩莓（rockberry）、蜜莓（honeyberry）、南妮山羊莓（nannyberry）、白雪果（white snowberry）和贝利莓（berryberry）。蓝越莓（dangleberry）是蓝黑色的，汁水非常香甜。糖蜜莓（treacleberry）名副其实。柠檬水莓（lemonade berry）是一种美国西南部特产，原住民曾用它制作粉色的柠檬水。精勇梅（moxieplum）是一种白色浆果，微微带点鹿蹄草味。野生黄莓在加拿大大西洋省被认为是云莓（bakeapple）。这两个名字张冠李戴要归功于一位造访加国的法国生物学家。他到处打探这种水果的真实身份时，问一个当地人："la baie-qu'appelle？"其实是问这种莓叫啥，那位纽芬兰人却以为法国人在告诉自己这种莓的名字，从此，就有了"bakeapple"的美名。

对 NAFEX 会员来说，归根结底，水果好不好拼的是味道。会员手册上解释了，大多数消费者根本不知道自己错失何等美味，"这是现代生活无数小悲剧之一"。不过，很多会员已经明白了，从"单纯的生物爱好者"到"彻头彻尾的水果狂人"只有一步之隔。这些癫狂派自称"硬核"。恰如前副会长爱德·法克勒（Ed Fackle）曾一度警告会员们："收集水果物种是极其容易上瘾的事！"

"加利福尼亚珍稀水果种植者协会"（CRFG）的会员们也都是水果瘾君子。数千名会员和地方分会遍布全国各地，CRFG 还面向水果拜物教徒发行双月刊《水果园艺家》，这本杂志里满是诱人的全彩水果照，拍得像色情照一样，连广告都像是成人杂志里的分类栏:"急需:珍奇货色,上门接送,致电麦克。"或是"热带番石榴粉丝们注意:正宗印度尼西亚无籽番石榴即将到货!预购开始!请速跟进!"

最近的一期《水果园艺家》中,格拉多·加西亚·兰米斯(Gerardo Garcia Ramis)写到一个人:"最大的特点就是疯狂迷恋水果,心怀大志,想在后院里种满两百个品种,想要任何一本含有'水果'二字的书籍。这种人嘛,你懂的。好吧,这个人就是我。"我花了好多天看完每一本过期的《水果园艺家》,明白了一点:CRFG的铁杆会员会自称为"虔诚信徒""神经官能症潜在患者"或是"骨灰级爱好者"。更有学院气质的会员则会用到"献身水果的狂热圣徒"这样的字眼。只有为了特殊追求而奉献自身,乃至难以自拔的人或是盲目而狂热的笃信某种宗教甚至邪教的人,才能被称为狂热圣徒吧。

这些虔诚信徒却在谈论自己对水果的兴趣时不太自在,这是我致电CRFG的会员注册管理人兼历史学家托德·肯尼迪(Todd Kennedy)时发现的。大伙儿心目中的托德·肯尼迪多姿多彩,有的说他是"加利福尼亚首屈一指的水果保护主义者和历史学家",有的封他为"珍稀水果专家""极具声望的水果鉴赏家"以及"水果拯救者"。当我激动地和他说上话时,也立刻领悟到为什么还有会员称他为"暴躁水果狂"。他告诉我,他甚至对水果没有激情。他只是出于习惯的迫力不断拯救古老品种。聊着聊着,电话那头通常只有单音节词汇的答复,突然,他打断我的话:"你指望什么呢——什么聪明绝顶的重要发现吗?"我又惊又吓又沮丧,听筒"咣当"一声掉地上了。"没有啦,只想听一些故事。"我竟然在捡起听筒后回答了他!

既然没被吓倒,我索性斗胆加入了这个组织,开始参加CRFG

的本地聚会。有一次是在奥克斯纳德附近的一栋维多利亚式宅邸后院露台,我们开着会,背后还有墨西哥人在干活。当天的议题是南非水果。六七个与会者都是耄耋老人。"简单地说,我们就是一群有钱的老头子。"其中一位打趣道。即便如此,他们仍然兢兢业业地继续保护水果。恰如会长比尔·格兰姆斯(Bill Grimes)在文中所言:"我们就是维护基因多样性的工具,保护那些被视为没有市场价值或缺乏基因移植价值的优异蔬果栽培品种。"

第二次聚会是在圣地亚哥教堂地下室进行的,约有五十名会员到场,大家都走来走去,端详着堆放在野餐桌上的珍奇水果。我随手翻看摆在桌上的水果类图书时,有个颤颤巍巍的老人走到我身边,叫我"新鲜血液",还说有更多年轻人对水果感兴趣是很重要的,但他明白为什么水果更讨老年人喜欢。"等你老了,你就想找点事情打发时间。"他说着,含混的嗓音微微颤抖,"种果树就非常好。"

当晚的主要发言人是达里奥·格罗斯贝勒(Dario Grossberger),番荔枝专家。马克·吐温曾妙笔赞誉安第斯山脉的番荔枝是"美味一词的化身"。粗糙的鳞状果皮下,雪白的果肉就像梨子奶油冻一样好吃。"十年前,我在对番荔枝一无所知的情况下吃到了一颗,"格罗斯贝勒说,"就爱上了。和你们一样,我喜欢上一样水果就会去种它。我种下一颗种子,五年后就有了一棵大树。我非常幸运。我给那棵树起了名字:福尔图娜。当时我不知道这样的成功是很罕见的,那以后却是屡种屡败,屡败屡种。我是无意间成为种植者的,现在我是番荔枝协会的会长。"

接下来的半小时里,他介绍了如何种植和培育番荔枝。接着,所有人凑到野餐桌旁,品尝罕见的番荔枝培育品种,它们的名字是:靴子岛、孔查丽莎、大姐大。我注意到桌边的盒子里还有一只长相奇怪的果子，便拿起来细瞧。原来是个鸡蛋果，我在夏威夷和肯·洛夫一起吃过的。突然，一个面红耳赤、身材魁梧的男人凑到我跟前，"快放下！"他开始指责我，"这是非常珍贵的水果。你就要把它捏碎了！"我刚想道歉，他已怒气冲冲走了。整个晚上，他都不愿意看我。后来，当我正和一群人站在一起聊天时，他把水果切成几瓣，走过来分给每个人一瓣——除了我。

第十四章
水果侦探的典型案例

> 当我再次检验这份清单,我看到了,被遗忘的水果那苍白的幽灵将经年累月萦绕在我的梦境。我怎能为自己的疏忽辩解呢?
> ——爱德华·邦雅德,《甜点解剖学》

孩提时代,大卫·卡普最喜欢到他祖母的大黄田里探险。前院的一棵果树也让他魂牵梦萦。那棵树不是每年都开花,但偶然会突然迸发出生命力,结出甜得让人没齿难忘的青梅李子。少年时期,他对水果的痴迷又增添了诡异的新举动:他会在半夜悄悄溜下床,踮着脚尖走进食品储藏柜,去闻香草精。

成年之后的卡普再接再厉,终于成为一名"水果侦探",让这种热恋痴狂得到完美的升华。这个雅号是在某个"轻浮的时刻"突然蹿进他脑海的,准确地说是在听说电影《神探飞机头:宠物侦探》之后。虽说头衔貌似不伦不类的玩笑,他却非常严肃地对待这件事情。他通读果树栽培文献,熟记曾因美味而享誉世界的品种名称,再去寻访种植这些甜美幸存者的农夫,一走就是几个月甚至几年。经过严谨调研,他撰写了数十篇论文,关于珍稀水果——不管是新品还是濒临灭绝的古品——以及标新立异、种植珍品的专家们,由此,卡普成了美国水果研究领域的权威人士。

除了身为《水果园艺家》的明星记者和摄影师之外,他还为《纽约时报》和《史密森协会》撰写水果主题的文章。卡普经常说,大多数种植者宁可"培育袋熊"也不肯栽种口味优异的水果。只要有人敢种难种的作物,他就不吝美誉之词,反过来,人家也乐于把他捧上天,因为他和他们一样,是堂吉诃德式的愚侠。他说起种植者比尔·德韦纳(Bill Deneva)的眼神透着狂野之光,并引用他的原话:"我疯了,去追求至高无上的质量。"

卡普也疯了,也追求至高无上的质量,他走遍了美国大陆,为了寻找"绝妙的奖赏",比如尝一口上锁的古树上的脐橙、"散发令人难以置信的浓烈原始香味"的香瓜或是"芳香优雅而且昂贵"的妃子笑荔枝。有时候他也会远征海外,去波多黎各找山竹,去意大利找血橙,去法国找青梅,但大部分工作都是在加利福尼亚完成的。

种植者偶尔会拿一些极少数人才会欣赏的东西给卡普过目。有一年,杰夫·里格尔把干柿饼上的白色果糖霜刮下来,像骨粉一样装满一小盒,当圣诞礼物送给卡普。"他乐疯了,"里格尔回忆当时的情景,"好像要问我:'你剥光了多少个柿子才得了这些宝贝啊?'"

卡普不能喝红酒,因为正在治疗酒瘾,但他拿出品酒专家的干劲鉴赏水果的每一个细节。葡萄酒鉴赏大师罗伯特·帕克(Robert Parker)说波尔多红酒是"味蕾炸弹"。卡普形容斯坦尼克白油桃(Stanwick white nectarine)是"味蕾原子弹"。他写道,最上等的水果应具有如下特点:"甜度和花香味的酸度达到登峰造极的完美平衡"或"拥有浓缩鲜果甜挞的惊人口味"。他用文字对不同水果逐一专攻，追踪迄今依然存在的最伟大的水果特例，并向读者们寄送邮购指导手册。

身为自学成才的"水果人"，卡普献身于美味追求，这项宏伟使命已发展为无所不包的大业。他在给《洛杉矶时报》的一篇文章中写道，从橙子到杏子，面对诱惑，他无数次放纵自己。这篇文章的结尾是：他在夜色里跳上跳下，费力地去够几只莫帕克杏，杏子却躲闪不定，每次都不让他逮到。总算把一只撞下来了，他只觉是"最卓越无比的一次杏体验"。不外出调查的日子里，他会在黎明前起床，只为了到圣塔莫妮卡农夫市集附近的香格里拉大酒店的阴影笼罩下的停车坪去站岗。"他是个彻头彻尾的傻子，"卡普的一位农民朋友安迪·马里亚尼告诉我，"他有太多异于常人的地方，这可不是我说瞎话。骨子里是个好人，可是，伙计，他真的对水果激情澎湃，已经到了着魔的地步。"

虽然我没能为夏威夷水果之旅的文章采访到他，可不久之后，他的介绍就出现在《纽约客》上，引来一系列事件，竟让我和水果侦探再次联系上了。当时我在纽约，为我和柯特·奥森福特拍摄的迈阿密国际珍奇水果理事会的影片素材做剪辑编辑工作，我的女朋友莲妮则在洛杉矶参加一次试镜。试镜结束后，她去和奥森福特的前任室友阿兰·莫伊尔（Allan Moyle）吃晚饭，她曾在莫伊尔执导的影片中扮演女主角。莫伊尔还带了个朋友，那就是大卫·卡普。

第二天，奥森福特出门去了，电话铃响了。我一看是洛杉矶的区号就拿起听筒，盼着听到莲妮的声音。然而是卡普。我做了自我介绍后，他张口就说："你女朋友真够美的。"我则张口结舌，毕竟这之前我们只有两次谈话，每次都是讨论一起猎寻黄莓的采访事宜。卡普管她叫"小藤"，因为在法语里，莲妮就是藤蔓的意思。他说，莲妮说黄莓好像是独角兽吃的那类仙物，这说法迷死他了。

没过多久就是莲妮的试播季，我们便搬到洛杉矶去住。找公寓的时候，我们暂时和莫伊尔住在一起，他在威尼斯海滩有一栋好多房间的大房子。电影制作人、寻找剧本的人、激进活动分子和其他反主流怪才经常在那儿落脚。一天下午，我本可以让某个精通金字塔能量疗法的音乐灵修大师让我的内在灵魂"平心静气"，或是和阿兰的"每日灵异师"去参加什么团体出窍会，这位灵异师来自托潘加峡谷，名叫达里尔·安卡（Darryl Anka），他能进入魂灵出窍的恍惚异境，和一个无所不知、名叫"巴霎"的外星能量联系上。莫伊尔说起话来有一种近乎孩子气的、毫无戒备的率真。秃头症又强化了这种气质，他的头发几乎完全掉光了。光秃秃，亮铮铮，给人感觉像个大号顽皮娃娃。他有一种贪得无厌的需求，想让自己很有趣，这是他自己说的。

有个电影制片人也住在那儿，名叫巴罗塔（Barota）。他正在接受培训，想变成不吃不喝、只靠空气存活的奇人（breatharian）。他解释其原理在于：你打开顶轮，将阳光转化成液体普拉那（生命能量）。这种甘露显然比世间任何食物都更有营养。他还说，他有一些朋友已经一年半没吃没喝了，还特别指出，素食水果理应被视为过渡步骤，最终也能达到人体光合作用的目标。他打算此生不再吃东西，但我还是侦察到他在几周后的派对上偷喝了一杯葡萄酒。

在莫伊尔的派对上，我结识了正在撰写"人在浴缸里可以做哪些锻炼"之著作的作家。还认识了一个发明家，他发明了某种载波设备，能测算你的"频率"。还遇到了爱康卡（Eckankar）教的牧师们，阿兰很喜欢把这个新世纪宗教团体昵称为"他的邪门教"。在带领我们集体诵唱前，有位牧师讲述了一段非同寻常的经历：最近他总是梦到一种水果治好了他的某种神秘隐疾。他前后共看过七位医生，谁也无法诊断他的病症。在梦境里，他看到自己每天都吃很多水果。他说，当他真的开始吃这些水果后，病症在三周内就消失了。

  在莫伊尔府上的某次聚会中，大卫·卡普也来了。这是我俩第一次面对面交谈。他又开始絮叨自己有多喜欢莲妮，他唤她为"神圣的藤小姐"。我们谈论的主要是写作，以及作家微薄的收入。他想知道，一个自由撰稿人怎么能够靠稿费存活下来。我的回答是，我也不知道怎么回事，反正总有活路。我刚从杂志社拿到一张200美元的稿费支票，那篇文章写的是导演沃纳·赫尔佐格。他则提起自己每个月都能得到几千美元"父母给的幸运钱"，外加一笔五位数的书稿预付款——有关加利福尼亚水果的著作。

  我刚开始念叨自己为了写这本书而多么希望采访他，莫伊尔府上一个典型的嬉皮女孩冷不丁打断我们，问我俩有没有尝过斯卡珀农葡萄（Scuppernong grape）。"当然吃过。"卡普想也不想就答，接着开始详解这种葡萄的特点和原产地。"噢！我的上帝！那是世界上最好吃的葡萄！"她的话音里带着奉承的味道，"我真不敢相信你知道，没人知道！"

  之后没多久卡普就走了。有人开玩笑说，他火急火燎跑出去搜寻山谷里的野草莓了。等聚会散了，我才感到自己又一次错过了敲定采访的良机。

  一年后，我和莲妮住进了艾克公园附近的公寓里，这地方曾经属于水果劳工权益保护运动的积极分子塞萨尔·查韦斯（Cesar Chavez）。卡普和我保持联系，发发简短的电邮，偶尔通通电话，他的开场白总是这句："小藤还好吗？"说起他自己时总用第三人称："水果喜欢炎热的夏天，水果侦探可不喜欢。"有一次通话，他说自己快发狂了，都怪治丛集性头痛的那些药，"当一个笨蛋水果侦探？没什么比这个更糟的了！"

还有一次我们聊起蒙特利尔山竹，他问那些山竹会不会"流黄儿"——能穿透果皮的一种"包皮垢一样"的物质。我心下琢磨，把这个词和水果强扭在一起未免太变态了吧，但他好像不是在开玩笑。

后来，莫伊尔和他那端庄娴静的妻子千代子邀请我和莲妮、卡普和他的女朋友"辛迪猫咪"[①]一起赴家宴。我们一到，尴尬就来了。我和卡普握了握手，接着去吻辛迪猫咪的脸颊，没想到她用手挡住了我，我只能半途改用握手礼。她给我的那只手柔弱无骨、毫无气力，还恶狠狠地瞪着我。我出糗了吗？冒犯了什么社交礼仪？我尴尬极了，忍不住疑神疑鬼。可当他们一一落座后，莫伊尔把我拽到一边，"你瞧见她怎么跟我握手了吗？"他问我，"跟个女皇似的！"

莲妮问她为什么叫辛迪猫咪。她没有回答。经过一段长长的沉默，卡普开口了："有些异性成员拥有马或牛的特质。就她而言，是猫科动物。"

"就莲妮而言，是藤生植物。"我冒险进言，指望着一笑泯恩仇。

卡普表示同意，并详细分析莲妮的藤类特质："她那么高挑……苗条……像花儿一样盛放。"

"溜须拍马。"辛迪猫咪插嘴了。

"缠着你不放。"我跟了一句，保持队形，很想融入这个"小藤幽默文字游戏"[②]。

这时，莫伊尔指了指辛迪猫咪的黑色十字架勋章，说道："你

---

① 她的几个朋友请求我不要用她的真名实姓，所以我没有用。她们说："消灭她的身份"，并解释说她是"病态性恐惧别人描述她"。   作者注
② 卡普、辛迪和作者都用了和藤生植物特点有关的词，并保持押韵：blossoming, creeping, clinging.

可真够哥特的。"她什么也没说。过了一会儿，莫伊尔正式宣布，"辛迪猫咪今晚不在状态。"

饭桌上的气氛让人很不自在。莫伊尔一向喜欢让人不自在，此刻正好好享受这种紧张感。卡普搂住辛迪猫咪的胳膊肘，说："要是猫咪不想开口，你就没办法让她叽里呱啦。"为了换个话题，卡普谈起最近刚刚仙逝的宠物猫，它叫撒哈拉，他太想念它了，每天早上仍然呼喊它的名字。

后来，我们谈起蒙特利尔，莫伊尔开始回想自己被踢出麦吉尔大学后就把那座城市抛在脑后。我提到自己的母亲也进过那所大学。

"英语系？"

"是啊，我想是吧。你们说不定还是同班同学。"

"她叫什么？"

"琳达·李斯。你认识她吗？"

"我干过她！"他说完就狂笑起来。我的脸都红了，其实根本不知道他到底干过没有。

莫伊尔说起他和弗拉基米尔·纳博科夫（Vladimir Nabokov）参加过一个派对，其间有只蜜蜂嗡嗡嗡飞来飞去，把大家都烦透了。纳博科夫说道："这只蜜蜂很不明智。"话题渐渐转到前世，莫伊尔建议我们都去探索一下自己前世在哪里，还说，可以约定最通灵的法师办一次观落阴会，那位法师曾帮助著名女演员雪莉·麦克雷恩（Shirley MacLaine）看到好几轮前世，她曾是艺伎、被大象抚养长大的孤儿、查理曼大帝的情妇。

卡普聊起过去的绅士们喜欢时不时把玩水果，和现在的男人喜欢打高尔夫一个样。千代子收拾碗碟的时候，他在桌上摆了些巧克力和肉桂口味的柿子，那是他连蒙带骗地从一个产量稀少的"关系户"那儿得到的。他把柿子切好，分给我们。真是太美味了，难以置信地含有巧克力味和一点点辛辣香料味。我老实坦白,我从没吃过这么好吃的柿子。

大多数人一辈子都没吃过一只好果子,他应声说道,超市里卖的货色总是次品。"咬一口店里买来的柿子,搞不好会像一团尘土在你嘴里爆开。"我说。卡普使劲点头表示赞同。"那就是涩吧?"我小心翼翼地问。

"绝对就是!"他答,又引用了约翰·史密森上校说柿子时的原话,"柿子没熟透的话,会让你涩得愁眉苦脸的。"我们都笑起来。意识到自己冒出了一句合乎时宜的行话,我又回到老问题,能不能采访他,或许跟他一起上路做些调查。卡普说他会考虑此事的。接着又说,如果我下星期愿意帮他搬几个书架,我们那时候可以细谈。我答应了,想到自己终于有机会敲定采访就激动万分。

卡普和辛迪猫咪走了后,我和莲妮留下来帮忙清洁。我深吸一口气,沉浸在美好的向往中。莫伊尔问我:"现在,你搞定和卡普的缘分了吗?"

没过多久,卡普到贝西接我,他那辆白色小皮卡刚好和我多年前的朋克乐队巡回演出时用的白色面包车同名。卡普和我在高峰时段的 405 高速公路上慢慢往前蹭,开往工业废地,去取他预购的几只定制书架。卡普弓着背趴在驾驶盘上,留意两旁的车辆,没法再分出心来和我交谈。

回到他在比弗利山庄的家,我们把书架搬到他的办公室里,也就是平房后头从车库改建起来的屋子。他随手翻了翻《霍格的水果指南》——按字母排序的高级水果品种概述指南,之后带我观赏了书房里的最新藏品,贝利(G. R. Bayley)1880 年版的手册。其中有一句:"谁不爱水果——成熟、漂亮的水果——伟大造物者手中的无价恩惠？"我问他可不可以把这句话抄下来。尽管看起来很勉强，他还是同意了。作为交换，我贡献了一句最近偶然读到的但丁的诗句，写的是炼狱里的水果。

他还炫耀了一些专论柑橘的文集，还说每一本都极其珍贵，也都是天价藏品，那模样真像极客书迷显摆珍藏的绝版漫画书。不过我自己也变成水果疯子了，当他给我看他最心爱的洛可可橘子油画时，我享受极了。他还告诉我，他最喜欢的两个词语是：法语里的"柚子"（pamplemousse）和"（柚子皮和果肉之间的）海绵状的白软皮"（albedo）。他说："我最喜欢说：'看那只柚子里的白海绵。'"我大笑起来，结果弄得他很窘。我还以为那是俏皮话呢，显然不是。

他把圣所里的一小块区域专门供给英国作家爱德华·邦雅德1929年的著作《甜点解剖学》——以拜物教口吻描绘水果带来的激情的鼎鼎大作。每一章都献给不同的水果，用以指导20世纪早期复杂、浓甜、浓酸的水果甜品，其中很多果品现在几乎都找不到了。华丽的辞藻俯拾皆是，譬如他这样描绘一种名叫"达芬妮女王"（Reine Claude Diaphane）的青李子："一抹微漾红晕之后，透明的琥珀仿佛一颗猫眼石，深深窥进那无比深邃，你不能知晓它究竟会穿透何等邈远。"

邦雅德不只会写颂词，还有很多古怪的水果信条。他是个神经紧张、癖好古怪、油头粉面的男人，很喜欢园艺，戴柯尔布西耶式的圆眼镜，西装笔挺，衣冠楚楚，而且痛恨香蕉。他觉得香蕉"太黑人了"，西瓜是"南美黑人的饲料"。为了捍卫邦雅德，卡普写道："邦雅德对吃西瓜的人的蔑视暴露了他所在的阶层的固有偏见。"或者说，如此根深蒂固的种族观念是原始人丛林鏖战的现代余音。

邦雅德的父亲十分富有，为他提供了完美的教养环境，父子俩都和贵族阶层交往甚密，并得到不少资助。他颂扬某种水果的"富贵态"时是诚心诚意的。他觉得自家花园是精英济济一堂之地，堪比杰斐逊的庭院，并把奴隶数量减到不能再减。不幸的是，邦雅德家族似有理财不当的传统，牛津大学教授爱德华·威尔森（Edward Wilson），亦即2007年《极致美食家：爱德华·邦雅德——随笔集》的编者在书中提到过这一点。

邦雅德是个极其狂热的收藏家，激情爆发得容易，却常在钱财方面一败涂地。但这不会阻止他远赴阿尔及尔、南非和突尼斯猎寻珍果，他在突尼斯发现了一棵苹果树，长在"斯法克斯岛的棕榈树荫下"。他会在里维埃拉闲逛，伴着夜莺的鸣叫，点上几大杯同伴乔治·圣博瑞（George Saintsbury）称为"顶级佳酿"的葡萄酒。

邦雅德既是关注"生活科学"的大学士，也是一位科学家。1906年杂交培植大会首度正式采用"基因"一词，就是在这届大会上，邦雅德献上有关种子直感——异粉性影响——的论文。他花费数日用放大镜和其他测量工具钻研水果的组成部分，并仔细记录结果。他孜孜不倦地持续水果试验，自称为"欢乐之行"：要么种下数百棵不同品种的梨树，要么把所有人类已知的醋栗种子收齐。邦雅德还是个坚定不移的藏书家，个人图书馆里珍藏了繁多而异常的性学著作，大多是研讨人类各个时代的性风俗。他还撰写有关玫瑰的文章，偶尔使用笔名罗西纳·罗萨（Rosine Rosat），让人不禁想到马赛尔·杜尚也有个性别难辨的身份：罗斯·瑟拉薇（Rose Sélavy）。

邦雅德周游欧洲列国时，陪伴他的是遭到放逐的英国同性恋者，比如雷古·特纳（Reggie Turner）——曾是奥斯卡·王尔德小圈子里的唯美主义者。他还躲过信件审查的难关，保持和诗人诺曼·道格拉斯（Norman Douglas）的密切往来。道格拉斯曾和住在意大利文帝米利亚的 14 岁男孩瑞内·马里过往丛密，威尔森在书中称其为"严重的恋童癖"。威尔森也难免思忖——模棱两可，顺藤摸瓜——邦雅德会不会是同犯？能够确定的是：邦雅德和随行同伴们不只争论哪些港口的李子可以配对杂交，也会为别的术语论个不休——把孩子闷在自己身下到底该用"重叠"还是"躺伏"更恰当？

邦雅德的密友们都昵称他为"邦尼"。邦尼喜欢给朋友们寄袒露无忌的打油诗。朋友们为了聊表谢意，会返给他一些佛罗伦萨俊美男秘书的名字。其中之一叫帕萨瓦，道格拉斯写道："他非常贴心。别犹豫，尽情使用他吧！为所欲为吧！"

什么才能让邦尼欲壑难填？意大利美少年似乎敌不过甜瓜。因为得不到尽善尽美的甜瓜理想范本，邦尼悲叹不已。心中沮丧，金山掏空，他在 1939 年初冬举枪自决，为了等到香瓜的成熟季，他甚至还推延过自杀计划。"我们不再追随他走入最后的阴影；我们不知那里隐藏了什么，也不知他的灵魂能在何等神秘圣殿里觅到安息。"讣告是这样写的，"自始至终，他一直在寻找，寻找。他在觅求天堂的慰藉。"

和日后的众多追随者一样，邦雅德在蔬果世界里获得原始的喜悦，书写他在尘世间热望桃李香甜的宁馨"欲望"。为了"年轻盛时丰满的膨胀"，以及在桃子里觅到的"温柔狂喜"，他编织了一篇又一篇惆怅伤怀的文字。

别的水果作家们也善用性感暗示。19 世纪的教士、小说家爱德华·罗（Edward P. Roe）曾写道，草莓那"胜过'舌下之罪'的美味"如何直接影响"蛮横的幽处器官——从未丧失凌驾于心脑之上的威力"。《花园中的非凡水果》的作者李·莱克（Lee Reich）

在描述南斯拉夫一种状如梨子的奇特水果"西珀娃"（Shipova）时，索性用上亨伯特①的口吻："西珀娃。念出这个名字。多么美妙的声响，特别是中间的重音轻轻落下并延长。口齿吟咏，唇间有快意，音韵提升又落下，落下又提升：西……珀……娃。"

卡普走到档案柜前，抽出一些标有"XXX"标记的照片，都是他拍的金草莓。他说，就算禁止公开展示，他也不感意外。接着又向我坦露，只要辛迪猫咪想让他特别兴奋，不管什么时候，她只需提及某种李子就行。俄勒冈州李（Prunus subcordata），如果我没记错的话。

恋水果癖和另一种热切的怪癖之间有一些微妙联系。英国作家布鲁斯·查特文（Bruce Chatwin）在小说《乌兹》中讲过一个故事：心急切切的母亲带着迷恋瓷器的儿子去看病。"'什么，'乌兹的母亲问家庭医生，'这叫卡斯帕瓷器躁狂症？''一种变态心理，'他答道，'和其他反常行为一样。'"

但是，在每一种盲目崇拜背后，总藏着更复杂的心理需求。神圣罗马帝国鲁道夫二世是个忠诚的自然主义者，他有一只海椰果，还有一幅阿尔钦博托（Arcimboldo）绘制的肖像画，画中的头像完全是由水果拼成的：鼻子是梨，脸颊是苹果，眼睛是桑葚，头发由葡萄、石榴和樱桃组成。他说，只有集揽异国珍品才能疏解他的抑郁情绪。就像奥古斯都大力王那样，他无法按捺热望，开始到处收集瓷器，他倒空自己的保险箱，为了看清珍珠饰巾上有几只饰有珠宝的金丝雀，或是像罗丹雕塑中大理石塞壬一样美丽可爱、在水中翩翩起舞的仙女，抑或是手指修长的忧郁王子，珠光闪耀的肩带祥垂在马蹄形的宝座上。因为想要追求完美无瑕，才有这样的收藏

---

① Humbert Humbert，纳博科夫小说《洛丽塔》中的男主人公。

家，归根结底，那是一种对完美、对死亡的追求。"渴望瓷器，就像渴求橘子。"奥古斯都试图解释他的"瓷器癖"时曾这样说。

癖好显然是有重叠的。水果和瓷器都是奇迹的源头、身份的象征和表达敬意的方式。说得肤浅的话，它们暗示了性和奢侈。但是，在性欲之上，还有某些更具精神性的内涵。查特文得出结论，"寻找瓷器"实则是"寻找永恒的本质"。

神思回到卡普的书房里，他开始解释，为什么邦雅德在所有论述水果的作者中鹤立鸡群，无人堪比他的重要性。卡普自己马上要出版一本介绍35个水果品种的新书，被誉为"与爱德华·邦雅德的风雅精髓一脉相承的水果鉴赏新作"。邦雅德是经典范本，即便对卡普所认可的另一些行家大师来说也一样，诸如安迪·马瑞阿尼、"暴躁水果狂"托德·肯尼迪，后者把滋味完美的油桃和高高吊起的野山鸡相提并论。我还打算有样学样，编个梨树上的山鹑的笑话，卡普却已点中一本《罕见蔬果》说自己是这位作者伊丽莎白·施耐德（Elizabeth Schneider）的门徒。"她启迪了我。是她告诉我，不可能非常严肃地对待蔬果。"

我在想，卡普如此介绍自己的导师，是不是在拐弯抹角地暗示，现在轮到他把独门智慧传授给我呢？我铆足劲儿把话题往采访事宜上引，便问他最近是否打算来一次水果大冒险。是有打算，他说，他计划去文图拉乡村找草莓。我问，是否介意我一路随行，目的当然是写好这本书。他说，他想不出为什么不行，如果我愿意在他拍照的时候举反光板的话。回家的路上，我得意极了。采访总算落实了。

出发前一天，卡普用电邮发来了行程表，赫然写明：凌晨4点出发。到达我们的目的地只需一个半小时，但他想趁着朝阳拍照。他建议我前一晚借宿他家客房，那样我们就能保证按时出发。于是，2005年3月9日，莲妮开车把我送到水果侦探的家里，带上了睡衣裤、换洗衣物、牙刷，以及一本笔记本。

从我迈入家门的那一瞬起，卡普就一直盯着我的白跑鞋。我问，是不是要换鞋，辛迪猫咪说不用。他俩在聊起居室里那块饰有石榴图案的地毯。那是卡普母亲的遗物，她老人家不久前辞世了。他们还说最近一直有白蚁。卡普建议，不如养条土豚，好让天敌对付白蚁。（他太喜欢食蚁兽了！还曾情不自禁爬过费城动物园的栏杆，只求和食蚁兽零距离接触。）

又闲聊了几分钟，其间，卡普的眼睛始终没离开过我的鞋。终于，他忍不住问我，有没有带靴子。我说没有。"那种鞋子根本不顶用。"他皱着眉头，坐立不安，"如果你想当个水果侦探的副手，你就得有适于野外工作的鞋袜。"

我很走运，他家还有一双水果侦探御用的旧靴子。大小刚刚好。危机解除了，我们准备就寝。趁卡普刷牙的工夫，辛迪猫咪把我拉到一边，说她很担心让卡普开车。"如果你感觉他好像没有看到红灯，一定要提醒他。"她说，"确保他看到，因为他经常看不到。"我向她保证我会的，一切都会好的。她好像不太相信我。

卡普大半夜就醒了。我们吃了一点干柿饼切片就上路了。更确切地说，我们是开开停停地上路了。好像柏油路是他的劲敌，卡普不停地猛踩油门和刹车，我们的车活像马戏团里跳踢踏舞的狗熊。起初的45分钟里，我们几乎没法说话，因为他一门心思和日落大道干仗。

上了开阔的高速公路后，他透露了一点此番草莓猎寻之旅的内幕。他在这个课题上已经耗费三年了，采访了几十个知情人，积累了超过150页的笔记。我问他最喜欢哪种草莓。他便喋喋不休地说起特别美味的马歇尔草莓,坊间已经找不到了,唯有他在种子库里找到的一株。我写下"马歇尔",卡普立马踩刹车,问我在干什么。

"呃,只不过做做笔记。我们的采访记录。"

"这事儿让我感觉非常不舒服,"他答,"我不想跟你说话的时候还得留神审查我的想法。万一我说了让人不爽的话怎么办?万一我脱口而出'黑鬼'怎么办?"

我收起钢笔。我们默默地往前开。

一小时后,我们到达奥克斯纳德的哈里·贝里(Harry Berry)农场。走在田野里,四面八方都是草莓,我太激动了,偷偷地往嘴里塞。这片田里的两个草莓品种——加尔维太(Gaviota)和海景——都有丰沛的汁水,在清晨的空气里又甜又凉。果实结在贴近地面的小植株上,排列十分整齐,一路延伸到远方,穿着带帽衫的工人们走走停停,在果田里摘草莓。

卡普对吃草莓不太感兴趣。他只关心光线的变化,想要抓住朝阳转瞬即逝的美妙瞬间。他好像有点紧张。我举着反光板,他咔嚓咔嚓地拍。突然,他激动地喊起来:"你瞧见没有?瞧见天空绽开、光线变幻了吗?"他开始猛拍,好像手中拿的不是照相机而是冲锋枪。

好像在看奥斯丁·鲍尔斯(Austin Powers)拍时装模特。他一秒钟就连摁几十张,喔喔呀呀地直叫:"太棒了——噢!有了,噢!太好了!我要这样一路拍到底——喔!"我在一旁评点:"这就是为什么他们称之为食物色情片。"他不拍了,转而严肃得吓人,他说:"你这是什么意思?"我想为自己辩解,但他却不听,回到晶晶亮的草莓前。

里克·杰安(Rick Gean)和莫莉·岩本·杰安(Molly Iwamoto

Gean），这两位种植者出来迎候我们。他们问开车过来一路可好，卡普答，还不算太惊悚吧。

里克问我是不是崭露头角的水果种植者。"不，我是记者，正在写一本书，关于对水果有激情的人。"我答道。

"哎呀，你可算找对人了。"他笑着说。

"亚当是水果骨肉皮①，"卡普没有笑，"他只是过来帮我拍照的。"

我惊愕地瞪着他。是的，我同意扛反光板，但他也答应接受采访了呀。当我们到厨房里坐下后，卡普开始盘问里克和莫莉，完全是警察——侦探——审问时的架势。我坐在他们中间，一会儿朝左看，一会儿朝右看，当他们谈起浇水、播种方法和草莓品种时，我就像个网球裁判。卡普问他们会不会考虑种马歇尔。他非常想知道，他们种草莓的最初目标是不是追求口味。莫莉说，口味固然重要，但也要考虑产量。他摇摇头，嘟嘟嘴，好像在确证一桩犯罪证物。我夹在当中却不敢吱声，连自己都觉得别扭，便起身道歉，独自回到草莓田里。吃了些草莓，我举目望天，想观察到些许变化，然后记下刚刚发生的一切。

卡普问完后，我们到小餐室吃午餐，餐室墙上挂着些古老的柑橘皮编织艺术品。等他的三明治上桌了，他取出几盒干辣椒，在面包片之间撒了许多。我记起奥森福特曾说过，卡普对红辣椒素上瘾。

归程一路，我们几乎没怎么交谈，卡普专心致志地开他"不太惊悚"的车。我刚开始打盹儿，他就把我叫醒，我随便聊上几句，说自己为了找水果去好多国家旅行。他说他不太热衷旅行，只对印

---

① "骨肉皮"（Groupie），摇滚明星的追星族，尤指年轻女子，期望与乐队成员或其他名人产生感情和肉体上的亲密关系。

度洋上马达加斯加和珀斯之间的几个海岛感兴趣。"那儿一年365天都是完美的60 ℃,"他说,"没有水果也没有树,因为那儿风太大,但你可以沿着一条荒凉的月色之路走啊走,最妙的一点是,那儿附近没有人类,也就没人去毁掉它。"

一个月后,我收到卡普发出的一封群发信,收件人包括他研究草莓课题时咨询过的水果培育人、种植者、市场销售和苗圃人员。

他这样形容撰写水果文章和种植水果的相似之处:"你可以倾尽精力和技能去培植一个高级品种,却只会被不可抗力搅得束手无策。"不可抗力,在这里特指空间所受到的抑制。他的文章差不多有一半都被编辑删减了。剩下的,据他说,"充其量只能说是概述,失去了(他三年多素材积累得到的)复杂内涵"。

几周后,我正准备回蒙特利尔时,卡普邀请小藤和我去吃早午餐。我们带了一位朋友,从圣地亚哥来美国的萨拉,她是作家,平时在影碟店打工。我们迟到了,因为前一天晚上有些坏蛋把一大块煤渣糊在我们的后车窗上。辛迪猫咪已经在做黑木莓果酱煎饼了。

"我喜欢黑木莓。"萨拉说。

"哦?"卡普问,"你尝过黑木莓吗?"

"我想是吧,在瑞典。"

卡普的坏脾气又爆发了,大吼大叫地说,黑木莓的原产地其实在太平洋西北部,她绝不可能在斯堪的纳维亚的任何地方吃到正宗的黑木莓。

我告诉他,我尝过他最喜欢的水果——白杏。他说吃几种水果是远远不够的。"要想以任何水果为题写出好文章,"他提高嗓门说,"你必须年复一年地去私人农场,去操作种植工具,去种质库,去大学实验室,而且必须反反复复地去!"

第十五章
异世界接触

> 于是,他探手伸进口袋,取出一颗树种……
>
> 他把种子放在我手心里,说:"逃吧——趁你还来得及。"
>
> ——《与安德烈共进晚餐》①

我给柯特·奥森福特打电话,把我和水果侦探的进展汇报了一下,他问道,卡普有没有跟我提过"赤子之光"?一个由寻找永恒之道的处女和阉人组成的团体,在亚利桑那沙漠里种植古老的椰枣。我只听说过单枪匹马的素果人想要长生不死,但这事儿显然更诡谲:种水果的乌托邦狂热异教。

我向卡普提及"赤子之光",但他不太愿意多谈。自从我们上次外出后,事情就明摆着了,我们不太会同行拜访他们,但不管怎样,我还是决定去一次——趁他们还在亚利桑那。在最鼎盛的时候,他们的团员多达数十人。大多数自称会永生的人最终死于

---

① *My Dinner with Andre*,1981 年的美国电影,由 Louis Malle 执导,Andre Gregory 和 Wallace Shawn 编剧并主演。

衰老，但剩下的成员们似乎不为所动。"我们仍然相信会有人成功的。"成员之一又老又瘦、面色灰白的"选民菲利普"曾在1995年对《奥兰治县纪事报》(*The Orange Country Register*) 的记者这样说过。那时，还有七名成员留守——全都是耄耋老人，他们仍然坚信天启即将到来。

我通过附近的椰枣镇镇主查纳·沃克（Charna Walker）找到了他们的下落。（沃克和她的丈夫在1994年买下了整个小镇，包括一个加油站、一家餐厅、一个礼品店、一个房车露营公园、一口井以及一个椰枣农场。）"我可以很老实地告诉你，我对他们的事不太清楚。"沃克说道，"我也不想多谈他们，因为不知道是不是妥当。"不过，她好歹还是给了我一个电话号码。

有个自称"选民斯达"的人接了电话。我告诉她我在写这样一本书，并询问是否可以过去采访一下。"当然可以，"她笑着说，"采访挺好的呀。"

三周后，我和莲妮开车横穿燥热的亚利桑那灌木沙漠，到达椰枣镇。几百棵风滚草像脆生生的骨头、深海珊瑚丛的干骸那样在路边翻滚。我们在沃克家的绿洲里喝了一杯椰枣奶昔，然后继续回到荒凉的乡村小路。

好几公里都没有人烟。最后，终于出现了一家废弃不用的小酒吧，仿佛已经半截子入土了。潦草的字迹已褪色，依稀看出原来的名号，"耳语的沙"。我们又在荒凉无边的风景里开了二十多分钟，渐渐看到一座下陷了的、报废了的教堂。像一个古代文明的遗迹，屈服于某次快速而神秘的消亡。我去想象里面的长凳上挤满了风滚草，为酒吧里的一夜宿醉而兀自忏悔。

我们继续开。只看到一种路标，标的是"巫毒流"之类的峡谷名。正当我开始琢磨这一切莫非都是海市蜃楼，突然见到地平线上出现一根 8 英尺高的大路牌。彩虹花边当中赫赫然是手绘的黑体粗字:"赤子之光:前方半公里。"

我们在一座中世纪风格平房边的沙地车道上停了车,那房子有一根高耸的石头烟囱,所有窗户都是大尺寸的。房屋顶端还插着一面旗,绣着一颗金星,上书"纯净,承诺,和平,完美"。我们关上车门,对周围许多椰枣树惊叹不已。三位老者出来迎接我们,他们的穿戴一模一样:白色长袍、红色背心、蓝色围裙。背心上绣着各自的名字:选民斯达、选民菲利普和选民戴维。"目前就我们三人,"菲利普说完,又补充道,"'赤子之光'曾有六十多名成员。"

选民斯达走进缝纫室,拿来一幅彩色蜡笔图示,向我们解释上帝如何在 1949 年显灵,以超自然的方式选中了"赤子之光"。

菲利普又把我们带到一幅画前,那是他的大作:一棵树上挂着好多不同的水果。他手指这棵树告诉我们,他们种的都是古老世界的椰枣,诸如大蜜枣(medjool)、甜椰枣(halawi)、绿椰枣(khadrawi)、海椰枣(barhi)和德丽椰枣(dayri)。

菲利普带我们进了一间椭圆形的祈祷室,开始回顾这一宗派的历史。起步阶段,他们在加拿大不列颠哥伦比亚省的基立米奥斯小镇水果园里当农夫,这个小镇素有"加拿大水果摊之最"的美称。基立米奥斯坐落在群山环绕的肥沃山谷里,1951 年 1 月,"赤子之光"自闭于农场内,宣称世界即将灭亡,这个小镇也因而得到全球瞩目。"我们让这个镇子誉满全球——但不是好名声。"菲利普忆道。

团体领袖格蕾丝·阿格尼斯·卡尔森(Grace Agnes Carlson)——人称"金色选民"——得到圣灵启示:世界的截止日期是 1950 年 12 月 23 日。上帝通知她的方式是:一团火球滚下山坡。

那天晚上,信徒们长途跋涉,在风中不停地唱圣歌,直达"K

山"山巅。因为山崩留痕如 K 字，这座山才得名"K 山"。"金色选民"说这暗示了这是主选中的王国（kindom），这么解释倒是挺方便的。

审判日压根儿没有到来。当圣诞节的晨钟敲响，"赤子之光"的成员们下了山，紧闭大门，等候进一步指示。

那个星期里，山谷里有过两次地震，震得门窗嘎嘎响，灰尘满天飞，但没有造成什么伤害。刚入新年，奥克纳根山谷里风言四起，最终传到了温哥华的新闻台——包括学童在内的四十人躲藏在一个建筑物里等待基督启示。

记者们驻守在农场外，确定了一个事实：这个团体的成员身披红斗篷，内衬金色绸缎，配白衬衫，是为了挡开原子弹射线。多家报纸刊载了一根棍子面包似的金属棍照片，人们相信这是祭献物之一。媒体的结论是：如果仅此而已，闭门不出的成员顶多对自身健康构成威胁。当菲利普领着我们走过起居室时，他特别提到他们有一台电视机——他称之为"癫视机"，只用来看奥运会滑冰特辑和秀兰·邓波儿的老电影。"最近这些年啊，一切都是那么肮脏下作，"他叹了口气，"我们只看一些干净点的节目。"

媒体的大肆报道让基立米奥斯的本地居民怒不可遏，继而几度偷袭未遂。针对年轻人跟随成年人体验反常行为的现象，镇上的居民们进行了几轮激辩。一周后，加拿大皇家骑警队闯进"赤子之光"的驻地，带出了一些青春期的孩子。那些孩子一出来就对蜂拥而至的记者们怒目而视。

1 月 13 日，"赤子之光"接获了一项意义非凡的征兆：一片状如人手的云，由白转红，又由红变白。当夜，成员们蹑手蹑脚地走进呼啸盘旋的暴风雪，从瞌睡的记者们、摄影师们身旁溜过去。他们钻进汽车，一溜烟儿开跑了，再也没回来。暴风雪引发了一次雪崩，封了路，媒体精英们追不上他们。

其后十二年间，"赤子之光"在北美游走，寻找属于他们的应许之地。在圣贝纳迪诺山脉，他们看到天空中飘来巨型云书，拼出"亚利桑那州温泉村"的字样。之后没多久，一片圆圆的云彩挡住太阳，泄漏出的阳光刚好指明了日期："1963.5.21。"

就在那一天，他们到达了新家园温泉村，这片亚利桑那沙漠距离椰枣镇不远。至于他们怎能拥有这80英亩土地的所有权，外人不太清楚。选民斯达说："我们得知，上帝打算把我们置于属于上帝的领土上，就是这里：温泉村。"菲利普还告诉我一个迂回复杂的故事，涉及幻觉、一位富有的资助人和一个拥有土地的美国土著人——名叫"灰鹰斯考特"，他在梦中见到他们的到来。

事情就这样发生了，从那以后他们一直住在这里。"我们欢迎任何人前来，想住多久就住多久。"菲利普说。他们预备晚餐的时候，我们又见到两位刚刚搬来住的老太太。她们还不是正式成员，因而没有穿那套统一服装。有个老太太千真万确地说，她前世见过我。也是她告诉我，20世纪60年代晚期，嬉皮士会流浪到这里，但都待不久，因为这里禁欲又禁毒。

提到摇滚乐就不得不提一句，"赤子之光"在晚餐前唱诵了自己谱写的圣歌，听来有点像幼儿园里的儿歌。餐桌上放着对折名卡，规定了每个人的位置。男人和女人面对面坐，依循禁欲的准则。选民斯达把一台小孩用的雅马哈电子琴的电源插好，所有成员便开始对我们吟唱赞美诗歌。我俩跟上旋律，在几段合唱部分加入了他们。

借着晚餐的好时机，成员们详细解说了他们的信仰体系——吃水果，戒除肉体关系，永生不死。晚餐本身包含八颗椰枣、十几粒开心果和其他坚果、一些糖水罐头桃片，分别放在餐盘内的分格里，另有一杯树汁。主菜是一根剥了皮的香蕉，我们用刀叉切着吃。

虽然这个团体追求全素食果，但也吃自制的酸奶、爆玉米花和种在农场里的蔬菜。菲利普说，曾有个天使出现在他们面前，指导他们遵循"伊甸园食谱"饮食，而那似乎正是我们今天的晚餐。天使还告诉他，拿钱工作是可耻的。"我们已经56年没赚过一分钱啦。"菲利普说道。不过，团体里有些成员负责收集社保支票，每年还要向美国国税局申报。

吃完最后一块香蕉，我不禁思忖起来，这些老童男童女过世后，这个团体将会走向何方呢？他们真的太老了。选民戴维吃饭时，双手颤抖不已，看起来已是奄奄一息。他们似乎不太关心自己的组织将就此绝迹。毕竟，世界本身就在走向灭亡。布告栏上钉着一张纸，上面写着："此时此刻，是世界整个历史上最重要的时刻；天启明示，这是上帝之钟的末时末刻。"在警句上方，还有一行大写、加粗、加了下划线的座右铭："只有那些勇于尝试荒谬的人……才能成就不可能之伟业。"

晚餐后，他们邀请我们留宿，甚至如果我们愿意的话，留下来度余生也没问题。我们和上帝的三位选民以及他们的朋友们一一握手，感谢他们的盛情款待和详细解说，接着钻进我们的车，挥手道别。

那时候，天已经黑透了。没有街灯，路面感觉比来时更颠。一两分钟后，当我们开到大路牌那儿时，莲妮望着车窗外，突然喊起来：巨大的火焰在营地附近升腾而起。我们考虑着要不要掉头，但实在太害怕了。于是，一边往前开，一边用手机给他们打电话，想确知他们是否安全。选民斯达接起电话。我跟她说，他们屋子外燃起了一团大篝火。她走出去看，过会儿才拿起电话，声称她什么都没看到。之后的几公里，我们不停地张望远处的那团火。可能是一种偏远沙漠地带里难以解释的神秘野火吧，也可能是"赤子之光"为了诱引我们入伙而精心策划的战术，当然，也可能是来自上帝的启示。我们没多逗留以求寻找答案。

从培育浆果、自我鞭笞的俄罗斯团体"克里诺夫纳斯"（Krillovnas）到约翰·詹姆斯·杜富尔（John James Dufour）在肯塔基和印第安纳的葡萄种植园殖民地，水果在别的灵学运动中也扮演了重要角色。20世纪初，南加利福尼亚的"信会"（Societas Fraterna）领导人自称泰勒斯①，鼓吹水果意义的时候堪比斯文加利②。世人也称他们为"普拉森舍食草人"（Placentia Grass Eaters），他们相信灵魂聚在角落里，因此，他们造了一座没有角落、没有方形房间的大楼。那地方的闹鬼故事屡见不鲜，时而还有鬼火从他们的烟囱里蹿出来。后来，幼儿营养不良控诉案、年轻女会员自杀案发生后，信会宣布解散。

20世纪60年代，水果种植天体公社在美国如雨后春笋般出现，"回归土地"运动的追随者们扯掉衣衫，抛去禁忌，团结在乌托邦公社里。托勒密·汤普金斯（Ptolemy Tompkins）在《天堂狂热》一书中忆述其父组建的天体果园公社："果园让人刮目相看的重要一点在于，在围墙内工作时你必须裸体，最起码也要上身赤裸。"（他的父亲也曾在《在植物的神秘生命中》里写道："当我们怀着爱和尊敬吃苹果时，感受等同于一次性高潮。"）这种体验也

---

① Thales，古希腊哲学家、数学家、天文学家。
② Svengali，法国小说家乔治·杜·莫里耶（George du Maurier）1894年的小说《软帽子》（*Trilby*）中的主人公。后人借用此名指代那些将他人引向成功的、具有神秘邪恶力量的人。

见诸崇尚性爱自由的生物动力学农场，以及全世界各地的嬉皮士裸体花园。桑葚种植者、自然主义历史学家戈登·肯尼迪（Gordon Kennedy）亲口告诉我，在澳大利亚小镇宁彬（Nimbin），住在灌木丛和帐篷里的当代原始人被称为"野生人"，他们至今仍是裸体种植水果。

众所周知，许多宗教用水果来代表获取神圣知觉与无限交流的可能性。在表面的象征性背后，水果确实能用难以诠释的方式作用于我们的细胞分子结构。许多刺激性饮料，比如咖啡，从根本上说就是果实。非洲可乐果仍被用于制造可口可乐以及其他品牌的可乐。槟榔棕榈树结出的槟榔果是印度哌安的主要原料，南亚人素喜嚼槟榔，吐出来的猩红唾液能把马路染红。这种激发能量的果实很容易让人上瘾。

某些美味水果的滋味会使食用者产生一种本能的冲动，屈服于感官享受。我耗费多年去解析这种冲动，但也开始延展个中含义。如此接近完美，因其含有死亡的暗示。与此同时我也觉得，那屈服的意念，也就是在刹那间接受我们与自然的统一，是真正的天人合一。

纵观大千世界，神秘的力量灌输给了水果。佛陀在舍卫城道显神通，让一颗种子瞬间长出芒果树。印度算命人预言未来时不看掌纹或茶渣，而是细察苍蝇如何落在芒果种子上。尼日利亚北部的努佩部落用浆果茎秆来占卜。非洲约鲁巴人用棕榈果，北美洲育空土著则用葫芦圆盘。

在土著部落里，看似能悟出植物的神秘自然力的人会被推崇为萨满，即这个世界和异世界间的使者。数世纪以来，医者用水果引发恍惚的出神状态。植物的任何一个部分都可能有致幻功能——块根、树皮、树脂、树叶、嫩枝、花朵或藤蔓——但果实似乎是最有潜能的。

尤库巴果（Ucuba fruit）能导致迷幻，被昵称为"太阳的精液"。六七种夏威夷花梨树种能引发幻觉，就像服用了LSD。自史前时代开始，曼陀罗果就被用于祭祀仪式。可食用亦可致幻的奇力多（Chilito）①生长在名为"骡子希库里"（Hikuli mulatto）的墨西哥仙人掌上。吃了奇力多，你就能往返于两个世界，据说会让邪恶的人丧失理智，有些坏人为了摆脱疯狂臆想而纵身跳下悬崖。在智利马普切巫医的指导下，新鲜的拉丢果（Latúe）有助于催生梦境。墨西哥人会在宁静的夜晚把小疯子藤果（ololiuqui）碾碎，倒进酒里，当致幻剂饮用。生长在西非、状如睾丸的红色萨那戈果（sanango）催生视觉幻象。曼德拉草和天仙子的果实和种子都含有让人神智癫狂的生物碱，曾是中世纪巫师酿药的必备原料。叙利亚芸香（Syrian rue）的小果囊导致幻觉，效果恰如死藤水。卡巴龙伽布兰卡（Cabalonga blanca）的果实又能保护饮用死藤水的人免遭超自然危险。俗称"文明的种子"的萨贝尔树果（cebil）能帮你进入另一层现实。香蕉皮烟据说有致幻作用，谁抽谁头痛。委内瑞拉的巫医用优普果（yopo fruit）里的豆子实施诡异的仪式：一个人用长烟管把鼻烟吹到另一个人的鼻子里去，只要他吸进去了，幻觉就将接踵而来。

　　许多水果能作用于精神，其实是水果毒性的一种表现。植物内含毒素，是为了防止小动物们来捣乱。当人类消化这些植物时，影响神经的化学物质就开始起作用，从放松、陶醉到麻痹、死亡，样样都有。

　　腰果如果不烧熟，就含有剧毒。这种种子被双层果壳包裹，果壳含有一种皮肤刺激剂，毒性堪比毒藤。这种腐蚀性液体学名叫作

---

① Chilito 的西班牙语原义为"小阳具"。

"腰果壳油"（CNSL），想要吃到坚果，必须把外壳妥善处理掉。牙买加的国果西非荔枝果更狡猾：没成熟的时候含有次甘氨酸，那可是毒性强烈的泻药，能让你上吐下泻直到死亡。西非荔枝果的种子也常常是有毒的。柑橘类和梨果类果实的种子里能找到氰化物。杨桃含有草酸。白人心果（white sapote，又名白柿、香肉果）在危地马拉被称为"健康杀手"，因为它们的种子会让人麻痹。没熟透的蓬莱蕉（monstera deliciosa）吃起来就跟嚼玻璃碴似的。冈比亚土著把箭头浸在羊角拗子（strophansus）果实里，其毒之强，能在15分钟内让人死亡。涂在矛尖儿上的印尼黑果（buah keluak）的字面意思是"让人呕吐的果"，新加坡人要把它埋在地下一个多月，再浸泡在水里数周，最后才能煮熟了吃。猩猩吃吕宋果（Strychnos igatii），并随排泄助其传播种子，这种果实饱含马钱子碱，但不知为什么，猩猩对这种毒素有免疫力，只是唾液分泌得更多。

《水果园艺家》杂志上有过一篇题为《差点儿为追求水果而献身》的文章，讲了一个水果中毒的故事，署名"傻蛋无名氏"。文章开头说她一直梦想成为水果侦探，有朝一日能发现一枚鲜美异常的新品果子。她描述了自己如何在加州大学洛杉矶分院的校园里注意到一棵香肠果树（sausage fruit）。二话不说，她掰下一只果子，怎么看都像是又长又粗、摇摇晃晃的匈牙利腊肉肠。作者情不自禁地咬了一小口，却发现味道好似发潮的太白粉。她当即意识到，这种水果不可能为她赢得美誉，便将其抛于脑后，结果，半小时后，她觉察到脸上刺痛一般，麻麻的。

她不得不承认自己的嘴巴肿得像猪鼻子。眨眼间，她就进入了幻觉。"现实世界变成一条巨大、透明的橡皮筋，无限拉长又绕弯，充斥了我的整个视域，其实是我的所有知觉在延伸、在膨胀，而我乐在其中，丝毫没有想脱身的念头。"

她穿上九件衣服，以防自己死掉。她努力安慰自己不要惊慌失措，并给别的水果行家们打电话，人家让她先冷静下来，再实言相告，她不会因中毒而死。"如今，当我走过那棵树，看到那些硬邦邦、肥胖胖的褐色果实，"她的结语是这么写的，"我会觉得很亲切——我和那棵树有了某种关联。我在心里默念：'我算是认识你了……我和你有了生死相交的经历，或许没别的人有相同的经历，而这是我俩的秘密，没别人怀疑你的真面目。'"

我们为它们死，向它们求欢，还以其为捷径直通神界。我们被水果迷得神魂颠倒，苦苦需求乃至到了自我毁灭的地步。酒鬼们戒不掉发酵后的葡萄，海洛因瘾君子对罂粟果汁欲罢不能。萨缪尔·贝克特（Samuel Beckett）的《克雷布的最后一卷录音带》中的叙述者相信自己对香蕉上瘾，在留下的一卷录音带中，言辞激烈地痛骂自己："快戒了吧！"

历史上，最过分的水果狂人当属古罗马皇帝阿尔拜努斯（Clodius Albinus），他一天吃10个甜瓜，外加500个无花果、100只桃子和一大堆葡萄。而另一位罗马皇帝岱克里先（Diocletian），为了专心致志摆弄心爱的果树而放弃皇位，宁要果子不要江山。巴洛克诗人，圣阿芒爵士安东尼·吉拉德（Antoine-Girard de Saint-Amant）爱甜瓜几近痴迷，他写道："哈！快将我扶稳，我快要昏倒！这一口滋味绝美，触动我最隐秘的灵魂。它渗出馥郁甜汁，让我的心田浸淫于狂喜……噢，比金子更珍贵，噢，阿波罗的杰作！果中奇葩啊！性感迷人的甜瓜！"

人们相信，很多著名的历史人物走向灭亡都该归咎于他们贪恋鲜美果肉，尤其是甜瓜。教皇保禄二世（Pope Paul Ⅱ）1471年独自一人死在房间里，死因是甜瓜引起的中风。1534年，教皇格里勉七世（Clement Ⅶ）因过量食用甜瓜而丧命。德国皇帝腓特烈三世（Frederick Ⅲ）以及他的儿子马克西米利安二世（Maximilian Ⅱ）都死于过量摄入甜瓜。还有些伟人遭人用甜瓜暗算，包括路易十三的私人医生居易特·布罗斯（Guy de la Brosse）、死于1840年的鲁热蒙特男爵（the Baron de Rougemont）以及德国皇帝阿尔伯特二世（Albert Ⅱ）。而死于1216年的英国约翰王（King John）是因为吃了太多桃子。

艺术家，总是更过激些，常把对水果的激赏之情推向疯狂的高度。大仲马（Alexandre Dumas）每天黎明时分在凯旋门下吃一只苹果。他把著作献给卡维隆小镇，以求每年换取香瓜。达达派德国画家乔治·格罗兹（George Grosz）说过，他和朋友们经常饱餐"醋栗，直到肚子胀得像齐柏林飞船，舒舒服服躺在那儿，就像童话安乐乡里的流浪汉穿过大蛋糕山"。安迪·沃霍尔（Andy Warhol）写过一篇东西，讲的是饕餮樱桃后的副作用："留下多少核，你就能清楚知道自己吃了多少只樱桃。不多不少。一个不差。出于这种原因，单籽水果真的很让我不安。所以我宁可吃葡萄干也不吃李子。李子核比樱桃核大，更教人目不转睛。"希区柯克每天早上都吃醋栗，连肉带籽一起吃。柯勒律治（Coleridge）喜欢直接咬树上的果子，连手都不动一下。阿加莎·克里斯蒂（Agatha Christie）在浴盆里写作，身边放满青苹果。弗里德里希·席勒（Friedrich Schiller）喜欢在书桌抽屉里藏烂苹果，闻着腐烂的甜香，他会才思泉涌。劳伦斯（D. H. Lawrence）裸身爬上桑树写作。法国诗人亨利·米修（Henri Michaux）声称自己耗时二十年才学会怎样把自己投射进水果："我放一只苹果在我的桌上。然后，投身其中。多么祥和！"

我也一样，为了抵达水果的真谛，不惜一条道走到黑。为了理解这些水果使徒们的狂热激情，我花了几个月埋头翻书，任何目录上有"水果"一词的书都被我梳爬了一遍。在纽约植物园图书馆、尼亚加拉皇家植物园图书馆和洛杉矶中央图书馆里，我坠入古代水果图书融汇而成的洪流旋涡。

共有3500本专论水果的书，还有超过8000本书主要谈论的是水果。当我在浩瀚的果类书海中检索，会想到西尔维娅·普拉特（Sylvia Plath）写过，男人在无花果树下遇到修女，他们都去捡果子，直到有一天他们的手无意间相碰，于是，修女再也没有回来："我想爬行在字里行间，如同你爬过一道栅栏，我想在那美丽而巨大的绿色无花果树下入眠。"我开始白日做梦，梦到《温暖气候中的水果》的传奇作者朱利安·莫顿（Julian F. Morton）和《热带和亚热带水果手册》的作者、水果猎人威尔森·波普诺（Wilson Popenoe）私通。

我抱出几十本书，就为了找到"藏在果皮中的天使"——语出华莱士·史蒂文斯（Wallace Stevens）之口。我剥茧抽丝，试图弄明白自愿献祭、在恒河岸边投身火祭的印度寡妇们手里拿的是什么品种的柠檬。当克格勃间谍利特维年科（Litvinenko）在伦敦遭人投毒时，我则在纳闷，为什么没人想到给他吃点山茱萸（cornellian cherry）？那能帮助排出人体血管里的放射性辐射能。我还妄想钩沉寓言中因吃了忘忧果而忘却往事的人吃的到底是什么果子，是利比亚海岸的红枣莲（Zizyphus lotus）还是更甜几分的角豆（carob）？然后被这两种可能搅得身心分裂。

我认真研读雅各布·洛伯（Jakob Lorber）艰涩难懂的奇作，这位19世纪的德国神秘主义学家为此废寝忘食二十四载，正如博尔赫斯（Jorges Luis Borges）所言，它是"一套拖延天启的丛书"。1840年，上帝的声音指令洛伯奋笔疾书，记录他所听到的一切。从那时起，直到1864年去世，他几乎每天从早到晚地写，写满了25卷，每卷500页（这还不包括他其他的小文章）。洛伯写了很多外太空水果。土星盛产金字塔形的水果、火果和彩虹色的船果——可以当船用，看到这些真让我乐不可支。洛伯写道，尤博拉果（Ubra）足有9英尺高，好似一囊水银垂挂着，那种树没有分枝，立方体形的树干上满是绿玻璃，像镜子一样放射光芒，也允许路人凑近了照照镜子。

这种例子在神秘学领域中屡见不鲜，你可以穷尽余生钻研它们；事实上，《金枝》的作者詹姆斯·乔治·弗雷泽差不多就这样做了。他试图诠释某种古怪的仪式：居于丛林的祭司必须先拔下特定的神枝，再杀死前任祭司，才能得到这一任祭司权。这关乎命运的神圣树枝就是"金枝"。迂回细密的推断扩充为12卷的著作，最终，弗雷泽认为杀死祭司的仪式可能是符号化的。即便是精简版也留有许多内容，关于水果及其在神秘的巫术仪式和原始信仰中的意义。实际上，弗雷泽的结论是：金枝或许是一种沿用至今的浆果树枝——槲寄生（mistletoe）。

水果的世界无边无际。数不清的小团体里有数不清的水果迷，无论是钻研某种水果疾病的植物病理学家，还是寻访全球收集想象中的番木瓜祖先种质的收藏家。"听说我选中这么一个冷僻偏门，人们总是哑然失笑，但水果鉴赏并不算偏门行当，"卡普对我说过，"研究苹果根茎才算冷门呢。其实那也冷不到哪儿去——顶多半热半冷而已。"水果箱标签艺术收藏家们会为了一幅19世纪的图标砸下几千美元。这个小圈子的核心人物是帕特·雅各布森（Pat Jocobsen），三十多年里，他就水果箱标签一题写了数十万字的宏论。

我不禁回想起罗伯特·珀尔特，在水果的文学天地里无止境地驰骋；想起肯·洛夫和他上千页的枇杷专著，还有"嫁接王"克拉夫顿·克里夫的丛林屋，以及水果侦探的执念。他们似乎都迷失在对不可获得之物的痴迷追索中——我也一样。

这种对水果的痴迷也是渴望无所不知的欲求。也许，尝过善恶果的滋味后，我们会转而品尝别的果实，乃至终于找到永恒的生命。

但《创世记》早有暗示，就算获取知识，我们也未必能自由。相反，那可能会囚禁我们，乃至害死我们。求美，就必担负责任；求永恒，就必接受无穷尽。我们很可能在符号意指中迷失自我。乌托邦，在希腊语里意指"乌有之乡"，当然，奥斯卡·王尔德也写过，没有乌托邦的地图根本不值一觑。我们永远到不了那里。

最古老的故事写的是在森林中寻求永恒的使命。吉尔伽美什没有找到永恒，但找到了人性，领悟到不可避免的、同样的命运在等待我们所有人：回归大地。生于土壤，死于土壤；大地是母体亦是坟墓。

创造完美世界并永远栖身其中，这幻梦滋养了无数艺术创作。但猴子总有必须松手的时候，天堂果总会掉落。狄更生（Emily Dickinson）有如圣哲般写道："天堂是我永难企及的！那树上的苹果。"

第十六章
硕果累累，抑或，创造的热望

> 说起享受，此刻我一手在写，一手握着油桃凑近口齿——何其美哉。
>
> 这桃肉柔软蜜滑，汁液香甜——如领赐福的草莓，这丰腴的美味沁人喉舌。
>
> 我当然受其滋润，硕果累累。
>
> ——约翰·济慈（John Keats），1819 年，私人通信

19世纪中叶，香甜的梨子首度现身美国，把新英格兰人迷得神魂颠倒。"你真该见识一下那时候的梨子派对。"美国《独立》杂志编辑鲍威尔（E. P. Powell）在 1905 年写道，烟雾缭绕的房间里聚满波士顿人，无不欢喜呻吟，激动地摩挲双手，享用新发现的美食。鲍威尔说，没有经历过那种狂乱场面的人根本无法理解突然出现的柔软香甜多汁的梨子引起了何等激越的震惊。那场骚动被称为"梨子狂热症"，俨然是水果世界里的英伦流行乐横扫美国。

这番狂热的始作俑者——不妨称其为水果版的列侬和麦卡特尼——是比利时的两位种植者：尼古拉斯·哈登庞特·范芒斯

(Nicholas Hardenpont van Mons)、让·巴普蒂斯特·范芒斯。他们培育的是"奶油梨"(beurre pear),很像波士克梨(Bosc)和法兰德斯美人梨(Flemish Beauty),果肉酥软如黄油,甜汁丰沛欲滴。

在开路先锋奶油梨出现之前,梨被分为两类:一种味如洗发水,另一种还不如洗发水。尽管老普林尼在公元1世纪就记载了41个品种的梨,却也特别注释说,各种梨都需煮沸、烘焙或晒干后才适于食用。达尔文也写过,古时的梨都很劣质。梨子像沙子,干涩粗粝,所以美国人起初只用它们来做梨酒。

在文艺复兴时期之前,人们还无法想象世间存在多汁的梨。只有国王才有机会尝到稀罕的美味梨子,比如"噢!我主耶稣梨"(Ah!Mon Dieu)就是得名自路易十六吃完后脱口而出的赞誉。直到18、19世纪之交比利时人哈登庞特·范芒斯发掘了梨的潜力,好梨子才绚丽登场,进入主流社会。

新水果在新世界里最能获得众口称赞,伊恩·杰克森(Ian Jackson)在未发表的《1825—1875 马萨诸塞州梨狂热史》一书中这样写道。尝到好东西的达官显贵们让愚蠢的投资商们一掷千金开发大规模果园,许多田地都是颗粒未收。"蚀本远比赚钱多,对那些想靠种梨发财的人,我可以举五个彻底破产的例子。"奎因在1869年出版的《牟利之梨》中写道。

马萨诸塞州园艺协会的秋季水果展热闹非凡。诸如安茹梨(Ajou)、谢尔顿梨(Sheldon)和克莱尔古梨(Claireau)这些新奇品种的竞争近乎白热化。品尝这些梨子、种植这些梨子以图发财的可能性煽动了一茬又一茬美国业余种植者尝试独家新品种。无论是拥有果园的工场主还是拥有一小块城郊土地的农场工人都仿佛在一夜之间琢磨起了梨子。范芒斯在一封给马萨诸塞州种植者的信中说,好事儿还在后头,"如果你够胆量,坚持不懈地育苗,到后来会得到比我的梨更好的梨"。他建议的方法很简单：种下多汁品种的梨种，希望得到的果实更多汁。

不幸的是，大多数梨树都结出了不好吃的果子。99%的梨树都被废弃，唐宁在1845年出版的《美国水果和果树》中如此告诫。不过，对那些对水果饶有兴趣的读者，他依然写道："培育种植的整个过程中，唯有种出并创造崭新果品的纯然快感最是无与伦比、振奋人心——这当然称得上是一种发明创造。"

达尔文发表进化论之前，水果种植者们全都使用人工选择的方法创造优质果品。在野生环境里，水果只需保持机体健康、确保繁衍种子就行了。口感优质的食用型水果都是人工培育的结果。如今我们享用的水果都来自无名先锋们的壮举。这就像伯纳丁·德·圣皮埃尔（Jacques-Henri Bernardin de Saint-Peirre）所写的："这些人造福大众，福祉世代相传，却籍籍无名；然而，翻开历史的每一页都能看到人类种族中的毁灭者的大名。"北美水果探索者协会的成员们骄傲地自称为往昔水果试验精神的继承者："男人和女人，有名或无名，无论年龄，无论在地球何方，我们致力于发现、修正并改良水果中的精品。"

达尔文在《物种起源》中提到，我们的祖先在改良水果的过程中不可或缺，利用贫瘠的原材料创造了可观的成就。"我无法怀疑，这门技艺很简单。即永远培植你所知的最好品种，播下它们的种子，当一个稍微好一点的品种碰巧出现时被你选中，如此循环往复。"

波兰诗人兹比格涅夫·赫伯特（Zbigniew Herbert）写过一篇祷告文，其中写道："上帝，帮助我们发明一种果子，纯粹的甜蜜景象。"令人扼腕的是，20世纪的人们贪图美貌和大批量生产，导致许多口味次劣的水果出现。又大又硬的水果能在货架上存活更久，只对运输商、批发商和零售商有益，消费者已被默认为水果培育中的一道环节。挑选培育品种时，口味只是无数需考量的因素之一。除了口味，还有外表、持久性、货架期、收益、大小、形状、颜色、抗病虫害能力、花期和花数、产量和成熟前的收获潜力。大多数水果需要一定程度的好口感，但大规模运输已证实水果是难以保证的产品，因而，到目前为止，还不能放弃一些令人震惊的妥协。

不管是政府机构、大学研究所还是私人企业，全世界的新品培育者都沿用自然方式开发改良品种。新西兰的生物化学企业霍特生命科学研究公司翻新老祖宗的品种，开发出了一款红色果肉的苹果，广受好评，公司也将在未来几年赚个盆满钵满。这家公司的明星水果培育专家阿兰·怀特（Allan White）颇有特立独行之风，好似"水果界的时装设计师"，他还创造了非转基因巴特利特（Bartlett）西洋梨和亚洲沙梨的杂交品种，他说，味道好极了，包你心花怒放。

魁北克政府机构里的水果培育人沙洛克·卡尼乍得（Shahrokh Khanizadeh）最近发现了一种苹果，切开后果肉不会变褐。这个果子绝非干预基因的结果；纯粹是天然变异，刚好有一天出现在他的果园里。就算切开后放置一周，这只美丽的苹果依然雪白、鲜嫩、可口。麦当劳连锁店的进货人和大型超市供应商们络绎不绝地飞抵魁北克，研究他的新发现。说不定，这能衍生出一种纯天然苹果切片产品，以替代包裹防腐剂的旧产品。

如你所见，食用型水果都是人工产物。它们将得到持续的改良——只要我们想让它们变得更好。换个思路想，这也是曲解进化论。有些人相信，古老品种总是不二佳选；另一些人觉得，围着老祖宗的宝贝瞎折腾，无非是出于多愁善感的怀旧情。纽约州日内瓦 USDA 苹果种质库的发起人菲尔·弗斯林（Phil Forsline）说过："我不会被埃索普斯皮曾伯格、立波斯通皮平（Ribston Pippin）之类的老苹果打动——它们都有缺陷。"人类所知的几千种优质苹果围绕着他，可他最喜欢蜜脆苹果（Honeycrisp）——由明尼苏达州立大学研发出的新品种。蜜脆苹果个头大，汁水多，脆度适中，滋味绝佳，口齿留香。

我吃过的最棒的木莓是图拉蜜莓（Tulameen），这种个头巨大、红宝石般的果子是由休·道班尼（Hugh Daubeny）于 20 世纪 80 年代在加拿大农业部培育出的。加州大学河滨分校的米盖尔·鲁斯（Mikeal Roose）创新了一种无籽橘，有点像约塞米特橘（Yosemite），和卡夫公司产的酷爱软饮一样甜。迄今为止最美味的草莓之一，直到 1990 年才在法国培育成功，名叫玛拉波斯草莓（Mara des Bois），培育人最初接到的指令是：创造一种兼具野生小草莓的香气和美味以及大尺寸的新种草莓。玛拉波斯草莓其实是四种栽培品种的混合体，它们是根托（Gento）、奥斯塔拉（Ostara）、红手套（Red Gauntlet）和克罗纳（Korona），四种都不是野生品种，但都各具显著的口味特色。

加利福尼亚南部有一位雄心勃勃的草莓种植者，想用新品种取代我们现在吃的滋味寡淡的草莓。"我第一次吃玛拉波斯草莓时，"戴维·谢尔弗（David Chelf）说道，"真是被那种扑鼻香气吓了一跳，一咬下去就香气四溢，直接穿透你的鼻腔、你的嗅腺——哇噢！我从小就喜欢草莓，但这远远超越了我从小到大对最好的草莓的记忆。"

吃了一盒他家产的玛拉波斯草莓后，我只能表示同意。这和我们现在能买到的大部分草莓有着云泥之别。谢尔弗的公司叫作"诱人野味",希望能把好口味的草莓带到五湖四海。"要把秘密公布于众,我已经创建了一套技术,能在世界各地复制,"他说,"不管你在纽约还是伦敦,不管哪个季节,现在都可能种出真正好滋味的有机草莓。"

他打算为特制的温室申请专利,仅需使用铝箔反光材料加强日光照射,成本就能降至传统温室所需的四分之一。用这种材料,能在任何一个城市中心点轻松围出一个温室,即种即吃,保证当地人有新鲜草莓,即便在不适于居住的环境里也一样。他还调制出一种简单易行的太阳能温室,适用于发展中国家。而且,这样种出来的草莓都是有机的,因为温室减少了大多数虫害问题。"我们最近有一种蚜虫泛滥,所以我在温室里撒下价值 5 美元的瓢虫。它们在几天之内就把蚜虫吃了个干干净净。哪怕风险度最低的化学品都可以不用了。让我们都用瓢虫吧!"

另一个标新立异的培育专家是康奈尔的研究员乔斯林·罗斯(Jocelyn K. C. Rose),他正在研发延长水果货架期的新方法。"差不多所有我们吃到的水果都是在刚发青的时候摘下的。"罗斯介绍说,"它们没时间长熟,所以味同嚼蜡。"他尝试种出包含所有成熟口味的水果——但要减少柔软度,以便无须冷藏运输。"如果我们成功了,这就将是采收水果生物学领域的圣杯!"

以往的研究专注于果肉细胞壁。不过,那对于口味和质感来说至关重要;加厚细胞壁通常会导致果肉乏味、偏粉质。罗斯认为还有另一种解决方案:加厚果皮。

罗斯找到了一种天然变异的欧洲番茄,能保持成熟、紧实的形态长达六个月。罗斯相信,只要他搞清楚蛋白质在这种番茄皮里是如何运作的,就能让古老品种扬长避短,拥有高酸度、高甜度、好口味以及所有重要的营养物质,并经得起严格的商业包装。

就在罗斯钻研厚果皮的时候，另一个有远大抱负的培育者正在进行一项长期研究，业已对改良水果口味产生了深远的影响。弗洛伊·泽格纳（Floyd Zaiger）发明了李子和杏子的杂交品种——李杏，非常好吃，也获得了巨大成功。泽格纳被誉为当代最重要的水果杂交大师，耗费数十年创造出能经受标准冷藏系统，并有优良口感的核果。

当我抵达位于加利福尼亚州莫德斯托的泽格纳研究所时，推开前门的是一条友善的豹纹狗，毛茸茸的背毛是黑色的，狼一样的脖子是灰色的，大腿是赤褐色的，侧腹像是大麦町，耳朵又像小猎狗。"它是真正的'看我72变'。"弗洛伊·泽格纳笑出了声，这个笑吟吟的八旬老人一身工装裤配棒球帽。走进办公室一看，这儿哪儿像是培植实验室呀，根本就是护林人小屋嘛。我见到了泽格纳的两个儿子——加里和格兰特，还有女儿丽斯，他们都已是一把年纪了。弗洛伊特地解释说，过世的太太很中意"吉斯"这个名儿，便改了改，给女儿起名"丽斯"。

把两个同类物出其不意地扭在一起，这个天分能回溯到弗洛伊的童年时代。小时候，他最喜欢吃三文鱼罐头配香蕉。"你可以买一堆香蕉和两罐三文鱼，只要两角五分。"他说，"我就喜欢把它们夹在一块儿吃。"

李杏中李子的成分高于杏子，但泽格纳还培育了一系列杏子成分高于李子的杂交品种，称为杏李（aprium）。他还发明了桃李（peach-plum）、香辛味的油桃李（nectaplum）和李油桃（peacharine）。杏李桃（nectacotum）则是油桃、杏子和李子的杂交物，这英文名儿真酷，好像哪个挪威黑金属乐队的名儿。桃子、杏子和李子的杂交品种叫作桃杏李（peacotum），味道很像什果宾治。

"用奇异果也成。"泽格纳手下的一个销售员说道，说不定也会赢得满堂彩呢。

我们能买到白果肉的桃子和油桃，也要归功于泽格纳。在泽格纳解决运输问题前，美味的白果肉核果都太软，受不了任何形式的货运。今天，售出的桃子和油桃中有将近三分之一都是白果肉的。只要在恰当的时机采摘，泽格纳培育的白果肉核果总是最优质的。

对泽格纳家族来说，接下去的大事件就是樱桃和李子的杂交。（该叫樱李吗？）这说的可不是天然突变的樱桃和李子的小个头混血儿，而是大块头——和大李子一般大的平氏樱桃。

从基因学上说，这类突变没有使用 DNA 接合术的产物，而是纯天然孕育而成。杂交水果都是靠授粉完成的，将雄蕊授到另一棵果树的雌蕊上，结出果实就能产生杂交果种。这种授粉是有限制条件的：只有同一属类的花朵间才能互相授粉。桃花和另一株桃花授粉，会得到油桃；但换作菠萝花粉就没用，不可能生出金橘来。

当异花传粉的果实长成新果树，就出现了野生杂交品种。罗甘莓（loganberry）是黑莓和木莓的杂交品种，碰巧出现在圣克鲁什的洛根法官（Judge J. H. Logan）家的后院里。包括李子、杏子、桃子和樱桃这样的李属水果共享同一个祖先：源于中亚地区的原初母树。换言之，每当这些果树间产生异花传粉，就能滋生杂交品种。甜瓜和甜瓜之间也能杂交。碰巧得到的哈密瓜、蜜露和香蕉的杂交品种叫作"哈蜜蕉露"（cantabananadew）。

香蕉不能做什么？和瓜类杂交，必须用上转基因技术。泽格纳从不用 DNA 接合术，而是毕生贡献于李属水果间的授粉杂交。他尽其所能，将无数雄蕊花粉混合后，授于许多雌花的柱头，再播下这些种子，观察天然杂交演化。每一年，他要种下五万株杂交果种，希望得到像李杏、杏李和"斑点恐龙蛋"[1]那样的精品，哪怕只有屈指可数的几种。

弗洛伊要去开会，加里就带着我走出办公室，进了一间大暖房，里面种满了花朵盛放的果树。怡人的芳香扑面而来，甜甜的。背景音乐是富有节日气氛的墨西哥音乐。地板上有一层厚厚的花瓣。十几个女人在树上剥花瓣。加里的头发都快被花瓣遮住了，他捏住一朵李树花，让我看它的雄蕊。把雄蕊拔下来后，他告诉我，这群工人用的是泽格纳专门设计的镊子，用来摘出每朵花里的雄性部分。如此去势，是为了让雌蕊柱头露出来。然后，剪除去了雄的雄蕊。雄蕊花粉像金粉一样，均分之后，先用滤茶勺筛一遍，才能收集起来。然后，手拿沃尔格林眼影刷的女工们小心翼翼地把花粉点在异株果树那些裸露的柱头上。"干这活儿得非常有耐心，"有个身穿亮粉色大花衬衫的女工说，"男人干不了。"

弗洛伊也过来了，欢喜地看着女士们在梯子上忙活。"她们在模仿小鸟和蜜蜂呢。"他闷声笑起来，和休·赫夫纳（Hugh Hefner）[2]惊人的相似，把我吓得不轻。这不只是个水果和花朵的工厂，我分明是在水果王国的花花公子大厦里。

18世纪晚期，歌德注意到，花朵垂死后果实生发。在那时候，常常是由囚犯和僧侣们种植水果。1768年出版的《水果园艺》中指出："远离社会的男人必须有些消遣。"如同其他隐居庙宇的修道士，孟德尔（Gregor Johann Mendel）靠种树自娱自乐。他特别钟情于豌豆。就在随意摆弄间，他偶遇里程碑式的大发现。把一朵花

---

[1] 美国产杏李的一种品牌名。
[2] 《花花公子》的创办人。

上的花粉涂到另一朵花的柱头上,他就能创造出各种各样的杂交果实。在摩拉维亚的试验田里种了将近三万棵豌豆树后,他发表了题为《植物杂交实验》的论文。然而,论文完全被世人忽视了。孟德尔去世时依然是默默无闻。

直到 20 世纪初,孟德尔的著作才重见天光。百年后的孟德尔被誉为"现代遗传学之父"。他的著作像一盏明灯,为神秘不可方物的遗传学指明了方向,为双螺旋结构的确定、当今分子遗传学用 DNA 进行开创性的研究铺平了道路,尽管部分研究也会引起公众强烈抗议。

孟德尔去世后第九年,亦即 1893 年,加利福尼亚水果种植者路瑟·伯班克(Luther Burbank)发表了名为《水果和花卉新发明》的产品目录。其中包括了草莓和木莓的杂交、加州悬钩子和西伯利亚悬钩子的杂交和一边酸一边甜的怪苹果。他把非洲莕莓(African stubble cherry)和兔子草(rabbit weed)进行杂交,结出一种崭新面貌;尽管两种母株都结不出可食用的果实,但杂交出来的浆果却相当可口。伯班克总能创造出前所未有的新水果,因而得了"园艺巫师"的绰号。他说,植物和果实就像"匠人手中的陶泥、画家涂上画布的颜料,都是可供塑造更美丽的形态和色彩的现成素材,那是任何画家或雕塑家想都想不到的"。他的意思似乎是,大自然绝对是未完成形态的。水果仍在进化中。

伯班克或许已预见到泽格纳的成就,他培育过山李(Prunus salicina)——运到另一个国家也没问题的李子。泽格纳起步时有一个合作伙伴,弗雷德·安德森(Fred Anderson),曾是伯班克的学徒。安德森素有"油桃之父"的美誉,培育出美国第一种商业用油桃。"弗雷德从伯班克那儿染上了培育病,又把这改不了的毛病传给了我。"泽格纳如是说。在安德森的指导下,泽格纳开始培育樱桃和杏子的杂交品种，并寻找能应付各种土壤、气候和病虫害环境的果树。一开始，果树都不结果，只有一些树上慢慢出现了果实。那些果子的滋味对泽格纳来说犹如圣灵显形，彻底改变了他的一生，当然，也改变了我们面前的水果。

泽格纳是在"沙尘暴大萧条"时期长大的。回想当年，他说："我小时候，苹果里几乎全长虫，要是圣诞节你能得到一只橘子，那就太走运了。我们从没吃过桃子，太贵了，买不起。"泽格纳童年时期新鲜水果的匮乏促使他将毕生心血投入创造随处可得的优质水果。

"今天，我们是在为整个世界培育果实。"泽格纳这么说并非狂妄不逊。他卖出了百万计的果树，结出的果实数以十亿计，而且遍布阿根廷、智利、巴西、埃及、中国、突尼斯和南非等国家。泽格纳一家的目标就是创造堪负运输之压的新水果。"住在高地的人们渴望吃到高质量的水果，但那些果子得经得起一路折腾才能运到那里。"加里说，"以前的桃子都很嫩，一个手印下去，就有一个淤斑。我们创造的品种在口味上和以前的果子没太大区别，但更大、更结实，怎么运都不怕。桃子不再是一包水了，汁水流满你全身，滴到你的衬衫上——那种桃子当然好，但没法卖。有些桃子过街就伤，更别提千里迢迢了。如果你想自己种，那很好。我们也为家庭园艺爱好者准备了一些品种。而且，最好的老品种也仍然买得到。"

遥望未来，泽格纳一家人都很乐观。"眼下，我们有卖相好、适宜运输的好果子，但味道还不太理想。"弗洛伊说，"再给我们二十年，那就完美啦。现在，我们强调以口味为首要标准。我们的工作要点就是改善这个行业。以后，一定会有运输三星期后依然好吃的核果。我相信它们是存在的。只要我们努力工作，一定可以找到它们！"

弗洛伊拿了一张图示给我看,形象地诠释了他们正在培育的杂交品种。那是十几种水果的超级混合体。各种品种在根茎实验中就被结合在一起,最后结出的果实将类似"恐龙蛋"或"丹尼斑纹"①。他向我解释,打散不同基因间的关联是至关重要的,有些基因可能存在于某种水果,但或许从没表现出来,不同的 DNA 必须重新整合,才能让隐性特征复活。

"我想我明白。"我说。

"我还指望我明白呢!"他答,"走得越远,你就意识到自己真正明白的有多少。知识的宝藏永远在扩增。了解水果,就好像从底下走进一个漏斗,一旦进去,它就变得越来越宽阔。"

这时,他拉开书桌下的抽屉,取出一个信封递给我,说道:"每当我气馁时,就会看看这个。"

信中署名"爱达荷州弗洛伊的忠实崇拜者",落款时间是 2005 年 8 月 18 日。"最近我迷上李杏了……献上我诚挚的谢意,感谢你们让我和家人吃到这种水果。有了这么好吃的果子,一天吃五顿蔬果也不难啦——有时候,我们就吃五个李杏。但愿蔬菜们原谅我们的偏心。"

离开泽格纳研究所,我开着租来的车返回旧金山。泽格纳的"漏斗"之说深得我心,好像一种特别的抚慰。

那让我想起在穷果巷种古老苹果的斯蒂芬·伍德。那年秋天,我们拿着埃索普斯皮曾伯格苹果大快朵颐时,他说过,尽管种苹果种了几十年,他学到的无外乎是在当地的气候条件下怎样将几个品种种好。"关于水果,你知道得越多,也就越明白自己有多无知。"

---

① Dinosaur Egg、Dapple Dandy,两者都是泽格纳已研究出的杂交品牌。

克尔凯郭尔曾有名言:"关键时刻到来,一切全都颠倒,过了临界点,越是大彻大悟,也越能明白有些事无法被理解。"水果带领我们走到永恒的不可知之险崖,再越一步,自然就瓦解,坠入超自然。

我认为自己了解得够多了:足够让我明白,我永远也问不够;足够让我在无穷尽面前保持敬畏;足以让我接受一点,我大概永远也不会为了采样丛生果而深入澳大利亚内陆,不管是被誉为美食的红哐当果(red quandong),还是状如鸵鸟蛋的蓝哐当果——好像被喷枪涂成了金属蓝,甚至还有颇具超前意识的银色哐当果——水果爱好者们要等到遥远的未来才能吃到吧。心痒痒的,尽管我还是想参加几个月后的北美水果探索者年度水果秀,只为了听听他们"高加索山脉水果探险"的纪实故事,其实我已能猜到那会是什么场面:无休无止的梦幻般的狂热。

我抽出一条薄荷口香糖,就在那当口,我发现自己正穿过一条"蓝胶街"。等我开上高速公路,放眼望去,到处都有果园,无边无际,向地平线延伸,好像飘行的幽灵凝固在死后生命里。它们那棱角分明、不长叶子的分枝上绽放着娇嫩摇颤的鲜花,重生吧!鲜花就像冬日下的玻璃片,又白又亮。很快,水果就将成熟了。

致　谢

这本书终于结成硕果，在此多谢柯特·奥森福特、大卫·卡普、米雷列·西尔克夫（Mireille Silcoff）、泰拉斯·格雷斯哥（Taras Grescoe）、乔斯林·祖克曼（Jocelyn Zuckerman）、威廉·塞特（William Sertl）、查尔斯·列文（Charles Levin）、卡特·麦克夫森（Cat Macpherson）、萨拉·阿曼拉（Sarah Amelar）、安娜·德弗里斯（Anna de Vries）、玛莎·伦纳德（Martha Leonard）、凯瑟琳·里佐（Kathleen Rizzo）、安波·赫斯本兹（Amber Husbands）和米斯卡·格尔纳（Miska Gollner）。感谢抽空见我并与我交谈的所有水果种植者、保护者、爱恋者、学者和销售者。感谢加拿大艺术协会赞助本书的先期工作。我的文学经纪人米歇尔·泰斯勒（Michelle Tessler）超棒，并帮我修正了叙事结构。道布尔戴出版社的萨拉·雷隆（Sarah Rainone）和艾米·布莱克（Amy Black）为本书的结构提出了富有洞见的宝贵建议。斯基伯纳出版社的南·格雷厄姆（Nan Graham）、苏珊·摩尔多（Susan Moldow）和萨拉·麦拉格（Sarah McGrath）对这本书充满信念，在她们的帮助下，它终于成功了。我还拥有无上的幸运，拥有亚历克斯·加格里亚诺（Alexis

Gargagliano）担任我的责编。在此，也对莲妮·巴拉班（Liane Balaban）和我的家人致以最深厚的感激之情。

延伸阅读

Ackerman, Diane. *A Natural History of the Senses.* New York: Random House, 1990.

——. *The Rarest of the Rare: Vanishing Animals, Timeless Words.* New York: Random House, 1995.

Anderson, Edgar. *Plants, Man and Life.* Boston: Little Brown & Co., 1952.

Ardrey, Robert. *African Genesis: A Personal Investigation into the Animal Origins and Nature of Man.* New York: Atheneum, 1961.

Armstrong, Karen. *In the Beginning: A New Interpretation of Genesis.* New York: Alfred A. Knopf, 1996.

——. *A Short History of Myth.* Edinburgh: Canongate, 2005.

Asbury, Herbert. *The French Quarter.* New York: Garden City, 1938.

Atwood, Margaret. *Negotiating with the Dead: A Writer on Writing.* Cambridge, U. K.: Cambridge University Press, 2002.

Barlow, Connie. *The Ghosts of Evolution: Nonsensical Fruits, Missing Partners, and Other Ecological Anachronisms.* New York: Basic Books, 2000.

Barrie, James Matthew. *Peter Pan: The Complete and Unabridged Text.* New York: Viking Press, 1991.

Beauman, Fran. *The Pineapple: King of Fruits.* London: Chatto & Windus, 2005.

Behr, Edward. *The Artful Eater: A Gourmet Investigates the Ingredients of Great Food.* Boston: Atlantic Monthly Press, 1992.

Borges, Jorge Luis. *The Book of Imaginary Beings.* London: Vintage, 1957.

Brautigan, Richard. *In Watermelon Sugar*. New York: Dell, 1968.

Bridges, Andrew. "Ex-FDA Chief Pleads Guilty in Stock Case". *Washington Post*. October 17, 2006.

Brillat-Savarin, J. A., trans. and annotated by M.F. K. Fisher. *The Physiology of Taste*. New York: Alfred A. Knopf (1825), 1971.

Broudy, Oliver. "Smuggler's Blues". www.salon.com. Posted January 14, 2006.

Browning, Frank. *Apples: The Story of the Fruit of Temptation*. New York: North Point Press, 1998.

Bunyard, E. A. *The Anatomy of Dessert: With a Few Notes on Wine*. London: Dulau, 1929.

Burdick, Alan. *Out of Eden: An Odyssey of Ecological Invasion*. New York: Farrar, Strauss & Giroux, 2005.

Burke, O. M. *Among the Dervishes*. New York: Dutton, 1975.

Burroughs, William S., and Ginsberg, Allen. *The Yage Letters*. San Francisco: City Lights, 1963.

Campbell, Joseph. *The Hero with a Thousand Faces*. Princeton, N. J.: Princeton University Press, 1968.

Chatwin, Bruce. *Utz*. London: Jonathan Cape, 1988.

Cooper, William C. *In Search of the Golden Apple: Adventure in Citrus Science and Travel*. New York: Vintage, 1981.

Coxe, William. *A View of the Cultivation of Fruit Trees, and the Management of Orchards and Cider*. Philadelphia: M. Carey, 1817.

Cronquist, Arthur. *The Evolution and Classification of Flowering Plants*. Boston: Houghton Mifflin, 1968.

Cunningham, Isabel Shipley. *Frank N. Meyer: Plant Hunter in Asia*. Ames, Iowa: Iowa State University Press, 1984.

Dalby, Andrew. *Dangerous Tastes: The Story of Spices*. Berkeley: University of California Press, 2000.

Darwin, Charles. *The Orgin of Species*. London: Murray, 1859.

Daston, Lorraine, and Park, Katharine. *Wonders and the Order of Nature, 1150-1750*. New York: Zone Books/MIT Press, 1998.

Davidson, Alan. *Fruit: A Connoisseur's Guide and Cookbook*. London: Mitchell Beazley, 1991.

——. *A Kipper with My Tea*. London: MacMillan, 1988.

——. *The Oxford Companion to Food*. Oxford: Oxford University Press, 1999.

Davis, Wade. *The Clouded Leopard: Travels to Landscapes of Spirit and Desire*. Vancouver: Douglas & McIntyre, 1998.

De Bonnefons, Nicholas, trans. by Philocepos (John Evelyn). *The French Gardiner: Instructing on How to Cultivate All Sorts of Fruit Trees and Herbs for the Garden*. London: John Crooke, 1658.

De Candolle, Alphonse Pyrame. *Origin of Cultivated Plants*. London: Kegan Paul, Trench, Trübner & Company, 1884.

De Landa, Friar Diego. *Yucatan Before and After the Conquest*. New York: Dover, 1937.

Diamond, Jared. *Guns, Germs, and Steel: The Fates of Human Societies*. New York: Norton, 1997.

Didion, Joan. "Holy Water", in *The White Album*. New York: Simon & Schuster, 1979.

Downing, A. J. *The Fruits and Fruit Trees of America*. New York: Wiley and Putnam, 1847.

Duncan, David Ewing. "The Pollution Within". *National Geographic*. October 2006.

Durette, Rejean. *Fruit: The Ultimate Diet*. Camp Verde, Ariz.: Fruitarian Vibes, 2004.

Eberhardt, Isabelle, trans. Paul Bowles. *The Oblivion Seekers*. San Francisco: City Lights, 1972.

Echikson, William. *Noble Rot: A Bordeaux Wine Revolution*. New York: Norton, 2004.

Edmunds, Alan. *Espalier Fruit Trees: Their History and Culture*. 2nd ed. Rockton, Canada: Pomona Books, 1986.

Eggleston, William. *The Democratic Forest*. New York: Doubleday, 1989.

Eiseley, Loren. *The Immense Journey*. New York: Random House, 1957.

Eliade, Mircea. *Patterns in Comparative Religion: A Study of the Element of the Sacred in the History of Religious Phenomena*. Translated by R. Sheed. London: Sheed and Ward, 1958.

——. *The Sacred and the Profane: The Nature of Religion*. Translated by W. Trask. London: Harcourt Brace Jovanovich, 1959.

——. *Myths, Dreams and Mysteries: The Encounter Between Contemporary Faiths and Archaic Realities*. Translated by P. Mairet. London: Harvill Press, 1960.

———. *Images and Symbols: Studies in Religious Symbolism*. Translated by P. Mairet. London: Harvill Press, 1961.

———. *Myth and Reality*. Translated by W. Trask. New York: Harper and Row, 1963.

———. *Shamanism: Archaic Techniques of Ecstasy*. Translated by W. Trask. London: Routledge and Kegan Paul, 1964.

Epstein, Samuel S. *The Politics of Cancer Revisited*. New York: East Ridge Press, 1998.

Evans, L. T. *Feeding the Ten Billion: Plants and Population Growth*. Cambridge, U. K.: Cambridge University Press, 1998.

Facciola, Stephen. *Cornucopia II: A Source Book of Edible Plants*. Vista, Calif.: Kampong, 1990.

Fairchild, David G. *Exploring for Plants*. New York: MacMillan, 1930.

———. *The World Was My Garden*. New York: Scribner, 1938.

———. *Garden Islands of the Great East*. New York: Scribner, 1943.

Fisher, M. F. K. *Serve It Forth*. New York: Harper, 1937.

Fishman, Ram. *The Handbook for Fruit Explorers*. Chapin, Ill.: North American Fruit Explorers, Inc., 1986.

Forsyth, Adrian, and Miyata, Ken. *Tropical Nature: Life and Death in the Rain Forests of Central and South America*. New York: Scribner, 1984.

Frazer, J. G. *The Golden Bough* (12 volumes). London: MacMillan, 1913-1923.

Freedman, Paul, ed, *Food: The History of Taste*. Berkeley: University of California Press, 2007.

Fromm, Erich. *The Heart of Man: Its Genius for Good and Evil*. New York: Harper, 1964.

The Fruit Gardener, publication of the California Rare Fruit Growers. 1969-present.

Frye, Northrop. *Creation and Recreation*. Toronto: University of Toronto Press, 1980.

Gide, André. *Fruits of the Earth*. London: Secker & Warburg, 1962.

Graves, Robert, and Patai, Raphael. *Hebrew Myths: The Book of Genesis*. New York: Doubleday, 1964.

Grescoe, Taras. *The Devil's Picnic: Around the World in Pursuit of Forbidden Fruit*. New York: Bloomsbury, 2005.

Guterson, David. "The Kingdom of Apples: Picking the Fruit of Immortality in Washington's Laden Orchards." *Harper's*. October 1999.

Healey, B. J. *The Plant Hunters*. New York: Scribner, 1975.

Hedrick, U. P. The collected works.

Heintzman, Andrew, and Solomon, Evan, eds. *Feeding the Future: From Fat to Famine, How to Solve the World's Food Crises*. Toronto: Anansi, 2004.

Heiser, Charles. *Seed to Civilization: The Story of Man's Food*. San Francisco: W. H. Freeman, 1973.

———. *Of Plants and People*. Norman, Okla.: University of Oklahoma Press, 1992.

Hennig, Jean-Luc. *Dictionnaire Litteraire et Erotique des Fruits et Legumes*. Paris: Albin Michel, 1998.

Hopkins, Jerry. *Extreme Cuisine*. Singapore: Periplus, 2004.

Hubbell, Sue. *Shrinking the Cat: Genetic Engineering Before We Knew About Genes*. Boston: Houghton Mifflin, 2001.

Huysmans, J. K. *Against Nature*. New York: Penguin, 1986.

Jackson, Ian. The uncollected works.

James, William. *The Varieties of Religious Experience: A Study in Human Nature*. New York: Modern Library, 1902.

Janson, H. Frederic. *Pomona's Harvest*. Portland, Ore.: Timber Press, 1996.

Karp, David. The collected works.

Kennedy, Gordon, ed. *Children of the Sun*. Ojai, Calif.: Nivaria Press, 1998.

Kennedy, Robert F., Jr. "Texas Chainsaw Management". *Vanity Fair*. May 2007.

Koeppel, Dan. "Can This Fruit Be Saved?" *Popular Science*. June 2005.

Levenstein, Harvey. *A Revolution at the Table: The Transformation of the American Diet*. Oxford: Oxford University Press, 1988.

Lévi-Strauss, Claude. *Tristes Tropiques*. New York: Athenium, 1971.

McIntosh, Elaine N. *American Food Habits in Historical Perspective*. Westport, Conn.: Praeger Press, 1995.

Nabhan, Gary Paul. *Gathering the Desert*. Tucson, Ariz.: University of Arizona Press, 1985.

Manning, Richard. *Food's Frontier: The Next Green Revolution*. New York: North Point Press, 2000.

———. *Against the Grain: How Agriculture Has Hijacked Civilization*. New York: North Point Press, 2004.

———. "The Oil We Eat". *Harper's*. February 2004.

Mason, Laura. *Sugar Plums and Sherbet: The Prehistory of Sweets*. Totnes, Devon:

Prospect Books, 1998.

Matt, Daniel C. *The Zohar: Pritzker Edition*. Palo Alto, Calif.: Stanford University Press, 2004.

McGee, Harold. *On Food and Cooking: The Science and Lore of the Kitchen*. New York: Scribner, 1984.

McKenna, Terence. *Food of the Gods, The Search for the Original Tree of Knowledge*. New York: Bantam, 1992.

McPhee, John. *Oranges*. New York: Farrar, Strauss & Giroux, 1966.

——. *Encounters with the Archdruid*. New York: Farrar, Strauss & Giroux, 1971.

Mintz, Sidney W. *Sweetness and Power: The Place of Sugar in Modern History*. New York: Viking, 1986.

Mitchell, Joseph. *Joe Gould's Secret*. New York: Viking, 1965.

——. *Up in the Old Hotel and Other Stories*. New York: Pantheon, 1992.

Morton, Julia F. *Fruits of Warm Climates*. Miami: Florida Flair Books, 1987.

Musgrave, Toby et al. *The Plant Hunters: Two Hundred Years of Adventure and Discovery Around the World*. London: Ward Lock, 1998.

Nabokov, Vladimir. *Speak, Memory*. New York: G. P. Putnam and Sons, 1966.

Nestle, Marion. *What to Eat*. New York: North Point Press, 2006.

O'Hanlon, Redmond. *Into the Heart of Borneo*. New York: Random House, 1984.

Pagels, Elaine. *Adam, Eve and the Serpent: Sex and Politics in Early Christianity*. New York: Vintage Books, 1989.

Palter, Robert. *The Duchess of Malfi's Apricots, and Other Literary Fruits*. Columbia, S. C.: University of South Carolina Press, 2002.

Partridge, Burgo. *A History of Orgies*. New York: Bonanza, 1960.

Piper, Jacqueline. *Fruits of South-East Asia: Facts and Folklore*. Singapore: Oxford University Press, 1989.

Pollan, Michael. *The Botany of Desire: A Plant's- Eye View of the World*. New York: Random House, 2001.

Popenoe, Wilson. *Manual of Tropical and Subtropical Fruits*. New York: Hafner Press, 1974.

Quinn, P. T. *Pear Culture for Profit*. New York: Orange Judd, 1869.

Raeburn, Paul. *The Last Harvest: The Genetic Gamble That Threatens to Destroy American Agriculture*. New York: Simon & Schuster, 1995.

Reaman, G. Elmore. *A History of Agriculture in Ontario*. Toronto: Saunders, 1970.

Reich, Lee. *Uncommon Fruits for Every Garden*. Portland, Ore.: Timber Press, 2004.

Roberts, Jonathan. *The Origins of Fruits and Vegetables*. New York: Universe, 2001.

Roe, Edward Payson. *Success with Small Fruits*. New York: Dodd, Mead, 1881.

Roheim, Geza. *The Eternal Ones of the Dream: A Psychoanalytic Interpretation of Australian Myth and Ritual*. New York: International Universities Press, 1945.

Root, Waverly, and de Rochemont, Richard. *Food: An Authoritative and Visual History and Dictionary of the Foods of the World*. New York: Simon & Schuster, 1981.

Rossetti, Christina. *Goblin Market*. London: MacMillan, 1875.

Sarna, Nahum M. *Understanding Genesis: The World of the Bible in the Light of History*. New York: Schocken Books, 1972.

Schafer, Edward H. *The Golden Peaches of Samarkand: A Study of T'ang Exotics*. Berkeley, Calif.: University of California Press, 1963.

Schivelbusch, Wolfgang. *Tastes of Paradise: A Social History of Spices, Stimulants, and Intoxicants*. New York: Pantheon, 1992.

Schlosser, Eric."In The Strawberry Fields". *The Atlantic Monthly*, November 1995.

———. *Fast Food Nation*. Boston: Houghton Mifflin, 2001.

Schneider, Elizabeth. *Uncommon Fruits & Vegetables: A Commonsense* Guide. New York: Harper & Row, 1986.

Seabrook, John."The Fruit Detective". *The New Yorker*, August 19, 2002.

———."Renaissance Pears". *The New Yorker*, September 5, 2005.

———."Sowing for Apocalypse". *The New Yorker*, August 27, 2007.

Shephard, Sue. *Pickled, Potted, and Canned: How the Art and Science of Food Preserving Changed the World*. New York: Simon & Schuster, 2001.

Silva, Silvestre, with Tassara, Helena. *Fruit Brazil Fruit*. São Paulo, Brazil: Empresa das Artes, 2001.

Soulard, Jean. *400 Years of Gastronomic History in Quebec City*. Verdun, Canada: Communiplex, 2007.

Steingarten, Jeffrey."Ripeness Is All", in *The Man Who Ate Everything*. New York: Alfred A. Knopf, 2002.

Thoreau, Henry David. *Wild Fruits*. New York: Norton, 2000.

Tinggal, Serudin bin Datu Setiawan Haji. *Brunei Darussalam Fruits in Colour*. Brunei: Universiti Brunei Darussalam, 1992.

Tompkins, Peter, and Bird, Christopher. *The Secret Life of Plants*. New York: Harper

& Row, 1975.

Tompkins, Ptolemy. *Paradise Fever*. New York: Avon Books, 1998.

Tripp, Nathaniel."The Miracle Berry". *Horticulture*, January 1985.

Visser, Margaret. *Rituals of Dinner*. New York: Penguin, 1993.

——. *Much Depends on Dinner*. New York: Collier Books, 1986.

Warner, Melanie. "The Lowdown on Sweet?" *New York Times*. February 12, 2006.

Weisman, Alan. *The World Without Us.*, New York: St. Martin's Press, 2007.

Welch, Galbraith. *The Unveiling of Timbuctoo*. London: Victor Gollancz, 1938.

Whiteaker, Stafford. *The Compleat Strawberry*. London: Century, 1985.

Whitman, William F. *Five Decades with Tropical Fruit*. Miami, Fla.: Fairchild Tropical Garden, 2001.

Whitney, Anna."'Fruitarian' Parents of Dead Baby Escape Jail". *The Independent*. September 15, 2001.

Whittle, Tyler. *The Plant Hunters: 3, 450 Years of Searching for Green Treasure*. London: William Heinemann, 1970.

Whynott, Douglas. *Following the Bloom: Across America with the Migratory Beekeeps*. Harrisburg, Pa.: Stackpole, 1991.

Wilde, Oscar."The Decay of Lying: A Dialogue". *The Nineteenth Century*, January 1889.

Wilson, Edward O. *Biophilia: The Human Bond with Other Species*. Cambridge, Mass.: Harvard University Press, 1984.

——. ed. *The Downright Epicure: Essays on Edward Bunyard*. Totnes, Devon: Prospect Books, 2007.

新知文库

01 《证据：历史上最具争议的法医学案例》［美］科林·埃文斯 著　毕小青 译
02 《香料传奇：一部由诱惑衍生的历史》［澳］杰克·特纳 著　周子平 译
03 《查理曼大帝的桌布：一部开胃的宴会史》［英］尼科拉·弗莱彻 著　李响 译
04 《改变西方世界的26个字母》［英］约翰·曼 著　江正文 译
05 《破解古埃及：一场激烈的智力竞争》［英］莱斯利·罗伊·亚京斯 著　黄中宪 译
06 《狗智慧：它们在想什么》［加］斯坦利·科伦 著　江天帆、马云霏 译
07 《狗故事：人类历史上狗的爪印》［加］斯坦利·科伦 著　江天帆 译
08 《血液的故事》［美］比尔·海斯 著　郎可华 译　张铁梅 校
09 《君主制的历史》［美］布伦达·拉尔夫·刘易斯 著　荣予、方力维 译
10 《人类基因的历史地图》［美］史蒂夫·奥尔森 著　霍达文 译
11 《隐疾：名人与人格障碍》［德］博尔温·班德洛 著　麦湛雄 译
12 《逼近的瘟疫》［美］劳里·加勒特 著　杨岐鸣、杨宁 译
13 《颜色的故事》［英］维多利亚·芬利 著　姚芸竹 译
14 《我不是杀人犯》［法］弗雷德里克·肖索依 著　孟晖 译
15 《说谎：揭穿商业、政治与婚姻中的骗局》［美］保罗·埃克曼 著　邓伯宸 译　徐国强 校
16 《蛛丝马迹：犯罪现场专家讲述的故事》［美］康妮·弗莱彻 著　毕小青 译
17 《战争的果实：军事冲突如何加速科技创新》［美］迈克尔·怀特 著　卢欣渝 译
18 《最早发现北美洲的中国移民》［加］保罗·夏亚松 著　暴永宁 译
19 《私密的神话：梦之解析》［英］安东尼·史蒂文斯 著　薛绚 译
20 《生物武器：从国家赞助的研制计划到当代生物恐怖活动》［美］珍妮·吉耶曼 著　周子平 译
21 《疯狂实验史》［瑞士］雷托·U. 施奈德 著　许阳 译
22 《智商测试：一段闪光的历史，一个失色的点子》［美］斯蒂芬·默多克 著　卢欣渝 译
23 《第三帝国的艺术博物馆：希特勒与"林茨特别任务"》［德］哈恩斯－克里斯蒂安·罗尔 著　孙书柱、刘英兰 译
24 《茶：嗜好、开拓与帝国》［英］罗伊·莫克塞姆 著　毕小青 译
25 《路西法效应：好人是如何变成恶魔的》［美］菲利普·津巴多 著　孙佩妏、陈雅馨 译
26 《阿司匹林传奇》［英］迪尔米德·杰弗里斯 著　暴永宁、王惠 译

27 《美味欺诈：食品造假与打假的历史》[英]比·威尔逊 著　周继岚 译
28 《英国人的言行潜规则》[英]凯特·福克斯 著　姚芸竹 译
29 《战争的文化》[以]马丁·范克勒韦尔德 著　李阳 译
30 《大背叛：科学中的欺诈》[美]霍勒斯·弗里兰·贾德森 著　张铁梅、徐国强 译
31 《多重宇宙：一个世界太少了？》[德]托比阿斯·胡阿特、马克斯·劳讷 著　车云 译
32 《现代医学的偶然发现》[美]默顿·迈耶斯 著　周子平 译
33 《咖啡机中的间谍：个人隐私的终结》[英]吉隆·奥哈拉、奈杰尔·沙德博尔特 著　毕小青 译
34 《洞穴奇案》[美]彼得·萨伯 著　陈福勇、张世泰 译
35 《权力的餐桌：从古希腊宴会到爱丽舍宫》[法]让－马克·阿尔贝 著　刘可有、刘惠杰 译
36 《致命元素：毒药的历史》[英]约翰·埃姆斯利 著　毕小青 译
37 《神祇、陵墓与学者：考古学传奇》[德]C. W.策拉姆 著　张芸、孟薇 译
38 《谋杀手段：用刑侦科学破解致命罪案》[德]马克·贝内克 著　李响 译
39 《为什么不杀光？种族大屠杀的反思》[美]丹尼尔·希罗、克拉克·麦考利 著　薛绚 译
40 《伊索尔德的魔汤：春药的文化史》[德]克劳迪娅·米勒－埃贝林、克里斯蒂安·拉奇 著
　 王泰智、沈惠珠 译
41 《错引耶稣：〈圣经〉传抄、更改的内幕》[美]巴特·埃尔曼 著　黄恩邻 译
42 《百变小红帽：一则童话中的性、道德及演变》[美]凯瑟琳·奥兰丝汀 著　杨淑智 译
43 《穆斯林发现欧洲：天下大国的视野转换》[英]伯纳德·刘易斯 著　李中文 译
44 《烟火撩人：香烟的历史》[法]迪迪埃·努里松 著　陈睿、李欣 译
45 《菜单中的秘密：爱丽舍宫的飨宴》[日]西川惠 著　尤可欣 译
46 《气候创造历史》[瑞士]许靖华 著　甘锡安 译
47 《特权：哈佛与统治阶层的教育》[美]罗斯·格雷戈里·多塞特 著　珍栎 译
48 《死亡晚餐派对：真实医学探案故事集》[美]乔纳森·埃德罗 著　江孟蓉 译
49 《重返人类演化现场》[美]奇普·沃尔特 著　蔡承志 译
50 《破窗效应：失序世界的关键影响力》[美]乔治·凯林、凯瑟琳·科尔斯 著　陈智文 译
51 《违童之愿：冷战时期美国儿童医学实验秘史》[美]艾伦·M.霍恩布鲁姆、朱迪斯·L.纽曼、
　 格雷戈里·J.多贝尔 著　丁立松 译
52 《活着有多久：关于死亡的科学和哲学》[加]理查德·贝利沃、丹尼斯·金格拉斯 著　白紫阳 译
53 《疯狂实验史Ⅱ》[瑞士]雷托·U.施奈德 著　郭鑫、姚敏多 译
54 《猿形毕露：从猩猩看人类的权力、暴力、爱与性》[美]弗朗斯·德瓦尔 著　陈信宏 译
55 《正常的另一面：美貌、信任与养育的生物学》[美]乔丹·斯莫勒 著　郑嬿 译

56	《奇妙的尘埃》[美]汉娜·霍姆斯 著　陈芝仪 译
57	《卡路里与束身衣：跨越两千年的节食史》[英]路易丝·福克斯克罗夫特 著　王以勤 译
58	《哈希的故事：世界上最具暴利的毒品业内幕》[英]温斯利·克拉克森 著　珍栎 译
59	《黑色盛宴：嗜血动物的奇异生活》[美]比尔·舒特 著　帕特里曼·J. 温 绘图　赵越 译
60	《城市的故事》[美]约翰·里德 著　郝笑丛 译
61	《树荫的温柔：亘古人类激情之源》[法]阿兰·科尔班 著　苜蓿 译
62	《水果猎人：关于自然、冒险、商业与痴迷的故事》[加]亚当·李斯·格尔纳 著　于是 译
63	《囚徒、情人与间谍：古今隐形墨水的故事》[美]克里斯蒂·马克拉奇斯 著　张哲、师小涵 译
64	《欧洲王室另类史》[美]迈克尔·法夸尔 著　康怡 译
65	《致命药瘾：让人沉迷的食品和药物》[美]辛西娅·库恩等 著　林慧珍、关莹 译
66	《拉丁文帝国》[法]弗朗索瓦·瓦克 著　陈绮文 译
67	《欲望之石：权力、谎言与爱情交织的钻石梦》[美]汤姆·佐尔纳 著　袁慧芬 译
68	《女人的起源》[英]伊莲·摩根 著　刘筠 译
69	《蒙娜丽莎传奇：新发现破解终极谜团》[美]让-皮埃尔·伊斯鲍茨、克里斯托弗·希斯·布朗 著　陈薇薇 译
70	《无人读过的书：哥白尼〈天体运行论〉追寻记》[美]欧文·金格里奇 著　王今、徐国强 译
71	《人类时代：被我们改变的世界》[美]黛安娜·阿克曼 著　伍秋玉、澄影、王丹 译
72	《大气：万物的起源》[英]加布里埃尔·沃克 著　蔡承志 译
73	《碳时代：文明与毁灭》[美]埃里克·罗斯顿 著　吴妍仪 译
74	《一念之差：关于风险的故事与数字》[英]迈克尔·布拉斯兰德、戴维·施皮格哈尔特 著　威治 译
75	《脂肪：文化与物质性》[美]克里斯托弗·E. 福思、艾莉森·利奇 编著　李黎、丁立松 译
76	《笑的科学：解开笑与幽默感背后的大脑谜团》[美]斯科特·威姆斯 著　刘书维 译
77	《黑丝路：从里海到伦敦的石油溯源之旅》[英]詹姆斯·马里奥特、米卡·米尼奥-帕卢埃洛 著　黄煜文 译
78	《通向世界尽头：跨西伯利亚大铁路的故事》[英]克里斯蒂安·沃尔玛 著　李阳 译
79	《生命的关键决定：从医生做主到患者赋权》[美]彼得·于贝尔 著　张琼懿 译
80	《艺术侦探：找寻失踪艺术瑰宝的故事》[英]菲利普·莫尔德 著　李欣 译
81	《共病时代：动物疾病与人类健康的惊人联系》[美]芭芭拉·纳特森-霍洛威茨、凯瑟琳·鲍尔斯 著　陈筱婉 译
82	《巴黎浪漫吗？——关于法国人的传闻与真相》[英]皮乌·玛丽·伊特韦尔 著　李阳 译

83 《时尚与恋物主义：紧身褡、束腰术及其他体形塑造法》[美]戴维·孔兹 著　珍栎 译

84 《上穷碧落：热气球的故事》[英]理查德·霍姆斯 著　暴永宁 译

85 《贵族：历史与传承》[法]埃里克·芒雄－里高 著　彭禄娴 译

86 《纸影寻踪：旷世发明的传奇之旅》[英]亚历山大·门罗 著　史先涛 译

87 《吃的大冒险：烹饪猎人笔记》[美]罗布·沃乐什 著　薛绚 译

88 《南极洲：一片神秘的大陆》[英]加布里埃尔·沃克 著　蒋功艳、岳玉庆 译

89 《民间传说与日本人的心灵》[日]河合隼雄 著　范作申 译

90 《象牙维京人：刘易斯棋中的北欧历史与神话》[美]南希·玛丽·布朗 著　赵越 译

91 《食物的心机：过敏的历史》[英]马修·史密斯 著　伊玉岩 译

92 《当世界又老又穷：全球老龄化大冲击》[美]泰德·菲什曼 著　黄煜文 译

93 《神话与日本人的心灵》[日]河合隼雄 著　王华 译

94 《度量世界：探索绝对度量衡体系的历史》[美]罗伯特·P.克里斯 著　卢欣渝 译

95 《绿色宝藏：英国皇家植物园史话》[英]凯茜·威利斯、卡罗琳·弗里 著　珍栎 译

96 《牛顿与伪币制造者：科学巨匠鲜为人知的侦探生涯》[美]托马斯·利文森 著　周子平 译

97 《音乐如何可能？》[法]弗朗西斯·沃尔夫 著　白紫阳 译

98 《改变世界的七种花》[英]詹妮弗·波特 著　赵丽洁、刘佳 译

99 《伦敦的崛起：五个人重塑一座城》[英]利奥·霍利斯 著　宋美莹 译

100 《来自中国的礼物：大熊猫与人类相遇的一百年》[英]亨利·尼科尔斯 著　黄建强 译